『海峡──この水の無明《むみょう》の真秀《まほ》ろば』
「破片E　海は海人《かいじん》のように」より

写真＝栗原弘

夜ふけて独り、下駄をつっかけ、海峡ぞいの磯へおりる。白砂の渚と岩礁性の磯が入り組み合ってつながった内海にはめずらしく潮の満ち干《ひ》の変化に富む海浜が、わたしの仕事場のすぐ目の前にひろがっていて、ちょうどわが仕事場の広大な庭のような眺めをつくってくれている。

わたしは海に、巨大な生あるものの肉体を、感じとる。

指先で触れている海峡の水に、わたしが肉体を感じるのは、この接触をさらに進め、もっと深く親密に触れ合い交わったなら、と不意にけたいな衝動に駆られたりすることにも拠る。つまり、流れる水に肌で接し、その接触をもっと深め、どんどん深め、わが肌にあますところなく水の肌を、水の肌にあますところなくわが肌を、接し尽くし、隙間もなく触れ合い尽くして、おたがいが完璧におたがいをからめとり、相擁し合ったとしたら、と、だしぬけにわたしは考えることがあるのである。指から手首、手首から二の腕、二の腕から肩、全身……と、わが肌に触れる水の領域がすこしずつすこしずつ増えるにつれ、わたしと水の交接感は急速に高まって、

わたしは水を、水はわたしを、いずれは
限なく抱擁し、包合し尽くし合わずには
おけなくなるだろう。

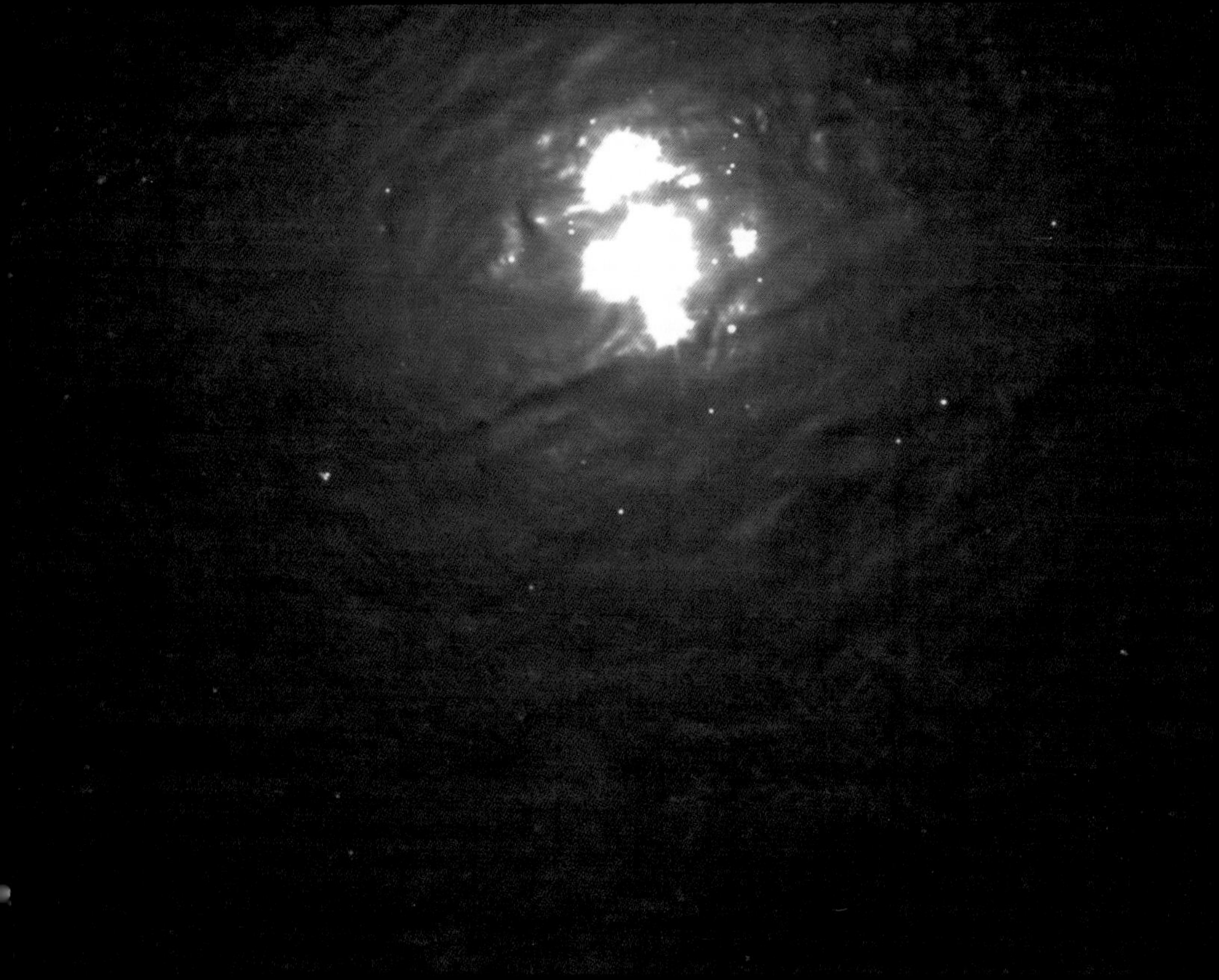

赤江瀑の世界

花の呪縛を修羅と舞い

河出書房新社

赤江瀑の世界　花の呪縛を修羅と舞い

◉目次

Ⅲ　赤江瀑迷宮　203

◉写真
沢渡朔（本扉）
齋藤和欣（四頁）
栗原弘（カバー・本表紙・口絵・章扉・二五六頁）

赤江瀑世界への誘《いざな》い

――「花」の呪縛をかたどる作品たち

成田守正

赤江瀑とは何者か。

瀬戸内晴美（寂聴）は「泉鏡花、永井荷風、谷崎潤一郎、岡本かの子、三島由紀夫といった系列の文学のつづきを見た」と評し、「理窟をいわず、舌にとろりと触れ、咽喉にひりりと流れこみ、宝石をちりばめたような酩酊をもたらしてくれるのが、芳醇な美酒」だが、「赤江氏の作品はたとえていえばそういう美酒に似ている」と嘆じている。詩人の松永伍一は「エロスとタナトスの複合する世界を見た。異形《いぎょう》の性を飾る華麗なる勲章に眩暈《めまい》をおこした。泉鏡花の骨格と谷崎潤一郎の肉と三島由紀夫の血を、より詩人的な感受性で溶かした独特の芸術的結晶」を味わったと喝采する。評論家の尾崎秀樹《ほつき》は「狂気や幻想の中に人間心理のあやしいおののきをとらえ、独特の美学で描いてきた作家（略）その鮮烈華麗なロマンは、泉鏡花、あるいは夢野久作や久生十蘭などにつづく異端の文学の一系譜につらなる」と称え、いずれも美意識と情念の世界を描く作家の血脈に魅力を位置づけている。

しかし系譜にひとしなみに位置づけるだけでは、稀代の天稟が拓いた領土は見渡せない。なぞらえれば四季折々に美しい彩りをまとって聳《そび》え立つ孤高の大山《たいざん》だろうか。取り扱う題材の絢爛ぶり、幅広さが群を抜いて鮮烈だからである。

第一作品集『獣林寺妖変』に収められた四編の題材は、歌舞伎と京都の寺に残る血天井、創作バレエと伝説の天才舞踊家、能役者と相国寺蔵「双鶴図」の鶴、精神病症と養蜂。第二作品集の『罪喰い』は、奈良・新薬師寺の十二神将、銀閣寺と庭師、モダン・バレエ、サーカスなど。三作目の長編『オイディプスの刃』は刀と香水である。

その後も、歌舞伎や能、京都・奈良の古寺に加え草薙剣《くさなぎのつるぎ》、城、織部灯籠、萩焼の茶碗、能面師、櫛かんざし、仏像、書道、菅原道真といった、日本の芸能、芸術、歴史、伝承、民俗にいたる分野。ギリシャ悲劇、闘牛、マザーグース、ロココ時代の家具、イースター島の妖精など海外の文化、フォークロアの領域。さらにはサメ、錦鯉、海月、桜など動物や海洋生物、植物の生態にまで及ぶ。

これら多様な道具立てが、かりそめの知識を元に仕掛けられるのではなく、稀に見る博識と教養と読書量に裏付けられている実際が瞠目すべき点である。京都・奈良の古寺も足と目を運ばなかったケースは一寺もなく、題材への理解や取材に偽りがない。

小説は題材のみで成り立つ術芸ではない。題材は作品に登場する人間たちの情念やこころのありかた、関係性のもつれや生きざまの舞台、あるいは背景、幽冥への入り口、秘められた魔力となって、死の暗淵を覗かせながら、幻影に満ちた幽玄耽美の時空を立ち上げる。というのが赤江瀑の物語世界である。

赤江瀑は一九三三年（昭和八）四月二十二日、下関市宮田町に父初五郎と母芳子の次男として生まれ、十一歳まで関門海峡の流れを目にしつつ育った。一九四四年（昭和十九）下関市の強制疎開により一家は豊浦郡豊東村（現・下関市菊川町）へ転住し、青緑の森が囲う盆地の集落で初めて芝居を見たという。「川棚芝居と土地ではよばれている、歌舞伎の集団だった。（略）享保の頃からあったという歴史をもつ集団だから、現在の中央歌舞伎がやっとその骨格を定めはじめた時期と、歩調をあわせてきた地方歌舞伎といってもよかろう。（略）一座の看板格に、たしか中村喜雁といったと思うが、女役者がいた。背の低い、五十がらみの、決して美形とはいえないおばあさんだったが、この人の芝居に、私は演劇というものの凄まじさを教えられたような気がしている。（略）なぜこのおばあさん役者の演じる舞台に、忘れられない衝撃をうけたのかふしぎでならない」とエッセイ「田舎の芝居のふしぎ」に書いている。後年、演劇や映画に興味を惹かれていく原風景の一つである。

一九五二年（昭和二十七）山口県立豊浦東高校を卒業、日本大学芸術学部演劇科に入学。映画監督になりたいという志からだった。キャンパスには「万事にセミプロ気質の濃厚な芸能学生というか、芸術家学生たちが、離合集散、花やかでケンを競って」いて、「田舎からポッと出の私には（略）黒いカラスが白鳥の隊伍に迷い込んだようなもの」だったが、「形の上でだけにせよ、芸術を現実的にまのあたりにした最初の時期だった」とエッセイ「二十歳の原点」で綴っている。暇さえあれば映画を観て、「イヴの総て」のベティ・デビス、「サンセット大通り」のグロリア・スワンソン、「アナスタシア」のイングリッド・バーグマン、「外人部隊」のフランソワーズ・ロゼェなど名女優をはじめ名だたる男優、映画監督に出会ったといい、日本の監督では溝口健二、木下恵介、成瀬巳喜男の作品を好んだ。

歌舞伎にのめりこんだのは六代目中村歌右衛門の舞台を観てからで、劇場に行って観るほかに、知識の世界にも関心をもった。学生歌舞伎に入った同窓生たちも刺激となった。この時期、詩の同人誌『詩世紀』に参加し、詩作にいどんでいる。

一九五五年（昭和三十）大学を中退。映画監督への道を諦めて菊川町（豊東村が菊川村と合併した）へ帰郷する。五八年から放送作家の職に就き、ラジオ、テレビドラマ、録音構成、ドキュメンタリーの制作に従事。地方放送局の取材がらみで、「鬼恋童《おにれんどう》」の萩焼窯元、「百幻船」の玉江浦漁港、「ホルンフェルスの断崖」の須佐ホルンフェルスといった地方色の知識を掌中に得る。京都への往来もこの十年間の雌伏期に旺盛だった。

「ニジンスキーの手」で第十五回「小説現代新人賞」を受賞、文壇デビューを果たしたのは一九七〇年（昭和四十五）、三十七歳のときだった。受賞のことばに「一度阿片を喫《の》んだものは、また喫む筈だ。阿片は待つことを知っている」とジャン・コクトオの一文を引き、めざす小説世界を示した。以来、亡くなるまでに二百三十編余の短編小説、十二編の長編小説（『オイディプスの刃』『上空の城』『星踊る綺羅の鳴く川』など）、一編の長編エッセイ（『海峡』）、そのほか多数のエッセイを発表、演劇台本二本（西武劇場「あやかしの鼓」、国立劇場「夜の藤十郎」）と新内のための作詞一本（国立劇場「殺螢火怨寝刃《ころしぼたるかえんのねたば》」）を書き下ろした。

赤江瀑作品は総じて「花」が意識あるいは無意識されている。花とは、世阿弥が遺言した花にほかならない。

「能は、私の場合、総じて、折にふれ繙《ひもと》く世阿弥の芸術論のあれこれを、気ままに、私的に、渉猟《しょうりょう》することからはじまり、（略）ただ歩き、たださ迷い入って行けば、漫《そぞろ》な時空がその奥へ、奥へとひろがり出してくれる、ふしぎな林のようなものだった」とはエッセイ「漫な時空」の一節で、「能本も、ときには読む。無論、舞台も、ときには観る。けれども、やはり、いつの間にか、私は世阿弥の能芸論のなかへ還《かえ》ってきていて、（略）世阿弥が世に遺した二十数篇の芸術論。とどのつまり、そこへ私は還って行く」と吐露しているように、『風姿花伝』『花鏡』『遊楽習道風見《ゆうがくしゅうどうふうけん》』など世阿弥の能芸論へ向けるこの作家の執心ぶりはひと通りでない。

『花伝書』こと『風姿花伝』はいうまでもなく、世阿弥の父、観阿弥が身をもって会得し実践して目指した、芸を極めるための心得といったことを世阿弥が書き継ぎ、家と子孫に遺した秘伝書である。書中、観・世の親子は一時期の花ではない、一面の風体の花ではない、「真実の花」とはいかなるものか、どうあれば身に備わるか、保ち得るかを教諭している。赤江瀑はその芸術論を座右に能や歌舞伎、舞踊、バレエ、映画などの芸能を鑑賞してやまなかった。必然、同じ視線が文章の芸能である文学、とりわけ自作の曲の調べに及ばぬわけがない。赤江瀑作品は一作一作、否応もなく世阿弥の芸術論に監視される下で世に出る。世阿弥がふりかざす剃刀《かみそり》の刃の前に胸肌をさらして筆が進められる。戦いの苦行がおもいやられるというものだ。

花の呪縛。赤江瀑の作品はそれゆえに多彩に美しく、世にも妖しく恐ろしげな花芽をほころばせる。かがよう黄金の香りで陶酔の気をふりまくのである。

泉下へ旅立ったのは二〇一二年（平成二十四）六月八日。関門海峡東南の出入り口、眼下に海が広がる崖上に建つ自宅建物の屋根に、豪雨打ちしきる中での発見だった。なにごとにも媚びることのない、果敢な生涯だった。取材を長年続けた「小説・世阿弥（仮）」が未着手に終わったことは惜しまれるにしろ、美の旋風をもって築き上げた赤江瀑の創作の世界が色褪せることはないにちがいない。

読者にサインを頼まれるとよく、「虚無へ捧ぐる供物にと美酒すこし海に流しぬ」とヴァレリィの詩句を揮毫した。

（なりた・もりまさ　編集者）

◉収録作品については、原則として、著者が改稿した最終版を底本としました。

◉なかには、今日の社会的規範に照らせば差別的表現ととらえられかねない箇所が見られますが、時代的背景を鑑み、原文のままとしました。

◉本書中、一部著作権者が不明な方がいらっしゃいました。お心当たりの方はご一報ください。

◉本書編集にあたり、浅井仁志氏、成田守正氏、本多正一氏はじめ多くの方にご助力をいただきました。厚く御礼申し上げます。

赤江瀑傑作選 I

小説

花曝《はなさ》れ首《こうべ》

1

嵯峨の野の奥、小倉山の北山麓といえば、このあたりは夏のさかりの陽曝《ひざ》らし道を歩いていても、闇の黄泉路《よみじ》のおどろなかげが、ふと見あげた揚げ店造りの人家の軒端や木立ちの葉裏、草間の底にさまよい出でて、眼を灼《や》く陽ざしにつつまれてはいるけれども、なにやら手まねき袖引きする黒い見えないもののの手が、不意に間近で身をおどらす。

「あの、清滝へ出たいんですけど……」

と、学生らしい登山帽をかぶった若者の二人連れによびとめられて、篠子は眩《まぶ》しそうに手をかざした。

指の間を直射光がまっすぐに瞳の奥へなだれ込んできて、眼がひらいておれなかった。

「この道を行けばいいんですか?」

「へえ。ずっとのぼっておいきやす。峠を一つ越さはったら、落合どす。そこから、右手へおさがりやすな」

「どうも」

学生達は、ぴょこんとおじぎをして、大股に通り過ぎて行った。

小麦色の明るい額にみなぎっていた汗のしずくが、清潔だった。

屈託のない、はつらつとした体軀《たいく》の若い背に、篠子は束の間眼を泳がせ、眉根の陽ざしを指のひらで払うようなしぐさをした。かざした手をおろすとき、そんなしぐさは、はた目には苦《く》悶《もん》の表情かとも見えた。

嵯峨野めぐりの観光客が往き来する真昼間の道であった。

『おきなはれ。もう忘れてしまいなはれ』

と、耳もとで、低い艶やかな声がした。

衣ずれの音をともない、にわかに宙をさまよいわけて、身を寄せてくる声であった。

「ダイダロス」 人形製作＝辻村寿三郎
撮影＝高木素生
（『辻村ジュサブロー万華鏡花』［美術出版社］より）

——春之助さんね？

『かなんなあ。まだわたしの声、おぼえてくれはらへんのかいなあ。秋童《しゅうどう》どす』

——ああ、秋童さん。

『そんな、殺生な。どこが春之助と似てますのえ。あんなおドサの飛子《とびこ》風情とわやくにしてもろうたら、堀江六軒町、花水楼《はなみずろう》の暖簾《のれん》が泣きます。よう聞いておくれやす。花水楼いうたらへエ、大江戸は日本橋、花の葭町《よしちょう》に軒をつらねる野郎茶屋は数あっても、六軒町きっての大暖簾。大上吉の色子をそろえた、権勢誇った妓楼どっせ。こう見えても、この秋童、その花水楼の看板を他人《ひと》にゆずったためしはおへん。助六のせりふじゃないけども、吸いつけ煙草を所望の客がひきもきらず、揚《あ》げづめで、葭町通りは花水楼の秋童が濡らしたきせるでもつ。きせるの雨が降るようだわエと、はばかりながら、歌われた身どす。おまえさんには笑止《しょうし》かしらんが、同じかげ子はかげ子でも、春之助とは位がちがう。いっしょにせんといてほしいわ』

篠子は、眼を宙に放って、陽ざしの濃い藪下の道をゆっくりとのぼりはじめた。

みやげ物屋の軒先でジュースを飲んだりしている若い女の子達の間を通り抜けて、さっきの学生の二人連れは、まっすぐに先を歩いて行く。

ブルー・ジーンズにTシャツの飾り気のない健康なうしろ姿が、いかにもきびきびとしていさぎよかった。

『やめときやす。また薄情男のこと、想い出してはるのやろ。ここにきたら、もう忘れなはれ。ここは浮き世の行きどまり。苦界の憂さのつきる所や。あだし、はかない、化野《あだしの》と、ひとはいうけど、生ま身のいのち捨てる場所や。もうさっぱり執着払うて、思い切っておしまいやす』

秋童の声は篠子と並んで、眼には見えぬが花染模様の振袖に少し幅広の金襴《きんらん》の男帯、髪を島田に結いあげて、紅白粉《べにおしろい》の匂いもほのかに、篠子のかたわらを歩いていた。

嵯峨鳥居《とりい》本《もと》、念仏寺《ねんぶつじ》の下を抜けるだらだらのぼりのせまい旧道筋であった。

このあたりは、いまも化野《あだしの》とよび、いにしえの風葬、土葬の地。人が死ねば、この野へ運んで捨てたという、いわば一山野が広大な葬い墓地とでもいうべきか、かつての地獄野なのであった。

地獄野といえば、京の東に鳥辺《とりべ》の野。西にこの北嵯峨化野《あだしの》と、二つながらに往古より名高い亡骸の捨て野であった。

かつては人骨、石塔婆、おびただしい石仏群が、野を掘ればきりもなく土中から転がり出、これらを一寺に寄せ集め、八千体にもおよぶ野曝《のざ》らしの石仏墓地となして、無縁仏の菩提《ぼだい》供養をたむけているのが、あだし野の念仏寺である。

いまでも、この土地のひと達は言う。

「ちょっと畠や山掘ったら、なんぼでも出てきまっせ」

篠子が、つい一カ月前、通りがかりに立ち寄った古い藁葺《わらぶ》き屋根の小さな竹細工屋の女主《あるじ》も、おんなじような話をした。

「へえ。うちもな、もう裏納屋がくたびれてまっしゃろ。あれ、奥半分建て直したんですねやけど、土台からいろうたもんやから、土少うし掘りましてん。まあ、気色ええ話やおへんけど、白い石くれみたいのがバラバラ出てきよりましてな。骨ですねんて。昨年の春どしたかいな。そんなところどっせ、ここは」

篠子がこの竹細工屋のせまい小暗い店先で足をとめたのは、一月前。もう精根つき果てて、歩きも動きもできぬような、夏のはじめの小雨もよいの午後だった。

雨にうたれた紗《しゃ》の裾が、足にべったりからみつき、うなじに散ったあげ髪のほつれの毛すじもおどろにみだれ、歩き呆《ほう》けて行きついた仮りの宿りの軒端であった。

薄べり敷いた店先の縁台に手をかけて、がっくり膝をついたとき、

「どうおしやしたのえ」

と、なかから小走りに出てきたのが、この家の女主《あるじ》だった。竹屑の散った前垂れがけの五十恰好の気さくそうな、指の太い女だった。

「まあま、ええべべこないに濡らして……ともかく、ちょっとおいなはれ」

「すんません……」

「ご気分悪うおすのんか……あらまあ、青い顔しなさって……さあさ、上っとくれやす。だいないさかい、遠慮はいらへん」

「おおきに……ちょっと休ませとくれやす」

篠子は上がり框《かまち》にもたれこんで、そのまましばらくわれを忘れた。

あの日、男の車を降りたのは、大沢の池の近くであったろうか。すがすがしい、優しい、屈強な男であった。このひとこそ、自分の一生を託す男と、信じ、信じられてきたと思ったこれまでの歳月は、夢であったのか。惚れた。飽《あ》いた。別れよう。いっそ、そんな言葉でも投げつけてもらえたら、これほど正体を失うこともあるまいに。このひとしかないと思った。思ってもよいと男は言った。あの清冽で、偽りのない眼の力強さ。あのがっしりとした、つつみこまれているだけで限りもなく奥深い安らかな胸。いつまでもつかまっていろと、さしのべてくれた精悍な腕。誰にも渡しはしない。君は僕だ。僕は君だ。と言ってくれたあの言葉は、あれはすべて、幻だったのか。確実にこの手の内にしっかりとあった、この手でつかむことのできた、あの輝やいていた歳月は、あれはいったい何だったのか。

「とめとくれやす」

篠子は、低く吐いて、泣くまいとした。

なぜとめずに走ってくれなかったのだろうか。なぜ、自分を

おろしたのか。なぜ、つかまえていてくれなかったのか。

君を裏切ってはいない。

なぜその一言が、聞かせてはもらえなかったのか。

その言葉さえ聞くことができたなら、わたしはなにも言いはしない。どんな裏切りがあろうとも、黙ってあのひとについて行く。

（ついて行けたのに！）

と、篠子は、かぶりを振った。

車をおりて、篠子は、嵯峨の野道をどうたどり、どれほど歩きさまよったか、篠子はおぼえてはいなかった。気がつくと、鳥居本の小雨の坂道をのぼっていた。念仏寺への道であった。

雨はかぼそく、糸垂れのように、音もなくまっすぐにおちてきて、化野《あだしの》の地を濡らしていた。化野《あだしの》は仇野《あだしの》とも書き、あだしなる悲しみ、恨みの野の謂《いい》もどこかでたちまよい、こめられてでもいるかのようであった。

「熱いおぶどす。一口どうどす」

梅紫蘇《しそ》の高い香りが、篠子に人心地をとり戻させた。

篠子はその日、日暮れどきまで、その見も知らぬ小さな竹細工屋の裏座敷で、軒の低い庇《ひさし》をけむらすような雨に眼をあずけ、ときを過ごしたのであった。

篠子が、秋童と春之助に出会ったのは、この裏座敷でのことであった。


女とみまがう染振袖《そめふりそで》に裾模様《すそもよう》、秋童は島田髷《まげ》にお高祖頭巾《こそずきん》、春之助は若衆髷に一本差《いっぽんざ》し。江戸草双紙《くさぞうし》や浮世本の極彩色の絵面を抜け出てたちあらわれでもしたかのような二人の色子は、齢なら二八《にはち》（十六歳）、脂粉の香も匂やかに、雨の庭先からほの暗い座敷の内へあがってきた。

篠子は一瞬、

「あ」

と、ちりけもとに妖かしの気のそよぎをおぼえ、めまいに耐えた。

「え？」

と、そばにすわっていたこの家の女主《あるじ》が、篠子の方へ顔を向けた。

「まだほっこりせんのやおへんか？　気随《きずい》にしといやっしゃ。なんぼ、休んどいやしたかて、よろしのえ」

「ええ……いえ、おかげで、もうすっかり……」

篠子は、このとき、まだひょっとして自分は悪夢のなかにいて、正体を失っているのではあるまいかと、考えた。疲れ果てて、体のしんに力がもどってこないのであった。

「あかん。まだ血の気のない顔してはるわ。かまへんさかい、横になっといやす」

女主《あるじ》には、篠子のわきにすわっている二人の色子の姿など、どうやら、まるで見えてはいないようであった。

（見えてはいない……）

と、思ったとき、篠子は、もう一度声をあげかけた。

その矢先に、耳もとで、

『秋童どす』

と、一人が囁《ささや》いた。

『春之助です』

と、もう一人も、たおやかな声で名乗った。

無論、その声も、この家の主《あるじ》には、聞こえてはいないらしかった。

雨は、樋《とい》の雨垂れだけを音にして、徐《しず》かにけむるように降っていた。


この日、篠子は、帰りぎわになってやっと、この裏座敷のどか明かりのすくないほの暗さについて、納得したのであった。小縁《こえん》の端の手水《ちょうず》の裏になっていて、篠子の位置からは見えなかったのだが、そこに、人間一人では抱えこめぬほどの太い幹まわりの、楓の巨木が一本、大根《おおね》を張っていた。

梢は家の頭上に枝葉を繁らせていて、屋根と小庭をおおいつくしていたのである。

「まあ、大きな楓……古い木なんですねやろ？」

「へえ。もう二百年近うにはなるやろと聞いてますねん。この家が建つ前からあったのやそうどす」

「まあ……」

「ほんまは、切りとおすのやけどもな、切れしまへんねん」

「？」

「そらま、夏場は陽よけになって、涼しことは涼しおす。秋になったら色づきますしね……それがまた、見事な色どすねや。しんから真赤な火色に染まって、花やかどっせ」

「まあ、そんな木切らはったら、もったいのおすやおへんの」

「そうですがな。もったいのおす。切りとうて、切ろ思うたりするんとちがいます。気色《きしょく》悪いのどすがな」

「へ？」

「いえなあ、いまではもう馴れてもうて、べつだんどうということもおへんのやけど……」

「気色悪いて、どうしてですの？」

「実はな、この木、ちょっと因縁話がおしてな……」

と、主《あるじ》は、言った。

「このあたりではな、昔は、血潮《ちしお》モミジていうてましてん」

「血潮モミジ……？」

「へえ。血の色に染まるのやていうのどす。もっとも、もうそんなこと知っといやすひとも、少のおすけど」

主《あるじ》は、

「ほれ、ちょっと覗いとみやす」

と、言って、篠子に手水《ちょうず》垣の奥を指し示した。

「幹の根本を見とみやす。いぶしこぶしになってるところがありまっしゃろ」

「ああ、少しふくらんでる……」

「そうどす、そうどす。あれな、木がしゃれこうべ抱えこんでるて、いうてんのどす」

「しゃれこうべ?」

篠子は、ちょっと息をのんだ。

「木の肉がな、土のなかのしゃれこうべ巻きこんでな、大きゅうなってるて話がおすの」

「まあ……」

「昔……というても、江戸時代の頃のことらしおすのやけど……あんたはん、知っといやすかいな。ほれ、陰間《かげま》茶屋いうて、男が春をひさぐお茶屋か揚げ屋かしらんけど……そんなのがあったていう話、聞きなさったことおへんか?」

篠子は、言葉を失っていた。耳の奥で、にわかにきしりをあげてとまる車の軋轢《あつれき》音が、谺《こだま》した。

「もちろん、京が都やし、芝居子《しばいこ》もこっちが本家やし、京にもぎょうさんそんなのがあったらしそうどすな。なんでも、そんなお茶屋の若い色子がな、ここに住んでたていうんですわ。その頃は、あんた、ここらあたりは、ひとも寄りつかん淋しい墓地の野でしたんやろ。ま、どんな話か、わたしら詳しゅうは知らへんのやけど、色子同志の刃傷沙汰があったのやそうどすねん」

女主《あるじ》は顔をあげて、雨のなかの巨木を見た。

「その色子達のしゃれこうべやて、いうのどす」

篠子は、ふらふらと、座敷の内へよろけこみ、畳へべったりとすわりこんだ。

篠子が、二人の異様な人影をまのあたりにしたのは、この直後のことであった。

雨は、やはり音たてずに、しきりに降っているのだった。

2

念仏寺は、寺といっても、特別な山門寺門の構えがあるわけでなし、建物といえばごく簡素な民家風の小さな茅《かや》ぶき屋根の庫裡《くり》と本堂だけが、山麓の竹林と藪木立《やぶこだち》のなかにある。

庫裡《くり》前庭の境内が、いまではこの寺の呼び物というか、観光客などの人気を集めている、無縁石仏群の大集団墓地なのである。

賽《さい》の河原、瓦礫《がれき》の原を思わす八千体ほどの出土石仏、石塔群は、かつてはこの化野《あだしの》の林野に散乱し、埋没していたものだと寺の説明書きにはあるが、雨露に磨滅し風蝕してほとんど石仏のかたちをとどめぬ石くれの群《む》れ集《つど》うさまは、荒涼としてふと地をはう物《もの》の怪《け》のひしめきを伝えてきたりする。

小雨の降る夏のはじめの頃のある日、秋童と春之助に会った篠子は、夕暮れどき竹細工屋の店を出たが、二人は念仏寺の近くまで篠子のそばに身を寄せて、はなれなかった。

篠子はしかし、それが少しも不快ではないのが、自分でもふしぎであった。

二人に出会った瞬間の胴ぶるいは、奇妙にすぐその場で消え、二人の正体がわかってからも、篠子はまるで気心馴《な》じんだ仲間か友人にとり巻かれてでもいるような、得体の知れぬ気安さをおぼえていたのだった。うろたえもなく、恐怖もなく、奇異感もなく、ごく自然に彼等と口がきけ、話し合え、いっしょにいることができた。

平常心がもどっていたら、それは、つまり、篠子の五体が、いうなら死界に一足も二足も踏み込むか、死の真際《まぎわ》まで引き寄せられていたのだと、わかったかもしれないのだが、篠子はそれに気がついてはいなかった。

その日も、一時間近く、篠子は念仏寺の周辺を二人と共に逍遙した。気がつくと、寺への細い参道をのぼっていて、小柴垣の拝観者通用門の前に立っていた。

門はもう閉まっていた。

『傘おとじやすな。雨、あがったようどすえ』

と、秋童が涼しい張りのある声で、篠子に呼びかけた。

篠子は、春之助と話し込んでいた。

「あら、ほんまに。これやったら、もう心配ないみたいやわね。ついでに、傘返して帰ろうかしらん」

『よろしよろし。またのときで、よろしがな』

と、秋童は、軽く褄《つま》をとるようにして、裾にかかる梢《こずえ》の雨しずくから身をかわした。

「それで？」

参道は、靄《もや》だってきていた。

と、篠子は、春之助の方へ顔を戻した。

「どうして、あなた、この化野《あだしの》へ住みつくようにならはったの」

『さっきも話しましたでしょ。わたしは、もともと、舞台子《ぶたいこ》の出。そっちの野郎修業を積んで、ゆくゆくは三座の舞台が立派につとまる役者になろうと思ってたんです』

『夢と現実《うつつ》は、地獄と天国。そうは問屋がおろしの摺《す》り金《がね》。摺りへらしたはお江戸《えど》が三座《さんざ》。マ、どうせ摺るなら、スッテンテンに、摺った浮き世は大摺り鉢。摺り鉢割って、手にする摺りコギ。スルスル啜《すす》るは摺り大根……』

と、秋童が、せりふもどきに抑揚をつけ、澄んだ瞳をちらともそよがさずに、まぜかえした。

「秋童さん」

と、篠子がたしなめかけるのへ、

『いいんですよ』

と、春之助は、笑って応《こた》えた。

『あのひとは、あれがお自慢なんだから。あのひとにね、ひところ、中村座の座頭《ざがしら》役者がのぼせあがって、うでダコ、足だこ、揚げづめで、通いつめたことがあるんですってさあ。その役者に、枕語《まくらがた》りにせりふのメリハリ仕込まれたってのが、運のつき。筋がいいとかなんとかおだてられたのを真《ま》に受けて、なにかというとあの仕末。本気で役者にでもなれたって、信じてるんですからねえ。おまけに、洒落たつもりかしらないけども、出てくるせりふは、チャリ敵《がたき》。お品のないも、いいとこでしょ。あれで、花水楼の看板つとめたてえんだから、いやんなっちまうよねえ。その贔屓《ひいき》の役者てえのも、おおかたどこかの道外《どうけ》方《がた》。お里が知れようてえもんでしょう？　笑うにも笑えやしない』
『お黙り、おドサ。いえ。おドサやなんていえる代物とちがうがな。なあへエ、よう聞いてやっとくれやす。このひとは、いつもこうどすのえ。なんやしらん、どこぞの飛子《とびこ》の分際《ぶんざい》で、わたしをいっつも、鼻で笑うてみせはんのどっせ。そらまあ、高うもない鼻で、どうえらそうにあしらわれたかて、痛うも痒《かゆ》うもないけども、ちょっとまあ、聞いとくれやす。飛子いうたら、かげ子のなかでも、野郎、舞台子、かげ間、そのまた下どっせ。役者の位でいうたらへエ、大部屋の三階や。そら舞台子あがりかしらんけども、その大部屋もようつとまらへんさかい、飛子に落ちといやすのやろ。野郎の修業もつとまらん。芸も未熟。とうてい都の舞台など踏ませておかれへんさかい、地方めぐりの出稼ぎ子へまわされはったんどすねやろ。舞台もあかん。かげ子の世界一本でも、都の揚げ屋に並べておけへん。そやさかい、飛子になっといやすのとちがいますか？　どの口押したら、わたしをコケにできますのん。なあへ、そうどっしゃろ？』

春之助は、笑っていた。

篠子は、二人の口舌《くぜつ》を聞きながら、かげ子の世界の仕組みを、このときおぼろげながら、知ることができたのである。

『かげ子』『色子』などと呼ばれるこの特殊な売色稼業にも、地位や種類が定まっていたらしいのである。

一つはいわゆる若衆歌舞伎からの流れで、色を売る若衆役者が風紀を潰乱《かいらん》するとして、公儀の禁令を申し渡され、前髪を剃《そ》って、いわゆる野郎歌舞伎に姿を変える。

当時の芝居興行界には、芸の腕がたつ役者達と、そうではなく容姿の美色で見せる若い舞台子達の人気とが、二つながらに同居していた。舞台子達は、野郎役者の下地修業を積みながら、一方では容色を売る行為もおこなっていて、この稼業の花の時期十五、六から、二十歳前後までは、この二筋道を兼用していたのである。二十歳をすぎる頃には、花の盛りもおとろえはじめ、舞台一本の修練に移って行くのだが、役者の下地ができてない子や、芸の未熟な者達には、その先の舞台の世界はとざされていて、そうした子達は、野郎の抱え主の手で地方へ出稼ぎに出されたのである。諸国まわりの旅役者の一団というかたちなどをとって、この稼業はつづけられた。

これを『飛子《とびこ》』と、呼んだ。

役者の芸もまずく、齢をとって妓楼の客達の好みにも合わなくなった者、また舞台をしくじったり、個人的な事情などで都落ちしなければならなくなった者と、立場はさまざまではあったけれど、飛子は諸国めぐりの、田舎僧侶や野暮大名、地方のお大尽などをいい稼ぎ相手にして、品を落した商いに身を染めなければならなかった。なかには、三十、四十を越えて、紅白《べにおし》粉《ろい》に色子衣装で稼ぎをつづける者達もいた。

こうした芝居野郎達の流れとはまた別に、直接しろうとの暮らしから、妓楼の抱え主や親宿《おややど》の業者達へ、売られて入ってくる、いわばかげ子一本の子達もあった。

たいていは実家が貧しかったり、また人さらいにさらわれたりした不幸な境遇の子が多かったが、顔立ち美しい子でなければ抱え主も元手をつぎ込みはしなかった。

秋童は、八歳の折、旅まわりの角兵衛獅子に買われて京をはなれ、江戸に出て、秋葉屋という抱え屋に売り渡されたのだという。

『その日から、三味線持たされ、バチで叩かれ、舞音曲《まいおんぎょく》、手習い、一通りのたしなみはしつけられて、そればかりやおへんのえ。朝から晩まで、子守り、水汲み、走り使い、薪割り、拭き掃除、小僧同様にこき使われて、味噌だけなめて暮らしたこともおすのえ。十でかげ子のお供になって、十三のときには、もう湯島のお店へ一本立ちで出ましたのえ』

『そろそろ、このひとのからみがはじまるよ』

と、春之助は、篠子を見てにこっと笑った。

『生粋《きっすい》のかげ子修業をやりあげたてえのが、秋童のまた大自慢なんだから。ねえ、ばかじゃないかと思うでしょ？　かげ子に生粋もヘチマもあるかてんだ。金襴緞子《きんらんどんす》に羽ぶとん、栄耀栄華《えいようえいが》のぜいたく三昧。仕たい放題しつくして、わが世の春をうたったてえのが、あのひとの百万遍題目《だいもく》なんだ。なにをするにも、まず枕は、そこからはじまるんだ。あれを言わなきゃ、おさまんないんだ』

『だから、おまえさんは阿呆というのえ。ばかは、そっちじゃないのかえ。わたしは、この篠子さんへ、わたしの身の上一通りは話して聞かせたいと思うたからこそ、こうしてお喋りしてるのえ。おまえさんなんかは、余計者だよ。とっととどこぞへ消えておしまい』

「まあよろしやないの。いさかいは、せんときよし。秋童さんのお話も、聞いてるわ。はなは、湯島へ出はったのねえ」

『へえ。その店が火を出してねえ、そんで、六軒町へ移ったんどす。葭町《よしちょう》、堀江六軒町の花水楼いうたら、そら、その頃大江戸で一、二を争う大きな野郎茶屋どした。これ、自慢でいうてるのとちがいますえ。錦のべべ着て、手練手管、色と欲との渡り合い。客を騙《だま》すが商売で、心にもない起請《きしょう》も山ほど書きましたえ……』

秋童は、不意に言葉を切った。

篠子は、おやと、眼をとめた。

秋童の瞳の内が、濡れているように思えた。

『なんで、こんな暮らしが自慢になるのどす。だれが、こんな暮らし、わが世の春やと思います？〝お下《くだ》りさん〟いうてな、京から江戸へ下った色子は、言葉もしなも柔らこうて肌《はだえ》のあたりがはんなりくるて、そら特別、客にもよろこばれ、重宝されます。そやけど、なあへエ、考えても見とおくれやす。わたしは、八つで、京を離れたんどすえ。わたしが使うてる京なまりも、これ、みんな地でおぼえたんとちがいまっせ。お下りさんの先輩衆や、朋輩の言葉を見様見まねで身につけて、ふりしてるだけどすわ。こんなん、京の言葉やない。なあ、どうどす。京に生まれた、ほんまの京の人間が、おのれの生まれた国の言葉よう喋れへんのどす。こんなんが、なんで栄耀栄華どす？なんで、ぜいたく三昧、仕たい放題ていえるのどす？』

秋童は、一瞬春之助へ、するどい視線を投げつけた。

『このひとに、なにがわかるもんですか。ゆすり、置き引き、かっぱらい、美人局《つつもたせ》は序の口で、雲助《くもすけ》まがいの商いが骨の髄《ずい》までしみこんでるこんな飛子に、わかったような顔されて、どうして黙っておれますか？』

どうやら秋童の話というのは、喋りはじめると、かならず春之助への毒づきに移ってゆくらしかった。

けれども、春之助はまた、そんな秋童の毒づきを、ちっとも気にしている風には見えなかった。

いつもにこッと、篠子の方へ、眼で笑い返してくるのだった。

春之助の言う、秋童のからみというのは、これなのだろうと、篠子は思った。

『野郎役者にあこがれて、いうたら、このひとは、好きで入った世界どっしゃろ。飛子に落ちたのは、自業自得。わたしらとは、わけがちがいます。白粉水の泥味《どろあじ》も、苦界のどぶのしんの黒さも、このひとには、わからへん。なんにも、わかっていイへんのや。わたしが、どんなにこの京へ、帰りたいと思うたか……。一ン日《ち》やって、それを思わん日はなかった。江戸で暮らした十三、四年……ただその思いだけにすがって、わたしは看板張ってたのや。それをいうたら、このひとなあへエ、いつかてゲラゲラ笑いはるのや。こんながさつで、鈍《どん》なひと、ほんまに見てるだけでも虫酸《むしず》が走るわ。なんでいけませんのえ。かげ子の花の散りどきは、二十一、二。三になったら、京へ帰って、地道にまともな商いしよう。それが、なんでおかしいのどす？わたしにかて、そのくらいの元手、ぽんと面倒見てくれはる旦那の五人や六人は、右から左へすぐどっせ。それも、大それた商いしようというのやない。家がへんぴな山里にあったさかい、貧乏せなならなんだ。せめて町なか近くへ出て、在所の家業継ぎたいと思うてただけどすねん。そら、家は貧乏どした。貧乏どしたさかい、子供も売らなならなんだのとちがいますか？　けど貧乏でも、家業は家業や。わたしは、それが継ぎたかったのや。それを、このひと、何様のご大家の生まれか知らんけど、腹をかかえて笑わはるのえ』

『もういいかげんにしちゃあどうだえ』

と、さすがに春之助もうんざりした顔つきで、首を振った。

『おまえさんがなにをしようと、わたしの知ったことじゃない。したけりゃ、やったらいいじゃないか。そんなに後生大事なことなのなら、なぜおまえさん、やらなかったんだえ。げんにおまえさん、そうやって、絹のおべべも脱ぎもせず、島田の鬢《びん》もかきあげで、いまだに紅粉《べにこな》つけてるじゃないか。うじうじ愚痴るのはいいけども、はた迷惑てのも考えとくれな』

春之助は、あっさりと、言い捨てた。

『おまえさんにゃ、できなかった。故郷へ錦を飾ることも、なんの家業か知らないけども、その貧乏家業てえのを継ぐことも、おまえさんにはできなかったんだ。これが、肝心なことなのさ。ほかに、うだうだ言うこたあないやね』

『なにィ』

と、秋童は、花模様の袂《たもと》をひるがえした。

『つまり、おまえさんもわたしも、変りゃあしない。どうで、屑《くず》だということさ』


春之助は、平然とうそぶいた。

低い唸《うな》り声《ごえ》を発して、秋童は身をおどらせた。艶やかな時代振袖が、にわかにけもの影をおびたかにも見えたその一瞬は、すさまじく、奇怪な眺めだった。

篠子は、気づかぬ間に、眼をつぶっていた。

とびかかったと見えたのに、あたりは寂《しず》かなのだった。

崖の土肌を湧き水がしたたり落ちるのか、木立ちの葉末を洩れる雨滴か、かそけきものの音だけが、後に残った。

瞼をひらくと、二人の姿はどこにも見あたらないのであった。

参道は、うす闇がさしはじめていた。

篠子に、急に、悲しみが戻ってきた。

二人に出会う以前の篠子が、抱えていた悲しみだった。二人といっしょにいる間、篠子の体のなかから消え、消えたかに思えて忘れておれた悲しみだった。

麻酔剤がきれた後、なりをひそめていた傷がいっせいに頭をもたげたつような、現世の体に、篠子は引き戻されていた。

竹細工屋の店先にくずおれるように手をついた彼女が、そっくりそのままそこにいた。いや、篠子は気がつかなかったけれど、もっと深く、彼女は疲れ果てていた。

蛇《じゃ》の目《め》傘をにぎりなおした。

手に、なにかつかむものがあるということが、このときの彼女には救いだった。

つかみなおして、篠子はあだし野を後にした。

この日から、四、五日おきの化野《あだしの》通いが、篠子にはじまったのであった。

痛みを忘れる薬剤をもとめていでもするようなところが、どこかにあった。

鎮痛の薬が癖《くせ》づくということを、彼女は考えてみもしなかった。そんなゆとりなど、篠子には、なかった。

3

篠子は、ひかりに灼《や》けた鳥居本の勾配道《こうばいみち》を、ゆったりとした足どりで歩いていた。

――変ね。今日は、なんでいっしょに歩いてくれはらへんの。

『歩いてますがな』

――姿、見せとくれやす。

『えらいイケズ、いわんときよし。こんなきつい陽ざしに出たら、ぶぶ灼けみたいにひりつきつくって、かなんし。これは、色子のたしなみどす。安心しよし。そばにちゃんとついてますがな』

――あら。あなた、おぼえたのね？

『へ？』

――その、よしっての。

『へえ、おかげさんで。篠子さんのがうつってしもうた』

――また、いさかいしはったのとちがう？

『へ？』

――春之助さん。見えへんやないの。

『いてますがな。篠子さんのうしろに。ついてますえ』

――まあ。

篠子は、背後を振り返った。

マイクロバスが、観光客をのせてのぼってきていた。一台で道いっぱいになるような旧道だった。

『いいんですよ』

と、春之助の声だけがした。

『気にしないで、歩いて歩いて。もう先《せん》から、見蕩《みと》れめがねの、コンコンチキさ』

――あら、なに？ それ。

『舞《まい》のひとは、さすがにちがうてえこってす。あなた、勉強してるて言いなさんしたが、わたしゃ、ひとかどの舞い手と睨《にら》んだ。芸を持ってるひとの姿は、こわいねえ。見飽きないんだからねえ』

――まあ。てんごばっかり。おいときよし。

『そうえ』

と、秋童が、引きとった。

『このてが、そのひとの十八番え。殺し文句にのったらあかんえ。飛子は、両方使うさかい。へえもう、このひとら、こわいのどすえ』

春之助の返事はなかった。

たぶん、またあのひとなつっこい眼で、にこっと笑ったのだろうと、篠子は思った。

それにしても、なぜ彼等といることが、自分には不快でないのだろうか。この化野《あだしの》へ、足を踏み入れさえすれば、彼等はかならず、迎えに出てくれるのだった。彼等に迎えられることが、なぜ自分には安らぎなのだろうか。彼等をこそ、いまこの世でいちばん憎い相手だと、かりに自分が思ったとしても、それはゆるされることなのに。

『おきよし。また薄情男のこと、思うてはる』

秋童が、バスをやりすごして道の端によった篠子の頭の上で、言った。

篠子は、声のする宙を振りあおいだ。

櫟《くぬぎ》の藪の葉群れごしに、夏の光る空があった。

『ちがうて。こっち。そばの石の上どっせ』

篠子はほほえんだ。自分が道いっぱいに避けたので、秋童の居場所がなくなったのだろう。すぐに声は、耳の高さの位置に戻った。

『そうやろ？　さっきの学生の二人連れ見て、また思い出しといやすのやろ。似てましたのか？』


篠子は、ゆるく首を振った。

――そうやないの。屈託のうて、羨ましいな思うただけ。さらしの白麻見てるようや。人間て、あんな時期がいちばんええな……そう思うただけ。

『きついこといわはる。そんな時期、あらへん人間かていてるのえ』

――あら。

篠子はあわてて、秋童の声を探した。

――かんにんえ。そういうつもりやなかったのよ。

『あほやな。そんな悲しい顔やめときよし。ええのやて。わたしらかて、思うもん。羨ましいなて、思うのえ。すがすがしいて、人間、白麻みたいな時期……そうえ。篠子さんは、もう通りすごしてきてはんのや。そやろ？　帰ってこんかて、ええやないの。わたしらには、はじめからなかっただけや。おあいこやないの。泣いたて、騒いだて、もうあんたにもわたしらにも、それは、無縁な白麻や。そんでええとしようやないの』

篠子は、うなずいた。ほほえんで、すなおにうなずいた。

――そうね。

うなずくたびに、涙があふれたけれど。

『で』

と、しばらくして、秋童は言った。

『その男はんていうの……イヤ、かんにんえ。しんどかったら、聞かんといてええのえ……』

――大丈夫。というても、話すほどのこと、なんにもないみたいな気もしてるのやけど……。

『そうか。そんなら聞いてもええな?』

秋童は、安心したような声になった。

『その男はんて、やっぱり、舞《まい》の方のひとやのん?』

――いいえ。ただの、平凡な会社員。婚約して、三年目なの。わたしが舞《まい》舞うてるさかい、わがままいうて、のびのびにしてたのやけども、この秋にはお式も決まってたの。あなた、薄情男っていうけど、そんなひとやないの。わたしには、すぎたひと。もう一生、きっとあんなひとにはめぐり会えへん。そんなひと。すばらしひとなの。

(ほんの、四、五秒間のことだった……)

と、篠子は、彼のアパートの部屋の内を眼先にうかべながら、思った。

日曜日の朝だった。アパートを訪ねると、彼は留守だった。あとでわかったのだが、煙草を買いに出ていたのだった。ドアが閉めきれてなかったので、篠子も、近所へ出かけたのだろうと思って、部屋にあがった。

あがると同時の、電話だった。

篠子は、受話器をとった。

「お兄ちゃん?　お早うさん」

と、若々しいはずみきった男性の声がとび込んできた。

「今晩行くからね……」

その若い男の声は、篠子が口を開くまでに、それだけのことを言った。

そして、篠子の声を聞くと、あわてて、

「すんません。番号まちがえました」

と、言って電話を切った。

時間にして四、五秒たらずの、ほとんどなにを言うひまもない、一方的な電話だった。

篠子も、べつに気にもとめなかった。

彼は一人息子だったから、弟がいるわけはなし、まちがい電話だと彼女も思って、すぐに忘れた。待つほどもなくして彼が帰ってきたときにも、だから電話のことは話さなかった。話す必要もないと思っていたし、忘れてもいたからである。

その日一日、式の日どりや、会場の予約、こまごました準備のことなどで、二人は外を出歩いて、仲人の家をまわったりして、食事をとると、もう夜の九時近かった。篠子の家の方が遠かったから、タクシーは彼をアパートの前でおろした。なにげなく見あげた部屋に、灯がついていた。

「あれ」と、彼も首をかしげた。「じゃ、一ン日点《ちつ》けっぱなしだったんだぜ」と、彼は言った。

「そんなら、ゆうべから点けといやしたのえ」

「そういうことになるな」と、彼は頭をかいた。

日中点いている電灯は、気がつかないことがままあるものだ。篠子も、朝訪ねたとき、見落したのだと思った。

タクシーが走り出してから、篠子は、急に、電話のことを思い出したのだった。確かに、人影が一度、明かりのなかをよぎるのが見えた気がしたからである。

彼以外に、篠子も渡されていないあの部屋の鍵を、持っている人間がいる。

もっとも、篠子の場合は、挙式前から自由に男の部屋へ出入りする女にはなれなかったので、彼女の方で辞退したのだけれど。

みずみずしい、はつらつとした若者の声が、鮮やかに耳の奥で蘇った。

「お兄ちゃん。お早うさん。今晩行くからね」

そして一週間ばかり、篠子は、彼と会わなかった。彼も、連絡してはこなかった。どちらも、忙しかっただけのことだと思えば、それにちがいはないのだった。それで、すむことなのであった。

なぜあの日、彼の車で外出しなかったのだろうか。そうすれば、きっと、彼は篠子を送ってからアパートへ帰ったであろうから、あの部屋の灯も、見ずにすんだのに。あの部屋の灯さえ見なかったら、なにも起こりはしなかったのに。

篠子は、そう思うことがある。思っても、仕方のないことだったけれど。

そして、あのドライブの日がきたのだった。

篠子は、何度も思い返してみる。あの電話の話を持ち出したとき、自分はなにも疑ってはいなかったのだ、と。

先輩後輩、仲間、遊び友達、飲み友達……自分の知らない男友達のつきあいは、いくらだって彼にはあるだろう。あってふしぎはないのであった。

ただ、あの日の朝の電話を、自分が独り決めして、彼に伝えなかったことを、あやまりたかったのだ。悪いことしたわ。わたしがうっかりして。あれまちがいじゃなかったのよね。女が出たんで、先方もびっくりしちゃったのよね——そういう意味のことを、伝えたかったのだ。

鍵にしたって、男同志、親しい間柄ならば、どんな事情で渡してあったか、知れないではないか。渡してあってちっとも不自然ではない事情は、いくらでもある筈だ。

彼には、どんな答えかたでもできた筈だ。

また、どんな答えかたをされても、篠子はそれを信じただろう。なにかを、ただなにかを、答えてくれさえすればよかったのだ。

それはたとえ、嘘でも。そう。嘘であったって、よかったのだ。たとえ、口から出まかせのことだったとしても。

そんなつもりで、篠子は、電話のことを口にしたのだった。

陽気な、なごやかな会話のなかで。あのときの彼の顔を、忘れることはできない。

それはまるで、世界が一転した瞬間だった、としか言いようがなかった。

彼は、なにも答えなかった。ただ、押し黙った。押し黙ったまま、やみくもに、車だけを走らせ続けた。

そういう男だった。嘘のつけない男だった。

(それは、わかっていたのに。よく知っていたのに。わたしは、心のなかで、『答えて!』と、叫んだ。『なんでもいいの。答えて。それを信じるわ。さあ、答えて!』わたしは、夢中で叫び続けた。願い続けた。祈り続けた)

でも、彼は、とうとう一言も、喋らなかった。

(どこで、なにが、どういう風にまちがったのか。わたしには、わからなかった。おそらく、彼にもわからなかったにちがいない。でも、なにかが、あのとき、まちがったことだけは、確かなのだ。大きく、それはとり返しのつかない方向へむかって)

あんな束の間が、この世のなかにあることが、篠子には信じられなかった。

恐怖だった。

「おろして!」

そう叫ぶよりほかに、自分になにができただろう。叫びたくはなかったのだ。

しかし、車のなかにいることも、できなかった。

(それにしても、なぜ、あの車が、とまったりなどしたのだろう。がむしゃらに、自分をのせて、どこまでも走り続けていてくれさえしたら……!)

篠子は、急ブレーキのかかる車のきしり音《ね》を、身辺に聞いていた。

——そう、あの車のとまったときが、わたし達のおしまいのとき。話してみれば、それだけのことなのよ。

『そのひと、しんからやさしいひとえ……』

と、秋童は、言った。

——そう。わたしには、もったいないくらいのひと。

『離してええのん?』

——仕方ないもの。もう、もとには戻らへんものねえ。

『やめときよし』

と、秋童は、いきなり振り返るようにして言った。振袖の紅絹《もみ》色が、ながれるようにして、篠子の眼前にあらわれた。

『もう、ここにくるの、やめときよし。そのひと、離したらあかんえ。そのひと、篠子さんに聞いてはるのえ。手の内さらして、ほんまの正体見せはって、そのうえで、あんたに選べというてはるのえ。騙《だま》すつもりが先《せん》からあったら、なんぼも白《しら》きれるところを、そうせなんだ。そうどっしゃろ? あんたに、おのれの身柄そっくり、あずけはったのとちがいますか？　そら、人間、十人十色。生《な》ま身《み》のからだや。いろんな癖、持ってますやろ。持っててふしぎはあらしまへんやろ。この世は男と女の世界、それで天下泰平やと、すんなりいうてる連中こそ、わたしにいわしたら、大あほや。なんにも見えてへん、大ばかや。あほにならんといてや。そのひと、きっと、篠子さんに賭けといやっせ。そやさかい、車とめはったのや。おしまいやない。いいや、おしまいにするも、はじまりにするも、あんたに選べというといやすのえ。そうやおへんか？』

秋童は、夏の陽ざしのなかに、その姿をくまなくあらわしていた。

篠子は、そんな秋童にむかって、やさしい眼の色を見せて言った。

——ええのえ、秋童さん。だから、選んだの。

『好《す》いといやすのやろ？』

秋童は、行手をさえぎった。

——ええ。好きえ。

『惚れといやすのやろ？』

——ええ。そうえ。

『そんなら、いますぐ、お往《い》によし。もう、ここへはこんときやす。二度と、この嵯峨へ近寄ったらあきまへんえ。そんで、しっかりつかんでなあかん。そのひと、離したらあかんのえ』

篠子は、じっと秋童をみつめた。

——そうえ。しっかりつかんでます。離したり決してしいへん。

『篠子さん……』

秋童は、瞳をみはった。

——そうやない？　それは、あなたが、いちばんよう知っといやすことどっしゃろ。しっかりつかんでおきたいさかい、もう二度と離したりしとうないさかい、わたしは、おしまいにしたのどす。いまやったら、わたしのここ……。

と、篠子は、白い上布の胸下を、帯のうえからしずかにおさえた。

——ここにいてはるあのひとは、死にたいほど好きやと、はっきりいえます。ここにいてはるあのひとを、消しとうはないのどす。

秋童は、なにかを言いかけた。

言いかけて、そのまま、篠子をみつめ返した。

——そうどっしゃろ。踏み込んだら、もう修羅や。修羅しかない。行きつくところは、地獄の果て。そうやおへんか？

このとき、秋童の瞳は、得体のしれぬ光をおびた。

『地獄が、怖うおすのんか？　修羅が、そんなに恐ろしおすか？　好いた男と見る修羅や。おちる地獄や。おちとみやす』

と、彼は、押し殺したような口調で、言い放った。

妖しい精気のこもる声だった。

篠子がほんとうの怪《かい》を見たのは、その直後のことであった。

真昼間の、人の往き交う化野《あだしの》の路上に、それはいきなりたちあらわれた眼を疑うあやかしの影であった。

きゃしゃなほのじろい秋童の手は、まるでおのれの顔面を一皮はぎとりでもするようにすばやく空《くう》をよぎり、古代紫のお高祖頭巾をむしりとっていたのである。

はじめて見る顔が、その下にあった。

4

『おちとみやす』

と、咽鳴《のどな》り声は真ひるまの光のあわいにもえたつようで、色子裳裾《もすそ》のはためきと風をはらんだ紫布が、にわかに眼先に残るとみるまに、秋童は陽ざしに透けて見えなくなった。

――秋童さん……！

篠子は追いすがるように、あたりに視線をおよがせた。

『無駄ですよ』

と、背後で、春之助の声がした。

『もういやしません。帰っちまったから』

――帰らはったて？

『あの秋童が、人前で被《かぶ》りの布をぬぐなんて、わたしも見たのは、今日が最初だ。こんりんざい、あるこっちゃないんですよ。

しかも、このお天道さまのさかりのさなかだ……よくせきのことだと思っておやんなさい』

春之助は、妙にしんみりとして、しかし、

『それにしても、あのオバケづらは、ひどかったたねえ……』

と、嘲けりとも憐れみともつかぬ笑いを、その口振りの内にまぜた。

『もう出てきやしませんよ。あの顔見せちゃあ、六軒町の、花水楼のと、浮き名の夢の語り草に、見栄も悪態もつけやしない』

――でも、あの傷はいったい……なんどすのえ。どうおしやしたのえ？

篠子は、声をふるわせた。

一瞬眼の裏を灼いた光のなかの秋童が、恐ろしかった。

しばらく、春之助の応えは返ってこなかった。

『まだ話しちゃあいませんでしたよね……』

だしぬけに彼は、ぽつんと言った。

『わたし達が、この化野《あだしの》へ住みついたお話』

――ええ。はい。

『そう。話そうとすると、秋童が邪魔を入れたでしょ』

――そうやったかしら……。

『でも、自分であの頭巾をとったんだ。もう話したって、あのひとも、怒りゃしないでしょう』

春之助はそう言って、ひょいと道端の野溝をとびこえ、陽かげの藪口で腰をおろした。

姿は見えたわけではないが、そんな気配や衣ずれの音が、篠子には追えたのだった。

彼女も並んで、竹の枯れ葉でおおわれた乾いた地面にハンカチを敷き、足を投げ出してすわり込んだ。

藪には少し風があった。

『あれも、ちょうど夏でしてね……』と、春之助は、口を開いた。

『厭な夏でしたねえ……わたしら、その年、西の方の国をまわっておりましてねえ……備中、備前、美作《みまさか》、播磨と、山陽道を逆《さか》しまに東へのぼって、摂津、和泉と、畿内を入り、京へのり込んだんですけどね……まあ、のり込んだと言やあ聞こえはいいが、ごらんのとおりの飛子稼業。着たきり雀の一張羅で、旅のどぶ泥、空きっ腹、かくすのがやっとのドサでしたわ……十人ばかし、いましたかねえ。京へ入る二、三日前から、様子は変だったんですがね……』

――え？

『いやね。一人二人、仲間に具合いの悪いのが出ましてね……麻疹《はしか》じゃないかて、話してはいたんですよ。まあ、塗り膏薬の半貝《はんがい》あけたり、草汁しぼってかけたりね、てめえ手当てで、なんとかその場はつくろって、もたしてたんですよ。あせも、疥《かい》癬《せん》、虫さされ、腫《は》れもの、ただれは、しょっちゅうで、べつに珍らしかあないものね。ところが、京へ入る頃からねえ、三人、四人と、バタバタいかれはじめたんです。熱をもつわ、痛みは言うわ、ただれは膿《う》んでにおうわでね……そりゃもう、ひどい有様でしたわ……』

――まあ……。

『たまりかねて、木賃宿でね、となり合わせた素人医者へみせたのが、運のつき。疱瘡《ほうそう》、麻疹のたぐいだてえんで、こっそり役人にご注進。これがまた、えげつない役人でね。その夜の内に、わたしら一人残らず引ったてられてね……番所の空地か、施療小屋へでも連れてかれるかと思いのほか、一晩中歩かせられましてねえ、歩けないのは大八車に筵《むしろ》でくるんで……なんと、やってきたのが、あなた、この化野《あだしの》のとっつき口。あたりは、いちめん田んぼと草の野っ原だ。あるのは、深い山ばかりの、人家も見えない野っ原でしたよ』

春之助は、たんたんと苦もないような口振りだった。

『ぽつんとひとつ、肥え溜め小屋がありましてね、そこへぶち込まれたんです。外からかんぬき板渡され、板づけの、釘づけです。食べ物、飲み水、そんなもなあ、くれやしません。三日三晩。ただそうやって、ほっとかれたんですよ』

篠子は、言葉を失っていた。

『はなの内は、二人ばかり、遠まわりに見張り番がついてましたがね。泣いても、わめいても、知らん顔。そう。やつらは、そうやって、わたしらがくたばるのを待ってたんですねえ』

春之助は、地べたの草でもいじっているのか、竹の落葉がさやさやと地面で枯れた音をあげた。風が渡るのかもしれなかった。

『……ほんとに、死んじまったんですよ。四人ばかしね』

と、彼は言った。

『ほんものの、伝染病《はやりやまい》だったんでしょうね』

春之助が、見張り番の男の声を聞いたのは、三日目の宵口のことだったという。

見張り番は、ときどき小屋のまわりに昼間姿を見せるだけで、近寄ってはこなかった。夜、遠くに焚火の火影が見えたりして、彼等がいることはわかったが、逃げようと思えば、逃げ出せなくはなかったという。

小屋の板をはがしたり、手で土を掘ったりして、動ける者はその逃亡工作にとりかかったのだが、途中でみんな手足の力を失った。

飢えと熱病だけが、小さな小屋に充満し、飛子達は、暑さと悪臭にまみれて、萎《な》え、ただ喘《あえ》ぎ音《ね》をたてるのがやっとの状態だったという。

二日目に四人死に、三日目には、春之助のほかに、動けるものは一人もなくなった。その春之助も、小屋の隅っこで腰板にもたれ、水気の抜けた体を支えているのがせいいっぱいだった。


動くのがおっくうだったし、物を考える力も失いはじめていた。

そんなときだったと、春之助は話した。

『もうそろそろくたばってる頃だろうから、あしたは、小屋ごと火をかけて、燃しちまえばいいいてえ相談なんです。世間に知られりゃ厄介だから、こっそり仕末をしてしまおうてえことだったんですよ』

その夜、春之助は、はじめてこの土地が、噂に聞く、死人を葬る化野《あだしの》だったということを、知ったのだった。

『どうで、ここは化野《あだしの》だわさ。そう言ったんですよ、見張り番が。わたしゃ、その晩、自分がなにをしたのかさ、さっぱりおぼえちゃいないんです。……気がついたら、体中、手も足も頭も血まみれ、泥まみれ……夜明けのね、山ンなかを、一人で這いずりまわってたんです』

また地面の竹落葉が、篠子のそばでかすかに鳴った。

『一口に化野《あだしの》といってもね、ここは奥深い山あいでねえ……その頃は、ほんとに人里遠い離れ地だったんでさあ。それが、この身のさいわいか、また禍《わざわ》いか、わかりゃあしませんけれどねえ……わたしゃ、精限り根限り、奥山深く逃がれ込んで、気を失っちまったらしくてね。眼をさましたら、人に助けられてましてね……樵夫《きこり》小屋で寝てました』

——まあ、で、病気の方は、どうどしたん?

春之助は、しずかに笑ったような気がした。

『よっぽど悪運つよいんでしょうね。三日ほど寝てたら、ふだんの体にもどりましたわ』

――そんなら、伝染《うつ》っといやさんと……。

『そうでしょうね。なんともなかったんだから』

――でも、逃げはったことはわかったでしょうに……追手はかからなんだのどすか？

『ええ。一、二度、探しにきましたよ。けど、助けたひとが隠してくれましてね……まあ、逃げたところで疫病やみだ。どこかで野垂れ死にするだろうてなことだったんでしょうかね。それっきり沙汰なしで、命拾ったんですよ。そのひとと、一年ばかし暮らしました』

と、春之助は、言った。

――そのひとて？

『わたしをかくまってくれたひとです』

――樵夫《きこり》さん？

『いや。石工。ほら、念仏寺の石くれ仏。あんなの彫ってたんですよ。石塔、石仏……早く言やあ、野の墓石彫りだわねえ』

春之助は、ふと往時を想い出してでもいるのか、沈黙した。

――そう。石仏をねえ……。

と、篠子は、独り言のように言った。

『変った男でね……』と、春之助も、独りごちでもするように、呟いた。


『山鳥捕ったり、木を伐ったり……そっちで暮らしの銭はまかない、石は野石を掘り出してきちゃあ、仏や塔にして、また野にばらまいちまってさあ……それかといって、念仏三昧、仏心供養の心があるかてえと、そうじゃないんだねえ。殺生はする、ときには追いはぎまがいのようなことでも平気の平左。わたしを助けて、三日目にゃ、もう押さえ込まれちまってねえ……』

――え？

と、篠子は、顔を上げた。

『やだよ。そんなに見ないでおくれなね。わたしゃ、飛子だよ。べつにおかしかないだろう。つまり、その、そういうことなのさ』

春之助の声に、はにかみとも媚びともつかぬ艶っぽさが、束の間ただよい、ゆらいで消えた。

篠子は、まじまじと、その声のするあたりに眼をこらした。

『やめておくれよ』

春之助は立ちあがったらしく、落葉の嵩《かさ》がまた鳴った。

――いや、かんにんえ。

と、篠子はあわてて、眼をそらした。

春之助は、篠子のまわりを歩いている風だった。

『ちょうど、一年目だったかなあ……その男、町へ出てった帰りにね、かげ子を一人、連れて帰ってきたんだよ』

篠子は、声の方を見た。

『そう。それが、秋童』

――でも……。

と、篠子は、声を追った。

――秋童さんは、江戸にいといやしたのやろ？

『ええ。大江戸日本橋は花の葭町《よしちょう》。堀江六軒町花水楼の看板子。そりゃまあ、わたしらとはケタ違い。たとえて言やあ、雪と墨。〽暗がりで見ても、助六さんと意休さん、どうとりちがえてよいものかいなア……てな具合でさあ。ぞべぞべ、しなしな、まあ花っぽかったのなんのって……』

篠子は、春之助の話し振りが、ふと口調を変えているのに気がついた。いや、変っているというよりも、それがふだんの春之助だった。つまり、秋童といるときの、春之助なのであった。そして、そんな春之助には、どこか微妙な精彩があった。

篠子は、心持ち耳をすました。

秋童が、どこか近くにいるのではあるまいかと、不意に思ったからである。

『ところが世の中、奇妙きてれつ。雪より墨がいいてえおかたも、あるんですよ。秋童がどうして京にきたかてえのは、篠子さん、もう秋童が自分の口で話したでしょう？』

篠子は、あ、と思い当った。

『そう。あのひとは、花水楼をうちあげて、恋しい恋しい、夢にまで見た生まれ在所《ざいしょ》へ、念願かのうて、錦のご帰還。と、まあ、ここまでは上々吉だったんですけどねえ……飾った錦の金《きん》財布《ざいふ》が、百両あったか、千両あったか、そいつあ、わたしゃ知りませんがね。とにかく、ゆすりにゆすられて……』

と、ここちよさそうに、春之助が抑揚つけて言ったときだった。

『お黙りよし。この生畜生《いきずきしょう》』

と、一声するどい声がとんだ。

やはり、秋童はいたのだ、と篠子は思ったが、振り返ったりはしなかった。そ知らぬ振りでいてやることが、秋童への思いやりなのだと、なぜだか篠子はそう思った。

『わたしは財布を奪《と》られたのえ。追いはぎに遭うたのえ。折角、店退《ひ》かせてもろうて、やっと京へ戻ってきた。桂川を渡ったら、もう一山で大枝《おおえ》の里。その矢先に、あの男が、ヌウッとあらわれくさったのや』

秋童は、歯ぎしりでも聞こえそうな、はげしい声でそう言った。

『財布が欲しけりゃついてこい。くるのがいやなら、往《い》にさらせ……て、まあどうえ、そうほざいたのえ』

『と、まア、このひとは、言ってじゃけども、ぶっちゃけて言やあ、手ごめの味が忘れられずに、尾を引き尻引き、のこのこここまでついてきた、と言うこってすのさ』

『アアついてきた。ついてきたえ。八つの年から苦界へ沈んで、十四年。やっとつかんだ、いのちの銭《ぜに》え。とり返さなんでおけようか』

『と、いうわけで、意気込みだけは健気《けなげ》だが、銭《ぜに》につられて、重なる手込め。一月、二月、重ねるうちに、もう銭のことなどうわの空。銭などいらぬととりすがり、洗った筈の色子の色の狂い咲き。染まった色のおそろしさ。夜も日もあけずしっぽり濡れて、交わす枕も鴛鴦《えんおう》の、と言いたいところだけどもね、そうは問屋がおろさないのさ。ここはあだし野。日本橋じゃあ花水楼の飛ぶ鳥おとした色子かしらんが、山家《やまが》育ちの悪党にゃ、なよなよしがらむ一方の、悋気《りんき》疝気《せんき》はもち焼き放題、なにかと言やあことごとしいお江戸の花は鼻につき、とどのつまりは、飛子が飛んで、あだし枕も独り寝の、化野《あだしの》暮らしがまア、はじまったてえことなんですよ』

篠子は、息をつめていた。

秋童の声も、気配もとだえて、春之助だけが喋っていた。そのことが、不気味であった。

一人の、おそらくは、屈強な石工であろう。無頼で、野放図な男をなかに、春之助と秋童の、奇態な山野暮らしがはじまった光景が、篠子には見えるのだった。

春之助の語った話は、篠子を動転させたけれども、そのおどろきよりも、篠子は、かなしみの深さの方に身をひそめて、動かなかった。

男は、春之助を愛《いつく》しみ、秋童をかえりみなくなった。秋童はただ、男と春之助の歓戯《かんぎ》を眺めているだけの、閨《ねや》の道具なのであった。そんな暮らしが、半年、一年と続き、なお秋童は、この化野《あだしの》を離れることをしなかったという。

奪われた財布への執着からなのか。

春之助の言うように、その山家育ちの悪党男への執着だったのか。

篠子には、最初わからなかった。

「帰れ」と再三追いたてられても、離れなかったという。

しかし、ある夜、男は言ったのだという。

「お前のその顔が気に入らないんだ」と。

『メッタ傷でもこさえてこい。すりゃあ、少しゃ変りばえもするだろうから、かわいがってやらぬでもないってね、こりゃまあ、冗談で言ったのさ。そこまで言われりゃ、秋童も、諦めるだろうてえことだったのよ。瓢箪《ひょうたん》から駒が出たとは、このことなんだねえ……』

と、春之助は、言った。

男は、石のみでぺたぺた秋童の頬をなぶりながら、その縁切り言葉を口にしたのだそうである。

秋童は、いきなり、その石のみにとびついたのだという。とびついて、自分の手をそえ、自らの顔を裂いたのだ、と。

『わたしも、気がつかなかったねえ』と、春之助は、言った。

血を見たとき、男の眼の色が変ったという。男は、やにわに秋童を抱き込んだ。

『血が、狂わせたんだねえ』と、春之助は、言ったのだ。

　傷が一つふえるたびに、男は、秋童を抱くようになったという。

『これで、話はおしまいさあね。とどのつまりが、あの顔さ。行きつくところは見えてるのに、秋童は、よさないんだ。わたしゃ、何度も言ったんだよ。頭をさげて、頼んだことだってあるんだよ。もうよしなって。それを、このひとは、なんと言ったとお思いだえ。わたしの悋気《りんき》だと笑ったんだ。この大馬鹿者の色狂いがさ。てめえの行き先が、わからないんだ。あんなオバケになってさあ、だれが、いつまで、相手になんかするものかい。いずれは秋風、厭気《いやけ》風、吹かぬと思うが大馬鹿さ。それが、てんからわからないんだ。どうで、相手は悪党さ。一時は眼先が変ってさ、めずらし物好き、なぶり物好き、のみでひき裂く花の顔に、血を湧かせたか知れないけれど、それも一時の気なぐさみさ。しゃぶれる飴がなくなりゃ、からけつ棒はポイと捨て、楊枝《ようじ》にだってなりゃしない。もう咲く花は、しゃれこうべ。弔い花も、咲きゃあしない』

　篠子は、このとき、眼前を、するどい風がよぎるのを見た。

　風のはざまに、はっきりと、花染模様の振袖が、舞いたっていたのである。その振袖からあらわな腕が、一本の石のみを振りかざしてつかんでいた。石のみは、宙をおどり、はげしく何度も振りかぶられた。

　それはちょうど、なにかをめった突きにして、刺し通し続ける動きに見えた。

『いくらでも、刺すがいい。何度でも、殺すがいい。それで気がすむのなら、なんべんだって殺されてやる。けど、おまえさん、わたしを何度殺したところで、その顔は、もうもとには戻らないんだよ』

　春之助の声は、そう言った。

　悪態をつく声ではなかった。苦しそうに、見えない刃物に刺し貫かれている者の声であった。

　篠子は、その声の底に、かなしいひびきのこもるのを、聞いた。

　やがて、ふと、物音は絶えた。

　化野《あだしの》は、静かになった。

「秋童さん！」

　と、篠子は、やにわに振り返った。

「春之助さん！」

　と、声に出して呼んだ。

　答えは、なかった。

『地獄が、怖うおすのんか？　修羅が、そんなに恐ろしおすか？　好いた男と見る修羅や。おちる地獄や。おちとみやす』

　と、言った秋童の声が、耳の底によみがえってくるだけだった。

『おちとみやす』

　その言葉を伝えるために、秋童は、いや、秋童と春之助は、わたしに会いに出てきてくれたのではないだろうか、と、不意に篠子は思ったのだった。

化野《あだしの》は、夏の陽にあぶりたてられていた。

白い光の旧道を、観光客の群れが往き来していた。

その道へ、篠子は走り出た。

道の彼方に、竹細工屋の店先が見える。

その屋根の上空に、抜きん出て高い青葉のしげりがあった。

あの楓の巨木の根が、二人の死んだ場所なのだろうか。とすれば、あの竹細工屋の家が、むかし彼等の住んでいた場所ででもあるのだろうか。

とにかく、と、篠子は思った。

あの家に行けば、また二人に会えるだろう、と。

会って、伝えなければならない。

(おちてみるわ。わたしの好きなひとだもの。もし、それがおちるということなのなら、どこまでだって、おちてゆけるわ。あなたが、教えてくれたから。そうよね。好きだってことが、いちばん大切なのよね。それがあるだけで、いいのよね。ほかには、なにもいらないのよね。人間て)

篠子は、歩き出していた。

ひそかに、あたりに気を配りながら。

そして、ときどき立ちどまって、耳をすました。


(迎えにきてちょうだい)

と、彼女は、いっしんに呼びかけた。

化野《あだしの》は、もう答えてはくれなかった。

(『小説現代』一九七五年十一月号/『熱帯雨林の客』講談社、一九七六年/『花曝れ首』講談社文庫、一九八一年/『風幻』立風書房、一九九二年/『赤江瀑名作選』学研M文庫、二〇〇六年)

随筆

ある蠱惑考

どういうかげんか、わたしの小説にはよくお寺が出てくる。

そのことについて、理由を尋ねられたり、説明を求められたりすることもたまにはあるが、正確にいえば、わたしにも、はきとはわかりかねるようなところがある。

なにか特別な考えや、こだわりのようなものがあって、意識的にそうした骨組みをつくっているわけでもなんでもないのだが、言われて振り返ってみると、自分でもちょっと首をかしげたくなるほど、お寺は確かに、わが作品には実にしばしば登場し、それをまたわたしは、奇妙とも、不思議とも思わずに、きわめて無頓着に遣《や》り過《す》ごして、深くは慮《おもんばか》らない。

お寺はまあ、わたしの小説の領土の内に、あるべくして存在し、作の主要な舞台になったり、モチーフやテーマを支える素材の役目を果たしたり、登場する人間たちの多種多様な心象景の描出や、また彫琢などに、思いがけない腕を揮《ふる》う力や、精気を与えてくれたりもする。

こういうことがいえるだろうか。

なぜお寺かというよりも前に、わたしは、お寺よりももっとしげしげと、小説に京都を書く。京都や奈良を、作品の世界に選ぶことが多い。古い都は、書くに価する魅力的な材料がふんだんにあるからだが、馬が合うというか、こういうことをいうと京都のほうがそっぽを向くかもしれないが、性に合うようなところがあるのだろう。

無論、京都は、いくらこっちがぞっこんで、好いたらしいと惚れこもうが、あの手この手と繰り出して入れ揚げようが、そんなことでおいそれと、手の内見せたり、神秘の牙城を明け渡すような、やわな都ではない。

手数も、根気も、思索も要る。美の感性も、審美の眼や力の鍛錬も強いられる。

（齋藤和欣撮影）

京都通いや、京都狂いは、綺羅で、風雅で、なよびめく道の姿はあるようでいて、ありはしても、生半尺《なまはんじゃく》な弱足ではとてもこの道、歩きとおせるものではない。

古い都は、その気になれば、無数の小説ダネの宝庫のようなものであるが、年深い齢《よわい》を重ねてなお不死の生身《なまみ》が現代に生きている。

この都の底知れなさ、劫《ごう》を経た都という巨大なものが生息する肉体感、その呼吸音、その一身《ひとみ》揺《ゆ》るぎ、そうしたものを、なにかの折につと体感し、「ア」と声をあげそうになる。あの不意の動転、うろたえの、束の間がもたらす得体の知れない豊饒さは、大古都ならではのもの。格別の恩寵とでもいえようか。

わたしは、京都狂いではないが、京都通いは、まあしているほうの人間だろう。べつに小説の材料探しに京都へ出掛けるわけではないが、長いこと往ったり来たりしていると、この都がただの旅先の仮寝《かりね》の宿地とは幾分ちがった趣を少しずつ持ちはじめてきていることに、気づかないわけにはいかなかった。

一つ書くとさらに一つ、それが済むと次の一つがもう始まっていて、飽きも倦《あぐ》みもするいとまもなく、都はわたしの材料プールに次から次へと原材を投げ込んでくる。歯が立たぬのも、呑み込めぬのも、手に負えぬのもお構い無し。それもひどく好戦的で、挑発的。わたしがそれらの材料をどう捌《さば》くか。どんな姿の、どんな味の料理にするか。お手並み拝見とでもいわんばかりに、冷笑まじりの嘲り顔で、時には強面《こわもて》ぶりも発揮して、京都は、否も応もなくわたしに肉薄してくるのである。

そんな不可視の実存体が、この都にはあるようで、そいつがまるで幻の生き物かなんぞの如くに、わたしの知覚の中に棲みつき、絶えずわたしと拮抗し、ことあるごとに抗争し、よそ者扱いの白眼視を決してやめず、とどのつまりが皮肉で深い懐疑に燃えるまなざしに瞋恚《しんい》を宿し、さあ書け、書いてみせろと迫り、時にはあやしい瘴気《しょうき》さえ口に吐いて、嗜虐の鞭をふるったりもする。

今でも、時折、思うのである。わたしには、この都に叱咤され、唆《そそのか》され、強《し》いに強《し》いられ、鍛えられて、この都を書いてきたようなところがどこかに、常にある、という自覚が消せない。古都の不思議な呪縛力なのでもあろうか。

言うを俟《ま》たないが、このわたしの内に棲んでわたしを叱咤冷笑する京都という奇妙な生息物と、年経て苔むし巨体は千古の睡《ねむ》りには落ちてもなお不死の肉体をなにかの折に突然伝えて寄《よ》越《こ》すあの得体の知れない生命体とは、どこかで似てはいるような気はしても、似て非なるものである。年経た都の怪物性にはちがいはないが。

さて、とりとめのない前説ばかりが長くなったが、つまりはこういうことがいえようかと思う。

わたしの小説にお寺がよく出てくるというのは、仕方のないことなのだ。題材を京都にとれば、寺は知らぬ間に登場してくる。そういうことになるのである。

京都や奈良を構成する重要な要素の中でも、寺は代表格の魅力的な存在物である。この存在に眼をつむっては、都の本質は摑めない。

長い歴史の中では、国を動かし、権力と覇を競い、人心を掌握、翻弄もし、信仰の中枢にあって、文化や学術、時には産業・経済の振興にも辣腕《らつわん》をふるい、宗教の本道も、悪道も渡り来《きた》って、いわばそれぞれに価値ある栄枯盛衰をきざんでもきた寺々。

名だたる寺も、今はもう廃寺の跡さえとどめぬ寺も、あるけれど、都の寺は、大寺も小寺も、また消え果てて影も残さぬ寺ではあっても、都は都、それぞれは他所《よそ》にはない隠然たるなにか、ある種の威風、力のようなものを感じるのである。見えているものにも、それは、見えないでいるものの上にも。

風色があるのである。

それも、古い都が、共に道連れにして生きてきた寺々へ与える、栄光、或いは辛酸のようなものなのかもしれない。

都は観光のメッカであるが、中でも名にし負う神社仏閣の類いは、現代でもおびただしい人間たちの集散離合する場所たり得ている。四季を通じて、なにかと有名な行事、催し事、自然の風光、季節がもたらす美の彩り、伝統文化、美術工芸、グルメに花街……と、一級の観光要素が目白押しの都会だから、シーズンともなれば、毎年のことなのに、そのごったがえしぶりは凄まじい。

寺を訪れる人たちは、無論、信仰、信心、奉仕、修行などの目的を持つ宗徒も多かろうが、そうでない、宗教などとは縁薄い、ただただ観光ツアーに乗って流れる人たちもごまんといよう。いるだろうが、その人たちも、寺々を訪れるというところが凄い。目的は別にあっても、とにかく人が集ってくる。あれだけの人波がおし寄せる。

いつも思うことであるが、あの眺めは、実に、興味津々。ちょっと見逃せないものを含んでいる。啓示的である。

都のお寺さん（神社仏閣の類い）には、たくさんの蠱惑《こわく》的な要素がある。歴史がある。伝承がある。堂塔伽藍、建築美の世界がある。庭がある。木がある。石がある。花がある。そう、美といえば、肝心要の、仏像がある。仏や、その守護者、縁者、従者たち、複雑深奥な物語のからみつく数知れぬ仏像たちが、いる。この美学の蠱惑の深さや巨大さは、無限大、たとえようもないものである。

不謹慎な言葉だが、信仰心などまるでなくとも、仏が見せる造形美の無尽蔵さは、寺が寺であることを完全に忘れさせ、寺とは無縁の美学の世界へ、われわれを運び、連れ去ってしまう。そうした仏たちがいる。いや、それも仏法の内、法悦とはそうしたもの。とお寺さんからは窘《たしな》められるかもしれないが、わたしは、どちらかというと、そうした寺めぐりをするほうの人間かもしれない。

仏に心の背を向けはしないけれど、魂を奪われている時の仏像の美の世界には、仏は不在のような気がする。

それもまた、寺の景観。

ある蠱惑、とでもいうべきものなのではあるまいか。無心が息づかせる蠱惑である。仏も不在にする無心。ここが蠱惑の性根である。

（『寺門興隆』二〇〇三年十月号）

小説

花帰《はながえ》りマックラ村

1

眉田英睦《まゆたひでむつ》は、街をあるいていてよく見知らぬ人間たちからよびとめられた。映画会社やテレビ局関係の人間たち、芸能プロダクションのスカウト・マン、服飾雑誌の編集者、写真家……などなど、相手はさまざまであったが、とにかくそれはしょっちゅうだった。俳優にならないかとか、タレントに、いやモデルにと、彼等はじつに熱心に英睦を口説《くど》きにかかった。

僕が知っているだけでも、その件数は十指にあまる。もっとも、英睦のほうにまるでそんな気がなかったから、その種の誘いは成功したためしがなく、暖簾《のれん》に腕押し、馬の耳に念仏で、彼等は相手にもされなかったが、なかには性懲《しょうこ》りもなくつきまとい、英睦の行く先々で顔を見せる某有名映画監督などもいた。

確かに眉田英睦には、僕たち学友仲間の眼から見ても、惚れ惚れするような外貌や若さの蠱惑《こわく》的な潑剌《はつらつ》とした姿態がそなわっていて、その言葉つきや身ごなしやなんでもないちょっとした表情なんかにも、人眼を惹かずにはおかない水際だった魅力があった。

彼はまだ十七歳、高校生になったばかりで、世間では少年とよばれる年頃だったが、上背もあり、スポーツで鍛えた体軀や分別をわきまえた落ち着きのある物腰がときにそんな年齢を忘れさせることもあったし、また陽気で邪気のない明朗闊達な性格がそのまま行動にあふれ出て、彼を必要以上に子供っぽく見せたりすることもあった。

大人でもなく子供でもないこの年頃の微妙な若さが、彼の場合、際だってその肉体に爽快な効果をあげ、熟成しないみずみずしさと熟《う》れざかりの豊饒《ほうじょう》さが彷彿《ほうふつ》として思い描けそうな五体の成育感とが同居するそのバランス具合に、たぶん僕たちとはちがった活力の配分があったのだと思われる。彼の熟れきらない部分は、たえず完熟しきった時期のさかんな色づきのいかばかりかを空想させ、熟れさかった部分には、まだ未成のすがすがしい香りにつつまれていた頃の青い果実のういういしさがふんだんに想像できた。

英睦の父親は、ミッション系のR大学哲学科の助教授だったし、母親は生花や茶を教えていて、一人息子の彼は暮らしむきにはなんの不自由もなくすくすくと育ち、学業にもスポーツにも精を出し、ほがらかでおおらかな気質は誰からも好かれ、いわば恵まれた環境で快適に、それは端目《はため》にも理想的な高校生活を彼は送っていたと言うべきだろう。

英睦が死んだのは、その十七歳の正月、東京ではめずらしく大雪が降った日の朝だった。

「滑れるぞ。こないか」

と、彼から電話が掛かってきたのは、三箇《さんが》日《にち》が明けた日の朝、おせち料理の残り物で僕が食事をすませたところにだった。

僕と彼の家は、あるいて十分ばかりしか離れていない。

細い石畳みの坂道をはさんで両側に門構えの家がつづく住宅区域の上のほうに、彼の家はあった。

子供の頃から、彼の家の前のこの坂道は、雪が降ると手製の橇《そり》やスキーを作って僕たちのかっこうの滑走場となるのだったが、もうそれもずいぶんむかしの話で、ここしばらくはそんな積雪量もなく、またわずかばかりの雪にもとび出して無邪気にただ滑ったり転んだりして興じあうほど、僕たちももう子供ではなくなってもきていたから、それはまったく何年振りかで復活した雪滑りだったと言える。

英睦は、むかし使っていた橇を物置き小屋から引っぱり出してきて、板や釘を打ちつけて補強していた。父親の古いスキーを短くして、その上にミカン箱をとりつけただけのごく簡単なものだった。

英睦の家の前の坂は二、三十メートルばかりくだると、下の大通りにぶっつかる。そこは車が走っていたから、下までくだりきることはできなかった。僕たちはこの坂道でもよく滑っていたが、下まで滑りおりる完全滑走となると、やはりこの坂の頂上までのぼり、反対側の坂道を利用することになる。この坂は下が幼稚園の園庭に滑りこむような具合いになり、思いきって滑走できる危険のない道だった。だから付近の子供たちも、みなその坂道のほうに集まって遊んでいた。

無論、僕たちも、そうするつもりだった。僕は英睦の父親のスキーを借り、英睦はミカン箱の橇のほうを使うことになり、補強がすんで、家の前で二、三度、試し乗りに橇の滑り具合いを見ていたときのことだった。

「いけるな」

「OKだ。快適。快適」

と、彼は四、五メートルばかり滑りおりては引っぱりあげて、むかしはすっぽり全身がおさまったその箱橇に、ジーンズの長い両足を大きく開いてまたがり、臀《しり》の部分だけをおさめた格好で、いかにもたのしそうに笑った。

僕が片手で、そんな彼の箱橇のうしろを支えていたときだった。急に、橇は動きはじめた。

英睦は、軽く両足を浮かしていたから、彼の意志でその橇は滑り出したのだと思った。五、六メートル先でとまり、また引き返してくる筈《はず》の橇だった。浮かせている両足を彼が地面につけさえすれば、造作もなくとまる橇だったのだから。

英睦のうしろ姿は、ふんばった長い足を窮屈そうに宙で蟹《かに》の足のように折って、おどけたユーモラスな姿のまま、十メートル、十五メートルと、滑りおりて行った。おそらく彼は、奇声を発し、興に乗ってにこにこ笑っていたにちがいない。途中で、片手を上にあげて、背を見せたまま彼はその手を振った。振りながら、橇はおりて行った。じつに気持よさそうに、まっすぐに風を切って。その前方に、左から右へ、右から左へ、ひっきりなしに車があらわれては消える道路があった。

彼には、そんな茶目っ気に興ずるようなところがあった。

おそらく走れる限界まで走って見せるつもりだろう。僕は、そう思った。思ったけれども、言葉を失っていた。

彼は、機敏な運動神経もそなえていた。かなりな加速度はついていたが、赤ン坊や子供が乗っているわけではない。スポーツならたいていのものはやりこなす強健な肉体も、適確な判断力も、行動力も持ちあわせた男が乗っているのだ。まちがいが起こり得る筈はなかった。かりに、手ぎわよくとまって見せることができなかったとしても（彼はたぶん、それを鮮やかにやってのけて見せるつもりにちがいあるまいが、もしそれに失敗したとしても）、ほんのわずか重心を横に倒しさえすれば、彼の体は橇の外へ転がるだけですむだろう。僕にはむしろ、そうなったときの、彼よりは橇の行方のほうが心配だった。彼がタイミングをまちがえば、橇だけが車道へ滑り出て行く危険性もある。それを防ぐことができるだろうか、あのスピードで。と、僕はちらっと、そんなことを考えた。

片手をあげて僕に振って見せた彼は、しかしそのまま一直線に、まるでためらいのかけらさえも見せずに坂をくだりきり、その先の車道へとび出して行った。

夢を見ているような気がした。

夢にしても、それはあり得べきでない、信じられないできごとだった。

橇も英睦の体も、同時に空中に舞いあがり、くるくるとまわりながら、僕の立っている坂道からは見えなくなった。

横転する車と走っている車のいくつかの衝突音が、そのあとで僕の耳もとへとどいてきた。

僕は、しばらく眼をつむったまま、

（これは、夢だ）

と、しきりに自分に言い聞かせた。

何度思い返してみても、その雪の日の朝の束の間にはじまって、そして終ったできごとは、僕には理解できなかった。

眉田英睦がその坂道に残したまっすぐな二すじの滑降線と、彼の家の玄関口にある山茶花《さざんか》が塀越しに風へ乗せてふりこぼしていた雪の上の緋色の花びらが、その日を思い返すたびに鮮明な映像をいまでも結ぶのとは逆に、英睦とその橇が起こした行動についての記憶は、考えれば考えるだけ不確かなものとなり、動きの輪郭をおぼろにぼかすのであった。

ときどき、僕は、その朝の雪にこぼれていた花びらを、彼がながした血の跡ではなかったかと、思ったりすることがある。

その花びらと、雪の上の二すじの橇跡だけが、僕には、いつまでも消えない、その日残されたいちばん明確な記憶のなかのものであったから。

眉田英睦が、死の直前に高々とあげた腕。

振って見せた手。

あれは、なんだったのだろうか。

僕の見まちがいだったのか。

僕は、ふとそんなことさえ考えたりするのだった。

ちょっとおどけたユーモラスなうしろ姿を見せたまま、彼があげたあの手の謎が、僕にはどうしてもわからないのだ。

僕に背をむけた彼は、あのとき、どんな顔つきで橇を滑らせていたのだろうか。やはり、笑っていただろうか。心地よげに、さっそうと破顔して。悪戯《いたずら》っぽく。

僕には、そんなふうにしか思えなかったのだが、あれも、僕の思いちがいだったのか。

しかし、ともかく、と僕は考える。

「OKだ。快適。快適」

僕が聞いた眉田英睦の、それが最後の肉声だった。

白い息を吐きながら、子供のように無邪気に笑って、彼はそう言ったのだった。

2

英睦の死は、とつぜんにやってきて僕を動転させたけれども、もっと深く僕の平静を奪い、僕をうろたえさせるような事柄が、現実にはその死の後で待っていた。

彼の葬儀がすんで二、三日してからのことである。英睦の父親から、僕は電話でよび出された。

「すまないが、ちょっとご足労願えないだろうか」

と、父親は言った。

彼の家につくと、応接間には僕と英睦のクラス担任でもある高校の教師もいて、両親と三人で僕を待っていた。

「ちょうど先生がみえたんで、ご一緒してもらったほうがよくはないかと思ってね」

と、英睦の父親は説明した。

「じつはね、あの子の部屋を整理していて、こういうものが見つかったんだけどね」

父親はそう言いながら、僕に一冊の大学ノートを開いて見せた。

表紙には《雑記帳》と英睦の字で書き入れてあり、半分くらいのページ数は、その記名どおりの用途に使用されているものだった。

父親が僕に示した文字は、ノートのちょうどなかばあたりのページに記されていて、その次の紙面からノートは完全な空白となっていた。つまり、英睦がそのノートに書き込んだそれはいちばん最後の文字だということになる。もっとも、いつ書き込まれたのかはわからなかったが、そのノートの記述のなかでは、その文面が最も新しい書き込みだということは推測できる。

次のようなものであった。

——僕の骨は、マックラ村に埋葬してください。もし墓を建てていただけるならばの話ですが。ほかの土地では、眠りたくありません。しかし、そのために、異郷の村に土地を買ったりすることも面倒でしょうから、その村のなかならばどこだってかまいません。僕を焼いた骨や灰を、こっそり運んで、その村のどこかへばら撒《ま》いてきていただければ、それで結構です。

このことだけは、お願いします。

決してほかの場所に葬ったりはしないでください。

わがままを言って、すみません。

真っ暗な場所で、僕は眠りたいのです。死ねば、誰でもそういう場所へたどりつけるのかもしれません。でも、その保証が、目下僕にはありません。

せめて、その名を、頼りにだけでもしたいのです。

マックラ村。

この地球上で、そんな名のついている村を、僕はほかには知りません。

さしあたって、その村で、僕は静かになりたいのです。同じ埋葬を受けるのなら、その名のある土地で、眠りにつきたいのです。

死後の世界くらいは、自分の意志で、選びたいと思います。

どうぞ、そうさせてくださいますように。

さようなら。

追記。

マックラ村の所在地は、藤森辰夫《たつお》君に聞いてください。

以上が、彼の記述のすべてであった。

僕は、息をつくことも忘れて、しばらくその文面を見つめていた。

（なんということだろう。これは、遺書ではないか）

僕は、胸苦しくて、何度も息を吐いたり吸ったりしようとしたが、まるで呼吸ができなかった。これも、夢だ。と、僕は思った。夢のなかでなら、よくそんな呼吸のできない恐怖に身もがく束の間があったように思えたから。夢なら、叫び声をあげて現《うつつ》に返ることができた。僕は、いっしんにそう思った。叫べばいいのだ、と。ただその息苦しさから逃《のが》れ出たいと願う一念で。

「どういうことなんだろうかね、辰夫君」

と、英睦の父親が口火を切った。

僕は、その声にすがりつくようにして、奇妙な呪縛《じゅばく》状態から逃れ出た。じっさい、深い夢の底から一気に浮上して、縛を逃れたという気がした。

大きく口をあけて、肩で息をついている僕は、たぶん、その場にいた人たちには異様に見えたにちがいない。

「わたしたちには、まるでわけがわからなくてね、びっくりしてるんだよ。君に聞いてくれと、ここに書いてある。だから、こうしてきてもらったんだけどね」

「知りません。僕にも、わかりません」

夢中で、僕は首を振った。

ほんとうにわからなかったのだ。

そして、つづけて、僕は言った。言葉がのどにからまって、うまく声にはなってくれなかったけれど。

「じゃ……じゃ……英睦ちゃんは、自殺したって、おっしゃるんですか」

母親が、低い声をあげて顔をおおった。

「いや、わたしたちも、おどろいてるんだ。正直言って、うろたえてる。あれは、あの子の不注意が起こした事故だった、そう思っていたからね。あの子のせいで、車に乗ってた人たちにも怪我人を出した。車を、何台も壊しもした。まあ、不幸中の幸いといっちゃなんだけど、死んだのがあの子だけですんだので、まだ救われたと、昨日もこれと話したところだったんだよ。あの子のことは、諦めなきゃあってね。ところが、今朝このノートを、これが見つけ出した。眼先が、真っ暗になってね。書いてる内容は、まるで呑みこめないけど、こりゃあ遺書だ。『さようなら』とも書いてある。こんなものを、どうしてあの子が……そう思ったら、もうなにがなんだか、後先《あとさき》わからなくなってねえ……」

「どうなんだ？　藤森」

と、担任の黒木《くろき》が、横からその言葉を引きとった。

「もちろん、これが、遺書だときまったわけじゃない。書いているのが、雑記帳のなかだしね。それに、書かれている内容が、もう一つはっきりしない。これが、ほかの生徒だというのなら、僕も考えてはみるが、眉田君だからねえ。彼に限って、こういう遺書を書いたりするようなことは、まずあり得ないと考えるほうが正しいだろう。な、そうじゃないのか？　およそ、死ぬなんてことに、いちばん縁遠い人間。僕には、そんなふうに思えるんだがな。彼ほど、自殺なんてことに縁のありそうにない人間は、うちの生徒のなかでも、めずらしいんじゃないのかな。事故というのなら、これは誰にだって起こり得る。避けられないことだ。だが、こんな遺書を残して、彼が自殺したなんてことは、僕には、どうしても考えられない。もし、それがほんとうなら、うちの生徒の誰が自殺したって、ふしぎじゃないという気さえ、僕にはするんだ。まして、こういう内容の遺書を見せられたりすると、僕は教師として、自分の眼に自信が持てなくなってきたりもする。どうなのか？　君はどう思う？　そこにある言葉を、ほんとうに彼が書いたと、君には思えるかい？」

黒木は、平静な口調を崩すまいとしながら、穏やかに話しかけてきた。

「ご両親も、心当りがないとおっしゃる。僕にも、寝耳に水だ。ある意味では、君は、彼といちばん親しくつきあった人間だといえるかもしれない。小学、中学、高校と、君たちは、いつも一緒だった。そうだろ？　藤森。君の意見を、聞かせてくれないか。これは、ほんとうに彼が書いた遺書なのか？　この『マックラ村』というのは、いったい、どういうことなんだい？」

僕は、黙って首を振った。

ほかに答えようがなかったからだ。

「じゃ、これは、どういうふうに考えたらいいのかな。『マックラ村』の所在地は、君に聞いてくれと書いてあるのは」

「わかりません。僕も、いまはじめて耳にするんです。ほんとうです。『マックラ村』なんて、聞いたこともありません。どうして、こんなことを彼が書いたのか、僕には見当もつきません」

黒木は、途方にくれてあげた僕の眼を、ゆっくりうなずき返すようにして見て、

「そうか」

と、独りごちた。

「僕も、さっきご両親にちょっと話してはみたんだがね、君に心当りがないとすると、そう考えたほうが、やっぱり自然だな」

そう言って、黒木は英睦の両親のほうへ顔をむけた。

「そうじゃないんでしょうか。これが雑記帳に書いてあったという点が、僕にはどうもそんなふうに思えるんですがねえ。つ

まり、これは一種の雑記で、深い意味などないんじゃないでしょうか。なにかの拍子《ひょうし》で、たわごとみたいに書いてしまった文面じゃないのかな。いや、そりゃ、書いたときには、書くだけのなにかの理由が、彼自身にはあったかもしれない。確かに、ちょっと尋常さを欠いた、腑《ふ》に落ちない内容も見受けられるし、あんなに明るい性格の、屈託《くったく》のない子が、書くような文面とはとても思えないような気はするけれども、しかし、この時期の子供たちってのは、非常に微妙なもんですからねえ。精神的にも、肉体的にも、振幅の大きな、こう揺れ動いてる時期だから。なんでもないことを、妙に深くつきつめて考えたり、哲学的になってみたり、懐疑的になってみたり、かと思うと、一途《いちず》に独断的な考えにのめり込んで、それに執着してみたりですな……まあ、非常にデリケートな、この年頃独特な心理状態ってのがあるわけです。いや、これは、眉田君のお父さんのほうがご専門かもしれませんが……」

と、黒木は、ちょっと言葉をついだ。

父親は、黙ったまま聞いていた。

「確かに、彼がどういうつもりでこれを書いたのかは不可解ですが、不可解ってのは、逆にまた、この年頃の子供たちの、ある意味じゃ肩章《けんしょう》みたいなものでもあるんじゃないでしょうか。ちょっとした気分のようなものに左右されて、深い意味もなく書きとばしてみたりする、一種の落書き、夢想の産物みたいなもので、たまたまこうして記録物件のような形で後に残っちゃったから、わたしたちには気になるんだけど、案外、彼自身には、なんでもないことだったのかもしれませんよ。でなきゃ、あんなにいきいきした精気にあふれる男の子でおれる筈はないですよ。わたしには、どうもそんな気がするんですがね。これは、雑記帳のなかの一つの落書き。そういうふうに考えたほうがいいんじゃないかと。つまり、眉田君の事故とはまったく関係のないものだというふうにですね」

英睦の両親は、うなずいていた。

その面持ちは、すこしも安らぎはしなかったけれど。

テーブルを囲むように坐った四人の人間たちの眼は、終始、卓上の大学ノートへ注がれていた。はなれかけては、そこへもどって行く。

黒木の言うように、あれは事故だったのだと、僕も考えたくはあった。

だが、耳のなかで、手をはなれていきなり滑りはじめた橇のきしり音が、聞こえていた。

見るまに遠く滑り落ちて行きながら、腕だけあげて振ってみせた英睦のうしろ姿が、よみがえる。

——さよなら。

彼は、そう言ったのではなかったろうか。

やすやすととびおりることのできた橇に、なぜ彼はしまいまで体をあずけていたのだろうか。

（マックラ村）

彼は、そこへ、ほんとうに眠りに出掛けたというのか。

——マックラ村の所在地は、藤森辰夫君に聞いてください。

僕は、その大学ノートの末尾の文字を、にらみつけるようにして、いつまでも見つめていた。

3

眉田英睦の四十九日が近い頃のある日だった。

夕飯の後、風呂に入っていて、僕はとつぜん湯船のなかで立ちあがった。そのまま風呂場をとび出すと、電話口へ駈け寄った。

「黒木先生のお宅でしょうか……先生いらっしゃいますか」

女の声が出て、

「黒木は、宿直なんですよ」

と、答えた。

学校までの夜道は、自転車をとばして三十分もあれば着く。僕はジャンパーを引っかけて、表へ出た。

冬の星が、めずらしく鮮やかな夜だった。南東の空に赤いベテルギウスがはっきり見えた。


黒木は、石油ストーブのそばにごろ寝して本を読んでいた。おどろいた顔で僕を迎え、

「まあ、あがれよ」

と、言った。

「先生。マックラ村のことですが、もしかしたらって、急に気がついたもんですから……」

「ん？」

と、黒木は寝布団を二つ折りにして脇へ押しやりながら、その手をとめた。

「あれから、毎日考えました。こないだ眉田のお母さんに出会って、お骨《こつ》をどうしようかと迷ってるって、聞いたんです。家のお墓があるんだから、いつまでも仏壇にお骨を置いておくのもどうかと思うんだけど、あのノートのことが気になって、ふんぎりがつかないんだそうです」

「うん」

「それを聞いて、僕、なんだか身の置きどころがなくて……だって、決してほかの場所には葬ってくれるなって、書いてたでしょ。かりに、あれが遺書なんかじゃなくたって、彼が書いた文字にはちがいないんだし、やっぱり気になりますよ。毎日、マックラ村、マックラ村って、僕はそのことばかり考えました。僕が知ってると彼が書いている以上、僕は知っていなきゃならないような気になって……」

「うん」

「僕たち、中学時代から、彼とはよくサイクリングで、休みたんびにあちこちまわったりしてるんです。だから、僕が知らなくて、彼は知ってると思っている土地の名なんてことになると、そんな旅のなかにあったのかもしれないという気もして、ここンとこ、そっちの記憶を、あれこれ思い出そうとしてみたんですが……さっき、ひょいと、急に気がついたんです。マックラ、マックラって、僕は、この奇妙な名前の、奇妙さばかりに気をとられていたから、思いつけなかったんだけど、『マックラ』じゃなく、『マクラ』という地名なら、僕は知っています」

「ん？」

黒木は、紅茶茶碗にティー・バッグを入れて湯を注いでいた。

「マクラ？」

「ええ。あるいは『マグラ』と読むのがほんとなのかもしれません。『万倉』と書くんですが、彼と自転車旅行をやって、途中で立ち寄った土地に、『万倉』という村なら、確かにありました」

「ほう」

黒木は、

「まあ、飲めよ」

と、僕に淹《い》れた紅茶をすすめ、自分も美味《うま》そうに音をたてて啜《すす》った。


「僕がおぼえているのは、その旅行から帰った後だったと思うんだけど、彼が日本地図を引っぱり出してきて、同じ『マクラ』という地名を索引でひいて調べたりしたことがあったからです。それで思い出したんです。確か、三つか四つあったと思います」

「ほう。どれどれ」

と、黒木は立ちあがって、

「ちょっと待ってろよ」

と、言い残すと宿直室を出て行った。

間もなくして、彼は百科事典についた日本地図版を一巻さげてもどってきて、僕の前で索引を繰った。

「うむ、あるな。三つある。『マグラ』と読むらしいな、どれも」

黒木が示した三つの『マグラ』は、

——万倉・山口
——馬鞍・秋田
——真倉・京都
と、僕にも再確認できた。

「すると、君のいう『万倉』は、山口ということになるな」

「そうです。山口県です」

「へえ。君たち、そんな遠くまで自転車とばすのか」

「はい。九州もまわりました」

「いつ」

「昨年の夏休みです」

「おまえ、学校には届けを出しとらんじゃないか」

「すいません。休みに入ってから計画したんで、つい。いま報告しときます」

「こいつ」

「フェリーを使ったんで、とびとびですが、山口は秋芳洞をまわって、その帰り道に確かあった村だったと思います。一泊したんです、そこで。もちろん、野宿ですけど」

「で？」

「それだけです。べつに、なんてこともない普通の農村でした、小さな。もっとも、星はきれいだったけど」

「ホシ？」

「ええ。山裾《やますそ》の草っ原で野宿したんですけど、寝袋に入って眺めた星は、素敵でした。僕がおぼえていることは、それくらいのことです。夜が明けて、朝飯にカップ・ヌードルを食って、そのままその村を出たんですから、べつにどうってことなかったなあ。僕には、夜空の星の印象しか残っていません。でも、『マックラ村』という地名で思い出すとしたら、この『万倉』の村しか、僕にはありません。とにかく、それだけでも、先生に知らせとこうと思って……」

「そうか。いや、よくわかった」


と、黒木はうなずいた。

三十分ばかりいて、彼が校内の見まわりに立つのといっしょに、僕も宿直室を出た。

闇の校庭を立ち去るとき、ふと見あげた夜空にも、赤い一等星は輝いていた。

「夜は闇夜。なまじ、星などないほうがいいよ」

万倉の村の寝袋のなかで、ぽつんと言った英睦の声が、ふとその夜空の高みから聞こえてくるようであった。

僕はこの夜、黒木にもっと話すことがあってきたのではなかったかと、自分に問いかけてみた。ペダルを、ぐいぐいと踏み出しながら。

夜風が、皮膚の底を薄い刃物で切るようだった。

4

山口県厚狭《あさ》郡楠《くすのき》町万倉の村は、旧山陽道の宿場町船木の町から北へ入った山あいの小さな農村聚落《しゅうらく》である。

黒木が調べたところによると、眉田英睦が雑記帳に記した『マックラ村』とは、まさしくこの万倉の村を指すものだったと思わなければならなかった。

土地の地名考によれば、新町村合併名の『楠』が象徴するように、むかしこのあたり一帯は楠の生《お》い繁《しげ》る土地であったという。ことに船木の里は、巨大な楠の樹木の群生地で、そのむかし神功《じんぐう》皇后三韓遠征の折、この地の楠の巨樹を伐《き》って軍船の造材に奉じたという故事から、船木の名があり、この船木の楠の大樹によって、一村ことごとく陽かげの底に没し、日中も陽が射さなかったというから、よほどその楠の樹木は巨大なものであったのだろう。

真昼間も光を透さぬこの楠にさえぎられて、暗闇の底に沈んでいた村が、万倉村なのである。つまり、万倉村は、もともと『真闇村《まつくらむら》』とよばれていたもので、和銅年間、諸国郷村の地名はすべからく好字《こうじ》に改めよという布令にしたがい、『万倉村』と改名されたのであった。

蛇足《だそく》であるが、土地にはまた、『万倉』は『万の倉』、つまり多くの穀倉を持つ村という意味あいもあって、この村が古くから農事の村であったと言い伝えてもいるそうである。

それはともかく、後世、縁起のいい好字に改められてから『万倉』となったこの村が、そもそもは昼も闇のなかに沈んだ『真闇村《まつくらむら》』であるといい、この地名の由来もそこから発生したものだと聞かされたとき、僕は、束の間、青ざめた影の気配にいきなりおそいかかられて、すっぽりと総身《そうみ》をからめとられでもしたような肌寒さをおぼえた。

昨年の夏、英睦と寝袋をならべて一夜を明かした万倉の村での記憶をすべて僕はあわてて点検しなおしてみたのだが、英睦が『マックラ村』の由来をどうして知ったのか、よくわからなかった。

万倉の村へは、夕暮れてから入り、連日の旅の疲れも重なってか、ゆっくりとペダルを踏んで薄闇の山野を逍遥《しょうよう》するうちに、どちらからともなくここらで一息つくかという気になり、山裾の涼やかな風もわたるせせらぎ近い小丘で草を褥《しとね》に一泊し、明ければ発った村であった。

二人は、たえず行動を共にした筈である。英睦が僕のそばをはなれたことといえば、朝起きて、灯油をきらしていて火を熾《お》こすのも面倒だったので、カップ・ヌードルの湯を近くの農家へもらいに出掛けたときくらいのものだった。それもほんのわずかな間で、すぐに彼はもどってきた。あの二十分かそこらの時間しか、彼が僕の視界の外へ出た時間はほかにはなかった。彼が『真闇村《まつくらむら》』の由来を知る機会があったとすれば、このとき以外には考えられない。

「じゃ、そうだろう」

と、黒木も言った。

「そうでしょうね。あとは、僕たち、ほんとに『真闇村《まつくらむら》』じゃないけど、あの村にいた間中、真っ暗がりの夜につつまれていたんだから。夜の闇しか、僕たちのまわりには、なかったんだから」

「眉田は、君には話さなかったのかね。その村が、そんな奇妙な名前を持ってる村だってことを」

「ええ。でしょうね。僕は、いまはじめて聞くんだから。でも、彼は話したつもりだったのかもしれませんね。自分じゃそのつもりでいて、そのじつ、話してないのを忘れていたのかも。でなきゃ、ノートに、あんなふうな追記を書いたりはしないでしょうし。僕の前で、万倉の地名に限って、あとで地図の索引を繰ったりもしないでしょうから。だって、僕たちが旅でまわった土地は数えきれないくらいあるんですから。なにも特別、万倉に限って、同じ読みの地名を、地図でほかに探したりする必然性がありませんよ。僕が知ってると思ってたからこそ、ほら、『ここにもあるぜ』と、僕に示したりもしたんでしょう」

「うん」

「なぜ『マクラ』に限って、地名にそんな興味を持ったのか、僕にはわからなくて、妙な奴だなと思ったんです。だって、ほんとになんの変哲もない、ありふれた農村だったんですから。それに、特別印象深いできごとなんてのも皆無だったし。記憶に残ったりするような村じゃなかったなあ。でも結果としちゃ、そんなことがあったんで、僕は万倉をおぼえていたことになるんだけど」

「うん。で、どう思う?」

と、黒木はたずねた。

「どうって、なにがです?」

「眉田が、日本地図で『マクラ』を探してみたことさ」

「ああ。それはたぶん、そうでしょう。その和銅年間の好字改更令ってやつに、興味を持ったからじゃないですか? つまり、『万倉』が『マックラ』から出た土地名なら、ほかに同じ読みの地名があれば、そこも『真闇《まつくら》』から改められた土地なんじゃないかと、そんな興味を持ったのじゃないかなあ」

「そうだろうな。僕も、そう思ったものな」

「でしょう? 真っ暗な闇の村なんて、現実にそんな地名があると、ちょっとどきんとしますもの。興味をそそられますよ」

「うん」

「そして、ふしぎなんだなあ。秋田県の『馬鞍』も、京都府の『真倉』も、地図の上では同じような山のなかにあるんですね」

「そうだな」

「秋田は、平鹿《ひらか》郡の山あいの村。京都は舞鶴寄りの丹後山地の山のなか。眉田も、きっと、そんなことを考えたんでしょう。どちらの『マグラ』も、じつは『マクラ』で、正しくは『真《まつ》闇《くら》』『真暗《まつくら》』とよばれていた姿を、歴史の奥に隠しているんじゃないだろうかって」

「うん」

「でも、彼が僕に聞けとノートに書いた『マックラ村』は、山口県の『万倉』にちがいないと思います。僕は、秋田にも、京都にも、行ったことはないんですから。秋田の『馬鞍』や、京都の『真倉』が、どんな言われを持つ『真闇村《まつくらむら》』であったか、僕は知りませんし、また、どんな意味の『真闇村《まつくらむら》』であったにしろ、僕がそれを知っていると彼が思ったりすることは、まずぜったいに考えられませんからね。僕と眉田に関わりのある『マックラ村』といえば、山口県の『万倉』です。これ一つしかありません」

僕は、黒木にそう言った。

しかし、なぜ眉田英睦が、真っ暗な闇の村に興味を抱いたのか、死ねばその村に骨を葬り、その村で静かな眠りにつきたいと、遺品のノートに書きとどめるほどの執着を、この闇の地名を持つ村に示したのか……そのことについては、僕は、なにも話さなかった。

話さなかったと言うよりは、話せなかったのであった。

英睦の言う『マックラ村』が、山口県厚狭郡楠町にある万倉の村とわかったとき、彼の両親は途方にくれ、しかしまたほっとした表情も見せた。

「なぜあの子が、そんな真っ暗な村という土地の名があるだけで、ただ行きずりに旅先で知った縁もゆかりもない遠地の村へ、死後の埋葬を望むのか、わたしたちにはわかりません。しかし、それはわからないにしても、なにがわからなくてもいい、いまはあの子の言うとおりにしてやりたいと思うのです。あの子は、わたしたちには、すぎた子でした。ほんとに、なに一つ、わたしたちに、親の苦労というものをかけたことのない子でした。一人息子だからといって、わたしたちは、あの子に、必要以上の期待をかけたり、高望みをしたりはしなかったつもりですが、なんにも言わなくても、あの子は独りで、わたしたちの思いどおりの、いや、立派すぎるほど立派な子に、育ってくれました。わたしたちは、それだけで、あの子に感謝してました。生きている間は、充分に、親の冥加《みようが》を味わい、見させてくれた子です。それだけで、もう満足です。

あの子が、どんなことを考え、どんな思いを心に持って生きていたのか、とどのつまりわたしたちは、なんにもわかってやってはいなかったと、いまになって思い知らされましたことが、悲しくもあり、あの子に恥ずかしくもあるのですが、悔んでも、もう仕方のないことです。いま、わかってやろうにも、わからせてくれるあの子がいないのですから。わたしたちにはわからないあの子の世界を、あの子は独りで背負って、もう手のとどかないところへ行ってしまったのですから。諦めきれはしませんが、諦めるよりほかはありません。

それよりも、いまは一日も早く、あの子が静かに眠れる場所に、あの子の願いどおりに眠らせてやりたいのです」

両親はそう言って、万倉の村の墓地につづく見晴らしのよい櫟《くぬぎ》林に十坪ばかりの土地を求め、その年の夏、埋葬をすませた。

毎年一度、僕も両親に誘ってもらって、盆には墓参りに出掛けた。

はじめて墓石が建った日のことを、僕は終生忘れはしないだろう。

おそろしい日であった。

5

丈《たけ》高い櫟と楊梅《やまもも》の老樹にかこまれて、墓石はすわっていた。

英睦の両親と黒木と僕の、四人連れの納骨行だった。

法事をすませて、誰もが立ち去りがたい思いに惹《ひ》かれ、しかし立ち去る時刻はやがてきて、両親は丘をおりはじめたが、僕はその場が動けなかった。

それは、衝撃と言ってよいかもしれない。一つぽつんと、異郷の山地に建つその真新しい墓石を眼にした途端に、その思いは僕のなかに渦巻きあがり、燃えさかり、僕をその場に釘づけにした。

(とうとう、おまえは、選んだ)

と、いう思いであった。

——死後の世界くらいは、自分の意志で、選びたいと思います。どうぞ、そうさせてくださいますように。さようなら。

その言葉が、一時に胸を衝《つ》きあげてきた。とつぜんの怒濤《どとう》のように、英睦の声は僕におそいかかってきたのであった。

僕は叫び声を放ち、膝を折った。くずおれて行く自分の体を、支えることができなかった。

涙は、きりもなくあふれてきた。

走り寄ってくる黒木に、僕は叫んだ。

「藤森」

「一人にさせてください。一人に！」

僕は、自分がなにを喋《しゃべ》り出すか、自分にもわからない恐怖に駆られていた。僕は震えていた。口を閉ざすために、必死に歯をくいしばって泣いた。

どのくらい、そうしていただろうか。

気がつくと、墓石の冷えが、頬にも膝にも感じとれた。樹木の影が、暗くあかね色の西陽に染まった地面をおおっていた。

僕は、もう一度腕をまわして、ゆっくりとその墓石を抱いた。

ふと、背後に草の音を聞き、振り返ると、黒木が立っていた。

「先生……」

僕は、その眼を、ちょっとあたりへさまよわせた。

「ご両親か？　先に帰ってもらったよ」

黒木は、穏やかな声でそう言って、ほっとしたように煙草をとり出し、火を点《つ》けた。

「もう、いいのか」

「はい」

「じゃ、そろそろ、行くか」

「待ってください」

僕は、立ちあがりながら、黒木を見た。

「先生には、お話ししておきます」

「ん？」

黒木は振り返ったまま、しばらく僕を眺めていた。

「彼が、『真っ暗な場所で、僕は眠りたいのです』と書いていた理由を」

僕は、線香の灰で染まったズボンの布地から、落ち葉を払いおとした。

「誰も信じはしないでしょうが、僕は、知っていたのです。いえ、僕も、信じてはいませんでした。今日、ここにきて、はじめてそう思ったのです。確信をもって。僕は、やはりそれを知っていたのだと。……眉田英睦は、この世の人間ではなかったのです」

黒木は、黙って、向きなおった。

「いえ、そういう表現をとったほうが、わかっていただきやすいと思うのです。勿論、幽霊話をしているわけじゃありません。ただ、彼のような人間は、そうよぶほうが、よいと思うのです。先生も、忘れてはいらっしゃらないでしょう？『死後の世界くらいは、自分の意志で、選びたいと思います』あの言葉を。なんというふしぎな言葉でしょうか。つまり、彼は、眉田英睦という名を与えられて送り出されたこの世の生《せい》を、自分の意志で選んで生きる生だとは、思っていなかったのです」


黒木は、僕を見つめたまま、わずかに身じろいだ。

「そうです。自分の意志で生きて行かなければならない生は、自分の意志で生まれたいと願い、自分の意志で生まれることを選んで、生まれてきた生であるべきだ。彼は、そう信じていた男です。そんなこと、できるわけはありませんよね。人間、自分一人だけの力で、この世に生を獲得できるわけはないんだから。自分以外の者たちの意志で、生まれてくるしか仕方のない生き物なんだから。それが、彼には、がまんのならないことだったんです。いえ、がまんがならないと言うよりも、彼は、こう考えていたんです。つまり、そんな生に、ほんとうの自由なんてものは、ありはしないと」

黒木は、なにかを言いかけて、口をつぐんだ。

「むちゃくちゃな話ですよね。人間が、自分一人の意志で、自分一人の力で、生まれてきたりはできない生き物である以上、そんな自由なんて、最初から人間には縁のないものなのに。でも、彼は、そんな生を生きたいと、真剣に考える男だったんです。僕は、言いました。君の生活に、どんな不自由があるというんだ。どんな不満があるというんだ。君ほど自由に、君ほど自由を自由らしく、価値のある自分のものにして、のびのびと、いきいきと生きていける人間が、どこにいる。僕たちのまわりの、どこにいる。君は、完全に自分の生を自由に生きているじゃないか。これまでも、これから先も、君ほど恵まれた自分の生を、洋々と生きていける才能や条件のそなわった人間は、そうざらにはいない筈だ。君の暮らしのどこに、自由でない生があるというんだ。……『ここにある』と、彼は言うんです。『僕がいま生きている、これが、すべてそうだ』と。『僕が、どんなに生きたって、どんなに自分のものにしたと思ったって、これは僕の生じゃない。僕が自分で選んで、自分ではじめた生じゃない。このことだけは、確かなことだ』彼は、そう言うんです。『どうして、こんな簡単な、あたりまえのことが、君にはわからないのか』と。

わかったって、どうしようもないことでしょ？　だったら、人間やめるしかないじゃないですか。『そうだ』と、彼は言うんです。『生まれてくる前の世界から、やりなおすしか方法はない』って」

沈黙がやってきた。

だが、僕は、言った。

「信じられますか？　こんなことを言う彼が、あんなに明るく、あんなに優秀で、あんなに人に抜きん出た、陽を浴びた生を生きていた。自分の将来に、まるで望みを持たない彼が。

僕は、いつか聞いたことがあります。君は、将来なにになるんだって。『わからない』と、即座に、彼は答えました。『わからないけど、生きてくより仕方はないだろうな』って」

僕はちょっと言葉を切った。胸の奥に、また悲しみがもどってきた。

「先生は、ご存じないでしょうね。いや、僕しか、おそらくこのことを知っている人間はいないでしょう。彼はね、じつに、死後の世界の知識に精通した、そりゃあ舌を巻くほど詳しい男だったんですよ」

黒木は、再び口を開きかけて、やめた。

「日本といわず、世界といわず、死後の世界の知識なら、なにを聞いても、宙で諳《そらん》じるように話してくれました。たとえば死者儀礼。どこの国、どこの民族、どこの地方の儀礼はこうだ。埋葬はこうだ。しきたりにはこんなのがある。副葬品にはなにを入れる。通夜はこうだ。魂はこんなにして分離する。風習。禁忌。死者への供物。死後の存在。死者の住まい。死の国の構造……とにかく、彼の知識や造詣《ぞうけい》やその熱意の深さや多彩さを、ここでいま先生に、僕はお伝えする力を持ちません。聞いていると、ふしぎなくらいに、彼の話す死の知識は、幾百幾千幾万と、眼の前に絵となって、映像をともなって、生きて、動いて、浮かびあがってくるのです。地獄絵でも見るように。でも、彼が話すと、その世界は、燦然《さんぜん》と、絢爛《けんらん》と、まるできらびやかな光り輝くものたちの世界をでも見ているような、ふと錯覚にさえ陥《おちい》るのです。ほんとうに彼は、ここで生きている。そう思ったことが、なんべんもあります。きらきら輝いてくるんですから。死後の世界の知識や映像が。

そうです。僕は、思いました。彼は、夢見ているのだと。その死後の世界を。夢見ることで、この世に生きる活力を得ているのだと。

ほんとうは、彼は、その世界へ帰りたいのだと。帰って、自分の意志ではじめられる人間の世界に、もう一度生まれてきたいのだと。真から自由な、生まれたいから生まれてきたと自分に確信の持てる生を、彼は真剣に生きたかったのです。そのために、真っ暗な、なにもない所へ帰りたかったのです」

僕は、英睦の墓を、振り返った。

「この墓が、今日、それを僕に教えてくれました。彼は、選んだんです。自分の意志で、確かに彼はなにかを選んだ。僕には、それがわかります。今日、確然と、わかったんです。僕が、殺したんですから」

黒木がなにかを言う声が聞こえた。

だが、僕の耳にはその意味はとどかなかった。

僕は、橇の音を聞いていた。

そして、片手をあげて雪の坂道を滑りおりて行った英睦のうしろ姿を、見ていた。

僕が押し出した橇に、彼はすなおに最後まで乗って、坂道をおりて行った、

(そうなのだ。あの橇は、僕が押した。この手が、ひとりでに動いたんだ)

「そうだ。僕が殺した」

僕は、もう一度、そう墓石にむかって話しかけた。ここへきて、はじめてはっきりと自覚したその言葉を、声に出して。

万倉村は、もう薄い闇の気配につつまれていた。

どこかで、山禽《やまどり》が啼《な》いていた。

墓のうしろの楊梅の老樹の幹に、僕がその花を見つけたのは、翌年のことである。

白いふしぎな形をした可憐な花であった。

僕が、眺めていると、通りかかった土地の老人が、めずらしそうな声で、

「ほう、風蘭《ふうらん》が咲いたの」

と、言った。

聞くと、むかしさかんに咲いていたその花は、自然林の乱伐で、もう万倉の村では絶滅した花だそうである。懐かしそうに、老人はその花を見あげていた。

風蘭は、いまも、毎年咲いている。

(『別冊小説新潮』一九七八年冬季号/『絃歌恐れ野』文藝春秋、一九七九年/『飛花』立風書房、一九九五年/『灯籠爛死行』光文社文庫、二〇〇七年)

随筆

若いアジアの阿片

青春と呼ばれる時期についての回想は、何事によらず、どこかとりとめのないところがあって、私の場合、記憶に明晰な景色を呼び戻せないことが多い。この時期の人間を灼く太陽には、独特な焼灼力をもつ光線があるのかもしれないし、また、その光線の氾濫猛威をふるうところの海原へ、無防備で漕ぎ出す人間の若さや無謀さのせいなのかもしれないが、振り返ってみると、日に焦げて、記憶のフィルムは方々で焼け切れてでもいるかのような遥かな遠隔感があって、いたるところ曖昧模糊とした感じである。

一冊の本にしても、さて何を選び出せばよいか。濫読の悪習だけが、しっかりと身についただけの時期でもあった。

ラディゲの『肉体の悪魔』か。或は『ドルジェル伯の舞踏会』か。また、小説のほとんど暴力的な熱波を浴びて酩酊したという意味では、カミュの『異邦人』や『ペスト』の襲撃感などもわが青春の一冊を十分に支えてくれる刺戟的な思い出をいろいろと残してくれている。だがカミュと言えば、私には、短篇集『追放と王国』の中の一篇『客』も、ちょっと忘れがたい作品だった。どういうものか、この短篇に、当時私はほんろうされた記憶がある。

アルジェリイの高原に建つ貧しい小学校。雪に閉ざされて生徒達もやってこない。無人の校舎に教師だけが一人で住んでいる。そこへ、馬に乗った老憲兵が殺人犯のアラビア人を引いて上ってくる。教師にその殺人犯を隣村の役場まで連行する役目を申し渡すためだ。教師は頑として引き受けない。これは命令だと老憲兵は言い残して、帰って行く。翌朝、教師はアラビア人を連れて高原の外れまで出向き、食糧と千フランの金を渡して、二つの方角を彼に教える。東の道を行けば、役場と警察がある隣村へ着く。南の道を行けば、草原に出て、お前をかくまってくれる遊牧民達に出会えるだろう、と。驚いて教師を見つめるアラビア人に、「さあ、お前をここに置いて行くぞ」と告げて、教師は去る。いつまでも、その場を動かず教師を見つめているアラビア人。早く行けと、振り返って促す教師。茫然と動かないアラビア人。強引に教師は背を向けて去る。二度目に振り返った時、丘の上にはもう男の姿はなかった。教師は、息せき切ってその丘まで駈け戻る。地平には空しかない遥かな視界の彼方に、ぽつんと一人、アラビア人は東への道を歩いていた。

学校へ帰った教師は、黒板の上に白墨の文字を読む。「お前は己の兄弟を引渡した。必ず報いがあるぞ」誰が書いたのかわからない。下手くそな文字だった。——教師は空を眺め、高原を眺め、更に、そのかなた海までのびている目に見えぬ土地を眺めていた。これほど愛していたこの広い邦に、彼はひとりぽっちでいた。

ざっとまあそうした筋書きの短篇だが、どういうわけだったか、読後に、猛然と小説が書きたいという衝動に駆られたのを憶えている。未熟な若さだけしかなかった時代の私をして、自分にも小説が書けるかもしれぬと思わせせしめた触発剤のようなものが、この作品には、なにとは知れず、どこかにあったのだろうと思うほかはない。〈孤独〉とか、〈連帯〉とか、〈不条理〉とか、また〈追放〉とかいう人間主題を、私はまるで粘土細工を捏ねくりまわしでもするように、若き机上のあちらに置き、こちらに置きして、一篇の短き小説を書きあげるために、腐心惨憺したのである。小説は出来上らなかった。そのために、また『客』を読み、心機一転、ペンを執る。このペンを投げては『客』を読み、『客』を読んではペンを持つ堂々巡りを、いったい何度私はくり返したことだろう。『客』は不思議な作であった。なぜそれが『客』でなければならなかったのか、その理由が、今ではもう判然としない。三島由紀夫や大江健三郎などの初期の作品の中にも、読後、創作意欲を沸き立たせ、私を虜にした感銘作はあるけれど、そしてそうした作品は他にもまだあげればきりもないけれど、ただ小説を書くためだけに、一時期ではあったが、その一篇にこうした形でこだわり続け、創作衝動の再燃や持続の助けに力を借りようとした作品は、他にはなかったように思われる。

不思議な経験であった。理由のわからないところが、今、想い出すと懐かしい。

青春とは、そうした不明なものの、謎めいた踊り場や迷い路を、いたるところまぼろしのように抱え込んだ、永遠に解き明かせぬ迷宮のようなものなのかもしれない。

ともあれ、ちょっとした寄り道のつもりであげた『客』に紙数を費やしすぎたが、私の青春の一冊と言えば、やはり他のなにを措《お》いても外すわけにはいかないのは、ジャン・コクトーの

『阿片』だろう。

コクトーの著作の中で最初に出遭った本だった。学生時代のことだ。新宿の昔の紀伊國屋書店で買った。文庫本だった。阿片という麻薬の領邑《りようゆう》、コクトーという思索の魔術師、この二つの結界が、中毒、解毒という劇的な二重構造を持つシチュエーションを舞台にして、丁丁発止と渡り合うサン・クルー病院内でのいわば闘病記録ノートであるから、わくわくさせられない筈はない。

阿片の解毒治療がもたらす芸術家の精神の、なんと無尽蔵に強靭で多彩な変相ぶりの、創造的であったことか。コクトーのデッサンを初めて眼にしたのも、この書によってであった。詩、絵画、文学、演劇、映画、音楽、人間、人生……等々について、めざましく夥《おびただ》しい啓示を受けた。『阿片』は、わが感性の美学的な涵養《かんよう》に天啓の書であった。

――若いアジアはいまではもう阿片を用いない。なぜかというに、「彼らの祖父たちがそれを用いたから」。若いヨーロッパは阿片を用いる。なぜかというに、「彼らの祖父たちがそれを用いなかったから」。ところが、折角だが！　若いアジアは、常に若いヨーロッパを模倣するのだから、やがて阿片がわれらヨーロッパ人を通じてその出発点に戻ることになりそうだ。

とコクトーは書いているが、まさしく私の場合がそうだった。コクトーの『阿片』は、若いアジアの未開人であった私の迷走神経に潜り込み、見事にそこで巣くったのだった。今でも『阿片』は、時々私を、物狂おしくする。

（『別冊文藝春秋』一九八八年十月号／『青春の一冊』文春文庫、一九九〇年）

随筆

破片B　阿片のように匂やかに

『海峡――この水の無明《むみょう》の真秀《まほ》ろば』より

海峡ぞいの街並を歩いていると、奇妙な記憶がとつぜんよみがえることがある。夢に関する記憶である。

わたしはどちらかといえば、かなり多種多彩な夢をいろいろと見るほうの人間で、眠りが浅く、熟睡型の人たちにくらべると、人生ずいぶん休むべき休息の時をとりあげられ、無心に眠れぬ因果を嘆いたりもするのだが、それはともかく、雑多な夢を雑多にあれこれ見馴れてきた身の習い性もあってか、べつに夢見がよかったとか悪かったとか、眼醒めた後の夢判断や吉凶占い、夢の分析・追究などに心が残ったり気にかかったりするようなことはあまりない。また、たいてい夢は夢の常で、見る端からはやばやと雲散霧消し、おぼえていたいと思っても、残っているのは夢の尻尾、おぼろな輪郭、残骸のかけらといったとりとめもないただ幻の気配だけで、特別わたしの夢忘れは退《ひ》きぎわがよいというか、消えっぷりがすばやいようだ。

だから、なにかのはずみで、ときに「あ」と、よみがえる記憶の一瞬をとらえて、夢のはざまへ引きもどされる意識の遡行《そこう》感覚も、現実にはきわめておぼつかなく不確かなようなところがあって、これは一度どこかで見た光景だとか、ああ夢のなかで出会った景色なのだなという邂逅《かいこう》感やおどろきなんかも、その種の話はよく見聞きはするけれども、人さまほどにはどうもその鮮明度も深くはなく、奇異なる夢幻の臨場感にも乏しいたちの人間のようである。

要するにわたしは日頃、人並に眠るべくしてある時間を、心外にも、必要以上に夢に侵され夢界の手に妨《さまた》げられして浪費してきているというじつに腹立たしい自覚を持ってはいるけれど、その割りには、醒めている間夢にはきわめて無頓着で、夢界の残気にあてられたりその移り香を引きずって歩いたりはしない人間なのだろう。

夢の記憶などという話題には、およそ縁遠い人種である。醒めれば、さっぱり忘れている。忘れておれるということで、心身のバランスもうまくとれているのである。物を書く人間として、書く素材に『夢』をとりあげる機会はままあるけれど、現実に自分が見た夢やその記憶に支えられて文章を書くという作業は、わたしの場合、まずめったにない。不確かな夢の残気を形にすることが、苦痛である。苦痛である前に、わたしには夢見にとられた眠りの時間のもったいなさや腹立たしさが思い出されて、わけもなくその忿《いか》りが先に立ち、思わず憤然としてその作業を放擲《ほうてき》する。

夢は見たくないのである。眼を閉じれば、その束の間に空《くう》になって、無心に眠り落ちたいのだ。しんから空になりきって深く眠り落ちれるなら、もう眼醒めることなどなくていいと、わたしはいつも思うのだが、夢はそれを許してくれない。夢がきらいなわけではない。夢もまた楽しいと充分に思いはする。しかし、わたしには必要ではないのだ。もう見飽きた、眠りのなかの夢などは、と、わたしは憤然として枕を蹴とばし起きあがる。起きあがると、夢のほうでも、

「そうかい。じゃあな。お粗末さま」

とでも言わんばかりに、さっさと消えて跡形もなくなっている。

逃げ足の早く水際立ってあざやかなこの種の夢につき合って、わたしはもういいかげんうんざりするほどの歳月を生きてきた気がするのである。

まあ、わたしとわたしの夢との関わり合いはいつもそんな状態で、言うなれば腐れ縁、夢がわたしの文章に力を貸してくれることなど数えるほどにもないけれど、ときにふと気紛れな例外事も、無論ないわけではない。

海峡ぞいの街並を歩いていると、なにかのはずみでひょっこりと思い出したりすることのあるその記憶も、そうしたわたしの夢の数すくない現実還《げんじつがえ》りするものの内の一つであると言えなくもない。

前章で書いたわたしの友人Aも海峡の流れるある町で生まれたが、わたしの生地も海峡とは切りはなして考えることのできない本州の西端部にある『海峡の町』である。

地図帳などで調べると、日本には海峡と名のつく場所が二十数箇所はあるようだから、この海水の流れる道に隔てられた島国の集合体は、それぞれの土地柄、地方色、生活条件、暮らしの風土のなかに抱えこんだ人と海峡との関わり合いや交流の諸状況には、独特な歴史があり、海峡の貌《かお》もまた千差万別にちがいなく、ひとつびとつの海峡めぐりに思いを馳せることの興趣はそれだけでも尽きないけれど、おしなべて言えることは、どの海峡も潮の流れる道であり、人の往来した水道であり、板子《いたご》一枚下は地獄の道であって道なき道、水のほかにはあるべくも

イラスト=村上芳正
(『海峡』[角川文庫]装画より)

ない幻の道を、しかし道にして、人の歩かねばならなかった往還道であるだろう。

そうした意味で海峡は、国と国、人と人、世界と世界を隔てる確然とした道なき水の境域であると同時に、その水が見せるあやかしの道、水上に見える筈《はず》のない姿を見せる蜃気楼の街道だったとも言えるだろう。

潮の流れる海峡ぞいの街並を歩いていて、わたしがふと夢魔のひろげたベールのさゆらぎに触れでもしたように、一つのある奇妙な光景を思いうかべるのも、そんな水にひそむあやかしめいた思念の残影なのかもしれない。


その街すじの光景は、いつどんなふうにしてわたしの記憶のなかに入りこみ、ひそみついたのか、正確にはまるでわからない。

たぶん子供時分に眼にした海峡ぞいの市場街が、風景の根にはなっているだろう。どこか該当する街すじや店構えがなかったかと、折にふれ思いめぐらしてはみるが、歳月のかなたにあるその港町の一路地は、現実の海峡街のなかからは探し出すことがいまだにできない。

狭い人通りにあふれた路地だった。掛け小屋ふうのテントや簾《すだれ》屋根《やね》を張った屋台や露店なども出て、通りの両側はところ狭しと魚、野菜、花、海産物などをならべ、魚箱を重ねた手押しの荷車や自転車や買い物客でごった返す街すじだった。朝だったか、真昼間だったか、夜だったか、それがわたしにはわからない。わからないといえば、その街すじを歩いているわたしがどんな姿をした、幾歳くらいの人間だったか、これもまったく定かでない。小学生時分の子供だったにちがいないという気がわたしにはするのだが、どう考えなおしても、その年頃を判定する材料が記憶のなかでは欠落していて、子供だったか、大人だったか、まるで判断しかねるのである。つまり、年齢不詳のわたしが、その街すじを歩いていた、というしかない。

そんな感じが、この記憶を、たぶん夢のなかで見たものではなかったかと、わたしに自覚させる根拠にもなっていた。

わたしは、その街すじのとある店の前に立って、店頭の品物を眺めていた。その品物が、またわからない。なにを売る店であったか、どんな品物に眼をとめていたのかが、記憶にない。記憶が鮮明になるのは、この直後のことからである。

なにかの拍子でふと眼をあげると、わたしの傍にゴム長靴に同じゴムの黒い前垂れを腰に巻いた威勢のいい若い衆《しゅ》が立っていた。一目見て、魚屋か市場関係の人間であることがわかる。手拭を無造作に首に巻き、頑丈な体格の男だった。

彼は、底の深い魚箱から、彼の身の丈ほどもある妙にひょろひょろとした真黒い魚を両手でつかみ出し、わたしが立っていた店先の横に並んだ売り物台の上に、ちょうど尻尾の部分を両手で捧げ持ち、頭からおろすようにして置いた。

わたしがあっけにとられたのは、その奇妙な魚のすさまじい腐爛《ふらん》ぶりであった。名も知れぬ奇妙な魚に見えたのは、おそらく魚がその原形をすでにとどめていないからであったろう。皮は溶け、肉は破れ、骨は崩れて、全身腐液にまみれて黒光りする魚は、なんとも異様な眺めであった。

異様といえば、しかしもっとわたしをおどろかせたのは、男が捧げ持つようにして売り物台の上に置いた魚が、頭の部分から胴へ、胴から尻尾へと、見るまにその姿を消していってしまったことだった。

最初わたしは、なにが起こったのか、よくのみこめなかったほどだった。腐液のしたたりおちる魚身が、売り物台の板に触れると端から消えてなくなるのである。まるで魔術を見てでもいるように、長大な腐爛魚は眼の前で跡形もなくなった。わたしは、わが眼を疑った。

しかし魔術のタネはすぐにわかった。なんと、店先の売り物台だと思った板がまんなかから割れ、左右に開閉する機械仕掛けになっていて、その表板の下には、これも水平に開け閉じする大きな平庖丁のような刃物の切断機がつけられていたのである。魚は、大まかに切断されては、その下に落とされて行く仕組みにでもなっているのだろう。

ゴム長靴の男は、造作もない顔つきで、次から次へと姿形もとりどりな大小雑多な腐爛魚を、この切断機にかけていた。

それにしても、この店先の一見なんの変哲もない売り物台とも見える板に、こんな刃物をひそませた装置が仕掛けられているなどと誰に想像できるだろう。通りがかりにもし誰かが、知らずにその板に手をのせたら……と、わたしは身をすくませて、その男の無表情な腐爛魚切りの作業を見つめていた。

なにかが、どこか変だった。

その街すじは人の往来でごった返し、この男の異様な作業は、ほかの人間たちの眼にも当然つく筈であったし、つけば足をとめざるをえないほどの異様さがそこにはあったと思われるのに、誰も気づきもしない様子でごく平然と通りすぎて行く。かりにその腐爛魚一つをとりあげてみてもよい。そのものすさまじい腐爛ぶりだけでも、充分に人眼を惹《ひ》くに値するものだった。だのに、この狭い街すじにあふれるほどの人出のなかで、立ちどまり見つめているのは、わたし一人なのだった。

男のおこなっている作業が、わたし以外の人間たちの眼には見えていないのではあるまいかと、わたしにはしきりにそのことが不審であった。不審に思いつつ、一方ではその腐爛魚がなんのためにこんな街頭の店先で切断され、またその先はどこでどう処理されるのだろうか、と、そんな腐爛魚の行方に首をひねったりもした。

小さな、一間《けん》か二間間口の店先に出されていた、それもほんの片隅に置かれた物売り台の上で起こったできごとだった。

　この物売り台の下に、腐った魚を溜める甕《かめ》でも置いてあるのだろうか。しかし、いったいこんな場所に腐った魚を集めてどうするんだろう。この店は、腐魚の処理屋か。それとも、腐魚が商売になるなにか再生利用法でもあるのだろうか。

　そんなことをあれこれと考えはじめた矢先であった。

　小型トラックがその店先にとまり、荷台を店の横口へまわしたかと思うと、いちはやくゴム長の男が駈け寄り、土間の地面に嵌《は》めこまれた鉄板蓋を引き開けた。ぽっかりと口を開いた地面の穴へ、トラックは荷台を傾けてあっという間に積み荷のすべてを流しこみ、瞬く間に引き揚げて行った。

　それは、物売り台の上で見た事柄にもまして、奇怪な眺めであった。

　持ちあげられたトラックの荷台から穴のなかへ流しこまれた品物は、これも大小さまざまな山なす腐爛魚たちであったが、二メートル近くのマグロやカジキやサメとおぼしき大型魚が、なだれを打って、滑《すべ》り台《だい》のようにつくられた穴のなかの傾斜路をひしめき落ちて行ったのだった。

　穴のなかにはあかあかと照明がともされていて、コンクリートの傾斜路の裾《すそ》は、ちょっとした地下の大広場になっていた。

腰をかがめて覗きこんだわたしの視界にとびこんできた光景は、なんともふしぎなものだった。


その蛍光灯に照らされたコンクリートの地下広場には、二十人近くの黒装束の男たちがいた。黒いゴム合羽に、胸までつづいたゴム長靴、同色のゴム手袋といったいでたちの、黒づくめのゴム作業着を身につけた男たちだった。彼等のうちの二、三人は、穴下の傾斜路に滑りきらずに堆《うずたか》く溜った腐爛魚の山へよじのぼり、あるいは胸まで身をひたして、両手で魚群を掻《か》きおろしていた。白蠟状《はくろうじょう》に腐敗がすすんだ大型魚の胴体に両腕でしがみつき、抱きこむように体を乗せてその重みで魚群の上を滑走しながら下の広場へたどりつく者もあった。

　その広場にも、魚は山積みされていた。

　どの魚も、すでに魚の姿を持ってはいなかったと言ったほうがよいだろう。腐臭と粘液にまみれた醜悪なものたちの塊だった。

　そんな地下広場の一方の壁ぎわに、十基ばかりのシャワーがとりつけてあり、どのシャワーもいっせいに水しぶきを噴いていて、魚と格闘していない男たちは、ゴム着のままその噴射水の下に並んで、まるで運動選手の合宿所かなんぞのように、賑やかに屈託もなく、声高に笑い合い、冗談口をとばし合って、練習後の汗を洗い流してでもいるふうに水しぶきを浴びていた。

　なんという奇怪な光景であろうか。

　わたしは言葉もなく、上の道から、そんなとつぜんの地下に展《ひら》けた広場のありさまを、眺めていた。

このときも、その地下広場を覗きこんだのは、わたし一人であった。

表の道路つづきにいきなりぽっかりと口を開けている四角いマンホールのような穴である。ほかの通行人たちがどうしてこの穴に気づかないのだろう。気づいて、興味を示さないのだろう。そのことが、腑に落ちなかった。

穴口の鉄板蓋を開けた地上の男は、やがてその蓋をもとどおりに閉じた。

街すじは、また以前のどこにも変りない海峡ぞいのごった返す市場道に還っていた。

わたしだけが、奇怪な悪夢を垣間見て、束の間現実界を忘れ、あやかしに誑《たぶら》かされでもしたのだろうか。これが、通り魔、白昼夢というあれなのだろうか。

わたしは、そう思った。

思いながら、あわててあたりを見まわした。

(あの男にたずねなければ。確かめなければ)

とっさに見まわした視界のなかで、リヤカーに空き箱を積んだ男は、ちょうどその街角を曲るところだった。

「待って」

と呼びかけたわたしの声に、男はゆっくりと振り返った。

あの魚をどうするのかと、わたしはたずねた。

「捨てるのさ、海に」

と、男は答えた。

「じゃ、あの地下室は……」

「おうさ。あそこの先が、海なのさ。あそこで完全に腐らせて、形も姿もなくなったやつを、海へ流す。もとの古巣へ返してやるのさ」

男は、そんな意味のことを告げて、背をむけた。

わたしは、あわててたずねたのだった。どこからいったいあんな腐った魚を集めてくるのかと。

「この街中の、あちこちからさ」

ぶっきら棒に男は答え、もう振り返りもせず、そのまま立ち去って行った。

わたしの記憶が跡絶えるのは、いつもこの辺からであった。

そうして、そのあとに、この記憶と重なるようにして、もう一つの別の記憶がよみがえってくるのである。


腐爛魚の夢に重複するいま一つの記憶というのは、やはり同じ海峡にゆかりのあるものだった。

現在その海峡には、海底を鉄道が走り、新幹線が走り、国道が走り、車道のほかに歩いて渡れる人道トンネルもあって、さらに空中上空には巨大な橋まで懸かっているが、相変らず海上では、わたしの生地である街と対岸街とをつなぐ海峡連絡船が日に何度も往復就航をつづけている。

小さな階上デッキを持つ二階立ての連絡船だが、わたしの記憶のなかにある連絡船にもいまのような階上に客席ベンチの設けられた屋上デッキがあったかどうか、そのへんのおぼえはまるでない。

とにかくわたしは、その連絡船に乗っていた。

一日に何度も潮向きを逆転させる急流を横に切って乗り越える渡船だったから、潮に逆らうエンジン音がことのほか耳に残って、わたしの記憶のなかの船はさかんにピッチングをくり返していた。

船室には、わたしのほかに五、六人の屈強な男たちがいる以外に客の姿は見あたらなかった。彼等は、横長のベンチ風の木の座席に寝そべったり、あぐらを組んだり、新聞を読んだり、サイコロを振ったりして、思い思いにくつろいでいた。彼等がわたしの注意を惹いたのは、そろいの白いランニングシャツを身につけていて、そのシャツの背なかに大きく、それはほんとにばかでかく『××サーカス』というような文字が横書きで染め抜かれていたからである。わたしの子供時分、生地の港町には大テントを張るサーカスの巡業団がよくやってきていたものだ。国内でも有名な大サーカス団の名を、わたしも一つ二つはおぼえていた。その連絡船の男たちが、どこのサーカス団の者たちだったか、わたしはあとで一時躍起になって思い出そうとした時期があるけれど、記憶のなかにはサーカス団の名前までは残っていなかった。

どの男たちも筋肉質のバネのきいた体軀を持っていて、なるほどとうなずかせた。

(ああ、サーカスがきてるんだな)

と、わたしは急に興味をかきたてられ、なんとなく彼等の行動を観察する眼になって、男たちを眺めていた。

船がさかんに上下動をつづけて揺れていたのをおぼえている。男たちの内の一人がふと立ちあがり船室を出て行った。二、三段、短い階段をのぼってドアを押せば、船べりの狭い通路のデッキである。彼は軽やかな口笛を吹きながらそのデッキへ出て行った。するとほかの連中たちも、一人ずつ相前後《あい》して席を立ち、談笑しながら軽口をとばし合ったりして、そのあとに従った。彼等はぶらっと退屈しのぎに、ちょっと外の潮風に吹かれに出でもするように船室を出て行ったが、そんな彼等を眼で追いながらつられて振り返ったわたしの視野のなかで、次の瞬間起こったできごとは、わたしの眼を疑わせた。

入口に近い船室の窓の外を、白いランニングシャツを着た一人の男の肉体が水平に宙をとびながらいきなりよぎった。

わたしは最初眼の迷いかとあっけにとられ、しかしやにわにその船窓《まど》に走り寄って窓硝子《ガラス》に顔を押しあてた。当然のことながら、外は海。船体が切る潮流の白い泡立ちがうねりを巻いていた。

　そんな水の上に、さらにもう一人の男の体が弧を描くように回転しながらとび出していて、そのさしのばされた腕に、舷側を蹴って跳躍した次の男がとびついていた。

　それは、あっという間のことだった。男たちは、一人一人矢継ぎ早に眼の前の空中へ身を躍らせ、あるいは跳ね、あるいは翔び、宙返り、錐揉《きりも》みし、その肉体を高飛び込みの選手のように自在に屈伸させ、回転させながら、宙空で躍動させ、やがて水しぶきをあげて水中に没して行った。さながら空中曲芸を見ているような昂奮をわたしに残し、それも束の間のことで、わたしがドアを押《お》しあけて舷側のデッキへ走り出たときには、もう彼等の姿は海上のどこにも見受けられなかった。

　なにが起こったというのだろう。わたしは揺《ゆ》れる船の手摺りにつかまりながら、ぼうぜんと海峡の水を眺めていた。

　夢だったにちがいないとわたしが自覚する根拠は、この連絡船の記憶がここで跡絶え、跡絶えたまま、いまもその映像だけをわたしの頭のなかに残しているせいだろう。映像はもう古び、色褪《いろあ》せて、とりとめもなく、遠いむかし夢魔の残した徒《いたずら》な記憶としか言いようもないけれど、海峡ぞいの街並を歩いていて、ふとよみがえる腐爛魚の地下広場と、この連絡船に乗っていた男たちの記憶は、奇妙に重複し合って、わたしのなかに残っている。


　二つの、夢ともあやかしともつかぬ記憶が重複し合うのは、無論、どちらの記憶にも登場する男たちのためである。わたしは、連絡船のなかでサーカスの名入りのランニングシャツを身に着けていた男たちが揃《そろ》って舷側のデッキへ出るのを見送った瞬間、どこかでその男たちの顔を見たという気がした。あとになって、記憶が記憶を補い合う時間が持てるようになって、それはほとんどまちがいなく、市場街の地下にあったあの広大な腐爛魚の山積みされた広場で、魚と格闘し、腐液にまみれた肉体をシャワーの下に並べていた黒いゴム合羽に、ゴム長靴、ゴム手袋の黒装束の作業着に身を固めた二十人近い男たち、あの連中のなかで見た顔だったと、思い当たったのだった。

　そして思い当たってみると、明るい蛍光灯に照らされたあの地下広場の光景が、さらに欠落していた新たな記憶を補足してくれるのだった。男たちは、山なす腐爛魚の群れと格闘し、また魚と格闘していない連中は確かに壁ぎわに並んだシャワーの放列を浴びてはいたけれど、それだけではなかった。その地下広場には、もっとほかの作業に余念のない者たちもいたことを、わたしは思い出したのである。おたがいがおたがいの肉体を踏み台にして、アクロバットのような、またタンブリングを思わせもするような、奇妙に複雑な、そして激しく敏捷《びんしょう》な、肉体演技、運動トレーニングのようなものを行なっていた男たちが、確かにいた気がしたのである。

壁ぎわに並んだシャワーの下で、賑やかに屈託もなく、声高に笑い合い、冗談口をとばし合って水しぶきを浴びていた男たちに、わたしが運動選手の合宿所かなんぞのような、まるで練習後の汗を洗い流してでもいるみたいな印象を受けたのも、たぶんそうした事情によるものだったにちがいない。

海峡ぞいの市場街の地下に存在した不可解な広場。

海峡連絡船の船上から潮の流れに身を躍らせて、それっきり水のはざまへ姿を消してしまったサーカスの男たち。

奇妙な記憶ではあったが、それも夢魔が残したあやかしの思念の残像かと、いま振り返ってみれば、この夢の記憶のなかに含まれている《サーカス》というイメージは、なにがなしに啓示的で、トリッキーな暗合を、思いつかせもしなくはない。

連絡船で出会った男たちが、市場の地下広場で見た連中のなかにいた者たちだったとすれば、あの奇怪な腐爛魚集積処理作業に従事していた一団の男たちは、サーカスの芸人集団だったかもしれない。サーカスの芸人たちが、なぜ地下の穴倉で街中から集めてきた腐爛魚の処理作業なんかをしているのか、夢界の条理に疎《うと》いわたしなどには理解できよう筈もなく、夢の分析、判断、臆測、解説、説明のしようもないけれど、海峡ぞいのとある地下で、人知れず奇異なる世界が、人知れず奇異なる人間たちによって展開されていると考えてみる束の間の空想が、わたしにはどこか現実離れしないところがあるようで、刺戟的なのである。

不思議の国のアリスではないが、できればもう一度あの市場街の路地に迷いこんで、不思議な地下のあの広場を覗きこめる路上の穴にめぐりあいたいものだと、折節《おりふし》思い、歳月がたつ。

海峡と、不可思議な男たちが繰り広げて見せてくれた二つの夢の記憶の破片。

つれづれに、そんな思いを抱えて海峡ぞいの街並を歩いていると、ふと夢が仕掛けたトリックのようなものではなかったかと考えたりすることもあり、夢の啓示、夢の策謀みたいなものを感じたりして、ひどく心楽しい気分になったりもするのである。あの屈強な男たちが、サーカスの芸人であったこと。彼等が、海のもたらす幸《さち》（または汚穢物《おわいぶつ》）を海へ還す作業にいそしむ人間たちであったこと。そして、海へ（それもじつに無造作に、冗談口をたたき合い、まるで遊び戯れ合って、水に呑まれ、水をめざすことの楽しさを満喫し合いにでかける人間たちででもあるかのように）身を躍らせ、姿を消してしまったことなどを、思い出し、考えるにつけ。

夢の破片をわたしに残した彼等は、言わば陸人《りくじん》ではなく、海《かい》人《じん》だったと言えるだろう。言えはしまいか、と考えるとき、わたしの海峡ぞいの散策が、ふと心楽しいものになったりするのである。

もう長いこと、人一倍夢の逃げ足だけは早いわたしにしては珍しく、この夢の記憶がいまも薄れずに時折よみがえってくるのは、そうした夢が持つ思いがけない局面の愉快さによるものなのかもしれない。

海人《かいじん》。

これが、この夢の記憶が秘めているクロスワード・パズルの、案外、鍵《キイ》かもしれないと、わたしが思っているからなのかもしれない。

海人《かいじん》と言えば、「あま」という訓《よ》みの世界がある。

この国の芸能史を繙《ひもと》くとき、その始まりの部分に、たいていこの「海人《あま》」という文字が登場する。

例の万葉集に出てくる「乞食者《ほかいびと》」という芸人たちは、祝言《しゅうげん》・祝賀《しゅくが》の歌舞を演じてその代償に食料を得ながら村々をまわって歩く「祝《ほか》い」の芸能者たちで、旅芸人の起源はこのあたりから始まったとよく言われるが、この「祝《ほか》い人《びと》」たちを生んだのは、この国の海であった。

彼等は、もともと海辺の者たちであり、漁《すなど》りの民であり、農事の拓《ひら》けぬ往古《おうこ》にあっては、この国の主勢力をなす繁栄民《はんえいたみ》であったにちがいないが、稲作がはじまり、農耕民が起こり、農事社会の体制が確立されるにつれ、魚群を追って移り動くことが生業《なりわい》の彼等には、土地を持たない不利があり、農土を得て転業する者たちも続出して、海人《あま》族は繁栄の民の座をすべり落ちざるを得なくなる。彼等は、あるいは農民化し、あるいは山野へ入って狩猟《しゅりょう》の民となり、手職をつけて雑技の職人となる者などさまざまだったが、無論、漁《すなど》りの業専一《せんいつ》に踏みとどまる者たちもなかったわけではない。彼等は、漁獲物を農村へ運び、村々をまわって歩いては農作物と交換し、日々の暮らしを支えた。土地が持ちたくても持てず、安住できる地はほしくても手にすることができないまま、漁りをつづけるほかはなく、安住の地を探し出せない者たちもいただろう。海人は移動の民である。あるいは食糧交換のため、あるいは魚を追って移動する本来の生業《なりわい》のため、彼等は移り歩かねばならない民であった。そんな往還の道々で、彼等は、農事の繁栄、五穀豊穣《ごこくほうじょう》、病魔退散、無事息災など、寿《ほ》ぎ事《ごと》、祭事、宴席などに行き合った折、彼等なりに海の民に伝わる独特な習俗や、信仰儀礼、巫術《ふじゅつ》やの、手わざ、口わざ、暮らしわざにのっとって披露《ひろう》におよぶこともあっただろうし、そうした海人たちのなかから、やがてそのことだけを専業にして農作物との交換の代償にする者たち、いわゆる「祝《ほか》い人《びと》」と呼ばれる芸人たちが出現してくるようになったであろう事情は、想像するに難くない。

耕すべき土地、住み定めるべき塒《ねぐら》、一所安住《いっしょあんじゅう》の場所を持てず、野を、山を、村を、海辺を、流れめぐり、身振り手振り口振りよろしく祝《ほか》いの歌を、巫術の舞いを演じて歩く流浪の旅芸人が誕生したのである。

この国の芸能の、それが原初の一粒の胚芽《はいが》であった。

その胚芽を、海人《あま》と呼ばれる海人族が生み落としたということを、わたしはふと思い出すのである。海峡ぞいの街並を歩いていると。

この漂泊の海人《あま》芸能集団がしだいに芸能専業の道を極めて行く過程について、『さすらい人の芸能史』の著者・三隅治雄氏の好解説がある。その一部分をすこし長いが引用させてもらうと、古事記《こじき》にも記されている八千矛神《やちほこのかみ》（大国主命《おおくにぬしのみこと》）の有名な妻《つま》求《もと》めの物語も、出雲《いずも》の海人集団によって諸国巡演されたものであろうとし、

「（略）この神が、近隣の国々の女性を獲得していく恋の勝利譚《たん》を語り伝えることで、部族の繁栄をことほいだものと思われる。そして他郷への漂泊に当たっては、（略）村々の饗宴の座が多かったろうと思われるが、この歌舞劇を他郷の人に見せるということは、一つには、旅行く自分たちの素姓来歴を物語ることになり、また一つには、自分たちの奉ずる神の祝福を相手にささげることになると理解されたのである。

村々の交流の極端に少なかった古代には、自分たちのすむムラ以外はすべて未知の異郷他界で、そこから時まれにやってくる旅人は、すべて畏怖と好奇と憎悪の視線の対象となる。いわば今日のわれわれが考える火星人・水星人のたぐいであった。

その火星人が、はじめて接する村人に対して、自分たちがけっしてあやしい者ではなく、むしろあなた方にめぐみを与える特別の呪力をもつ集団なのだ、と説くためには、何より、自分たち部族の奉ずる神の偉大なる業績を語ったり、自分たちの所有しているさまざまの呪術的歌舞を演じたりする必要があった。

出雲の海人《あま》に限らず、全国に漂泊・移動の足跡を豊富にとどめた海人族が、他の定住農民の集団にくらべて、質量共にすぐれた歌舞・物語の類を所有し伝承したのも、（略）その歌舞・物語の内容が、呪術的な効果ばかりか、文芸的にもおもしろく、劇的波乱にも富んでいれば、相手も喜び、そのぶん、謝礼に受ける米・野菜の量がちがってくるわけで、海人《あま》たちの歌舞や物語に対する情熱は、生活の問題と直接からんで、より切実なものとなる。そこから芸の修練が自然に生まれ、徐々にそれが実を結んで、いずれは一般の民俗芸能とは異なる、いかにもプロフェッショナルな感じのする歌謡・演技の類が海人のレパートリーにあらわれるようになった。いわゆる職業芸の誕生である」

と、述べられている。

さらに三隅氏は、この「ホカイビトに始まる日本の旅芸人の芸能伝播の足跡」をじつに適切明解な論理で追った著書の結語のなかで、「結局わが国の芸能のほとんどが、その出発点において、大道《だいどう》や広場・門口《かどぐち》を舞台とする路上漂泊の旅芸人の芸能であった」と、言い、「端的にいえば、能も歌舞伎も文楽《ぶんらく》も、

元来路上をさすらう門付芸人《かどづけ》の手によって創造されたものであり、日本芸能史の根本のにない手は、諸国放浪の旅芸人であったわけである」と記し、芸能の原点にさすらい人の魂の存在を置いたあまたの卓見、考察を披瀝されている。

まことに共感深く、またわたしのこの章のモチーフには恰好の記述と思われる部分があったので、無断の引用ではあるが、駄文を弄《ろう》するよりも、そっくり氏のお力を借りることにしたのである。

そうである。わたしは、海峡ぞいの市場街で出会ったあの地下広場にいた男たちを、海の人間たちだったと、見たててみるのである。海峡のまっただなかで、ただ海へ、水をめざして躍りこんだ男たち。まるで一途《いっと》、ただ還るべき家路をめざして猛躍する人間たちででもあるかのように。

人知れぬ地下広場で、腐爛魚の汚液と悪臭にまみれていた彼等。それも、思えば象徴的だった。旅芸人の彼等にしてみれば。

海峡が、潮の流れる道であり、人の往来した水道であり、板子一枚下は地獄の道であって道なき道、水のほかにはあるべくもない幻の道を、しかし道にして、人の歩かねばならなかった往還道であるならば、この水の道の上にも、芸能の歴史の跡は刻まれているだろう。それを刻み、残して行った人間たちがいたにちがいない。

たとえそれが、陸路とちがって、水に隠れた道であっても、水上には見える筈のない姿を隠したあやかしの蜃気楼の街道であったとしても。

そう思うとき、わたしには、あの夢のなかの記憶に棲んだ男たちが掛けるサーカス小屋は、この海峡の水のなかにこそあるのだと、うなずける。潮流の底で、彼等はあのたくましい肉体の芸を花にしているのかもしれない。

そんな空想が、楽しいのである。

阿片のように、匂やかに、ふと心を騒がせて、わたしは子供のように夢想にひたり、溺れることがあるのである。

海峡ぞいの、潮の流れる街並を歩いていると、時折、不意にめぐりあう楽しさだった。

(一九八三年白水社より書き下ろしとして刊行／一九八六年角川文庫、二〇〇六年『赤江瀑名作選』学研M文庫)

随筆

阿武川《あぶがわ》――童心の風に吹かれて

わたしは、関門海峡が周防灘《すおうなだ》の方へ向かってひろがりはじめるあたりの、海峡の水ぎわに住んでいる。

文字どおりの水ぎわで、十メートルばかりの雑木の小崖をおりるとそこはもう砂浜であり、干《ひ》ると広大な岩礁がごろごろ現われる磯場が見渡す限りにひらけ、わが家にいると、どこにいても、この海だけが眼の前にあり、終日わたしは、この水の世界から離れては暮らせない暮らしを送っている。

川の話をする枕に海を据えては場違いな感じもしなくはないが、水の転生、輪廻《りんね》のことに思いをつなげば、わたしがこのたび歩く川は、現実には、この海とは遠く隔った反対の日本海へ注いでいるけれど、一即一切、一川はまた一海に違《たが》うことなく、生きかわり死にかわりして尽きない水の遍界は、かの川にも、この海にも、まさしくかわることなく存在しているのである。

本州の最西端にある海峡の街・下関はわたしの生まれ故郷であるが、子供の頃、戦時中の強制疎開に遭い、一家は或る山間の農村町へ引越した。何十年か歳月を経て、今またわたしはこの海峡沿いの街へ帰ってきて、その水ぎわに住んでいる。

明けても暮れても海がすぐそばにあり、波音をたて、動き、荒れていても凪いでいても動き熄《や》まない水が絶えず身近にある日常は、ごく自然に、水に或る逆らいがたい棲息感を許し、ほとんどわたしは、巨きな得体のしれない生き物と共棲していることを疑わない人間になってしまっている。

そんなとき、水との縁のようなものについて、ふと考えることがある。というより、心がなにか懐かしいものと遊び出す時間がわたしにやってくるとでもいった方がよいか。

童心が芽生えているのである。

昔から下関は、大陸との往来盛んな西の玄関港。関門海峡が流れているし、水が舞台の街であるが、わたしの幼少時の記憶をたどれば、水と親しんだといえる体験は意外にすくなく、たとえばわたしが泳ぐことを覚えたのは、故郷のこの街ではなく、遠く離れた日本海側の山陰の街、萩であった。

萩は、亡父の生地であり、子供の頃、夏休みの大半は毎年その父の生家へ遊びにでかけて、そこで過ごした。父の生家はすぐ前が砂浜で、細い路地を駈け抜けると、コウボウシバやハマヒルガオが群生する砂地つづきに広々とした砂浜がひろがっていた。

弓なりに遠くまでのびたその砂浜は、現在でも半分ほどは、菊ヶ浜という海水浴場として残っているが、わたしが泳いでいた場所は今ではもう跡方もない。

それはともかく、水の記憶の話に戻ろう。

わたしは、この日本海に面した萩の浜で泳ぐことを覚え、次に潜るたのしさを知ったのは、疎開で下関を離れて入った山間の農村盆地を流れている川でであった。木屋《こや》川というかなり大きな川だった。

今でもわたしは、泳ぐことよりも、潜ることの方がずっと好きだが、それはウェット・スーツを着たりボンベを背負ってシュノーケルや足ひれをつけて潜るあのやり方ではなく、あくまでも素潜りである。

塩水の海では錘《おも》りをつけない限り、浮力が強すぎて無駄な力をたくさん使わなければならないが、ちょっと頭をつけさえすればわけもなくすいすいと潜り込んで行けるあの透明な水の中での自在感、心地よさ、あのふしぎな遊楽感が五体に翅《はね》をひろげ出す思いがけない蠱惑《こわく》の味を覚えたのは、疎開先の川でであった。

かくして、泳ぐすべも、潜るわざも、海峡沿いの港街・下関で身につけたものではなかったが、今その生地の海ぎわに帰ってきて住み、終日水がわが家の足もとを洗い、海と共棲していると感じる暮らしがわたしにあるのは、なにがなしに、水が呼んだのではなかろうかという気がするのである。

おまえが、どこで水と交わる初体験を果たしたにしろ、水の味を肌で覚え、水と馴じみを重ね、水を知り、水とどんなに親密な間柄になったとしても、それは偶然のことではない。

生地が、それはおまえに与えた人間の原質なのだ。

おまえは、山の人間ではない。陸や、空の人間ではない。

おまえの故郷は、海の街。

おまえは、いわば水の眷属《けんぞく》。

おまえの祖国は、水の国だ。

生地の海の水が、そうわたしに語りかけている声を、暮らしのどこかで絶えずわたしは聴いている気がするのである。懐かしい諧調《かいちょう》のしらべのように。

すると、童心が蘇り、はずみ立ってくる。

遠い昔日、わたしの幼い肉体が初めて泳ぐわざを覚え、人と海との縁を結んだ山陰の水をたずねてみたくなり、何度も訪れている萩だが、急にそぞろな風に吹かれて、この夏、また腰をあげたのだった。

萩は、ご存じの如く関ケ原の合戦後、防長二州に封じられた毛利氏が本拠地とした城下町である。

明治維新胎動の地。萩焼と夏みかんと土塀の町。

この街は、山口県では二番目の大河・阿武川が、日本海へ注ぐ河口部分で二つに分流してつくったデルタ地帯とその周辺に開けているが、主要な町並みはすべて三角州の上に乗っかっている。

わたしが知っている阿武川は、この河口部で二つに分かれ、ちょうどその双腕の内に抱え込むような具合に萩の街をつくった分流、松本川と、橋本川。それから、萩をずっと離れて上流に遡った山また山の奥の部分で、十数キロにわたって神変奇勝の渓谷美を見せる長門峡《ちょうもんきょう》と呼ばれる流域。この二箇所くらいなもので、全流長八十数キロ、隣の島根県境近くから六十の支流を呑んで西中国の山岳地帯を縫って下るこの阿武川は、わたしにとっては、ほとんど見知らぬ川といってもよい川だった。

今度も、阿武川のほぼ中流あたりに位置する長門峡から、萩に向かって下ることにした。「西国随一の渓谷美」と呼ばれるこの長門峡は、皮肉なことにその折り紙をつけ内外に紹介したのは、明治の末、山口高商の英語教師だったエドワード・ガントレットという人物であったらしい。

日本の美が、外国人によって光を当てられるのは、ほかにも例のたくさんあることだが、今でこそ探勝の便を計って渓谷沿いに遊歩道をつけたり、車道を走らせたりもしているが、切り立った断崖や、淵や、瀑《たき》や、急流ほとばしる荒瀬などが、目白押しに次から次へと展開するこの奥山の渓谷は、おそらく往時は人を寄せつけない山峡の険しい地形や自然に守られて、よほどの山歩き好きにでもない限り、そうやすやすと、その全貌を人眼にさらしたりすることはなかっただろう。

ガントレットなる人物をわたしはよく知らないが、この長大な渓谷が見せる水の姿や、形や、色や、岩や樹林の造化の妙は、確かに発見するに足る日本の景観の美しさを持っている。

わたしは、海の水よりも川の水の方が好きだが、それは苦もなくこの肉体を水の深みへ迎えてくれる、その苦もなさの心地よさが、忘れられないからである。

澄明な水に潜って、その澄明さの中を、行き着ける所まで、自在に行き着かせてくれる水。川には、そんな魅惑の水の領域が、境地が、ある。

わたしは、子供時分、疎開先の木屋川がわたしに教えてくれた水の感覚を、長門峡にいる間中、断崖沿いに木立ちの蔭や水のほとりを上ったり下ったりして続く山水に濡れた狭い遊歩道を歩き継ぎながら、しきりに想い出していた。

長門峡を離れてからも、車の窓から見える視界にきらりきらりと夏の光を浴びた川がその姿を現わすたびに、わたしは思った。

（ああ、もうどのくらいになるんだろう。あの水に潜らなくなって）

勃然と涌く川恋しさの衝動だった。

夏がくれば、わが家の前の海へおりて、泳ぎも潜りも事足りとして済ますことが、習い性になっていた。水着一枚、裸足でおりて行きさえすれば、そこに水はあったから。

わたしの阿武川下りは、こうして、そぞろ童心の風に吹かれて思い立った昔日の水を訪ねるというたわいもない小旅行だったが、その旅にふさわしく、人生の半ばはもうとうに越したい歳をした男が、小児のごときたわいもない感慨に浸りっぱなしなのであった。

川はいったん、幾集落かの山村を湖底に沈めた広大な阿武川ダムに呑まれ、再びそのダムを出て、次第に川幅をひろげはじめる。

阿武川の流域は、東大寺の再建用材などにも伐り出されたという古くからの良木の産出地で、このダムのある川上村の一帯にも、そうした杣山《そまやま》が幾つもあって、上流からの伐材や米や野菜や薪炭などを運ぶ舟が、この村から一番多く出ていたそうである。

萩の河口の三角州は、こうした阿武川が押し流した堆積土砂の低湿地帯を埋め立ててその上につくった城下町だから、昔からこの大川の洪水がもたらす水害はもろにかぶり、さんざんに傷めつけられてきた街である。昭和五十年にダムが出来て、やっとその心配がなくなったのではあるまいか。

阿武川は、大きくゆったりとした大河の風貌を見せ、三角州の頂点の部分で右と左に分れ、三角州の右辺を流れて日本海へ注ぐのが松本川、左辺に沿って海へ出るのが橋本川である。

わたしの父の生家は、右側の松本川の河口を占める浜崎町にあった。

夏休みの大半を、ほとんど毎年のように、わたしはこの浜崎の前の海や砂浜で真黒焦げに灼けて遊んで過した。

特別誰に教わったというわけでもなかったと思うのだが、知らず知らずのうちに、わたしの体は波に浮かぶことを覚え、手足を動かすにつれ前へ横へと少しずつ進んでいるのが自分でもわかるようになった。

ある日とつぜん、泳げたという自覚を持ったあの夏の日の、驚きと消耗でくたくたになって上ってきた砂浜の記憶は、鮮明に残っている。ぶっ転げた背中や頬や顳《ひかがみ》に、灼けつくような砂の熱さの感触が。

その砂浜も、海も、今は車の走る道になったり、テトラポッドの堡塁やコンクリート岸壁などが築かれて、商港のようになっている。

なっているのは知っていても、その場所に立ってみたいと思うことが、時に、わたしには、あるのである。

そこで、水との縁がはじまり、わたしは水とそこで最初の交わりを持ったのだと、思っているからである。

どんな交わりかと問われたら、わたしにもよくわからない交わりだと応えるしかないが、松本川の河口近く、浜崎の海辺に立つと、懐かしい或る濃密な交接感のようなものが蘇ってくる。ちょうど、わたしが川の水の深みへ潜って行くさなかにめぐり逢う、あの苦もなく水に溶け込んで行く心地よさ。

あれが、そうだ、と答えてもよいかもしれぬ。

あれも、水とわたしが交わり合う交接感にちがいはない。

近頃、わたしは、こうしたことを、真顔で考えてみたりすることがある。

海峡の流れる街の水ぎわに住みついて、或る時不意に。また、なにがなし、ぼんやりと。朦朧と。


（『Ｆｒｏｎｔ』一九九一年十二月号）

詞章

新内　殺螢火《ころしぼたるか》怨寝刃《えんのねたば》

〽刀は人を切らばこそ、切って迷いの六道路、なお踏み迷う世の中の、行こか戻そかこの色の辻《つじ》、占う恋の待つ宵草《よいぐさ》を、思う思いにどう振り分けて、恋の車に七車《ななくるま》、つんで曳《ひ》ことて非力《ひりき》の身じゃもの。恋の関山幾つ越え、夕日隠れの鄙《ひな》の道、目ざす御堂はどこじゃやら。アレ、沓手鳥《ほととぎす》が啼くわいなァ。

折鶴　「死出《しで》の田長《たおさ》」というあの鳥《とり》は、冥土の山からきて啼くという。魂迎《たまむか》えの鳥じゃげなが、エエ、縁起でもない、この道行きに。

〽まして女の一人足、生《なま》恐ろしやと無我夢中、他家《よそ》の屋敷の奥づとめ今でこそすれ、この身とて生まれは武家の娘ぞと、奮い立てども、心は篩《ふるい》の目を落ちて、行けど歩めど行き着かぬ。夢の浮き橋踏むような。もう埒《らち》明いてもよさそなものを、と腰元形《なり》に島田髷びんのほつれも掻きあげ櫛、折って探せど影もなし。

折鶴　エエ、それにつけてもこのように、尋ね倦《あぐ》んで見当らぬ、お堂の名がまた閻魔堂とは、こわい辻占《つじうら》。閻魔と地蔵は一つ身の、表と裏の仏じゃと聞いてはいても、生暗《なまぐら》い。気にかかってならぬのに。

〽と折鶴は気もそぞろ、押し分けのぼる土手の道。その藪畳《やぶだたみ》につまずいて、足とられるはずみによろよろ、よろけかかってつかんだ棒杭《ぼうぐい》。見ればなにやら文字も薄れて、古ぼけ朽ちた標示《ひょうじ》の杭。「木下川《きねがわ》堤」と書いてある。

折鶴　ハテ、どこじゃやらで聞いたような。わたしゃ、羽生《はにゅう》の村外れ、川のほとりの森蔭に建つ閻魔堂で待つという、文《ふみ》を一心頼りにして、ここまでやってきたのじゃけども、どうやら道に迷うかして…。

〽と折鶴は首かしげ不審の面《おも》ざし。所は羽生。木下川堤。呟きながらも、その顔ハッと折鶴はあげ、

折鶴　ヤ、ヤ、ヤ、ヤ、ヤ。すりゃ、もしやして、ここはあの、

草双紙にも見た、人にも聞いた、芝居でも見た、あの累《かさね》さんの、殺されなさんした木下川堤か…。

〽思わずゾッと手放す棒杭、怖《こわ》げ怖《こわ》げに見渡せば、崩れ小橋にしがらむ蔓草《つるくさ》。まさしくここは、累が夫与右衛門に殺害されしその場所ぞ、疑いなしと折鶴は、葉ずれの風にも息ひそめ耳を澄ませば、人気《ひとけ》なき世に流るる水の音《ね》は、昔を今に返す川の瀬。

折鶴　テモまあ、通るに欠《か》いてこの道へ、なぜに迷い込んだのやら。

〽訝《いぶか》る心も後ろ髪、背にして惹《ひ》かれる文《ふみ》の先。逃《の》がるる足と逸《はや》る足、跡闇雲にぞ駆け抜けたり。

〽と思うも束の間、その藪先に、いきなり目にする一宇の御堂。壁落ちかかりて、傾《かたぶ》く軒端に「閻魔」の扁額。

折鶴　オオ、あれこそは、尋ぬる御堂。やれ嬉しやな。忝《かたじけ》なや。この道通らにゃ巡りも合えぬ。迷い違《ちが》えて木下川堤、差しかかったが閻魔の導き、

〽地獄に仏と折鶴は、その場にへなへなへなへなへな。両手合わせてへたり込む。

〽嬉し涙も乾かぬ所へ、観音開きの破れ格子戸ぬッと押し開け、板縁に出立つ男は、咽首、胸板しとどに流るる汗拭い、着付襦袢もおしはだけ、下帯一本、帯解き前身《まえみ》は裸も同然、しどけあられもない太々しさ。あッと声呑み折鶴は、身の隠し場もあらばこそ、鉢合わせし涼右衛門も、にわかの出合いに仰天なせしが、さ、そこは百戦手練《てだれ》の色悪《いろあく》、悠然と前合わせ、足に絡めた筑前博多、ひょいと蹴りあげ手に取って、一本独鈷《いっぽんどっこ》の帯くるくると、造作《ぞうさ》もなげに締めあげたり。

涼右衛門　サテモ折鶴。思いがけないこの所へ、そなたはどうしておじゃったぞ。

折鶴　どうしてとは胴欲な。羽生の村の里外れ、閻魔の御堂で待つという思いがけない呼び出し状、書いて寄越《よこ》しなさんしたは、お前の方じゃないかいなァ。

涼右衛門　ナニ呼び出し状とな。そんな覚えは、わしにない。

折鶴　エイ、白々しい。その文《ふみ》、ここにあるわいなァ。お前の名前も書いてある。涼の一文字、見てくださんせ。

〽サこれが証拠の文じゃわいなと、胸元より取り出す書付《かきつけ》、涼右衛門はざっと見て、

涼右衛門　コリャわしの手じゃないぞよ。

折鶴　まだあんなこと。涼という字の止《と》め書き、お前じゃのうて誰が書く。

涼右衛門　それを、わしが知ったことか。

折鶴　そりゃ聞こえぬぞえ、涼右衛門さん。

〽根津権現の草市で、逢うて心を抜かれてから、末は連理の枝と枝、交わすもこれが契りじゃと、言うてお前は行き方知れず、梨の礫《つぶて》の鉄砲玉。二歳《ふたとせ》三歳《みとせ》はよいわいな、徒《あだ》げな糸も一心に、どう切ってなるものかと、思えど秋の捨て扇、諦め風に吹かれ

ても、待てばくるくる苧環《おだまき》の、切るに切れない縁《えにし》の色糸、

折鶴　やれ嬉しやと、見知らぬ旅路もなんのもの川、野越え山越えきたこの所へ、現にお前は、今こうしておじゃるじゃないか。

涼右衛門　サ、それじゃによって、この不審。わしの名騙《かた》って、そなたをここまで引っ張り出したは、ハテ、解《げ》せぬ。

〽と辺りに目配り涼右衛門は、脇に置いたる二尺八寸、腰へ戻して、油断のならぬと思い入れ、

涼右衛門　サテハ、手が廻ったか。

折鶴　エ。

涼右衛門　コリャ折鶴、よォおく聞け。主《あるじ》持ちの武士じゃとて、お定まりの手内職、そなたに出逢うた草市も、起請《きしよう》を書いたも、百人町での植木屋時分、内証《ないしよ》を言やァ正路《しようろ》な金もあそこまで。強請《ゆすり》たかりに家尻切《やじりき》り、賭博《ばくち》もやりァ押し借《が》りもする、あっという間の地獄坂。どうで江戸を食いつめ者の、ごろんぼう侍だ。みとめのつかぬ闇空に身を隠して生きるのも、一つにやァ、お前がため。悪いことして追われる身と、お前が知ったら悲しがろう。それが不憫《ふびん》で、逃げていたのだ。

折鶴　エエ、そんならお前は…、

〽と折鶴は、驚く言葉も胸塞《むねふた》がり、心も暮れてしどろ泣き、

折鶴　世間を捨てたはわたしとて、同じ手合いじゃないかいなア。末は夫婦《みようと》と暗闇坂、お前も抱き込み一緒に落とすが合点かと、どうして言うては下さんせぬ。

涼右衛門　心得違いするでないぞよ。ここまできたは健気じゃが、なにやらこれには落としがある。サア、ぐずらぐずらの時ではない。ここの道理を聞き分けて、早う立ち去れ。往《い》んでくりゃれ。

折鶴　往ねとは、お前、情けない。

〽もう逢うことも叶わぬかと、思うにつけても狂い死に、狂うて片敷く独り寝の、枕の夢にも現《うつつ》にも、探しに探したそのお顔、エエ、そのお顔をたった今、

折鶴　たった今見たばっかりじゃのに。お前は鬼か。むごい。ひどい。

〽わたしゃもう、どっこにも、帰る所はない身じゃもの。足手纏《まと》いになるならば、殺して行って下さんせ。

〽殺せ、殺せと、とり縋《すが》る女と男の縺《もつ》れ合い、閻魔も見てか後ろの目、この時御堂の片扉《かたとびら》、内より開く声あって、

月太郎　待て、待て、待て。血迷い召さるな、そこのお女中。

〽ヤ、と振り向く涼右衛門、折鶴も顔あげて、見れば色差《いろざ》し形《なり》貌《かたち》、色も香もある凛々しい若者。

月太郎　涼右衛門の名を騙り、お前様を呼び出したは、即ちこの身。サ、それしなければお前様に、そこの男の本性正体、暴《あば》いて見せる手立てもなし。

涼右衛門　ナニ。

〽と色めく涼右衛門に、若者は目もくれず、

月太郎　なんの因果か、惚れるに事欠き、お前様のはまった地獄、そりゃただの地獄じゃござんせぬぞえ。ご家人崩れの悪《わる》は悪《わる》でも、その男、生半尺《なまはんじゃく》な悪党じゃござんせぬ。どうぞしてその目を醒ましてもらおうにも、証拠なければ、暴くに暴けず。

涼右衛門　ウヌ、何者ぞ。ただの芝居の色子じゃないな。

月太郎　憚《はばか》りながら。芝居者は芝居者でも、色を売ったことはない。芝居の本道まっすぐに、舞台子《ぶたいこ》修行、本子《ほんこ》でござんす。

涼右衛門　ナニ。本子とな。笑わせるない。ここまでわしに顔《かお》佳花《よばな》、なよじめくから連れてはきたが、江戸を落としてどの面《つら》さげて、返る袖とてねェ舞台。本子が聞いて呆れらァ。

月太郎　サ、そこがお前の泣き所、悪所通いの両天秤。若衆狂いに目のない悪玉《わるだま》、手玉にとってこの腐れ縁、悪縁ここまで引き通したも、動かぬ証拠欲しさの一念。色売ったのじゃないわやい。一世一代、命を張った芝居じゃわい。

涼右衛門　ナ、ナント。

月太郎　サそれ故に、なにしてでも、この役演《や》ってのけて見せねば、生きるに生きて行けもせず、恥も名も捨て誇りも捨てた、この面目が立たせたい。

〽そこのお女中、とキリリとあげた愁い顔、恥ずかしながらこの片田舎の、荒《あば》ら荒《あば》らの閻魔堂、ここがわたしの本舞台。

月太郎　お前様への呼び出し状も、待った甲斐ある証拠の品、ここでお見せしようがため。この日を待ったとお前様はさっき言うてでござったが、手前もこの日を、待ちました。

〽汚れた泥の恥の身忍び、夢にまで見た日でござんす。

折鶴　ア、モシ。もしやして、そなたはな。

月太郎　お江戸三座の端くれに、幟《のぼ》りを立てたこともある、芳澤月太郎という歌舞伎者《もの》。

折鶴　オオ。そうか、そうか。そなたは、生きておじゃったか。

月太郎　イエイエ、手前は月太郎。

折鶴　昔に返す袖はなけれど、一家離散のあの砌《みぎり》、別れ行く身の幼影《おさなかげ》、どこやら残したその面差し。弟であろう、新之介。

月太郎　ア、お人違いで、

折鶴　ありゃせぬわいのう。

涼右衛門　ナニ、ナニ、ナニ。

〽と驚く涼右衛門。

涼右衛門　うぬら二人は、姉弟《あねおとと》とな。

月太郎　過ぐる幾歳《いくとせ》昔の憂き身、浅草蔵前あたりで稼《かせ》ぐ悪札差しや蔵宿師《くらやどし》、ぐるになっての貸し借りで、膨れ上った金利の借銭、深い所へはめられて、父は腹切り、家名は断絶。覚えがあろう、涼右衛門。

涼右衛門　ムム。

月太郎　それもこれも、元はと言えば、その刀。来国俊《らいくにとし》の大業《おおわざ》

物《もの》。その一本が欲しさのため。そうであろうがな、涼右衛門。

〽白状なせと鞘尻《さやじり》摑む月太郎を、造作もなく足で蹴倒し、

涼右衛門　折角に、目をかけてもやったのを、コイツ、太ェ喰わせ者だァ。

月太郎　その刀の目釘穴《めくぎあな》外して中の銘《めい》見たさに、明日か今日かと潰《つぶ》した歳月《としつき》。

涼右衛門　よしゃァいいのに、そっちから飛んで火に入る、寝た子を起こす、聞きたきゃこれも冥土の土産、二つ雁首《がんくび》揃えた所で、聞かせてやらァよっく聞け。

　昔ゃこれでも据物試《すえものだめ》しの斬り手と、ちったァ知られた儂《わし》。二つ胴切り三つ胴切りと、刃《やいば》の切れ味試して稼《かせ》ェでいた頃に、お前っちらの父親《てておや》にも頼まれて、出会ったのがこの刀。直刃《すぐは》丁字《ちょうじ》の刃文《はもん》の冴えも物凄まじき逸物《いちもつ》だ。聞けば昔の戦場《いくさば》で、豪の武将が獅子奮迅、敗けて無惨に刃毀《はこぼ》れなした、見る影もない刀を歎《なげ》き、南無八幡、断腸の思いに暮れた夢枕に、ナント、現れたのが螢の大群。

月太郎　サその、幾百、幾万とない螢の光は刃《やいば》に群がり、押し寄せ、とりつき、犇《ひしめ》いて、抜き身を舐めとり、光を溶かし、光が命の灯《とも》し火《び》を、わが身亡くして刀へ注ぎ、注ぎ尽くして消えて行く。

〽夢から醒むれば、ヤア何と、刃毀《はこぼ》れ消えて青光る、元の姿に戻りたり。

月太郎　サそれじゃによって、その刀、「螢丸国俊《ほたるまるくにとし》」と称《よ》びなして家に伝わる天下の名刀。加うるに、何の縁《えにし》か、わが母の名が、奇しくも「螢」。それ故に、母が心の愛着の情ひとしお篭り、かたに取られし螢丸、探し求めて追いかけたるに、変り果てたる姿になって、浮かびし水が三途の川、本所茅場《かやば》の割下水《わりげすい》。これも、お前の仕業であろう。

〽アッと驚く折鶴は、

折鶴　スリャ母上も、亡くなられしか。

月太郎　お分りなったか、姉上様。この男の正体が。

〽しゃらくさいと涼右衛門、螢丸抜き放ち、ただ一刀に拝み斬り。姉も懐刀《ふところがたな》抜き、切ってかかるをいなして嬲《なぶ》り、嬲り嬲って修羅の藪、交わす刃も木下川堤、縺《もつ》れ絡《から》むを後ろ袈裟《げさ》。と思いきや、螢丸、不思議や抜き身に灯りし光、一つ二つと現れ出《いで》て、たちまち刃に犇く螢、見る間に空へ飛び立ったり。

折鶴　ヤヤ、時ならぬこの螢。刀より出て飛び立つは、

〽群がる螢に包まれて、涼右衛門はきりきり舞い、刀も元の刃毀れ刀。

折鶴　オオ、螢丸も、母上も、苦界の底の姉弟、護《まも》って助けて下さるか。イイヤ待て、こりゃもしやして、累さんのお力か。所も同じ木下川堤。執着晴れぬあのお人が、力揮《ちからふる》うて下さんすのか。エエ有難や。忝い。

〽螢はホドロ、ホドロおどろと舞い狂い、木下川堤を包みたり。

作者のことば

目にたつ趣向は、作の舞台を南北の「色彩間苅豆《いろもようちよつとかりまめ》」いわゆる『累《かさね》』と同じ場所、乃至《ないし》はそのごく近くに設定したことでしょう。また登場する刀「螢丸国俊」は実在した伝説持ちの刀ですが、私なりに創作刀に仕立て直しました。今一つ、主人公の最初のセリフが『累』とそっくり重なるのも、意図的にしたことで、剽窃とは考えないで頂きたい。お断りまでに。

（二〇〇一年十月十二・十三日開催・国立劇場開場三五周年記念企画「新しい伝統芸能 悪の美学」プログラム）

「惡の美学」公演チラシ（成田守正提供）

随筆

妖美

妖美といえば、直《す》ぐ浮かぶのは泉鏡花。が、これはあまりに万全すぎてオールマイティー。ちょっと横に外しておこう。

外すのはいいけれど、日本の作家でこの領分にぴたっと嵌《はま》り、なおかつ無類の力者《りきしゃ》、凄腕《すごうで》探しとなると、むつかしい。

倉橋由美子氏の『よもつひらさか往還』。まずこれを挙げる。慧《けい》君という主人公が祖父の財団が持つ倶楽部のバーテンダー・九鬼さんと共に織り成す摩訶《まか》不思議な物語、十五の短篇《たんぺん》の連作である。

年齢正体不詳のこの九鬼さんが作るカクテルを飲むと、実に尋常でない事柄が起こる。異界や幻夢の領土が出現し、作者は秘術を尽くした仕掛けや、蘊蓄《うんちく》、造詣《ぞうけい》を駆使して、この非現実的な魔境を、やすやすと魅力的な現代小説に為果《しおお》せてみせる。人間に、人体感がない。恋にも、肉欲《にくよく》にも、官能感度や動物質の精気がまるでない。不思議な透明さと植物的な人間造形。作者の計算である。淡々と飾り気なく妖美を操る文章は、正に強《したた》か。

次には対照的な妖美の典型を置こう。オスカー・ワイルドの『サロメ』。

十九世紀末の有名な一幕物の戯曲。芸術至上、唯美主義のたっぷりとした退廃色に彩られ、大時代な肉質耽美《たんび》の筆で、こってちは濃厚、官能色横溢《おういつ》する古代調悲劇である。取材は聖書。ユダヤの王エロドの宮殿を舞台に、王妃、その娘サロメ、幽閉の若い預言者ヨカナーン（ヨハネ）等が繰り広げる愛憎殺戮《さつりく》劇だが、横恋慕する王に「ヨカナーンの首が欲しい」と言い放つサロメの科白《せりふ》は有名。激怒する王の前で「熟れた木の実を噛《か》むように」「お前の美しさを飲みほし」「お前の体に飢えている」と欲情し、血の滴《したた》る首に口づけする大詰めは、まあ文句のない妖美劇の結末といえるだろう。

さて、この次が難題である。私の好みの愛読書だが、冒頭、おそらく難解、わからないとそっぽを向く人があるだろう。この本はそこを辛抱さえしてもらえれば、わからないままに読んでもらっている内に、突然素敵《すてき》な凄《すご》い世界が開けてくる。

そういう一冊が、ミシェル・レリスの『闘牛鑑』である。スペインのあの闘牛についての比類のない読み物、空前絶後の闘牛論ともいってよい。

牛と闘牛士《マタドール》と観衆と、この三者三様の濃密な関《かか》わり合いが創造する巨大な物狂おしい力に充《み》ちた劇的な見世物《みせもの》「闘牛《コリーダ》」。それを鏡にして、美について、死について、生について、愛や快楽について、中でも卓抜な眼目、エロスの構造などを映し出して見せる人間観や、芸術論、無数の示唆や、啓示のあふれ立つ豊饒《ほうじょう》さは、実に昂奮《こうふん》的で、手に汗握らせる見物である。きらびやかで高貴。美の飛香が、目眩《めくるめ》く如《ごと》くに存在する。

目眩くといえば、もう一つの愛書、ジャン・コクトーの『阿《あ》片《へん》』も、私の青春来の道連れだ。詩人、画家、劇作家、映画監督、小説家と八面六臂《ろっぴ》の美に堪能な芸術家が、阿片中毒の解毒治療と闘う日々の記録だから面白くなかろう筈《はず》がない。読む度に世界を変える美の別天地が姿を現す。魔術的な書だ。

（『朝日新聞』二〇〇三年八月十七日付朝刊「妖しい本のススメ」）

小説

歌のわかれ

朝靄《あさもや》と、裸木の林と、まぁるい池。ほかにはなにもない、人外境とでも言えようか。靄も、樹林も、池の水も、ちょっとただならぬ諧調を帯び、仄明るさと静謐の濛気の底深くに静もっている。その底の深さが、気になる絵だった。

木の結界。水の領国。そうしたものを思いつかせる。

殊《こと》に水。この絵の主眼は、画面中央に描かれている小さな泉のような一つの池、やはりここにあるのだろう。苔むす暗い森の地面にぽっかりと口を開いた、青みに青んだあやしい円鏡を思わせる水の姿が、深い蠱惑の源になっている。聖なる水か。魔性の水か。

そして、絶え間なく、この円鏡状の青い池は、われわれに、もう一つ別の世界がここにはあることを、語りかけてくる。池がその異界への出入り口なのだと、教えている。そのことに気がつくと、俄に、誘われている、という気がしてこなくもない。不意に、眼が離せなくなる束の間があった。

また、異界というならば、それは水のみに限らず、樹木のほうにもあるかもしれない。木の異界への窃《ひそ》かな通用門のようなものが。

眼を凝らすと、もっとその濛気の奥が見えてくる。青んだ水の表には、あるかなきかに淡々《あわあわ》と浮かんで見える正体不明の薄ら白いものの影がある。なにかの鳥のようでもあり、もっと他の揺曳物か。輪郭はぼやけていて、そのせいで、奇妙に神秘的で、謎めいている。どこかそんな所がある。西洋の森などには、旅人を森闇に誘い込み、踊りに踊らせ踊り死ぬまで魔法をとかない踊り好きの妖精ウィリーというのが棲んでいるというが、その種の類いの物の気《け》をふと連想させたりもする。

ひょっとしたらこの絵を描いた画家の、或いは作画中の彼の夢想に戯れかかりでもした気まぐれな悪心《あくしん》の痕跡か。それとも、芸術家の須臾《しゅゆ》の遊心、ちょっとした魂のさ揺らぐ影のようなものなのかもしれない。水の結界、ないしは木の領国。ここで遊び、ここでまどろみ、ここに棲みついて永劫《えいごう》、その年輪をかさねて生きる或る不思議な生き物の、つと逍遥する気配なども、時に見えたりもした。

なにかいわく言いがたく、朦朧と、危うげで、不穏なものが動いている。そこが多分、この絵の蠱惑の性根だろう。

古体な趣の額縁に納まったその一枚の絵が、人知れず始まって、文字通り人に知られることもなく終ったこの物語の、いわば幕開けを告げる呼鈴ともいえるものだったのだが、無論、誰一人そのベルの音を耳にした者はいなかった。

絵は、十九世紀ヨーロッパで活躍した或る著名な画家の作品の模写である。

一九七四年六月。パリ。オーギュスタン河岸沿いの名の知れたホテル「ルレ・ビソン」に宿泊したN氏は、最初部屋に入るとすぐにまず誰でもがやるようにひとあたり室内を見わたして、それからゆっくりと窓辺へ歩いた。

日本ではつとに知られるその博覧強記ぶりと言い、殊のほか審美のことにはうるさい炯眼《けいがん》をもって鳴るデリケートで高名な文筆家ぶりと言い、とてもこの日がこの人にして人生初めてのパリ入来の日だったとは、誰も信じはしないだろう。

（とうとう、来た。やって来た）

ここがパリだ。ああ。パリだ。……といった風なありきたりの常人並みの感慨や興奮にこの時この人が手放しで浸っていたかどうかはわからないが、N氏はちょっとの間足をとめ、瞼をとじ、特別に深々と深呼吸を一つして、その眼をひらいた。それから、おもむろに窓に近づき、それを開けた。

眼の下に見えるのが、セーヌであった。

N氏の眼は、その暗緑色の羊羹色をした水の流れの上へ、ごく自然におりて行った。

後に彼は書いている。「人は二つの故郷を持つ、一つはパリという諺の意味がいまこそ判った、オレはついに許されて故郷へ帰ったのだ」と。跳びあがり、じっとしておられずに、思わず走り出そうとさえしたその折のやみくもな五体に涌き立った衝動のことを。

セーヌの水の上におりて行った眼は、そうした衝動に耐えていた。声も発せず、言葉も口にのぼらせず、彼は押し黙ってはいたが、眼だけがすでにセーヌを泳ぎ出していた。禁を解かれ放たれたいっぴきの魚のように。N氏が放した魚だから、美魚でなかろうはずがない。比類なく美々しい玻璃のひれを羽のように泳がせるその見えない魚身を、そしてN氏は今、無心に追っていた。

イラスト=佳嶋

さて、そうしたＮ氏の眼が、セーヌの流れの上へおりて行くちょっと前の時間、つまり彼がこの部屋のドアを開け、やがて窓際へたどりつくまでの、それは心躍らせつつも神妙にその逸《はや》る気を宥《なだ》め鎮めして入室を果たした至福のうちにあった時間のことだが、ここではその短い沈黙の時間に触れておくことのほうが重要だろう。ほんのわずか時計の針を逆戻しにしてみよう。

Ｎ氏は、まるでその息を押し殺しでもしたかのように、しかし外見上ではごく平静な面持を崩すことなく、パリでの第一日目の「ルレ・ビソン」に入室した。ゆっくりと室内を見わたす眼にはうわの空な気色はなく、どの束の間にもパリを堪能し尽くさずにはおかない審美家の、抜かりのなさが籠っていた。

壁の一隅に掛けられていた一枚の古めかしい額縁の中の絵も、Ｎ氏は確かに一度、見落とさずに正視した。一度まなざしの中に入れ、入れはしたが、視線はそのまま隣りのほかの家具や調度類の上へと移された。

Ｎ氏は気がつかなかったが、実に、この瞬間に、冒頭にも書いた如く、このちょっとした物語の開幕を告げるベルは玲玲と鳴り響いていたのである。

誰にも聞こえはしなかったけれども。

無論、Ｎ氏の耳にも。

さて、Ｎ氏五十一歳のこの日から始まったヨーロッパ取材旅行の日程は、ほぼ一箇月間にわたる、薔薇と香水と葡萄酒とが眼目の、平凡社カラー新書のためのものだったらしいのだが、事件はその旅の六日目、すなわち六月十三日、木曜日の午後に起こった。

もっとも、Ｎ氏のほうはそのことにまるで無自覚で、気がつきもしなかったと表向き言える点が、実はこの事件の非常に特徴的な所で、かつ出来事の姿としては物狂おしい或る種の面妖さをこれに深める原因ともなっていた。

Ｎ氏にとってはおそらく、このたびの取材旅行中のハイライトで、彼が最も関心を寄せ手薬煉《てぐすね》ひいて待ちもし臨みもしたであろうバガテル薔薇園での世界的な薔薇の新種を選び出すコンクールは、前日の十二日に行なわれ、ブーローニュの森の奥深くにあるナポレオン三世が造ったこの薔薇園は名園の誉れも高いが、候補作の新種が前年の秋からすでに園内に植え込まれ、品種名も登録済みであることなど審査の仕組みも独特で、マスコミを近づけない権威や仕来《しきた》りの厳格さでも有名なコンクールであったから、その審査会場へ入る取材が特別に許可されていたＮ氏とカメラマンと通訳の一行が、その日強いられた緊張や興奮の度合いは並みなものではなかったであろう。

殊にＮ氏の薔薇への嗜好、愛好家ぶりは尋常一様なものではなかったから、憧れのバガテル園、待望のコンクール、その審査風景が眼のあたりにできるというこの日の情動要素の濃さは、第三者には外からは窺い知れないものがあったと思われる。

しかし、その第一関門にして、取材の大きな最初の山場でもあったバガテル薔薇園での仕事もすでに終え、日程は翌日の次の薔薇園へと移った日の出来事である。

取材の旅はまだ始まったばかりだったが、昨日のバガテルに続いて、今日がライ・レ・ローズの薔薇園となると、どちらも名だたる歴史を誇る本場の世界的な古典園であるだけに、N氏にしてみれば、薔薇から薔薇への歓楽は尽きない興奮続きの至上の取材日程ではあったろうが、なにしろ彼は、薔薇についていは持てる五感を駆使して立ち向かうような所のある気質や、感性の持ち主だったから、本人は気がつかなくても、どこかに、それはあったのかもしれない。

薔薇の牙城《がじょう》に、足を踏み込む侵入者さながらの、眼に見えぬ消耗や、疲労の類いが、その興奮の合い間合い間に余燼《よじん》の如くに燻り立ち、彼はそれをむしろ快意、一種の快感として自覚する。

薔薇がもたらす快楽《けらく》。

余燼というなら、それは薔薇の余燼だと。

美が、人間の五体を浸食する甘い舌の先や、するどい爪や、恐るべき牙は、往々にしてその種の快意や、快感や、快楽の物陰などにひっそりと隠れているものだ。

N氏ほどの美に造詣の深い辣腕家が、そうしたことに気づかぬ筈はあるまいと思われはするのだが、そこがそれ、バガテルにしろ、ライ・レ・ローズにしろ、相手が並みの存在ではない。

薔薇の牙城とも、大本山《だいほんざん》ともいうべき眩惑の聖地である。平静に見えて、心そこにない夢現つな状態が、絶えずN氏の身体のどこかしらに消えずに漂っていた。

ライ・レ・ローズ。

パリ郊外にあるこの薔薇園に、写真家と通訳ともどもN氏が胸躍らせて入って来た時、N氏はわずかに眉根を寄せ、明るい陽ざしの空をつと眩しそうに振り仰いだ。風に西洋の森の匂いがあった。数知れぬ花の香がその風に乗っていた。

愁眉を開いたとでもいうべき柔和な表情がN氏の顔にひろがり、彼は、しばらくその表情をとどめたまま、静かにその場に立ちどまっていた。

実にくつろいだ、五体を自然にゆだね、ライ・レ・ローズの時間の中へ解き放ち、このままわが現身は緑の森へ花の奥処《おくが》へ泳ぎ出し溶けて消えて無になるとも厭《いと》わぬと、束の間、総身を投げ出して預《あず》け、委《まか》せきれる世界が、その眼前にひろがってでもいるかのような、ほっかりとした、穏やかな人間の、無心の姿にそれは見えた。

写真家も、通訳も、どんどん先へ行ってしまう。

ほかの入園客らしい人影も、あたりには見えなかった。

六月十三日。木曜日の午後のライ・レ・ローズは、この時、人っ子一人見あたらない、ただ素敵に明るい静謐《せいひつ》な陽ざしにつつまれていて、文字通り無人の花園であった。

名の知れぬ小鳥たちの姿は見えぬが鳴き交す声だけがした。

事件は、この静寂な時空の中で起こった。


正確に言えば、この時、ライ・レ・ローズは無人の花園だったと書くのは嘘になる。

確かにN氏の視野の中には、人っ子一人見あたりはしなかったが、それはただN氏の眼には見えなかったというだけのことで、人は、いたのである。

その人間は、最初、N氏を遠巻きにでもする具合に距離をおいてN氏の周囲をぐるぐると回っていた。あちらへ行き、こちらへ返し、それは非常に落ち着きなく、慌てふためき、動転し、うろたえきって、まるで身の置き所もないといった風な様子にさえ見えた。

N氏へ注がれているその仰天しきったまなざしも、時折、茫然とするかのようにも見え、また、寸時もN氏の上を離れぬ深い驚きを湛《たた》えた凝視であったと言わねばならないかもしれなかった。

「こんなことが起こるなんて……あり得るなんて……」

と、その落ち着きを失いきっている人間は、先刻から一つことを頻《しき》りに心で繰り返し、思ってはまた動転し、一層その正常さをなくして行く風だった。

青天《せいてん》の霹靂《へきれき》とは、こうしたことなのだと、そして思った。

彼は、つい今し方、いつもの薔薇の花の茂みで自堕落に無心に寝そべり、うとうととしていた自分の傍を通り抜けて行ったばかりの男女の声を、反芻していた。

「アレ、Nさんは?」

と、男の方。

「アラ、ほんと。はぐれたみたいですね。いやだわ。ちょっと、わたし、戻ってみます」

と、これは女。

「大丈夫。大丈夫だよ。すぐ見つかるさ。ここで一番素敵な薔薇の棲《す》み処《か》を見つけ出せるのは、あの人だから。薔薇の舞台。薔薇の巣窟。真の薔薇の奥の院。ちゃんと的を射る嗅覚は、あれ、やっぱり並みじゃないから。Nさん。今にそこらで鉢合わせってことになるさ」

「でも、一応、わたし通訳ですから。そばにいてあげないと」

「ああ」

と、男の方が声をあげた。

「あのアーチ」

「ほんと。花の城塞。建造物ですわね」

「薔薇宮殿だなァ」

男の方は絶え間なくシャッターを切っていた。どうやらカメラマンらしかった。

うたた寝の眠りを急に破ったのは、彼等が話す日本語と、「Nさん」という人名だった。

二人は何度かその人名を口にした。

そのせいだった。なにがなしに、身を起こし、起こすともう体は動き出していた。素速く、音もない、不思議な感じのする身ごなしだった。

「Nさん」

懐かしい名前だった。

なんの前触れもなく、唐突に耳にした名前だったから、余計に、その懐かしさも突然に涌き立ったものだった。

しかし無論、その名前になにかの期待などがあったわけではなかった。「Nさん」が自分の知っている人物と同じであることなんか、露ほども考えはしなかった。日本語、日本人、「Nさん」……となると、つと、そぞろに動き出した単なる好奇心、退屈しのぎの気紛れ心とでも言ってよいものだった。

しかし、昼寝の薔薇の臥所《ふしど》を立って、わざわざ庭の奥から出てきたこの物見高い人影は、N氏には影も形も見えなかったが、今、色濃い陽ざしの下で、彼は慌てふためいていた。

そしてその狼狽も、その逡巡も、そう長くはもたなかった。一時に五体を掻き乱し襲いかかった懐旧の情や、衝動にくらべたら、この折の彼の自制心など、実に無力なものだった。

彼とN氏の距離は、見る間に狭まり、走り寄り、思わずその手を取りかけて、さすがにそれは思いとどまったようだった。だが、肩も触れ合わんばかりの至近の距離まで駈け寄って、

「Nさん！」

と、彼は、叫んだ。

叫びながら、大きく両腕をひろげ、再び三たび、小躍りでもする子供みたいにその身辺を飛び跳ねてまわった。

「お久しぶりです。僕です。僕。覚えていらっしゃるでしょうか」

飛び跳ねながら、彼は言った。

「明原陶彦《あけのはらとうひこ》です。ああ、どうしよう。ほんとうだ。ほんとうの、Nさんだ。正真正銘、Nさんだ。こんなことが、あっていいんでしょうか。そうですよね？　あなた、Nさんですよね？　あの東京の。あの有名な編集長の」

何度呼びかけても、N氏にはその声は聞こえない。

聞こえないことはわかっていても、彼は話しかけるのを、やめなかった。やめないどころか、ますます冗舌になり、その色めき立つ眼の輝きや、高まりを増す感情の波打つさまは、内につのりまさってくるなにか大きな手に負えないものに揺さぶり立てられ始めてでもいるように見えた。

「邂逅。巡り合い。あるんですね、こんなことって！　アア。ここで、また、あなたにお目にかかれるなんて！　誰に、いっ

たいそんなこと、思いつけたりするでしょうか」

明原陶彦と名乗るこの男は、斯《か》くしてこの瞬間から、どこへ行こうと、N氏がライ・レ・ローズの園内にいる間中、その身辺を決して離れることはなかった。

「覚えてはいらっしゃいませんよね。僕は何度か、あの頃、日本短歌社のそばまで行ったり、西荻窪のアパートの近くで、あなたを待ち伏せしたりして、それとなく、あなたを遠見に存じあげてはいるのですが、面と向かってお会いしたり、お話したことなんか一度もありませんから。あなたが僕を知ってらっしゃる筈はない。ええ、それはありません。

でも、こう言ったら、どうでしょう。あなたが編集なさってたあの『短歌研究』は、当時、結社の歌誌や同人誌以外では、歌壇では唯一のどの派閥にも属さない、短歌専門の綜合雑誌でしたからね。その『短歌研究』が、全国規模で新人発掘の挙に出たというか、新人作品を募集したんですよね。それも五十首詠という募集。その第一回が、昭和二十九年の四月号。中城《なかじょう》ふみ子の『乳房喪失』。第二回目が、同じ年の十一月号に発表された、寺山修司の『チェホフ祭』。どちらも当時、大問題の、大話題作となって、歌壇の内外に、毀誉《きよ》褒貶《ほうへん》、渦を巻く騒動を惹き起こしましたよね。もちろん、その、騒動を惹き起こした原因は、寺山や中城の歌そのものにあったんだけど、でも、この二人を、めざましい歌境を抱えた、今までにない新歌人として世に出したのは、編集長のあなただった……」

陶彦の声は熱っぽく、絡みつくような粘り気を帯びていた。

「中城さんのは、僕、どうってことなかったんだけど。寺山修司。十八歳。これは衝撃的でしたねえ。衝撃的で、悩ましかった。盗作だとか、模倣、剽窃だとかさァ、嫌疑や攻撃はまァ雨あられ、さんざんで、歌壇や俳壇での、袋叩きも凄まじかったけど、なんだかんだ言ったって、結局、若き新感性の才能は誕生したんだ。十八歳！　アア。オレよか二つも下じゃないか！頭の中がカッと炎に灼かれるようで、熱くてねェ、悩ましくて、僕、胴震いがとまらなかった……。

『森駈けてきてほてりたるわが頬をうずめむとするに紫陽花くらし』

アア。なぜだろう。僕、まだ覚えてる。覚えてるよォ。

『雲雀《ひばり》の血すこしにじみしわがシャツに時経てもなおさみしき凱歌』

ほら！　出てくるよ。あの時の、修司の歌だよ。当選歌。どうしてだろう。もうすっかり忘れたと思ってたのに……。

『日あたりて雲雀の巣藁《わら》こぼれおり駈けぬけすぎしわが少年期』

そうだったでしょ？　ね、これ、あなたが選んだんだ。間違ってませんよね？

『失いし言葉かえさん青空のつめたき小鳥撃ちおとすごと』

『わがカヌーさみしからずや幾たびも他人の夢を川ぎしとして』……

そう。そうだったんですよ。みんな、僕ね、覚えてたんです。覚えたくなんかなくったってねェ、入ってくるんですよ、歌の方で。勝手に人の頭の中へ入ってきて、居据わっちゃう。聞いてます？　ねえ、Nさん。みんなこれ、あなたが世に出した修司の歌です。

そりゃね、僕だって、他人《ひと》の歌を覚えるよりか、わが歌を生産しろ、です。案出せよ、考案せよ、創造しろと、百鞭千笞《ひゃくべんせんち》、罵詈雑言、われとわが身に浴びせかけて、悪態ついて、じだんだ踏んで、辛苦刻苦で暮らしましたよ。寺山修司は、見事表街道に、躍り出たけど、躍り出せない、抜け出せない、くらい沼が、あるでしょう？　ねえ。青春には、あるでしょうが。そうでしょう？　修司が跳んだ足の下には、そんな沼が、あるんですよ。くらい、深い、濁った水です。浸かっていると、芯から体がどっぷり冷えて、心が荒れて、寒け立って……。あるんですよ。そんな沼が。沼の水が。くらい、くらい……濁ったね……」

陶彦は、前を歩くN氏の肩にへばりつき、自分の方へN氏を振り返らせようとする。

「ねえ、Nさんたら。ちょっと聞いて下さいよ。あなたは僕をご存じない。この顔には見覚えがない。そう。それはそうなんです。けど、けどですね。僕の作品は、あなた、読んで下さってるんですよ。僕の歌は。僕が作った歌は」

N氏は、丈の低い花叢へ顔を近づけ、その時頬をうずめんばかりに屈《かが》み込んでいた。

そんなN氏の顔の横へ、さらに陶彦は這いつくばって、自分の顔をくっつけて並べた。

「そうなんですよ。あなたは、修司を出した翌年、『短歌研究』を辞め、翌々年には、ライバルとして台頭してきた角川書店の『短歌』に、やはり編集長として移られた。そうですよね？　まちがっちゃいないでしょ。ここであなた、春日井建《かすがいけん》なんかをまた掘り出すんですけれど、それまでに、塚本邦雄、葛原妙子、……ほかにもまだいましたよね。あなたがスポットを当て、世に出した歌人たちは。ねえNさん。ちょっと、Nさんたら。僕もですね、あの頃ね、一生懸命、作ってたんです。三十首詠、五十首詠、六十首詠とね。必死で作って、あなた宛に、送ってました。たいてい、ウンでもスンでもない。梨の礫《つぶて》の鉄砲玉。無視、黙殺。のれんに腕押しでしたがね」

陶彦は、ほとんど地面に寝そべるような姿勢になって、下からN氏の顔を見あげた。

「でもね」

と、彼は言った。

「でもね、Nさん。あなたは、たった一ぺん、一ぺんだけですけどね、僕の五十首詠に、眼をとめて下さったことがあるんですよ。ねえ、あったでしょう？　そうでしたでしょう？　そうだと言って下さいよ」

陶彦は、N氏の腕を摑んだ。

そのはずみかどうかはわからなかったが、「ツ」とN氏は顔をしかめ、指の腹を唇に当てて吸った。

薔薇の棘《とげ》が血で濡れていた。

「思い出して下さいよ。あなた、そう言って下さったんですから。『見所《みどころ》はある』って！　あるって！」

N氏は、立ちあがる。

「Nさん……」

陶彦も、立つ。

「逃げるんですか、Nさん」

陶彦は、追いすがる。

「あなたねェ、こうメモして下さったんですよ。その五十首詠、そっくり送り返されてきましてね。中にメモ用紙が一枚入ってました。全作、書き替えること。私は、ココがだめアソコがだめと、添削《てんさく》はしない。こうしろああしろとも言わない。自分の埒《らち》は、自分で明ける。それが新しい歌人の条件です。この五十首は、全部ダメ。出来ていない。だが、見所はある。だから、改作して、再創造して下さい。その上で、もう一度見せて下さい。そうでしたでしょ？　そうおっしゃったでしょ？」

N氏は、薔薇のアーチがトンネル状に続くライ・レ・ローズの花たちや森が複雑な構成をとり始める景色を前方に眺めながら、そこへ続く石段をのぼっていた。

「あなたからの指示が返ってくるなんて！　そんなことは初めてだったから、僕は、舞いあがっちゃってねェ……いいえ、舞いあがってなどおられはしません。これが、チャンス。もう死に物狂いでね……いいえ、そうじゃない。そうなってはいけないんだ。死に物狂い。これが一番唾棄すべきもの。排斥すべき僕の欠点。それはよくわかってるんです。短歌は美。美の飛翔。その一瞬の光芒に、独創の世界が結実する。一閃、虚空に手をかざし、摑みとる極美の輝き。ああ、その一閃の内にこそ、短歌の本質はある。違いましたっけ？　僕ね、今ね、あの頃のことが、急によみがえってくるようでね……なんだか、どきどきして、息苦しくて……胸が、こう、弾んできて……わくわく躍ってね……苦しくてね……ああ、Nさん。ちょっと、ちょっと、待って下さいよ。そんなに急がせないで。どんどん歩いて行かないで……」

陶彦は腕をのばし、N氏の後ろ首をわし摑みにでもするように、そのジャケットの衿を引っ摑む。

無論、N氏は構わずにのぼって行く。立ちどまりもしない。

息を切らして陶彦は追う。

躍りかからんばかりに、両腕を押しひろげて。

その陶彦の眼の奥に、一瞬宿るものがある。誰にもその時みなぎり立った光のあやしさは、見えなくはあったけれど。

「ええ。そう。僕が、そして書き直した五十首詠は、すぐにまた戻ってきました。今度はメモなど入ってはいませんでした。かわりに、ただ一行、封筒の裏紙に、『全歌、前作よりさらに悪し』と書いてあった。そうなんですよォ。そう書いてあったんですよ。わかりました？　ねえ、思い出しました？　ねえ。Nさん」

深い溜め息が、聞こえた。

聞いたのは、陶彦の耳である。

発したのは、自分の口だった。

しばらく、無言の時が流れた。

N氏は、赤い色の濃い花のトンネルへ入っていた。

沈黙は、長かった。

破ったのは、陶彦の方だった。

それは、奇妙に明るい、実にさばさばとした声だった。

「僕ね」

と、彼は、言った。

「スパッと切っちゃいました。いや、切っちゃうなんて言うとさ、ちょっと違うかなァ。もともと、僕の、志望は画家。絵はずっと描いてたから。歌の方が、そんな僕をひょいと或る時、横から分捕って、掻《か》っ攫《さら》って、歌人もいいかなって気に、僕を本気にさせてしまっただけなんだから」

すいと、陶彦はわけもなくN氏の隣りに並んで、歩いた。

「それでも、ね、十年足らずじゃあったけど、それくらいは、歌の国にいたかなァ。本気で。そう。本気でしたよ。そりゃあ。時には、気が狂うんじゃないかと、自分で思うほど」

その声は静かだった。

だが、陶彦の瞳の奥には濛濛《もうもう》とけむり立って動いているものが消えずにまだ残っているようにも見えた。時折、火影に似て立つものが。

白い大きなキャンバスボードが一枚、陶彦の記憶の中に蘇生している。

その上に、太いスケッチ用の木炭で書きなぐられている文字は、乱暴な落書き風の絵面のように見えなくもない。

――四月　カレは恥かしい習癖のようにズボンをはく　しどけない神の手がフィルムのように焦げる　太陽のしろい光の縁《ふち》でめまいのようにゆっくりと逆上する空しい馬ソノ四月のヤクザな前肢
四月　カレは信じきれないようにガムを噛む　最初《はじめて》の野合のように信じきれない春ソノおびただしい彩色ボンボンの味《あじ》な毒　カトレアの花の柄《え》に触れてむしると濡れてくる四月ソノ手に熱い粗暴な茎《くき》

四月　カレは野豚のように身のおきどころない青春に噎《むせ》ぶ　噴水のかげでベルトの外れる音を聴く野菜車の助手席で　半獣神《マルシュアース》の脛《すね》をみるサーカス小屋で素っ裸のぶらんこ乗りの男のウインクを受ける　イヤニ不実な午後ソノ嗄がれた四月の咽《のど》

四月　カレは褐色の指でワイシャツのボタンをちぎる　ラガー選手やボクサーまがいに真昼のバアの日除《ひよ》けの奥でボーイたちが口うつしに飲むアマイ放心　イツマデモはなれない口《くち》ソノ汗まみれの四月の吸殻《すいがら》

四月　カレは死に物狂いで絶望をさがしまわる　トルソオをシネマに忘れる　過失のようにパンツを買う　街でとつぜん気づく背を擦《す》り抜《ぬ》けて行くアレは狂おしい精騎の一隊だとあイツマデモ卑しい四月ソノ陰画紙の肌の荒《あれ》涼

オルガスムの近い四月永い四月恥知らずアア

――花みどろな獣を負ってただ凝《じ》っと僕は待つ　涙を。未決デナイモノを愛さない単独デナイモノを愛さない　まして僕は僕デナイモノを愛せはしないとヒトは言う　四月オマエの獣を負って　僕は鬣《たてがみ》のない牙のない翼のないせめてこの何モナイ自らを獣人にする優しみに耐えるだろう　僕は優しみを怖れない優しみを後悔しない優しみを嫉まない　四月　獣がとおり獣が走り獣が爪痕でつくった眩しいみちがあるならば僕はオマエに逢いに行く　僕を不具にする僕を不実にする僕を不能にする可愛い四月オマエと寝るために　そしてやはり待つだろう凝《じ》っと花みどろな獣を負って　涙を。

カレは恥かしい習癖のようにズボンをはく　信じきれないようにガムを噛む　野豚のように身のおきどころない青春に噎《むせ》ぶ　褐色の指でワイシャツのボタンをちぎる　死に物狂いで絶望をさがしまわる

ケレドモカレに　僕はもう郵送《おく》ってしまった

サリュウ《近ク僕は独身デナクナリマス。モウ会エマセン》

考えると、明原陶彦の二十代の大半は、絵具と、それから、そうしたまるで氾濫するかのような或る種の懊悩の様相を呈するおびただしい文字と言葉、言語に埋まって、身もがき、悪戦苦闘する明け暮れだった。

そのなぐり書きの文字や言語たちは、メモ帳や大学ノートやスケッチブックや時にはキャンバスなんかの上にも、手当り次第書き込まれたりする。詩的と彼に考えられる心象、情景、イメージなどの切れっ端、破片のようなものたちだった。

陶彦に言わせると、それは一つの作品のモチーフを構成する、言わば下絵にも似たものだった。

彼は、その文字や言葉たちによって生け捕られている世界を元《もと》にして、その世界のエキスを吸いあげ、抽出し、濃縮し、洗練して、一つの全く新しい別の作品を創り出そうとしていた。

一つの全く新しい別の作品。

そう。それが、陶彦の目指した「明原陶彦の短歌」である。

たった一度N氏が眼にとめてくれたという五十首詠の短歌は、先に記したようなキャンバスボードの上に書きなぐった「四月」に関するノート、この詩的な破片の連なりの中から彼が抽出し、選別し、さらに独創の腕を揮《ふる》って創り出した短歌であった。

陶彦の眼は、遠い記憶の底から蘇生した一枚の白い画布を見つめていた。

暴々しい野太いタッチで書きなぐられた木炭の文字たちが、躍っている。

そう言えば、ひと頃「四月」をよく悩乱の文字にもし絵にもした時期が彼にはあった。今思えば、何のことはない。四月はただ自分の誕生月であっただけにすぎないことなのだ。

それが青春のいわれのなさ、いわれなき若さ、とでも言ってしまえばそれまでだが、その青春も、その四月も、そう、その頃見つけたたった一首の某歌に生け捕られている手際《てぎわ》の練達を思えば、暗澹《あんたん》と色あせ褪《さ》める思いがしたのだった。

〈誕生日われの生れし刻来り濃き酢のなかの昏睡の牡蠣《かき》〉

塚本邦雄の歌である。

彼も、N氏の鑑識眼にかなったエリート中のエリート、新現代短歌の先頭を奔《はし》る歌詠《うたよ》み、その旗手だった。

陶彦の「四月」は、わが身には複雑怪奇な想念や懊悩をもたらすおびただしい心象の実《み》りある集積に思えたが、この塚本邦雄の一首に、到底、及ばない。敵対できていない。わが歌うべき四月、その全てが、このたった一首の短歌の中に統《す》べり取られてあるという気がしたのである。

N氏は、円形造りの四阿の石柱にからみついたつる薔薇に手をさしのべていた。

「ええ」

と、陶彦は、頷きながら、そんなN氏の背後に立ったまま、言った。

「きっぱりと、手を切ろうと思ったんですよ、歌とはね。日本からも、離れたかった。絵一本。これで行く。脇目も振らず。そうしました。モンパルナス、カルチェラタン。そう。このパリで、日本を忘れて暮らしました。短歌、あれは悪い夢。厭な、厭な夢。気の迷い。ええ。その悪夢も、消せば消えるんだってことを、パリは僕に教えてくれました。没頭しました。絵に。僕は」

陶彦は、そう言って、しかしゆっくりと微笑んだ。

しみじみとした声だった。

「だから、あなたが、そのあと小説家になられたことも、僕は知りませんでした。あなたの処女作。あの有名な『虚無への供《く》物《もっ》』も、読まずに僕は死んだんです。でも、ほんとに信じられません。あなたと、ここで、こんな風にお会い出来るなんて。世の中、不思議。ほんとに、不思議。こんなこと言ったら……そう、あなたの耳に、僕の声が今、聞こえていたら、あなた、どんな顔するんだろうね。僕ね、今、とっても、その顔が見たい。だって、だってね、Nさん。僕が死んだ場所に、ちょうどその石畳みの上に、あなた、今立っているんだもの」

小鳥の羽音が近くでした。

ライ・レ・ローズは、静かだった。

この四阿には、一体のキューピッドの石像がある。よく出来た彫刻で、あどけなくふっくらとした頬は来園者のほとんどがつい手をのばし触ってみずにはおれないほど愛らしいが、やんちゃ盛りの顔つきで例の弓を構えている。

N氏は、その背に生えた小さな翼に指の先で二、三度触れ、ふふ……と、忍び笑いの声を洩らした。

「笑ったな」

と、陶彦は、言った。

穏やかな声だった。

「心臓発作でね、あっという間もないくらい、簡単にいっちゃったんだ。スケッチにここ通ってたんだけど。それがさ、これも不思議なんだよね。ここは、実に居心地よくってさ。もうそれからずっと、そのあとも、ここに居続けてるんだよ。こうしてね。つまり、ライ・レ・ローズの、僕、住人ってわけさ」

陶彦は、そして急に、なにかを思い出した口調になった。

「そうだそうだ。これは、Nさんに話しとかなきゃ。そのね、死ぬちょっと前の頃だったと思うんだけどね、日本にいる友人が、なにを思ったか知ンないけど、歌の月刊誌をね、一冊送って寄越したんだ。とっくに歌とは縁なき衆生《しゅじょう》なのにさ。けど、これがまた不思議。読む筈なんかない頁を、僕、開いちゃったんだから。そう。よく覚えてる。『ジュルナール律』っていう、薄い薄い短歌誌だった」

陶彦の声は、一瞬途切れ、微かにふるえを帯びたかに聞こえた。そのあと、静かに息をのみ込む咽《のど》の音がした。

〈水風呂にみずみちたればとっぷりとくれてうたえるただ麦畑〉

〈秋いたるおもいさびしくみずにあらうくちびるの熱　口中の熱〉

〈あわあわといちめんすけてきしゆえにひのくれがたをわれは淫らなり〉

〈黄《き》のはなのさきていたるを　せいねんのゆからあがりしあとの夕闇〉

〈めをほそめみるものなべてあやうきか　あやうし緋色の一脚の椅子〉

……僕ね、ふっと短歌、またやろうかと、思ったくらい。胸がどきどきしちゃってさ。涙がぼろぼろこぼれてきてね。〈せいねんのゆからあがりしあとの夕闇〉ああ、こんな歌が作りたかったのかもしれない。いや、作りたかったんだと、思ったんですよ。覚えたくはなかったけど、その歌人の名前、忘れられない。

村木道彦。まだどっかの学生だとか、確か後記に書いてあった。この人も、あなたが見つけ出したんだそうですね？　友達に問い合わせてわかったことなんだけど……」

陽はゆっくりと傾きはじめる柔らかな気配をひろげ始めていた。

「Nさん。そのキューピッド坊やはね、あんまり構われるの、好きじゃない子なんですよ」

明原陶彦は、少しばかり眼を細め、柔和な笑顔に似た表情を見せた。

だが、笑ってはいなかった。

強いて言えば、或る深々とした静けさをとり戻す前の顔だとでもいえようか。

その夜、ホテル「ルレ・ビソン」のベッドへ入ったN氏は、昼間の疲れも手伝ってか、横になるとすぐに眠りはやってきた。

どのくらいの時間だったか。

異変は、壁に掛かった額縁の絵の中で起こった。

苔むした暗緑色の森の地面にぽっかりと口を開けたまぁるい池。その水の表に、音もなく一つの顔を覗かせているのは、陶彦だった。

「これね、僕が模写した絵なんですよ、Nさん」

と、声のない声で、彼は話しかけた。

「世の中って、ほんとに不思議な仕組みを持って、不思議な具合に出来てるんですね。今日ほど、それに気づかされたことはありません。選《よ》りにも選って、あなたが、『ルレ・ビソン』のこの部屋にお泊まりになるなんて。でも、運命、宿命、などという言葉も、ありますものね。なにか、定めみたいなもの。きめられている、逃れられない、避けられない、回り合わせ……そんなもの、あるのかもしれませんよね。そんな力を揮《ふる》うものが」

彼はまた、笑ったような気がする顔を見せた。

しかし、笑ったのではなかった。

「さあ、参りましょう。あなたに、決して通りすがりの旅行者などには見ることの出来ない、素敵な薔薇の国の景色を、ご覧になっていただこうと思いましてね。夜のライ・レ・ローズも、絶景ですよ」

N氏は無論、眼をさましたりはしなかった。

しかし、夜明けの空が白むまで、陶彦はN氏の供をして、その夜、ライ・レ・ローズを案内し、かつ逍遥しつづけたのだった。

一度もN氏の現身はベッドを離れることはなかったけれども。誰かがもしこの奇妙な主従の行動を目撃したとしたら、思いついたかもしれない。

踊り疲れて踊り死ぬまで旅人を離さないという森の妖精ウィリーの話のことを。


それはともかく、N氏は、この旅の取材による紀行文の中で、ライ・レ・ローズの薔薇について、「薔薇はふしぎな迷宮である」と書いている。

「世の薔薇作り薔薇愛好家が（略）その外側にだけ心を奪われて、内部の、もうひとつの薔薇の美を探ろうとしない」「内部にはなおいっそう神秘な何物かが、ひそんでいはしないか」と記すN氏の論旨は、N氏独擅《どくせん》の美学を展開しているのだが、その「迷宮」、その「迷路」という用語に、別の光を当ててみると、趣きの異る光景が、ひょいと出て来はしないだろうか。

「香り高い薔薇の迷路を夢うつつにさまよいながら」「ふたたび、三たび、森は騒立ち、薔薇のトンネルはいよいよ夢幻の趣きを深めた」などという文章は、そういう意味で、ミステリアスで、劇的である。

さらに、ライ・レ・ローズのキューピッドを撮った写真のそばにも彼は書いている。

「薔薇の迷路はいよいよ深く夢うつつに私らはさまよった。それはすでに薔薇でない何か、この世ならぬ何かだった。キューピッドに矢を射られた少年はどんな恋をするだろう」と。

この箇所をもし、陶彦に読ませたら、彼はどんな顔をするだろう。


N氏の記述には、もっと興味深い部分がある。

ライ・レ・ローズの後、「十六日の日曜にはパリを発ってブルゴーニュ地方のワインの旅に移った」と彼は書いている。

そこで滞在したのはボーヌという町だった。

ホテルは、オテル・ド・ラ・ポスト。

少し長いが、この件《くだり》の文章は重要である。なぜといって、N氏は、或る私的な告白をそこに記しているからである。彼自身の言葉で、それを聴いてみよう。

「オテル・ド・ラ・ポストという緑に飾られたその部屋の豪華さ、町全体のおちついたひそやかさも気に入ったけれども、土産物店のウインドに飾られていた等身大の人形つきフロアスタンドを見かけたとき、私はその前を離れられず、二度三度、歩きかけてはまた戻って、倦《あ》かず眺める仕儀となった。パリでもロンドンでも、心から欲しいと念じたのはこの人形の他になく、なんだってこんなものがこのささやかな田舎の町にあるのだろうという奇異の念はいまだに消えない。街灯ふうの丈高いスタンドに右腕を巻きつけているのはアラビアの少年なのだろうか、金色のターバンと半ズボン、漆黒の肌は奇妙ななめらかさに充ち、鋭い表情でありながら唇の朱はあまりに艶めかしい。西欧人の感じる東洋の神秘をそのまま像にしたような、それだけに生身のまま凍りついたとしか思えぬその姿態は、カメラを向けるとき僅かに白眼を動かすように見えたが、日暮れのことだし、ガラス越しの撮影の技術もおぼつかなかった。帰国してから現像してもらったとき、他のはどうでもいいからこれだけは写っていてくれと無責任なことを考えたくらい、私はこの人形に執着した」

こんなに長い文章を使って、N氏はその執着ぶりを吐露している。

人形の写真も、ちゃんとその頁には載せられている。ひどくセクシャルな姿態をあらわにした黒人の若者である。

それだけにとどまらない。

「翌日、店に入って値段を聞くと四千フランで送料が三百フラン、でも日本へ送るのなら免税があるから全部で三千五百フランということだった。円にして二十一万か二十二万なら、高嶺の花というほどではないが、やはり見倦きぬ思いで眺めあかしたあげく諦めるほうが順当なのであろう。ボーヌの町の暮れ方、ピグマリオニストの焦燥に身を灼きながら、頭を垂れて歩いていたというほうが旅にはふさわしいのだと自分にいいきかせて、私はこの少年を見棄てたのだった」

恋の執心、という言葉が浮かんできはしないだろうか。

あのキューピッドは、やはり矢を射た。

矢は放たれたのだ。

「そうだろ?」

と陶彦にたずねたら、今度こそ、彼はにっこりと相好を崩して見せてくれるかもしれない。

こんなことがあのやんちゃ坊主のエロスの幼神に頼めるのは、陶彦しかいまい。

しかし、ほんとうに、明原陶彦は、その時、満足そうに破顔するだろうか。

嬉しそうに。

楽しそうに。

そう。そんな笑みを湛えた顔を陶彦は見せてもよいのだ。そして、その時初めて、彼は、真実、手が切れた、縁が断てたと、心に思うことができるのかもしれない。

短歌との別離。

歌とのわかれ。

五体が、やっと、それを彼に許すだろう。

そうしたら、ライ・レ・ローズの薔薇の臥所に、一つの平安がやってくる。

「違うかい? 陶彦君」

(『凶鳥《まがとり》の黒影《かげ》——中井英夫へ捧げるオマージュ』河出書房新社、二〇〇四年)

随筆

世阿弥の「初心返るべからず」

能に、世界に類のない詩劇の構造を完成させた、中世の芸能者・世阿弥は、これもまたじつに創造性横溢《おういつ》する二十数本の芸術論を遺《のこ》している。

全て門外不出の伝書という形をとったものだが、門外漢の私たちにとっても、非常に滋味濃い刺戟《しげき》的な処世の教えや、人間認識の手掛かり、人生修業の方法など、読み方一つで、目のさめるような示唆をふんだんに秘めた著述群である。

人が人となる道、花を咲かせる行脚《あんぎゃ》の道はどこにあるのか。どうその道を歩めばよいのか。人間の、成功とは。敗北、挫折とは。花とは。人が人の身体に咲かせる花。心で究める花。身になり肉になって生涯消えぬ花。途中で消えて滅ぶ花。読みつぎ解きつぎする内に「ア」と視界の晴れ渡る明晰さに高揚したり、また難渋を極める思索の巣窟へ導き込まれたりするこの花の論考は、芸能者の、或《ある》いは表現者の、演戯者の、芸の修業や鍛錬、その本質や真相を奥深く摑み取るために著された秘本ではあるが、同時に広く人間、社会、文化にわたって通底するその有益性をいえば「人学《ひとがく》」の真理を探るに比類ない蠱惑《こわく》的な本領を発揮する警醒《けいせい》の書とでもいえる。

人を練る、人を創る、触発する芸術論である。

初著の『風姿花伝』は、私が学生時代、ただただ西も東も解らぬ、若さの路頭に迷いに迷った初心の頃の身辺に、つきまとった一本だった。物を書くことを覚え、職業にしてからも、次の『花鏡《かきょう》』『至花道《しかどう》』『九位《きゅうい》』『拾玉得花《しゅうぎょくとっか》』などへと眼が及び、及ぶと、常に若さ一つの初心の昔が、行きつ戻りつ蘇った。物を読む、考えることに、七転八倒した日々だった。呑み込めても込めなくても、解る所から食いつく。その格闘に倦《う》み果《は》てつつも、何事か、少しずつ少しずつ考え巡らす習慣もつき、この中世の芸能者の並外れた思考回路の、じつに豊饒《ほうじょう》な眺めに魅了

愛用の硯(栗原弘撮影)

されるようにもなったが、一方では、更に複雑多彩な表現術の口舌《くぜつ》の迷路は、正に巨大な密林《ジャングル》で、その一言一句の魅惑の呼気に足をとられ、惑乱し、思案に暮れるのは常だった。

この格闘の付き合いは、今も続いている気がする。続けていると、世阿弥は不思議に、時に応じ、あれやこれやと創造の宇宙に生きる極意のことについても、語りかけてくれるのだ。彼によって、私は人生を見出したような所がある。

「初心忘るべからず」と彼はいった。世間では正しく援用されていない。初心とは、事を始めた頃の経験浅い未熟な至らなさをいったもので、この未経験、知る事少ない無能の頃の自分を忘れるなという意味なのだ。「初心に返れ」とよく人はいうが、そうではない。初心には返ってはならぬと彼はいったのだ。忘れなければ返らずに済む。初心はある。そうだろ? 老いという初めての経験。これも初心だ。この事を知っていれば、咲いた花も消さずに歩けると彼はいっているのである。

(『朝日新聞』二〇〇二年三月四日付夕刊「自分と出会う」)

詩

長谷川敬　作品選

＊赤江瀑が詩誌『詩世紀』に「長谷川敬」名義で執筆した詩を精選しました。
＊調査・収録にあたっては、書肆いろどり編・発行『「詩世紀」における長谷川敬（赤江瀑）』（二〇一六年）のリストを参考にさせていただきました。
＊収録にあたり、字体やルビは原則として底本のママ掲載しました。
＊作品末尾に［］で掲載号の刊行年月を記載しました。

假睡

物體《けるべる》の　黄色い畑に
音を發する永劫の石碑は埋れているという。
隕石の泉水の如く
それは　ひどく古びた慟哭だと聴く。
羊皮の鞣し油の雫の跡さえも
岩窟の苔にのこり
陰々と　あとむを超えるという　めゝしい白顔の詩人よ。
おんみの　中世の獨白をきこう。
物體《けるべる》の　黄色い畑に
今でも
音を發する永劫の石碑は埋れているという。

（1952・4・22・NIGHT）

［一九五二・六］

主題《テーマ》を「男色」にとる挿話《エピソード》

〈初　犯〉

仄めいて。
暗いドームの切石を　窃かに。
逆光の片鱗は　點々と泡をふく。
斑な
壘砦に浮いて　赤錆びた雲々は
屯する　時間の瀝のなかに
不知己な二人の偶然を　固め
冷たいが　音たてゝ　砒石をながす。

〈姿　勢〉

それは
煙草細工の　みずみずしい　瑠璃の蕊。
臆病な子の　追いすがる　圖太い視線を
横に抛る　白い眸《め》の　そのたゝずまい。
漆黒の隻影。
その　精悍な羞いの横溢。

〈會　話〉

そのように　隆起《も》りあがりながら。
無造作に。
黒い黄昏に透いて。
太々しい掠奪の跡など　つまみあげた　君の裸胸。
流氷を　肩にかけ。
縦穴の軌道を浸水する　もの云はぬ人魚におちる　水光の煌。

そのなかを　君は夭笑。

〈ポーズ〉

だが。
彼をみたのは。
この　わがまゝで、奇妙な形をした、ひとつの默契だつたのです。

［一九五二・八―九］

超の抒情

〈三島由紀夫〉

ひだつ　青　がおかれるひろさを　非理
にたとえることよ。

彫られていく　超音　は青地だけの
それだけの平臥のひろさ——せまさ　で
はなかつたろうか。

あれは
日本的好尚で
海洋《うみ》にこもるMunucure《マニキュア》の美觀でした。
　　　　　　—註釋のこと—
最初。
白木には　訃音に肖るクロスワアドの地
紋が　めをひきました。
このときから
私生兒は　婆羅門風俗を壓された　奴僕の腰部をもつようにな
つたのです。
鮮麗な斑入りの分裂を

むらさきいろの樹は　天へふきあげては
ならぬ——禁斷が畫かれていたのは
そのための　方便でした。
　「聖《サン》セバスチヤン」

たとえるならば

過去があつたり。
美觀ではない容積などは　無理にも　過去でない卽興を過去に
つなぎ。
遠心に土ぬつた男囚《めしうど》の　殉教は
すゞかけのかげのなかをすゞかけのかげを被つて
みずのかけらでういていました。
むらさきいろの樹木ほどの
手のつけようのない屈辱の頑具はとみれば
不逞にも　成長していきました。
かりにも。
このデアボロをはなすならば
例の海洋《うみ》に似て典雅きはまるトルソオは
くびれるだけくびれてはならぬのでした。

〔一九五三・二〕

悲戀

〈では　夜のガスパールと云う奴は…〉

銀紙裂いて　悪徳のゆらゆら透いたガラスの澱《おり》　くづれる　青み甘いケーキばかりを　今夜の僕の魔宴の頑具にあがめよと

銀紙裂いて裸身を飾る　僕はニオベに會つて來た　僕はシセロンの悪の皇子　僕は暗い奴僕の夕闇のようなトルソオこそ盗んでみたいのだ　哀美な魔笛に毒を塗つた　毒笛を吹くことが宮殿の慣習　僕は吹奏樂士を競う少年となる

火喰蛇は鱗の縞に眞珠をくわえ　騎士の化身　眞珠の憂いはガスパール　よしない信心家などお騙しにならずとも　夜のガスパール殿　若者に點火器をおわたし下され　物云わぬ時計人形《ジャックマール》は美しい貴殿の現身《うつそみ》　悪魔の光で少年ともなり申そう　中世の色模様は　閉じて開かぬ本の中　僕は主祭壇で牡鹿の子を射つだろう　射つことの久しい聖夜の淵を　長々と精靈に仙女の列は行手を展げ　僕は少年のように光りきらめく

黒羅紗の外套の下　黄昏色の闇　悪魔の影さえありませぬ　男爵殿　マントの下は　少年の秘密　腰部の密畫で膨らんでおりますぞ

不健康な菫一束　提燈にかざせば　ダイヤモンド　僕は鏡の石に　死んでいる伊達男の　出來れば白の　造花がみたい

主を頌え　奥様　悪魔を罵る貴女様　ガスパール奴《め》は　貴女様の胸の繁みの中にではございませぬか　讀經の聲あれは谺にちがいない　寂心に棲む悪魔の戯語　夜のガスパール殿　乙なすまいで　情艶なかるたのお祈禱りと（ママ）ガは奥様　貴女様は不憫な御仁　お急ぎなされ　悪魔は遊んでおりまする

僕は　巴旦杏《アマンド》の梢の裏　魔法書の扉の汚點《しみ》の扉の内　銀の耳輪の黒髪女《ブルュンヌ》の林を翔ける香風の涯　夜の騎士殿　僕はそのような在りかにはおりませぬ

情《つれ》ない灯を龕燈へ焚き　黒いゴンドラの水の宵か　短剣《つるぎ》の尖《さき》は血のレ・ビトゥロ　僕は　暗闇仕事から戻りの刺客が　昨夜は貴殿今宵は他人　おどろおどろに囁くことなど　金輪際思い切る　他人の貌が貴殿の貌　貴殿の貌はもう僕にはさがせませぬ

悪魔殿　貴殿は僧か童子か番卒か　若者にはあれは化けてお

いでなされたか

くずれる　青み甘い悪い時代を　銀紙裂いて千代鶴を折る　こ
の男は可愛い奴よ　僕は　笛を盗んで　笛で啼いている　はぐ
れもの　ゆらゆら　悪徳の澱《おり》の中でゆれている澱《おり》になる

［一九五五・二］

梵

失樂　朱色とみ金色とみるはな失樂のはな忘れじ患いのおび
　たゞしきはな妄執の患部
失樂　去らじたゞよいのいのちの危惧かなしみ見捨てるいのち
　失樂のいのちの炎症

　はなまぼろしのはなのした
不徳なま晝にちがいない　失行の海にちがいない　失意の闉に
ちがいない　獸行や中毒や自失があるにちがいない　呆氣な世
紀末にちがいない　悲劇にちがいない
ま晝　來ぬくるしみたえがたき放埒あまた死にわびしきはるの

　思想なる色卽是空
海　嫋嫋がらすの腐敗なめらかとおめいなむげんの茫漠ラオコ
オンの蛇やぶれし豫言
闉　かたしきはる衣匂いふたゝび匂い還らじ恐怖のさまよいさ
びし春宮の枕繪

はなまぼろしのはなの世世
怨みつきぬにくしみ失せもの　失せもの　失せもの　たのしあ
われ
　失せものなれば迦陵頻伽　夢現ふゞかぬはなおびたゞしき失
樂のはなの患い　患いのはなざかり　患いのこの世この世

獸行　わたし實感のないわたしは　自由を苦しみます
中毒　こゝろ火傷をおつたこゝろ　建設のこゝろは痛みます
自失　あい失心の身のあい　あいは體軀の損失奸智な邪宗です
わたし死《し》にたいわたしは死《し》にたい　はなはじごくははなはあくま
　あくまでもよい殺《ころ》しでもよい嬲《なぶ》りでもよい晒《さら》しでもよい　し
んじつわたし患《わづら》いました　わるいはなですいけないはなですよ
く咲《さ》きました掠《かす》めるんです謀《たばか》るんです瀆《けが》すんです搖《ゆす》るんです
わたしなにもかもうしないました　あくまなさけないあくまに
奪《うば》はれました盗《ぬす》まれました　はなの世々《よよ》　はなのした　とおつ
ているのはわたしもぬけのから若年《じゃくねん》だけがのこりました　よく

咲《さ》きさかるわるいはなはなまぼろしの失樂《しつらく》のいのち

寂滅爲樂　卑しのあらがい多き身往生の一身あくればトビアス
　の夜をいきる
即身成佛　めぐらぬはじらい瀆聖の念忘れがたき去りがたきは
　じらいの入滅の原罪

朱色とみ金色とみるはな失樂のはな
いのちの危惧かなしみ見捨てるいのち失樂のいのち

ほしいまゝうみ失樂のうみにひかる梵ほしいまゝ

（自作〈日ざかりのうえをしたを〉そのII）

［一九五五・五］

卒塔婆　センチメンタリズム

こども・彼等・ねつ病の団体・辻占を辻占えといきるパズルマ
ニア・夏の化身・僕等・こども・たちのために

若者達は仰向いてひるのみだらな空をみた

ふるき世をちはやぶる神の浮世をうもれびにもえあけてしらじ
らと燈る亂世をかなしみにくちなん御世を　夜をこめて生きつ
うらみつひるはきえよるはきえつはものとつはものと野を草を
ふみならし戯れなじむいにしえの歴世の心火《ほむら》　萬象は逸樂のに
わかな氣配
御《み》垣守《かきもり》つみおゝきあやしき夜半まくらものにやくるふらん　苛《さいな》
むは熱ばめる己が肉體《ししむら》　衞士は衞士のあいを遊びこいにくち衞
士たちはねむれぬ末世　衞士をめとる

若者達は仰向いてとおきよるなやみに闌けて嚙みあつた肉の
いたみをかなしみ合つた仰向いてあいよくの盈虚のうつるひ
るのさなかの空をみた

干あがつた安樂な紀元を遊《すさ》みしんじつ安樂というわずらいに似
た紀元を往來《ゆきき》
よごれいぬいつぴきのねつを病む卒塔婆の空のあのしろいぬを
慰もう

卒塔婆に干あがつた晝がくるあの魔ものめくやすらかな紀元を
あおぎ　くちにうけくちにそゝいだいのちの果汁をあやしみ合

い濡らし合つた過去世と　いつわり合つたむかしといま
と　ながらえてながらえていたわり合おう

　若者達は仰向いていだき合いかさなり合えぬうらみに爛れ
　ふれ合つたひふのしるしを哭き合つて日光《ひかり》でやいた

古ぼけた新派の雨のおちかゝりみうちにくさるなお古ぼけた雨
の時代　問いかわしきゝ交し　くさつた雨は毒となり　古ぼけ
た雨や毒
　　　　　　　　　　　　　　　　雨や毒
まだ浮名のながれたつらい時代をおびえ合いうすものの空氣の
ような帷子《かたびら》のたちこめる暗鬱なひとつの時代　ひなびたつめの
おもてとうらで浮世草子をめくるとのめり　あはれにすぎる寝
感をたえ　かなもじをよわよわしく手にとつておぼえた時代も
しのばれる

若者達は仰向いて草の血で肌を刺青《ほ》る　草の茨で肌を切る
よろこびをあげきよきなげきに身を縒《よ》つて　けものをもとめ
けものをはらみ　いばらにまろぶいばらの大地にけものを放つ
まなかいをみえかくれけものは走り　やみくもに心におどり
肌から失せて肌にあらわれ　眞夏野の果てから空とはねあが
るけものゝ腹はみるまに白く　若者達は仰向いて濃やかに
假睡《まどろ》みつづけつやゝかに愛液をながし合い　ひるのみだらな
空をみた

× × × ×

［一九五五・八—九］

雨夜

雨夜《あまよ》
浮きながれるたましいにらんぷをともし
この雨夜には　あやかしの牛車《ぎつしゃ》がとおる
どろうみ
を
花車《きやしや》な半月の曲藝
雨夜
雨夜をふといちめんにみわたす怨憎のあかるい情念
あちらへこちらへ
そのよるをものおそろしくたちまよう空のあめ

清十郎さま
トリスタン様

蛇の日傘なにやらおもく
この時刻
暗礁をすずやかにあやかしの牛車がとおる

雨夜

［一九五五・十一―十二］

没薬《ミュラ》の木に生を稟《ウ》けて

色戀の修業がすぎてやるせない口説をおぼえ　一
羽二羽胸の空地《あきち》で夜禽をころして逃げてゆくあの
影が不甲斐ない
千夜一夜　月《セレーネー》の至福の精に戯れる没薬《ミュラ》の木の夜の
周圍のあの悲運で艶な神聖がなさけない

この軀《からだ》　骨の髓まで花が咲き　ひどくあかるいはな曼陀羅に照
りかえる　この軀　むすうに敗れ　敗殘の兵隊街をちゝいろ
の惰眠が搖蕩《たゆと》ふ　この軀　古物市がたつてはほろび　大サー
カスが劇場掛《こやが》けにやつてくる
日本の夜《よる》の渚の毒の貝　たましいによごれたしおふきあげて
あわだつてきえたいのちの亡者あわだつてきえぬあいの漣痕

真赤な夜ふけ　仄かなうす水脈ひきずつてくるし
み　みちる不安ないのちでございましよう
夜鶏の匂い　大殿油《おおとなぶら》の息ひきとつたまよえる墨夜
たてがみを逆《さか》けりたてゝ遠吠える聲ない聲があま
りに不安でなりません

涸《か》れ涸《が》れてはなやいだ日傘を挿頭《かざ》し　日本のみやこの晝はぼん
やりと土砂をかぶつて歩いていつた
花魁の白べつたりに枯れがれた皮ふの裏地でりつぱな足袋がつ
くりたい
石で碎いた物好《ものず》くこゝろこなごなにかぜにふかれて　遊里《いろざと》の
郭《くるわ》の天に野草《くさ》の花がさかせてみたい
どうしよう　むなしいあした果報者《しれびと》共がしのびいる蕩たけたも

のゝけわいで揺れうごくこのからだのゆめが口惜しい

どうしよう　けむりのような睡魔のような何をやっても殺生な
わたしの行爲を　このおこないをどうしよう　心中屍骸《むくろ》のは
しからはしまでしみいつたわすれ去られぬいのちのようで　し
かたなくがらすのようにすきとおるこの人間をどうしよう

咲イタ。咲イタ。

骨の髄まで咲き匂う厭な自由　ひどくあかるいはなこのはなま
んだら　日にぬれて　無慙な日向《ひなた》　怠惰なはなまどろみの僕の
はな　はなの黄昏はなゆう靈　見捨てゝみたい

註・沒藥《ミユラ》の木とはスミユラとも云い、アドーニスがそれを蹴破って
生まれてきたと希臘神話に傳えられる樹木のことである。

［一九五六・三］

さくらさくら邪宗門

昔《ムカシ》
まっ赤な下駄で精神《アタマ》のなかをふみあらされた　精神《アタマ》のなかを
まっ赤な下駄であるかれた　イタズラされた　アレがイタズ
ラというものだった

あのはなは陰謀です　おそろしい生きる遊戯を企てる僕の虚心《こころ》
は兇惡な謀略です
あのはなは幽鬼です　日ざかりのめくるめくはなの淨地　傘を
ひろげた僕の邪心《こころ》を行きなやむ忌わしい遠くからの呼聲です
あのはなは情火です　萬灯をま晝ま晝にさきあかす情類火《なさけのるいか》あの
はなは沒世です　あるはたてない喪失です　僕の獸心《こころ》のきら
めかぬある奪われぬ失意です
かえりざき入り交じりさくさかさまの僕の徳心《こころ》のいにしえから
の業火です

はな迷うはなの精舎　くるしみにまぎれてさかるはなの精舎の
はなの生

オ寺《テラ》が墜落《オ》ちてくる
おちてきます　あのハナとハナの間《アイダ》から

おちてくるあの上のもうもうと咲いている墜落《オ》ちるものの形
而上
昔《ムカシ》　オ寺で　僕のまわりの空氣がひかった
ひかりものの空氣の上を有形の　幻《ブイジョン》　の目でみまわして　さわ
やかな病骸の像をみた

はなからはなへ　この死地にあのはなは滅びてゆく業を咲いて
いるのです

はなのつじはなの辻　生あるものへうつろうて生きてきたにせ
もののこころの劇を咲いているのです
昔《ムカシ》
まっ赤な下駄でアノ女《オンナ》はないていた　ダレカが夜の希臘をも
ってきて　アノ女《オンナ》にミセテイタ　アレがイタズラというもの
だった
昔《ムカシ》
もう　アレをした昔《ムカシ》はドコカではじまったのか　それとも
アレだけが昔《ムカシ》になったのか

奪われて　また甦ってくるのです　奪われてまた背負わねば
ならぬのです
また奪われて　また生きてゆくまぼろしに似るのです

［一九五六・五］

星月夜の悪《ジイス》にまぎれて

恋の後であの兵士《ポアリュ》を眄《み》た　ズボンに咲いた罌粟《けし》のはなに顔を埋《うず》
めてあのみてはならない醒《めざ》めに入《はい》つている兵士《ポアリュ》を　僕は眄《み》た
その星月夜の悪《ジイス》にまぎれて　揺れあつている幾つかのさんざめ
いた僕の無為　軽業《サーカス》の夜の鞦韆《ぶらんこ》にかけわたされた見えない横木
賽《さ》子《い》の失《な》いダイスにふりこむ一代の僕の失楽　たまさかその
朦がりでめぐり逢う数しれぬ僕自身　恋の後でやつてきて鞦韆《ぶらんこ》
で軀を擲《な》げる工《たく》まれた人体の夢　あの人体の星月夜
昔から僕はサーカスのあの無法が好きだつた　騙《とびの》つても隕《お》ちて
ゆき隕《お》ちていつてもまだそこにある上下の無法《やみ》　あのめまぐる
しさが好きだつた　みてはならないあの悩ましい大人仲間の掛
引きが僕は好きだつた

恋の後でやつてきてあの夜の王を看《み》た　項《うなじ》に上る月に烙《や》かれて
はれやかに昏《く》れてゆく野人の肌を　僕は看《み》た
あの罌粟《けし》を僕は忘れない　僕が　昔　硝子売りに見蕩れてうろ
うろ蹠《ふ》みこんだあの僕の青春を　今もなお忘れられずにいるよ
うに
あの夜の王を呼びかえしたい　僕が昔　騎士達に綢《まと》いつき知ら
ず知らずのうちに嗅ぎわけたあの黒い乗馬靴の匂いに混ぜてこ
の人生に不徳《ヴイス》の光る仕掛《からくり》を見つけだしたあの少年のひと頃をゆ
めみるように
星月夜の悪《ジイス》にまぎれて　怖るべきはもう夢を恃《たの》まずに生きれる
ことだ　僕はこの果報《しあわせ》が苦しすぎる　僕はこの秩序を裏切りた
い　僕はこの健康に仕返しがやつてみたい　もつと卑しいもつ
と不具なそのためにいつまでもキラキラひかるそれは海であり
カジノの夜宮であり　阿片であるあの生で僕はこの精神の星
月夜をわたりたい
恋の後であの兵士《ポアリユ》を眄《み》た　ズボンに咲いた罌粟《けし》のはなに顔を埋《ウズ》
めてあのみてはならない醒《めざ》めに入《はい》つている兵士《ポアリユ》を　僕は眄《み》た

その星月夜の悪《ジイス》にまぎれて　裔《はて》もなく中世を背負はねばならぬ
僕　愛の壺を売りあるく夜の商人《あきんど》　冠纓に水仙《はなさ》を挿し冥府王《ハーデース》の
弓を研ぐ失わねばならぬ僕のギリシヤ　乙女《コレー》の空に星をかぞえ
て盈《み》ちあふれた古代の侍童
数々のその星月夜の悪《ジイス》にまぎれて
限りないその星月夜の悪《ジイス》にまぎれて
僕は眄《み》た　あのみてはならないものたちを僕は眄《み》た

［一九五七・七］

この獅子のむれの裔《はて》

―この人の血につきて我は罪なし―　マタイ傳より

摘みとれはしない摘みとれはしない失楽　その失楽の数々が
独楽盤《ルーレット》　しきりにしきりにルーレットを廻すのです　それは虚
しさの警鐘というものか　モウ逃ゲテオシマイ　サアコノ銃口
ニ走ツテオイデ　何故人間ヲ傷創《キズ》ニスルノサ　摘みとれはし
ないというそのことがそれにしてもなぜ人間を刺すのだろう

なぜ人間を傷にするのだ　酒盃のそこをきらきらつたうこ
の悲しみをいつまでもおまえは飲めという　それで酔えという

その海の下の野薔薇で飾つた人体を往来《ゆきき》する少年のいくつもの
王朝から
その潮のながれの迸しる人体の睡むたげな猟期の終末《すえ》から
その限りない喪紀でひかる人体の夕潮のひくましろいみちから
曜を撒いた少年のいまはもう秘しきれぬあかるい鬣のそよぎの
中から　この罪は風を吹いていた

円くない月で炎えているそのことが生存です
　ダカラ
美々しい花束で銃眼を失つている城壁あれが罪の世の敢無《はか》さです
　ダカラ
恋うる夜はひつそりと悪魔を焚いて充溢れているそのことが信
仰です
　ダカラ
飾りつけた身代を菫菜《すみれ》一束にすり替えるそのことが瀆罪です
ダカラ僕ハ銃口ニ向ツテ走ツテイク　モツト罪深クモツト破廉
恥ナモツト姦淫デアルソノタメニ　忘レラレナイ決シテ忘レナ
イ　銃口ニ向ツテ走ツテイクアノ行為ノ日本晴レ　爆《ヤ》ケチツテ
モアノ何モナイ虚廓《オオゾラ》ダケハ忘レラレナイ　ダカラ僕ハ走ツテイ
ル銃口ニ向ツテ走ツテイナキヤナラナイインダ

それは仕組まれた銀いろの悲恋のように　いつまでも摘みとれ
ないあやかしの組織なのです　書割りの後と前で演《や》つつけられ
た二組の殺人なのです　そして誰もいなくなつた雑沓の証《あかし》のな
い賑々しさです
それはまた知らぬまにふと耳にするあのなにものかの咆哮なの
です

どこにいても忘れられない　あの風が運ぶもの　あの海の繁吹
くもの　それがやつてくるかぎりその声のその香のその歓び
のくるかぎり　僕は在る　この獅子のむれの裔《はて》なれど

〔一九五八・二〕

えにしだの花のアクマ

——僕のなかの青髯城《ティフォージュ》をさまよいて——

ま昼のしんきな土べい
くずれた城の骨のような土べい　何かを囲みいつまでも囲ま

ねばならぬま昼の土べい
ま昼まの土の囲　恋の囲　はだかの囲　ふるい貴族の城
の囲　青年の囲
いまもとおる若い馬丁たちのゆうれいのみち

つち　をぬったひるのどべい
なかから　だれかさまよいでてきた
つちのなかでいきていただれか

ふるいまちの
つちでできたあやかしのひるのかこい

くずれた城のふるい囲に　えにしだの花は咲いて　少年の
からだのアクマが根をおろすま昼まのえにしだの花　えにし
だの花の血に系を曳く貴族のアクマ　森の土べいの恋のしみ
あと　青年の胴の匂い　若獅子のねむりおちた日向の土
それらのうえの日ざかりのかげろうの囲
もえてもえてみもだえる昼の放埒
そのまんなかゝら　えにしだの花は咲いて　少年のからだも
咲いて　骨も咲いて血も咲いて　きようれつに　きようれ
つにアクマになろう

えにしだの花をみて
少年の手をとって　走ッテ走ッテ　わかいからだの涅槃をつ
くるこのなつかしい天までの素ぼく
みを枢《な》げてえにしだの花野に賭ける　花が吸い花が匂うこの
遠い残虐のさゞめきを非道のほこりを嗜虐のひなたを　どう
しようもない若いからだの虐刃を花の火を不条理を　風に洗わ
れ　洗われて野の底で賭博《ばくち》を打とう
幾度カヒトニ愛ヲ植エツケ　幾度カヒトカラ恋ヲ奪ッタモウ古
ビタ生体ダガ　ヤハリオマエハ輝カシイ　ソノ輝カシサヲ幾
度カ見捨テ幾度カ厭《ア》キタ僕ダガ　ヤハリオマエハアマリニモ
美々シイ悪魔
えにしだの花のアクマよ
少年の鎧のひゞきで誑《たぶらか》し　青年《わかもの》の恋の遺恨で身を欺いて
みずからを花にして咲く
えにしだの花のアクマよ　奸智なるものよ
えにしだの花をみて
ま昼まの若いからだの遠方にきくこの凱歌

人恋うる物悲しいまひるの土べい　くずれた城の貴族の囲
　若いからだを放し飼う不遜なまぼろしえにしだの花の囲
悪の囲
ま昼まのしんきな土べい

［一九五八・三―四］

刺青の海

その刺青の海は咽《むせ》んでいる塩辛い眩しい無籍
渚でひかる苦悩の上を砂まじりにゆする無畏
ときに　神がそこで死んだ
そしてひつそりと孤独な首がとんだ
足の指の歪んだつめで水母を裂くと燦乱するうす冥いはね
白濁の嘔吐のような虫熟れの人間の過誤　あやまちの思想のはね
動いている幽霊のしろい腹
海はいつも無数のあやまちで浮游する人間の微細な形而下
魚貝類のように砂地にはびこる歓楽の皮ふ
その皮ふに棲む砂虫のような幾千の磯
いつも海は　その上を這い慕いよるあの男タチの刺青なのだ

その刺青の海は皮ふをやく劇薬のものうい泡
泡から泡へ愛を移してひろがつてゆく専横なルネサンス
昔から一番ダンデイなもの無価値という人間のそのいつもイタ
　マシイ剰余価値　条理なきもの
海は
そこになまぐさい逆上した太陽をぶつつけながらやつてきた
一艘の牡蠣採る艀《はしけ》さえもとおらぬ時期は
岩礁で固いとげ殻を脱ぎ　ひよわな影の肉《み》を潮に干した
海よ　冥い輪《わ》をまわしていたおまえのからだ
海よ　どこからも骰子を投げこまれていたおまえ夜を飼い狎れ
　た花みどろな賭師の子
海よ　どこからもたゞトルソオになつたおまえ盗みがたき久恋
　の熱帯　また夜が還《かえ》つてくるときの心もとないおまえの
夭昏《ねむり》
海よ　殺したい殺せぬ生体が涜《と》く残虐なおまえの湿気
海よ　幾つも燦爛する人体の睡みがちな遊蕩の不遜な精華おま
　えの潮臭い胸のざくろ
海よ　いつからか続いてきた冥い破裂おまえの結婚
海よ　あのいつまでも消えない劇しい傷《いたみ》　おまえ刺青のからだ
刺青のこの海の渚に照りだした人間の夏期

霽《は》れた日　しろ斑《まだら》に昏睡つてはいるが
むすうの干潟はかくされた触角をふいにあげ
どこからか忍びよるもの　凝《じ》ツと狙うもの
風に　その微かな時化《しけ》の殺気を感じとつた
海に　時化《しけ》がおとずれるとき
男タチの刺青は灼けつくように痛み始める
海と　海と結婚するんだ

［一九五八・七］

遊芸師のように

折から夜道に迷つたかたつむりが、二本の角を突き出して、明りのついた玻璃絵のうえに、路を探して這うていた。

アロイジュス・ベルトラン

臓物と臓物との歪み歪んだ治安の中をやつてくる崩れつゞける
感性・光・与太者・中世・真夏・僕と云うパラス・花・出鱈目
な容疑・憂欝な団体　それぞれ花を挹つたような閨房《ハレム》の偽せも
の　上にも花の　下にも花の　血のない死馬の巨大なトルソオ
を見たものがある　喪はれ悪夢に不在するうたかたなのか
黄色い臓物は　死馬の暗い下腹の猥美な空洞に溜つて夜となく
昼となく太陽のようにひかつた　交尾期の嗄れた喜悦の虹のな
かから　饐えた明かるいあぶらの襞から
醜悪な本能に汚れ汚れを本能に生きる蠅　毒蠅はさかさまに羽
をひろげほたるのようにわきたつた　華美に充ち悪疾に炎え粘
液となり熱息となつて空洞《ぬけがら》　死馬の空洞にわき腐り下腹の闇に
唸る夢魔となつた
　　躁鬱なさかさまの生を廻らし
　　さかさまの死を生きあふれ
白昼を　貴妃のように暗黒を　遊芸師のように蠅は　無法に粗
暴に生き殖え
毒蠅は美しい毒をたれて　無秩序な太陽にひらひら灼かれ　灼
かれるまゝに阿片のように匂やかに幾度も炎えた　炎える虚心
に墜《お》ちた
それは
嫉妬だつた悔いだつた苦悩だつた　似合わない僕には似合わ
ない夜の神《ニュクス》の陽神《ミトラ》のアクロポリスの埃及のバックホスを抱く
ヘルメスの羅馬の秘教師の兇事ばかりが符号する恐しい嫉妬
だつた恋愛だつた戯技だつた　似合わない不実な喀血だつた

歎きだつた嘔吐だつた　勝負勝負と転してゆく夜のダイスの
宝石だつた煌けば悲恋を思いしらされる夜の数個の魔法石だ
つた
驕児野生児美少年《アポロン・サテユロス・ダビイツト》の泥酔だつた　夜の希臘だつた　真昼のよ
うな夜の希臘だつた　苦悩に充ちた青き海魔《トリトン》の序宴だつた

赤黒い臓物は　黒人の性器のようにたゞ充ち懊悩にみちて膨れ
あがつた　瞳孔《め》のない
　　脳髄《のお》のない

馬　死んだからだ　いつぴきの重たい死物《しにもの》　魔窟のようなオブ
ジェ　意味のない汚物　捨物《すてもの》　暗美な塊　崩れかけた夢の棲所《すみか》
　死馬

あれ　その黄昏を黒い蠅は黄昏へとあれあれたえまなくあたら
しい毒に濡れてむらがりたつた
花は臓物の汁液を吸い色を染め　臓物は花に雑《まじ》りあぶらを咲か
せ　毒蠅はやたらに美しくそれらの上に羽をひらいた以前　僕
のような　ふしだらな消えることのない幻の遊戯のような空気
にとけて生きていたゼウスの死馬は　脳髄を犯《や》られていたにち
がいない

［一九五八・十二］

夜の萼《はなぶさ》

それは夜梵《やぼむ》のなかにふりつもる　ある無宿
それは人肌の梦を槎《き》る　たちまよう夜叉のつめ
それは歩いてもなお過去世とてない夜の精気
それが　ひしひしと萼《はなぶさ》を天にさげる

うす墨の竹の下みち
しんしんと身にふりつもる夜合戦　このあえなき身重《みおも》
また哭いて目にみえぬ弧をかいてとぶ夜の猿
どこで　このゆきの世は終るのでしょう

そらに
裳裾ひくせんえんの魔
ゆき夜叉は青黛《ずみ》で相をかき役者のように花道をひきあげます
舞いあげた所作《まい》の名残りが足がらみ手がらむでくるつらい舞台
のひきあげ道を

ふり捨ててふり捨てて　まだ捨ててゆく千古の条《いとすじ》
その枝に燦々と尾をたれるうち捨てられしもの　捨てられるう
つくしきもの
そらはやすみなく無宿者のわたってゆくところです　無法の街
道です　渡し場です

きくものもなく
みるものもなく
いうものもなく
その夜を　やがて発《た》つ舟もあるでしょう　たってゆく夜のその舟
どこで　このゆきの世は停るのでしょう

それは夜梵《やぼむ》のなかにふりつもる　ある無宿
たゞにふり　そのためにふり　ふるそのためにそれはまた無間《むげん》
なのだ
赫《かがや》いているその夜のむすうの萼《はなぶさ》
肩にしみ肩をぬけてゆくこの夜のむすうの失《う》せもの　いまを
入りいまを出るこの流転
これは生きることなのか死ぬことなのか
どこで　このゆきの世は過ごすのでしょう

そらに
帯をときとおりすぎていったもの　行方もしれぬ燈をともし辜《つみ》
ふかくふみわけ入っていったもの　ひとはけの夢を曳《ひ》き遊び呆
けてまようもの　おりてくるおりてくるむすうの生滅
それが　ひしひしと萼《はなぶさ》を天にさげる

［一九五九・二］

ラオコオン・説Ⅰ

幾つめかの壊死《えし》始まらず　麻酔なし自瀆なし臓品なにもなし
嘗て活字のように打ち続けた花みどろなアンプウルの骨堆《うずたか》き
違反の匂いもあせて
嘗て曝し陽の村をかけぬけ　陽まみれのデニムのズボンに汚染《し》
みたサド
嘗てアデノイドのように懐かしく始まった牡の痕　若き腰と股
の薔薇疹
仮睡ると死のように出来あがっていくさむい大きな双面の背
愛のくろきつの匂いたち
嘗ての日殃《わざわい》なる嘗ての日　そこも勁い馬がよぎり
僕はまだ辛《つら》い賑やかなにんげんだった　麻酔なし痕なし　壊死《えし》

いまだ始まらず

ボロボロいく骨のなかを擲《う》つ腐爛の手がやさしいのだ
柔らかな古代に充ちた咎を稟《う》け　ひとつぶの風媒植物のエクス
タシイ
嘗ての日　択《え》り遺《のこ》されたひかり劇しい青年の腹　回転木馬《カイゼル》は首
たててあたたかき

煙草をやればボロボロけむりは骨から洩れて出た　陽にあた
れば黒衣行者が骨のあいだをあるいていった　人を索《さが》せば罪
びとが骨の歩廊をのぼってきた
幾つめかの柔らかい腐爛の足で践《ふ》まねばならぬ　酔い痴れて剝
ぐ鋭き爪のうえのロォトレアモン

樹下・黒人が風呂に入っている　城塞・伯楽《ばくろう》がズボンをぬいで
いる　阿片・与太者が檸檬を売っている　村・兵隊がハンモッ
クからおりてくる　いっせいにゆっくりと物狂おしくみじろぎ
をする昼熄《や》まず

幾つめかの重症をかかえファイルを反《かえ》してやはり乱雑なカルテ
の行間《インテル》を読まねばならぬ
ただ廃残のただアルカロイド種のただ愛《かな》しみのきわまれる刻

幾つめかの散策からかえってきて壁のない天井裏で怠堕なパノ
ラマを廻さねばならぬ
未整理の裸体画《グラビア》を探しにやはり口のない屋根裏部屋にのぼらね
ばならぬ
ヒータアをひとつ点《つ》けてニクロム線の条索にもぐりこみ　昔か
らの書類の続きをかかねばならぬ

嘗て檸檬の上で月が息《やす》んでいた閨　魚網のように濡れそぼれし
ハンモックの背　固きただ固く悦《よろこ》ばしき名もしらぬ果肉のよう
な少年《おまえ》

麻酔なし痕なし　いまだ壊死《えし》始まらず
　僕が死んだら「所在無《ショザイナ》シ」と電報下さい
　「壊疽《エソ》」と電話で話して下さい

〔一九六〇・三〕

〔ラオコオン・説Ⅱ〕

ディステンパアの犬

夏　若きディステンパァの犬の腟　ガルソンは溟《くら》き腰部もて虜

れし熾んなる午後
死のごときもの日被いにきて呼びあいぬ　遠く追走曲《カノン》もきゝて
睡りあうガルソンの勁き腹
若き眸《め》にけしの如く咲きたちしマルドロオルあり　海小屋にき
て鋭き手鏡に射す不眠の刻
橄欖《オレエフ》の花しげりあう僧院の屋根のあたり　痕の如きもの充ち充
ちて　海祭《カアニバル》始まらんとす
プレィクアップルに塩灼けしホォク刺しぬ　陽ざらしの朱き椅
子に死は棲みて
海神の鋭き眸の如きもの旋風に零《お》ち　いっせいに暴走《はし》る隊伍を
眄《み》たり　幻の夏をかゝえて
夏の村　孤独なる首に陽射しぬ　日除《ひよけ》とアルルカンとカドリィ
ルよ　少年に訣《わか》れてあれば
ディステンパァの犬歙《すすりな》き　少年はオルガスムのことを訊《き》けり
たゞ赤きヨットの泥酔の帆

脱衣すればさんさんと神あるかせ給うか青年の昼の背上《そびらえ》　手に
遺《のこ》るアンシャンレジィムよ
ガルソンの咽　暑き顕花植物の野をよぎる刻俄かに甘く　アノ
フェレス毒を稟《う》けたり
地に匍いて死すといえどもありありと「幻の辜《つみ》」を見き　一羽
また羽撃けるもの迫りきて
インヘルノとよびし地獄　白炎の村にきて現われたり　行手俄
かに若き佝僂のよぎれば
暑き天　嘗て戯れに架けし少年期はためきて屍の如きもののみの
りたついっぽんの処刑の木
滾《たぎ》る地にわかものら仮眠《ねむ》り堕ちつゝ拘《とらわ》れぬ　ときに冥き塩腿よ
りひかり　失楽は大いなる手を措きぬ
暑き犬よ　わかものの内部より吠えしたゞ暑き　ディステンパ
ァの暑き犬

［一九六〇・八］

彼のオリーブ

彼のオリーブは食べきれないほどいつも僕の放縦な部分からも
ぎとってやる　アンシャンレジィムといい　おれたちのフュウ
ダリズムと喘ぐように彼がもらすあのあま酸っぱい収獲の行わ
れる野性な時期を　もう数えきれないほどくりかえし　僕たち
に少しばかり狂おしい復興の気分がもどってくる
竊かなフレキシブルな濃密な場所にしかみのらない苦《にが》い実
謀叛行為のように少しずつ大胆にくりかえされる苦《にが》いあつい供
給と咀嚼と飽食
どんなにしても　僕たちの上にさわがしい無秩序な花時の花汁
のような太陽《ひかり》がはしる正餐
苦《にが》い永い悪食《おじき》の卓に運ばれてくる温かい屈辱とホォクと竊かな
ナイフ
彼は　少し苦しいといい　苦しいことはおれは好きだといった
　ただ空《あだ》のように遺《のこ》されてゆく　ただ熱い指紋のように写され
てゆく　ただ貼絵や刺青のように滲みこんでゆくとりとめのな
い陽ざしが　彼にも僕にも夜もひるも意地悪く射しこんでくる
　みのりたつからだの其処に男の　彼の　僕の　仲間同志の
濯《ふか》い不慮が生茂りはしなかったか　不慮のもの　其処に男タチ
の持っているいちばんかおり高い　いちばん甘美な　いちばん
敢無《あえな》い　苦しい　爽やかな　力強い　固い青い奔放な実のよう
にして成《な》るたったひとつの資質がありはしなかったか　僕たち
の皮膚のなかで皮膚の下で微風がはしる　実《み》は不仕合わせな音
でかぜに鳴る　実《み》は猥雑な匂いでかぜをそめる　実《み》は犀利な肉
でかぜを搏《う》つ
やはり　パラノイヤがあるいて行く淋しいブロックでも見下し
て　覗きめがねで焦点のない散乱したその目の奥にある風景を
　脈絡のない毒性の風物をみるだろう
やはり　捨てかけては手ばなしきらずに持ちあぐむ自家製のア
タッチメントをとりつけて　彼は僕の　僕は彼のおたがいの被
写体を永く苦《にが》く覗きあうことだけがのこるだろう
彼は少し苦しいといい　苦しいことはおれは好きだ　といった
彼のオリーブは食べきれないほど　いつも　僕の無為な部分か
らもぎとってやる

［一九六〇・十二］

夜よ、禁《とど》めなき旗なき

夜毎　無数のけだものが喰い散らした酸鼻な書庫で僕タチはめ
ぐり遭《あ》う　夜毎　嫩《わか》い女衒のように　毛深い胸をはだけた神

が身を起す没薬の木の下で僕タチは愛しあう　夜毎卑しい私
語と生臭い唾液のまじる欠伸《あくび》とで際限もない暑い悪食の後で
僕タチは祝いあう
夜の下の僕タチ行き斃れの僕タチ風蝕はじめた僕タチ星屑の僕
タチ振り向かれない僕タチやくざな僕タチ

僕タチの受刑地は油断なく寂《さび》れて行くだろう　割礼のあの孤独
な痕のように　朝靄の街で邂逅《あ》う娼婦のように　ソシテもう
みつけ出せない化石のように

僕タチは云いはしない　祝祭の夜のくらい空をもの怖じて走り
過ぎる飾り爆竹の一本の火を　僕タチは考えはしない　一
頭の神が仮睡《ねむ》るこの木でしか守られてはいない長い熄《や》まないひ
とつの愛を　僕タチは想出しはしない　備忘録の冒頭に撃ち
こまれた銃声や礫と唾と爪でしか報いられなかった数々の頼り
ない第一日を
ダガヤハリ　僕タチの受刑地は綿密に忘れ去られて行くだろう

僕タチ暑い悪食の後で始まる人生を行かねばならない他人
僕タチ酸鼻な書庫で日の目をみる永遠に伏せられた活字
僕タチ没薬の木の下で双生の芽を萌しあう嫩《わか》い地下茎
僕タチは　生きているより死んでいることを考え　死んでいる
より生きていることを考えてきた　イツモ　熱心ニ　そのこと
だけを考えて生きてきた
ヤガテ僕タチは突然見たと信じるようになるだろう　疑わなく
なるだろう
僕タチの僻地を　魚骨に似た長いあばらを　翼の生えぬ不毛の
背を　蹄をもたぬ貧しい趺《あし》を　僕タチのあの素晴しい最後の封
印を

暑い夜更けのまわりを猫のようにしのび歩く僕タチ　出て行け
ない海にただ凝っと囲まれるのを待っているひとつのひっそり
とした崖である僕タチ　にがい僕タチ　冷《さ》めてはならない僕タ
チいつまでも客のない暑い宴　幾つものただ固い暗い皿こぼれ
た酒　そのいつまでもただ赤いしずかな残酒の縁《ふち》にきて不甲斐
なく鳩が啼く僕タチフェアリな形而下

僕タチの受刑地は油断なく寂《さび》れて行くだろう僕タチは思う　僕
タチにもし不幸という精神があるならばそれを手に　それを胸
に　それを……旗に。

[一九六二・一]

詩人・長谷川敬まで

花笠海月

もともと『アドニス』という会員制男性同性愛雑誌の総目次を作成、発表したのがきっかけだった。

『アドニス』の表2や目次近辺のページのあいた場所に、『詩世紀』からの転載として詩が掲載されていることがあった。引用や著作権の意識が今とはちがう時代で、書かれていたのは『詩世紀』というタイトルのみ。詩の雑誌であろうという推測しかできなかった。

詩の雑誌は、部数が少ないうえに流通らしい流通もないことが多い。そして似たようなタイトルのものも多い。ちょっと検索すれば所蔵されている施設があることはわかったが、『アドニス』総目次を作るにあたって必要な情報があるようにも思われなかったし、同タイトルの別雑誌かもしれないものを追うのは無駄なことのように思われた。

雑誌『幻想文学』五十七号の赤江瀑インタビューで、中井英夫の小説『虚無への供物』の氷沼紅司のモデルであるという説は知っていたものの、何もしないまま数年がすぎた。

変化が訪れたのは二〇一六年である。「短歌の本が出てるよー」と教えられて古書即売会をのぞいたら、短歌の本はなかったが『詩世紀』があった。タイトルで記憶がよみがえり、高くもなかったので、棚にあった分を購入した。かつて「見る必要なし」と判断したけれど、気にかかっていたのである。すぐに読んだ。

『詩世紀』は早稲田大学の服部嘉香主宰の詩の同人誌。同人には何人か詩人として活躍した人もいるようだった。しかし、失礼ながら詩と無縁の私にとって、服部嘉香ですら未知の人物。有名な人はいないように思われた。

実物を見ると、前知識があったせいか長谷川敬（赤江瀑）が目をひいた。

長谷川敬の詩は、感情がセリフをたたみかけるようなフレーズで吐露されたり、はるかなイメージで書かれた詩が多い。若くて勢いのある、といえばそこまでなのだけれど、独特の暗い感情とむきあった内容と相まってとても印象に残る。

「もっと読みたい」「他にどれだけあるのだろう」という興味から、持っていない『詩世紀』を読みたくなった。閲覧と追加の購入での調査を行い、『詩世紀』本誌とアンソロジー『詩世紀詩集』は確認できた。まだこうした調査をまとめた人がいないようだったので、やっておくのもよいだろうと思い、彩古と共同で掲載号のリストを作成、「『詩世紀』における長谷川敬（赤江瀑）」（書肆いろどり）という同人誌にまとめた。リストだけでは不親切な気がしたので、詩作品の紹介と『詩世紀』についてわかったことを書いた文章をつけた。

同人誌に書いたとおり、これが長谷川敬作品のすべてというリストではない。連作としてナンバリングされている作品のうち、番号にヌケがあるものがある。これらの作品の発表は確認できないが、少なくとも執筆はされたものと思われる。

書かれた（可能性は高い）けれど、確認できないものはどこにあるのか。

まず考えられるのは本誌以外の『詩世紀』である。

『詩世紀』は掲載に選があるシステムだったので、落とされた原稿は掲載されない。「所属していた時期に書いたけれどボツになった」という原稿はあると思う。

各施設が所蔵しているのは基本的に『詩世紀』の本冊のみ。『詩世紀』にはふろくがついていることが多く、詩歴の浅い会員作品を掲載するふろくがついたこともあるようだ（長谷川敬作品未掲載のものは確認）。ふろくがついていたかどうかは、『詩世紀』本冊には記載なく、現物が出てくるまでわからない。『詩世紀』ふろくに長谷川敬作品が掲載されている可能性は高いと思う。

さらに『詩世紀』以外への執筆の可能性も考えてみる。

赤江瀑は『詩世紀』に高校時代から所属している。会員名簿に長谷川敬の名が掲載されていない号もあるため、上京してそのまま『詩世紀』で活躍という状態ではなかったのかもしれない。そのあたりの距離感は不明ながら、巻頭の作品特集に掲載されたり、「詩世紀賞」で上位に入ったりしていた。第一期が百号で終わった後は主要同人として名前があるほどになっていたけれど、作品は少なくなっていく。

第二期八号の次号予告に長谷川敬特集の予告もあるが、九号は出なかったようだ。詩作への熱意が失われたと推察され、おそらく以降の詩の執筆はない。

もしあるとすれば、高校・大学がらみの何か、『詩世紀』とつながりのある同時期の詩誌あたりだと思う。

（はながさ・くらげ　歌人）

II 赤江瀑の蠱惑

畏怖と感謝と

恩田陸

数年前のことになるが、とある美術館で日本刀の名品展覧会があった。

巷では既に刀剣ブームなるものがあったけれど、私は元々日本刀に興味があって（それもどちらかと言えば刀鍛冶とか製法のほう）、見るのは好きだったので、たまたま通りかかって興味を覚えて入ってみたのだ。

「名刀」と名乗るだけあって、どれも重要文化財級の素晴らしいものばかりだったが、ふと、その中のひとつに目が吸い寄せられた。

さえざえとして、どこか異様なオーラを放っている一振り。展示会場を回っていても、なぜか呼ばれているような気がして、いつのまにかそこに戻っている。結局、滞在時間のほとんどをその刀に割いてしまった。

正確な名前は忘れたが、忘れられないのは「二胴落とし」という異名が付いていたことだ。よく時代劇なんかで、バッサバッサと大勢を斬り倒すシーンが出てくるのは間違いで、本当は人を斬るとすぐ刃こぼれしたり血や脂で切れ味が鈍ったりして、そんなに多くの人を斬ることはできないという話を聞く。つまり——この刀はあまりにもよく切れるので、ひと二人の胴体を一太刀で薙ぎ払ってまっぷたつにできた、という意味なのである。

その意味を知ってゾーッとしたが、それに納得させられるような、見ているだけで痛みを感じるほど、抑えた地紋の輝きといい一分の隙もない鋭利なカーブといい、どこか凄まじい緊張感を湛《たた》えた刀だった。

ところが、それと同時に、妙に官能的な魅力があって、じっと見ているとふうっと引き込まれる瞬間があるのだ。いつしか「この刀の前に身を投げ出したい」、「この刀に斬られたい」と思っていることに気付いて愕然とした。

今、手練れの剣士にこの刀で胴体を薙ぎ払われたら、恐らく私は喜悦の表情を浮かべたままくずおれるに違いない。もしガラスがなくて手の届くところにこの刀があったら、うっとりと刀に頬ずりしていたかもしれない、とすら思った。

この原稿を書くために、恐らく三十年ぶりくらいに『オイディプスの刃』を読んでいたら、あの「二胴落とし」を見ていた時のことが恐ろしいくらい鮮明に蘇ってきた。

そう、あんな刀を目の前にしたら、これくらいのことは起きるだろうし、この結末しか有り得ない、と深く納得したのである。

そして、あの刀（＝『オイディプスの刃《やいば》』の中に出てくる妖刀「青江《あおえ》次吉《つぐよし》」）は、赤江瀑その人、その作品ともぴたりと重なったのだった。

大学生から社会人にかけての二十代前半、いっとき来る日も来る日も赤江瀑の本を読んでいた時期があった。むさぼるように次々と文庫本を買い、隠花植物のごとく淫靡で妖しく、酷薄なのに居心地のよい世界に身を沈める。

ずっとこの世界に浸っていたい。現実の世界になど戻りたくない、慣れ親しんだ生暖かくじっとりとした暗がりに潜んでいたい。そんな、小説にしがみつくような焦燥感が、身体の中にずっと残像のように残っている。

そのいっぽうで、同じ時期、私はもう学生でいること、無為徒食の輩であることに飽き飽きしていて、早く自分で稼いで「立派な社会人」になりたいとも思っていた。書物の中だけの辛気臭い世界はもういい、しっかり現実を見据えて「実生活」の基盤を築かないと。そんな強い義務感が、別の焦燥感としてあった。

そんな正反対のベクトルが、激しく身体の中でせめぎあっていて、赤江瀑の小説に対する気持ちも、ある日は思慕と逃避、ある日は嫌悪と拒絶、と日々大きく揺れ動いていた。

だが、今にしてみると、これこそが赤江瀑を読むのにいちばんふさわしい状態だったような気がするのだ。

赤江瀑が日本文学のある系譜の後継者と見なされていたことは有名である。近代文学の一派——美と官能に満ちた正統な（というのも奇妙な言い方であるが）幻想文学の継承者の末裔を名乗ることもできたのに、決してそうしようとせず、いわゆる中間小説誌のみ（言葉は悪いが、俗世であり、ある意味苦界《くがい》）で作品を発表し続けたことも。

　それは、赤江瀑の、俗世に生きる読者への優しさであり、厳しさであったと思う。

　彼は、ずっと読者の側を向いていた。純文学に逃げ込まず、大衆小説と卑下することもなく、それこそ両者の境界線にある鋭い刃の上に立ち、我々の側を向いてじっと踏みとどまってくれていた。

　つまり、俗の中の聖であり、聖の中の俗でいようとしたのだと私には思える。

　彼は、せちがらく殺伐とした俗世のすぐそばに確固たる異世界を用意し、読者の精神を慰め、昏《くら》い欲望を満たしてくれた。その一方で、彼の絢爛《けんらん》たる文体を愛《め》で、彼の血肉たる美意識に貫かれた世界を味わうには、読者にもそれなりの覚悟が要る。その意味で、彼は読者を甘やかすことなく、分かり易く譲歩することもなかった。

　その存在に魅入られつつも、一歩間違えば斬られるという緊張感。これこそが赤江瀑の人と作品そのものである。

　今となれば、彼のポジションに踏みとどまり続けるのがいかに大変で、いかにエネルギーを要することなのか痛いほどに分かる。そして、読者の側にもそれに見合うだけのエネルギーを要求されるということも。あの時期、読者として鍛えられ慰められたことを、今改めて畏怖とともに深く感謝する次第である。


（おんだ・りく　小説家）

赤江瀑に導かれて

近藤史恵

赤江瀑の小説と出会ったのは、中学生のときだった。

たぶん、『獣林寺妖変』だったと思う。最初に読んだ本をはっきり覚えていないのは、そのあと貪《むさぼ》るように、赤江瀑の本を読みあさったからだ。

赤江瀑の名前を耳にするたびに、市立図書館の少しうす暗い空間や、古い本の匂いなどが一気によみがえる。

小中学生向けの書架に飽きて、大人向けの書架から本を探すようになって、二、三年くらいだったはずだ。その、取っつきやすそうでもない難しい漢字だらけのその本に手を伸ばしたのは、わたしが毎日にうんざりしていたからかもしれない。

なるべく遠くまで連れて行って欲しかった。人の優しさとか、正しさとかそんなものが届かない場所まで。それが大人向けの顔をしているほど良い。なぜなら、大人になれば、今自分を縛り付けている物事から、簡単に自由になれるということだから。

当時のわたしは、歌舞伎も能も一度も観たことがなかったし、香水を嗅いだこともなかった。つまりは赤江瀑の小説の中に出てくる、ありとあらゆる絢爛豪華な美しいものに縁などなかった。知らないもの、見たことがないものしかなかったのに、その小説はおもしろく、わたしの心に突き刺さった。

大人の世界は、こんなに魅力的なものにあふれていて、正しくなくても許されて、そして自由なのだ。そう教えてもらった気がした。

もうその頃から、三十年以上経っているのに、わたしが偏愛するものには、赤江瀑の小説がきっかけだったものがたくさんある。歌舞伎もそうだし、香水もそうだ。京都に足を運ぶのも好きだし、着物が好きになったのもそうだ。

わたしは赤江瀑の導き無しにはどこにも行けなかったのかもしれないとすら、思う。


高校生になったあたりから、文庫で赤江瀑の本を揃え始めた。好きな作品はたくさんあるのだが、ひとつ選ぶなら「花曝《はなさ》れ首《こうべ》」だ。

あまりに好きすぎて、何度も読み返すだけでは飽き足らず、全文を書き写したりもした。そんなことをした小説は数えるほどしかない。

現代と江戸時代、美と醜、愛と憎しみが一瞬にして反転する物語に魅了され、翻弄された。

たぶんわたしは、普通の人には理解できない価値観で生きている人の物語が好きなのだろう。

一瞬の熱情で、取り返しのつかない地獄に足を踏み入れていく登場人物たちに惹かれてやまないのだと思う。

なにが自分にとって正しいのかなんて、他人に決められたくはないし、世界にうんざりしているのは、中学生のときから同じだ。

それでも今のわたしは、この世に美しいものがたくさんあることを知っているし、端から見たらくだらないことに、命をかけることができるということも知っている。

あの頃よりは、大人になっているから、とりあえずは正しいことや優しさを捨てたりはしないけれど、いつでも捨てることができるのだと知っている。

たったひとりでどこまでも行ける。どこかでのたれ死んでもかまわない。

全部、赤江瀑に教えてもらったことだ。


（こんどう・ふみえ　小説家）

綺羅の海峡と青の本

山尾悠子

まだ非常に若くて駆け出しだったころ、講談社文庫版『花《はな》曝《さ》れ首《こうべ》』の解説を書かせて頂いたことがある。しかもそののち下関で作者の赤江瀑氏にお目にかかり、豪勢なる饗応にまで与ったのだった。ちょうど講談社の名物編集者・宇山秀雄（日出臣）氏にお世話になっていた時分のことで、私が赤江ファンだとご存じだったため、たまには若手の新人に文庫解説を任せるのもよろしかろう、ということになったらしいのだった。

　この話は以前に季刊『幻想文学』誌の赤江瀑特集号で書いたことがあるが、何しろ自慢の話であるので遠慮なく繰り返すことにする。大いに張り切って力作の解説原稿を渡し、辻村ジュサブロー人形の表紙も艶やかな文庫が無事刊行されると、宇山氏ともうひとかたの編集さんが下関へ向かうことになった。岡山在住の私は新幹線の途中から合流できるので都合もよいということで、幸運にもご一緒させて頂くことになり、一路赤江氏のもとへ。当地にて、まずご案内頂いたのは関門橋がつい目前に見える眺めのよい料亭で、ここで大層なご馳走になったのち、夜には赤江氏懇意の店を探訪することとなった。もうずいぶん時が経ったので実名を出しても差し支えないと思うが、赤江氏命名という店名は「火焔樹」か「火炎樹」かどちらの漢字だったか、マスターは歌舞伎の世界にいたというひと。川端康成と親交があったことなども自慢の話題となさっていた。赤江氏との縁で下関へ来ることになった、と聞いたように記憶するが定かではない。店の男の子たちもマスターも全員揃って女形の姿、鬘下地《かつらしたじ》の羽二重《はぶたえ》を巻いた頭に白塗りの舞台化粧で、ディープな赤江世界の只中に踏み込んだような——というのか、まさにそのままそのとおり。他に客はいなかったので、店は深夜までずっと我々だけの独占状態だった。主人公の赤江氏はといえば、お写真で拝見していたとおりの端正な佇まいのかたという印象で、何より若輩者が相手でも丁重に接して下さり、あくまでも物腰穏やかな紳士なのだった。

単行本最新刊の『舞え舞え断崖』にその場で墨書の署名を頂き、むろん大切にして今も手元にある。が、何しろ残念なのは、もっとも好きな『海峡』刊行以前の赤江氏にお目にかかってしまったこと。文庫『花曝れ首』解説では、現時点での好みのベスト短篇を挙げると称し、「花夜叉殺し」「花曝れ首」「禽獣の門」「夜の藤十郎」「罪喰い」「春喪祭」「阿修羅花伝」等々、好き放題を書いたのだったが、しかしこれが二年のちの『海峡』刊行以後であったなら。つくづくそう思う。『海峡』は赤江版〈青の本〉とでもいうべきか、みずからが何者であるかを示す本、一種の信仰告白の書でもあると勝手に思っている。そして突出した魅惑の箇所は、誰が見ても〈腐乱魚〉のパートだろう。夢のなかの郷里の町という位置づけで、市場街の地下広場、あるいは海峡連絡船上でのサーカス芸人めく男たちの幻像がきららかに描出されるが、赤江作品には珍しいシュルレアリスム系のイメージや硬質な記述が今も飛びぬけて新鮮だ。このような抽斗《ひきだし》をお持ちであるのなら、いま少し多くを読ませて頂けないものかと、読者としての希望をお伝えできなかったこともまた心残りなのである。

ところで話は遡るが、赤江作品との個人的な出会いは学生時代の京都の地でのこと。今はなき京都書院イシズミ店は河原町通りに面し、歩道から段を下った地階にあった。その売り場へと降りていきながら、真正面にある新刊平台の『罪喰い』表紙へと視線が向いたときの鮮やかな光景を忘れることはない。そのとき背後にあった河原町の喧騒も忘れない。以来、さまざま舞台の場所を変化させる赤江作品ではあっても、京都という特別な土地との結びつきはさいしょから深く印象づけられていたのだった——たとえば「一花《いっか》は血刀をさげて歩いていた。」と始まる「花夜叉殺し」冒頭、夜の銀閣寺の場。これを読んでのち、刺さった幻の血刀を抜きにして白砂の向月台《こうげつだい》を眺めることが不可能であるように。

他の作家とはまったく違う、何かが決定的に違う。熱を持ったような頭のなかでそのように思いつつ、やがて京の地を離れたが、そののち敬愛する作者に海峡の地にてまみえることができ、数年を経て〈青の本〉すなわち『海峡』に出会った。さらにながい歳月を経て、海の青さは今ではすべてを塗り替えてしまったような気がしている。早い流れの白く泡立つ遠い海。思えば『海峡』は、『八雲が殺した』との二作をもって泉鏡花文学賞を受賞した作でもあった。平成の終わりに私なども受賞者の末席に名を連ねたので、改めて嬉しいご縁を感じる。あの折の無口な田舎娘はほそぼそ後に続きましたよと、泉下の赤江氏にいつかそのようにご報告したいものだ。むろん宇山氏にも。

（やまお・ゆうこ　小説家）

鼎談

赤江瀑の呪縛――綺羅の文章に魅せられて

皆川博子／森真沙子／篠田節子

すべては『獣林寺妖変』に始まった

――プロの作家で赤江瀑を愛好される方は多いと聞いていますが、今日は日本を代表する赤江ファン作家お三方にお集まりいただきました。まずはそれぞれの赤江初体験について語っていただけたらと思います。

皆川　すべては『獣林寺妖変』から始まったのね。まだ自分が小説を書くとも思っていない頃、本屋さんでこの本を見て、タイトルはすごいし、手に取って、それでもう痺れきりまして。こんなにものすごい作品を書く人がいるのかと思って夢中になりました。本にはちゃんと〈小説現代新人賞受賞作〉と書いてあるんだけれども、自分があとで『小説現代』に関わるなんて思っていなかったので、そのあたりは読み飛ばして、どういう方かもまるで知らないまま、どういう経緯でこの本が出たのかも考えもせず、ただただひたすら作品に酔っていました。ところがその三年後に、自分が『小説現代』の新人賞をいただくことになったんです。その頃の『小説現代』は大人の男性の読者が読むような雑誌で、作品も風俗関係の作品が多かったの。私はそれまで『小説現代』がどういう雑誌なのかも知らなかったのに、たまたまいろいろな経緯があって書くようになってしまったのね。だから、「私はバーも飲み屋も知らないし、そういう風俗の関係は全然わからないから書けません」と言ったら、当時の大村彦次郎編集長が、「小説っていうのは何を書いてもいいんだから」とおっしゃって下さって、ようよう書き始めたのでした。そんなときに、小説現代新人賞の何回か先輩に赤江さんがいらっしゃるということを知って、ああいう作品が載る雑誌だったら、私も少しずつ書いていけるかな、と感じました。あとで赤江さんにお目にかかる機会があって、新宿のナジャとか、ナジャにいた悟郎ちゃんが二丁目に独立して出したお店とかでお会いしたりしました。本当に気持よくお話が通じるし……だけど赤江さんは下関で遠いですから、そんなにしょっちゅうじゃなくて、たまに東京に出ていらっしゃった時だけでしたけど。

――お会いした印象は。

皆川　人あたりはおだやかだけれど、勁《つよ》い方。

篠田　おお～。すごいっ！　うらやましいっ！

皆川　篠田さんは全然お逢いになったこと、ないんですか？

篠田　御本人には一度も。お見かけしたことさえありません。

皆川　私もほかの作家の方はちっとも知らなくて、赤江さんだけが唯一のお付き合いのある方でした。不思議なのはね、素材の点でシンクロニシティがあったりすること。男の化粧顔とか、同じ月にそういうのがパッと出ることがあるのね。東京と下関ですから、情報なんかもいきかうはずがないんですけど。

森　私も「獣林寺妖変」で出会ったんですが、『小説現代』の本誌で読んだんですよね。宮田雅之さんの挿絵で、あまりのショックによる記憶違いかもしれないんだけれども、トップの方の掲載で、ページに色が付いていたような気がするんですよ。すごい小説だなあと思って、こういうのが書けたら……と誰しも思うように、私もそう思いました。「獣林寺」の少しあとで発表された「罪喰い」も、『小説現代』で読んだんですよね。それですっかりはまっちゃって。とにかく、小説家としてデビューする前からとっても好きでした。

赤江瀑登場の衝撃

――赤江さんデビュー当時の反響とか覚えていらっしゃいますか。

森　一九七〇年頃は中間小説全盛の時代ですよね。野坂昭如さん五木寛之さん、それから中山あい子さんとかが活躍していらして。ただ赤江さんが出てこられたときは一世を風靡したと思います。みんな一様に瀑風に目をやられたんじゃないでしょうか。

皆川　幻想の〝げ〟の字もない時代でしたけれど。

森　本当にそうでした。私が小説現代の新人賞をいただいたのは七九年でしたが、その頃でもホラーとか恐怖とか言うだけでも汚らわしいといった雰囲気でした。それで自分が書くようになって、赤江さんほど屹立してしまえばいいんだな、ということがわかりました。私がそれらしいものを書くと叱られましたもの。編集者に「ちょっとこういうのはやめて下さい」と言われるんです。

皆川　私も言われた（笑）。赤江さんはいい、あなたはダメ。

森　赤江さんにはパーティでお目にかか

ったことがあるんですよね。

皆川　『小説現代』新人賞の出身者だけのパーティを講談社でやってくれたの。

森　赤江さんはとってもソフトな感じでした。どこからどんなボールが飛んで来てもひょいっと受けられるような。パーティのあとで六人ぐらいで飲みに行って、いろいろとお話させていただいたんですけど、その会が終わってから、皆川さんが赤江さんと腕を組んで夜の街にスーッと消えられたのが、もう羨ましくて羨ましくて（笑）。

篠田　うわあ〜！

皆川　記憶に無いわ……。本当？　それ。そういうことをあまりなさらない方だから、何かの見間違いじゃ……。

森　あれからどこへ消えていかれたのか、妄想が私の頭の中を駆け巡って（笑）。赤江さんも皆川さんも本当に大好きな作家でしたから、その姿はもう私の永遠の憧れですよ。赤江体験でもうひとつバカな話をすると、『海峡』が出てからのことなんですけど、京都に旅行することがあって、血天井をどうしても見たいと思ったの。でも私の持っているガイドブックでは見つけられなくて、仕方がないから、鷹ヶ峯の方に行ってみようかと。鷹ヶ峯には光悦寺という寺があり、近くには、生田耕作さんが住んでいらっしゃったんですよね。それでそのお寺を見て、出てきた時はもう夕方。雨もぽつぽつ降ってきて、「今日は残念だったな、血天井の寺が見たかったな」とか言いながら歩き出したんですよ。そして、ふっと横を見たら、「血天井の寺」という看板が出てる（笑）。血天井の寺って京都にいくつかあるんですけど、すぐ近くの源光庵もそうなんですね。それでもうびっくりして、友達と三人で寺に入ったんだけれど、誰もいなくて、薄暗くて、雨も降り出してるでしょ、すごく恐かったです。その手の跡なんかがあるんですよ。そのときに天井と私の間に、まさに《海峡》を感じましたね。

頭の中が赤江瀑に染まる

——篠田さんの赤江体験は？

篠田　トラウマというか呪いがかかったというか、赤江瀑さえ読まなければデビューがもっと早かったんじゃないかと思うくらい（笑）。私は日本の近代文学は嫌いなんですよ。すごく偏った趣味で、鏡花、谷崎という流れのものしか読まなかったんです。大衆小説はこれまた文章が好きじゃないんで全然読まない。読むのはごく一部の翻訳の幻想小説と、日本のそういう流れのごく一部のものだけという、すごく貧しい読書体験しかして来なかったということがあって……。

皆川　貧しくないのよ、いちばん豊饒なところを読んでいらしてるのよ（笑）。

篠田　一般と話が合わないんですよね（笑）。で、これは忘れもしない昭和五十七年の十一月なんですけれども、これから箱根へ行こうという時に、友人との待ち合わせ時間が少し空いちゃって、お金

もないことだし、古本屋へ行って、二時間ばかりの時間つぶしに、何か本でもと。温泉行くのに翻訳ものって持っていく気もしないし。そうしたら辻村ジュサブローさんの人形の写真で『獣林寺妖変』の文庫があったんです。そのカバーとタイトルを見て、なんか面白そうだな、と。でもどうせ現代の日本の作家で、エンターテインメントか純文学か知らないけど、聞いたこともないし……と先入観一杯で読み始めたら、文章ではまっちゃったんですよね。「獣林寺妖変」の発端部分の「外は霙《みぞれ》だった。山にふる霙は、ときに、無数の虫が山肌を這《は》い下《お》りる足音に似た、微《かす》かな騒乱をともなって、身辺にふる。……」というあの華麗な文章！ それで久々友達と会って箱根まで一緒に乗って行くっていうのに、ついつい残りを読んじゃって、温泉に行っているあいだもずっと読んでて……。

まだ二十代の公務員で、小説家も何も志していないわけです。それ以来、日本の小説を読まないはずだったのが、赤江瀑だけは追いかけ回して。ただ、本屋に行っても本が手に入らないんですよ。『獣林寺妖変』のほかの本を読みたいと思って、文庫の書架を見ても、「あ」のところにない。ハードカバーも置いてない。

皆川　その頃でそうなんですか？

篠田　八王子あたりは、昭和五十七年でそうでした。

森　今は書店にはハードカバーの選集（立風書房刊『風幻』『夢跡』『飛花』）以外はほとんどないですよね。それから角川ホラー文庫の自選恐怖小説集（『夜叉の舌』）かな。取りこぼしたのを買おうと思っても、全然無い。怒りを感じちゃうくらいですよ。

篠田　「バク」といえば夢枕獏、「赤」といえば赤江の赤ではなくて赤川の赤（笑）。

皆川　ひところ古書店では全作品セットで並んでいましたけれど……。

森　以前は神保町にあったの。私も何冊か初版本を買っているから、あそこに行けば揃うな、と思って行ったら、もう一冊も無い。

篠田　それでずっと探し続けていたんだけれども、なかなかなくて、その後市の図書館に異動したら、図書館にはあるんですね。それで片っ端から借りて、読み倒して……。全作品を読んでいると思います。で、頭がだんだん赤江瀑になってきまして（笑）。そのあと、いよいよ三十歳の時に、小説を書いてみるか、ということで書き始めたときには、頭はすっかり赤江瀑。エンターテインメントの作家だっていうこともようやく知って、こういう文章でエンターテインメントで活躍できるんだということが一つの希望になって、エンターテインメント小説を目指そうと書き始めたんですね。ところが、どれを書いても赤江瀑(笑)。なにしろ多岐川恭先生の創作教室に通っていたので、「これはなんじゃ!」という感じで、たたき直されるのに約三年十ケ月かかりまして、一旦完全に赤江瀑と訣別する形でようやくデビューできた。で、新人賞をとったら最後、何をやってもいいんだろうと(笑)、気が付いたらまた赤江瀑が流れ込んできて、『神鳥《イビス》』なんかははっきりと「禽獣《きんじゅう》の門」の鶴のイメージ出てますね。

皆川　そうね。それからこのあいだの『第4の神話』の最後の方で、お能が出てきて、何となく赤江さんの陰りが……。

篠田　え、あれは全然意識していなかった。影がさしてましたか? そうなんですよね、それは別の作家の影響もあって。というのは、現代の日本でこういうものを書いているのは赤江瀑ただ一人だろうと思っていたら、ちょうど私が新人賞を取ったときに皆川さんが柴田錬三郎賞をお取りになって、「どうせ典型的なオバサン小説だろう」と高を括って、何気なく『薔薇忌』を手に取って読んだら、世界が一緒……ああ、ほかにもいたんだ! と思って。それから森真沙子さんも最初は全然存じ上げなかったんですが、たまたま読んだら、あれっ、ここにも……と。だから赤江瀑の描いたような妖美な小説世界の伝統が、現代の日本にも流れ続けているんだなと感じましたね。メジャーな流れとは言えないのかもしれないけれども……。

皆川　地下水のようにね。

赤江文学の魅力の秘密

——そこまで思い入れられる赤江瀑の魅力はどこにあるんでしょうか?

皆川　赤江さんが泉鏡花の言葉を引いて書いていらっしゃった文章があるんですけれども、「小説を書くということは的に向かって矢を射ることだ、矢が飛翔する空間が小説の世界だ。ところが大概の小説は矢を飛ばさずに、矢を持って地面を歩いていって的に刺す」と(爆笑)。

篠田　言えてる、言えてる。

皆川　正確な引用ではなくて、だいたいの意味ですけど。

森　身につまされます。

皆川　こっちには空中を飛びたいという思いがあるけれども、そんな簡単にはいかない。赤江さんはまさにそれをやっていらっしゃるから、赤江さんの中へこっちの思いが溶け込むような気持になれるんじゃないかしら。

篠田　空中を動き続ける危うさに魅力がありますね。

森　私が感じる魅力の一つに、赤江さんほどフォークロアや地方のことをお書きになる方もいないと思うんだけれども、いかにも土俗的な感じというふうにはならないで、いつでも都会の装いがあるんですね。絶対にどろどろとしたあたりへはいかないというのがたいへんな魅力ですよね。赤江魔力っていうのはそのあたりにあるんだろうなと思うんです。

篠田　本当に、そうですよね。裏面史っていうか、支配者側の歴史じゃなくて、その中でうち捨てられていった人々の歴史っていうのは、土俗の中にしか残らないというのがあるんで、そのあたりをすくい上げているのかな、と思いますけれども、それが土臭くなく描かれている。

皆川　言葉のどれ一つ取っても、ページのどこを開いても、そこだけで濃密な香りが立ってくる。書き流した荒い言葉が一つもない。それがとにかく素晴らしいのね。

森　三島由紀夫に通じるところもあると思えて、三島の「女方」という作品を読み返してみたんですけれど、当然だけど、やっぱり違うんですね。三島の場合は、「夢と現実との不倫な交わりから生まれてきたものが歌舞伎の女方だ」というようなことを言って、女方を演じる人の心理の動きを追っていく心理小説になっていくわけです。同じ「魔」を描くにしても、赤江さんの場合は「魔」の心理ではなくて、「魔」に向かって豪速球を投げているって言えばいいのかしら、狙っているものが違うんですよね。

篠田　魔そのものを描いていく……。

森　赤江さんの「魔」は通りすぎていく魔。どの作品でも、その一瞬の耀きみたいな「魔」をとらえている。赤江さんは三島が亡くなった年にデビューしてますよね。それで三島になれなかった、なんていう人もいるけれども……。

篠田　それは全然違うと思う。

森　むしろ、三島ができなかったことを赤江さんがやった、という言い方ができるかも知れないですよね。

篠田　結局同じような耽美を書いても、三島のように心理に帰結させていくということは、ある種近代的なわけですよね。つまりすべて人間心理へと還元してしまうという方向性が、近代文学の行き当たった一つの面白みのなさかな、という気も逆にするんです。

森　官能がないんですよね、心理のあやになってくると。

篠田　単に心理的なものだと言われてしまうとも元も子もないっていうか。赤江さんは「精」とか「魔」とかいう言葉をよく使うんだけれど、確かにあるけれども目に見えないもの、心理に比べると合理的ではなくて、もっと非合理的な世界。それを表そうとするともう言葉しかない。そういう抽象的なものを色合いをもって描写できる人なのでしょう。

皆川　赤江さんは普通の目で見たんじゃわからないものを言葉にすることができる。京都の化野《あだしの》へ行った時のことですけれど、竹藪で本当に竹が不思議なささやきをかわすのが聞こえたの、「殺し蜜狂い蜜」みたいに。それで、あとで赤江さんにお目にかかったとき、そのことをお話したら、「ああ、それは竹が聞かせてくれたんだよ」と。

篠田　おお、かっこいい。

森　ふつうの作家が言えるかな。

篠田　言えないよねえ。

皆川　当たり前の五感では捉えられないものを文章で描いてしまう。物書きって、つまるところ文章しかないでしょ。文章であれだけの世界を表しちゃう……。赤江さんの場合は、「魔」という言葉をひとつポッと置いただけでも違うんですよね。

篠田・森　そうそう。

皆川　私は以前は歌舞伎のことは全然知らなくて、まず赤江さんの小説を読んで、歌舞伎っていうのはこんなすごいものなんだなと思い込んじゃったの。それから現実の歌舞伎を見たら、あら、こんなにあっけらかんと明るいものだったのね、と（笑）。そのときの演目《だしもの》にもよったんでしょうけれど。

篠田　赤江さんが書くと新劇から何から全部妖しいすごみが出てくる。彼のフィルターを通すとこうなるのか、という感じ。結局、現実にある歌舞伎じゃなくて、赤江瀑さんの作品になっているんですよね。

森　赤江さんの作品は一本ぐらい映画化されているんですよね。『オイディプスの刃』と『雪華葬刺し《せっかとむらいざし》』。でもどうもあまりおもしろくなかったのは、なんだかすじすじしちゃうのね。映画にしづらいっていうことは、文章でできている世界なんだなとはっきりわかりますね。

皆川　すごくヴィジュアルに浮かんでくるから、映画でも舞台でも簡単になりそうだけれど、ならないのね。

森　舞台になったものもありますか。

皆川　赤江さんが脚本をお書きになった夢野久作の「あやかしの鼓」がありますけど……。それから「夜の藤十郎」が舞台になりました。英《はなぶさ》太郎さんの会で。英さんが、舞台化したいと熱望なさったそうです。「マルゴォの杯《さかずき》」なんか、舞台になりそうなセリフの連続だけど、実際に舞台にしても原作の魅力には及ばないでしょうね。

森　筋でないところがおもしろいわけだから……。

妖術にもまがう文章の魔力

――特にお気に入りの文章や頭について離れない文章などがあるのでは？

森　「春喪祭《しゅんそうさい》」なんかすごいわね。それから『海峡』は全編そうですよ、言葉で紡ぎ出すのをここまでやるか、と思わせるほどの、文章の極致。夜の浜辺に下りていくと、海峡が巨人となって立ち上がる、そして海峡の水と交合しているような気になる、というシーンは殊にすごいですよ。なにしろ海峡とセックスしちゃうんだもの（笑）。

皆川　「花曝《はなさ》れ首《こうべ》」の秋童・春之助のあの掛け合いの見事さ。

篠田　どこを見てもほんとに、まあ（笑）。普通の地の文章の中に、華麗きわまる文章が入っているところがすごいんですよ。文章を読ませるために書いているわけじゃなくて、あくまでもストーリーを進ませるために書いている。そうした実用的な文章の中に鮮やかな表現がいっぱい出てくる。確かに華麗な文章を書く人はほかにもいるんだけれども、そういう部分で話の流れがいったん止まるんですよ。ところが赤江さんの場合は、こういう事実があったということで話を進めていく中で、印象的な文章が出てくる。

皆川　ああ、今の勉強になった（笑）。そうなんだな、説明は説明であって別で、ここでは一番盛り上げようとかしちゃう。

篠田　「獣林寺妖変」の霙の描写のあと、「底冷えのする闇の高みで、突然、その部分だけがしずかに青白い異常な光を発し始めた時、その夜居合わせた調査員達は、思わず息を呑んだ」と、ここで事実が説明されるわけで。

皆川　普通、調査員なんて書く場面じゃ、こんな文章使わないわね。

篠田　ですよね。小説でうっかり使っちゃったことがあるんですよ（笑）。「赤く靄立った……」という表現とか、知らない間にやってます。刷り込まれちゃってますね、完全に。何度も読んだわけじゃないのにその表現が忘れられなくて、中に入ってきちゃう。だからトラウマ、呪いなんですね。

森　呪いっていうか、呪縛よね。

篠田　赤江縛（笑）！　名文と言われるものとちょっと違うようにも思うんだけれども、まさに小説のための文章。

森　「罪喰い」の最後のところも印象に残っているな。建築家が死んで、その遺した建築が崩れるような幻想を抱くシーン。「ゴシック風な、巨大な珊瑚樹をおもわせるガラスの尖頭群は、燦然と大都会の空にそびえたっていた。突然、それらの一角が、ゆっくりと崩壊しはじめる幻におびえ、私は目をつぶって駈け抜けた」。町を歩いていて、一面ガラスでできているようなビル群が目に入ると、ふっと文章が甦ってきて、これがあんなふうになったらどうだろうと、恐ろしいような魅了されるような感覚に襲われることがありますよ。

篠田　恐いのが華やかなんですよね。

森　恐怖って本来華やかなものであるべきなんですね。

破調の美とダイナミズム

森　もう一つ、赤江さんには破調の美……というようなものを感じるんですよ。矢を射る喩えで言うと、矢が的とは違うところへ行ってしまうというか……。こんな風に行くのかなと思って読んでいると、まるで違ったところへ行ってしまって、そのあいだの説明が全然なかったりして、えっ？　と思うことがあるんですよ。

篠田　あるある。

森　何だか物足りないというか、どこか欠落したような作品が時々ありますけれども、その歪みそのものというか、歪んでいること自体が魅力の一つにつながっているんじゃないか、と思えることがあるんです。崩れ方がすごく面白かったりもするんですよ。それから、そういう歪んだ作品でも、ここにぶつけたかったんだな、という結構がよく見えて、こういうことを書きたかったけれども、ここがこうなってしまったんだな、というのがよくわかる。それで、自分で実作するときにもすごく参考になることがあります。

篠田　それはありますね。

森　成功している作品でも、いわゆる正調派ではなくて、どこかイビツなところがあって、それが魅力。

皆川　確か『風葬歌の調べ』なんかそういう印象だったなと思います。

森　「アンダルシア幻花祭」もそうなんですよね、どこか物足りないんだけれども、気になって仕方なくて……。

篠田　尻すぼみなんですよね（笑）。最初にあまりにも幻想的で素晴らしい謎を立ち上げておいて……やっぱり矢であって、大陸間弾道ミサイルではないから。

皆川　骨組みを作って肉をつけていく手法ではないのね。

森　そうですよね、やっぱり矢を飛ばしたいわけだから、逸《そ》れることもあるし。

篠田　風の加減で落っこちちゃうこともある。海辺の話で、古代の人がすごく不思議な形に岩を置いて、何か神を祀ったあとじゃないか、みたいな話があって、何とも壮大な話が始まりそうだな、と思ったら、そのまま何事もなく終わる（笑）。

森　わりかし多いんですよね、そういうの。

篠田　だから私たちが長編書けるのよね（笑）。

森　そうなの、それは言えるのよ。すごいインスピレーションを与えてくれますよね。この矢がまっすぐに飛んだらこういうところに行ったのかな、と。

篠田　赤江さんの矢は誰よりも高く飛ぶんですよ、ぐわーんと弧を描いてね。それで落ちる。そういう破調の美がとにかくかっこいいんですよね。純文学にもありますけど、ポツッと終わってしまったりする。修行時代にはそれこそが文学的なものだと思い込んだようなところがあって、それでさんざん苦労しちゃった（笑）。物語を展開させられないわけなんです。

森　まだ苦労してます、私なんか。

篠田　赤江さんの作品は展開を必要としない傾向があるんですね。

森　展開はないけどダイナミズムはある。それは謎の作り方だと思うんですけど。謎の深さっていうか、そのぶちあげがすごい。それがダイナミズムに繋がっている。

篠田　成功している作品は天の高みにまで昇って、華々しく崩れていく感じ。

森　ふっと作者が最後に消えてしまう場合があって、あれ……と思ってしまう。それが許せてしまうのは、最初の謎のすごさでしょうね。

皆川　結構が整っていなくても、途中でこれだけすごいことをやってくださったら満足だって思うのね。
森　そうですね、ここまできたらあとはどうでもいい……。もしかしたら赤江さんは不器用であろうと決意しているんじゃないでしょうか。崩れてもいい、という覚悟があるように見えます。御自分のスタイルを持続させるための意志が決然としていらして、別の形で結末をつけようと思えばできるのかもしれないけど、それをしない。

赤江作品にしか存在しない男たち

――赤江瀑のホモ・エロス的な部分は女性の方がお読みになるとどうなんでしょう。
篠田　もうガンガンきちゃいますよ（笑）。美少年じゃなくて成熟した美青年、目元涼やかな屈強な美青年なんですよ（笑）。これだけ素敵な青年を次から次へと書いた作家ってちょっと思い当たらない。
皆川　あれだけじっくり書いてあるのにさわやかなのね、あのさわやかさはどこから来るんだろうと。
森　不思議ですよね。まずこの世に存在しない青年というのかな。
篠田　そうそう。赤江さんが男の描写をするときに、「水際立った」という言葉をよく使うんですが、まさにその言葉そのものというか。
皆川　赤江さんは、『オイディプスの刃』の父親は男の理想像とおっしゃってたと思います。私の記憶ちがいでなければ。
篠田・森　ほお～。
皆川　私は父親に対しては屈折した思いがあるけれど……。赤江さんはあの作品で父親のあるべき姿を書いていらっしゃるようです、家族のために腹を切る、というような。
篠田　やっぱり『蝶の骨』みたいに女性を描いたものよりは、男性の視点から男を描いたものの方がずっといいですね。
森　女性を描くと、これは泉鏡花もそうだけど、ひとしなみになってしまうというか、みんな同じになってしまう。
篠田　赤江さんの女性は、結局男同士がどうにかなるためのただの道具立てに過ぎないんですよね。
森　だから男女間の恋愛を描いたものは、男同士の愛よりも芳醇な感じがしない。
皆川　「花曝れ首」にしても、視点は女性だけれども、実は男の役者同士を描くのが主眼で、あの二人のセリフの掛け合いのいいことといったら。
森　そういうふうに狂言回しとして女の人が出てくることはよくありますね。

赤江作品ベストあれこれ

――一番思い入れのある作品について。
皆川　たくさんありすぎちゃって。
森　好きということでは「罪喰い」と『海峡』をまず挙げたいの。それから「花曝れ首」も挙げたいし、「狂い蜜」は「罪喰い」の系統に入るから、あっちに入れて、ということで（笑）。「春喪祭」

も好きですし。私は短編で一筆書きみたいに一気に書いてあるものにも好きなものがあるんですよ、例えば「春の寵児」のような、躍るような感じの作品。赤江さんというと、春という感じがしますでしょ。春の朧の妖かしと、少年の精気のようなものを重ねあわせたのが「春の寵児」ですけど、ああいうような作品には、今の若い人なんかもはまるんじゃないかしら。

皆川　ああ、あれいいわね。土塀のあたり。……でもこういう作家って珍しいわよね、タイトル一つ挙げただけでああ、あれねって話が通じ合うの（笑）。

森　このあいだ長府に行ったんで、読み返してみたら、もう頭の中で作っているのね。「春の寵児」の中には、全裸の少年が自転車で土塀の陰から飛び出してくるというシーンがあると思い込んでたの。全然ないんですよ、そんなシーン。

皆川　最初に出会ったということで「獣林寺」だし、「灯籠爛死《とうろうらんし》行《こう》」も好きだし、あとは「闇絵黒髪」かな……。すると、じゃああれはどうなの、こっちはどうなの、となっちゃうから（笑）、困っちゃうんだけど。『海峡』も好きなのよね。

森　早い者勝ちで先に言わしてもらっちゃった（笑）。『海峡』は、全編魅力だけど、町中から集めてきた腐爛した魚を地下から流すというところがすごいし。

皆川　腐爛という言葉があれほど衝撃的な作品ってほかにないわ。

森　あの雰囲気があの町とぴったりあっていますしね。とにかくあれだけ海峡を語り尽くしたというのは素晴らしいの一言ですよね。私も津軽海峡育ちなんですけど、同じ海峡育ちでもとんでもない違いで（笑）。津軽海峡と関門海峡では現実にもえらい違いですね。関門海峡はもう川ですもの。彼岸が見える。津軽海峡は広くて彼岸が見えなくて、ただもう遠い向こうという感じがあるばかりだったけれども。

皆川　あと「花曝れ首」。好きだな。

森　皆川さんがお書きになるのとどこか似ていますよね。

皆川　だとしたら、私が影響されているんです（笑）。「雪華葬刺し」も……何が色っぽかったって言って、腋の下の刺青、あれでぞくぞくっとして……。

篠田　私はかなりはっきりしてまして、一つは「海贄考《うみにえこう》」。女性を書くと今一つだとか、男女の恋愛を書いてもだめなんじゃないかと言っておきながら（笑）、これほど男女の関係をきっちり描いてある作品はないですよね。ものすごい現実感があって、決してあり得ないリアリティというのが赤江瀑さんの作品の中でも際立っている。導入の部分の、特に理由もなく海に入っていく夫婦、この先はない、というあたり。そしてそのあとで「エビス」を拾うというところへつなげていく展開の凄み。土俗が土臭くならないで、象徴的な形で、存在のありようにまで行っているかな、と。一見したところ作品のスケールは大きくないんだけれども、実は相当に大きいテーマを持っている作品だと思うんですよ。それから「ニジンスキーの手」。文章から言っても好きだし、作品の世界自体がすごく好きですね。あと三つめというと、すごくいろいろありすぎちゃって困るんだけれど、「春喪祭」かな……。ここに出現する幽霊は何だと言ったときに、青年僧たちのなまめいた青春のエネルギーみたいなもの――「精」という言葉を赤江さんは使っているんだけれど――が凝縮されて、それに噎《む》せ返るような牡丹の花の香りが加わって、霊になって出現する。特定の個人の僧の霊というのではなくて、それらの集まったものがお坊さんの姿を持って出て来るというところが、もうすごい。文章もいいんですけれども。結局、一人の男に話を絞って、具体的な生活史を描いて、こういう人生を背負ったこういう男の話、というふうになってしまうと、小説世界はそれで終わりになっちゃう。一つの寺全体を取り巻いている雰囲気、宗教のもっている力とかも全部含めて、妖しげな力を描き出すというのはなまなかのことではないんですね。赤江瀑は「人間を描く」という落とし穴にはまらなかったんだなあ、と感嘆させられますね。

森　何百人もの少年僧が修業している寺の庭に七千株だかの牡丹がわっと咲いている。そうしたらその牡丹の花に幻惑されないわけがない少年僧たちの持つ精というか性というか……その行き場が一人の青年僧に凝縮したっていうところが。

篠田　いいですよ、ああいう姿を立ち上げちゃうというのは……。

森　ああいうのを妖術っていうんじゃないですか。

篠田　なるほどねえ。最後の方で、僧の霊が出現したということを語るのに「だったら何故真っ暗な中に墨染めの衣が見える、足音がしない……」とたたみかけるでしょ。うーん、やっぱり幽霊ってあれくらいきれいじゃないと。

森　赤江さんは、小説というのは一瞬の夢だと思われたのかしら。バロッキーな世界をばっと立ち上げるために、最初からトーンの高い感じで押していく。地を這う文章にも、それはそれで一つの世界があるとは思うんだけれど、自分で書いていると、これじゃあトーンが低すぎるな、とてもじゃないが跳躍できないな、ということがある。赤江さんは最初からすごいでしょ。ある高みで一つの妖術を使うためにはああいう文章でなければダメだということがあるんですね。それからなんていうことはないんだけど、「平家の桜」とかも好き。

篠田　えっ、という感じで終わっちゃうんだけど、場面だけ頭に残っている。
森　「春喪祭」もそうですよね。前の方がどうでもよくなっちゃって。
篠田　女の子が自殺したなんてことは、どうでもいいんです（笑）。
皆川　あまりこっちの世界に偏らずに、わりと普遍性を持っているのが「金襴《きんらん》抄《しょう》」。
森　「金襴抄」も好きだわ。
皆川　一つの隙もなく完成されている。
森　バロッキーで絢爛たるところはいつもと変わらない上にね。
篠田　いい作品はいっぱいあるんですよね、トリッキーなところもある「文久三年五月の手紙」とか読みやすいと思うし、「百幻船」とか「月曜日の朝やってくる」とかすごく味わい深い短編だし。
森　万華鏡のようなものですから、もうどの作品でもいいのよ、結局。
皆川　どこをとってもいいの。
篠田　「カツオノエボシ獄」なんて、なんでわざわざこんな死に方しなきゃいけないんだ、みたいなものも（笑）。
皆川　あの青の美しさだけで、もう……。
森　「獣林寺妖変」なんかも前は何故こうなっちゃうのって思う部分もあったんだけど、読み返してみると、ああいう死に方をすることで自分の血を天井に遺すという意図があったのかと思ったり。最初の時は幻惑されちゃって、考えないでわーっと読んじゃう。赤江作品には思考停止させるものがありますよね。今になって読み直してみると、そうかと思うものもあるんです。
篠田　イメージの豊かさで読ませているんでしょうね。初期のは本当に、リズム感があって、緻密なんですけど、早いんですよね。急流みたいに流れていくんで、それですごく読みやすい。
皆川　そうね。初期の作品の方が入りやすいということはあるでしょうね。

幻想に踏み込んだ最新作

——最新作『星踊る綺羅の鳴く川』についてはいかがですか。篠田さんは帯の推薦文をお書きになったとか。
篠田　あれは集大成みたいな感じがしますよね。
森　ちょっと鏡花を思わせるようなところがありますね。
篠田　それから新劇の女性たちの対照というのがすさまじく出てますね。今日は三人女性を集めたのは、アタシたちに龍子、艶子、緋和子をさせようって魂胆ですか？
森　鏡花のよう、と思って鏡花を読み返してみるとまた違うんだけれども、それでもあそこまで明らかに向こうの世界へはっきりと向かったのは初めてじゃないでしょうか。特に長編ではそういうものはお書きじゃないですから。はっきり幻想的なものを書かれたのは、書きたいものをお書きになったということではないかしらと。そういうピュアなものを感じましたね。

篠田　このままイメージだけで最後までいっちゃうのかなと、思ったら、そうではなくて、後半で具体的にストーリーが転回したので、そこでも驚いた。

森　私はこのまま最後まで行くとは思わなくて、どんな仕掛けを出して来られるのかしら、と思いながら読みました。

篠田　幕開けから鮮やかですよね、闇の中できらびやかで涼しい音色が鳴って、急に銀の花かんざしが浮かび上がるという描写からして。

皆川　最初戯曲として書かれたものだそうですから。

森　そうなんですか。私はわざと戯曲風に書かれたのかと思って、おもしろい趣向だなと思ったんですけど。

皆川　ちょっとお芝居風の活きのいいセリフ回しがあって、魅力的ですね。

森　赤江さんはホラーとかに分類されない赤江文学を作り上げたわけでしょ、この流れというと、谷崎、三島、中井英夫ときて、赤江瀑という感じだと思うんですが、そういう妖しい世界を描く作家というと、ちょっといないみたいですね。

篠田　小沢章友さんの『運命の環』を読んだときに、流れとしては、近いものを感じましたが、赤江さんとは違う。

森　赤江さんの後継者というのは見当たらなくて、トキのような存在だと思うんですよ（笑）。つまり、成功作とか失敗作とかいうのを超えて、これこそまぎれもなくこの作家の作品である、という強烈な文体と個性を持った作家は、ほとんど絶滅の危機に瀕しているというか。

皆川　今のように何でもありになってしまうと、妖しい魅力のものはかえって環境的に生息できないのね。それに赤江さんの場合は本質的っていうか、赤江さんの存在そのものが赤江さんの作品になっている。無理よね、ほかの人がそういうのをやってみようっていうのは。唯一無二の作家。赤江さんが矢の飛ぶ空を指し示してくださったから、私は書きつづけることができたと思っています。

二〇〇〇年一月十七日　構成：『幻想文学』編集部

（みながわ・ひろこ　小説家）
（もり・まさこ　小説家）
（しのだ・せつこ　小説家）

（『幻想文学』第五十七号、二〇〇〇年二月）

二作対立の面白さ

——第十五回「小説現代新人賞」選後評

五木寛之

横浜からタクシーでやってくる途中の事故で、おくれて会に到着したため、他の諸氏の意見を充分聞くことができず、申訳なく思っている。

私は最終的には二篇佳作か二篇受賞のどちらかの線で行くべきだと主張したのだが、私自身この新人賞からスタートした体験から言っても、受賞はレースの予選に勝ち残ってポール・ポジションを獲得したというふうに考えたい。したがって、集った作品の中で相対的に最も魅力のある作品に、できるだけ受賞の機会をあたえるべきだと思う。二篇にそのチャンスがあたえられたことは、その意味でよかったと考えている。

実際こういう多人数である作品を論ずることは、本当は不可能なことなのではないか。なぜなら、小説とは何かという考え方さえ各人各様の持論があろうし、ましてどの作品に惹かれるかとなると、その人間の個人的コンプレックスまで大きなファクターになり得るからだ。そうすると、この一作、という作品を選考に当る人間の数だけ選び出すのが、最も望ましいやり方だろう。そうでないと、どの人間にも強い抵抗をあたえない、可もなく不可もない八方美人的な作品が何となく浮び上ってくるという結果になるのではないかと思う。

そういう意味では、今回の受賞作は共にいい意味での傾向的な作品で非常に面白かった。「ニジンスキーの手」の作者には、私個人として一つのアドバイスがある。それは特殊な題材を扱う時は、その世界が特殊なものであればあるほど専門用語を押えて使ったほうがリアリティがあるのではないか、ということだ。そうでないと、題材が実際に作者の住んでいた世界であった場合でさえも、逆に、取材した小説、勉強して作りあげた物語じみて見える事がある。言葉のエキゾチズムに頼らずとも自立できる作品、ということを、私自身いつも自省しているのだが、実際には仲々難しいことなのだ。しかし、次回にどういう作品が出てくるか、しきりに待ち遠しいような気持ちにさせられるというのは、この作者に独自の〈何か〉があるということだろう。変な言い方だが、私は文章の背後に時としてひらめく詩精神のようなものに、この作者の特異な可能性を感じた。むしろそれは反小説的なものなのかも知れない。その意味では、推理の要素はかえって目障りだ。メリメかアポリネールの短篇の再読をすすめたい。

「安南の六連銭」［新宮正春氏受賞作］については、安定した書き手としての力を買った。この作品はそこが強味でもあり、また弱点でもある。私があえて注文をつける所のない小説だ。商業ジャーナリズムの中でしぶとく生き残って行ける力のある人ではないか。赤江瀑氏の、未知数の新鮮さとは対照的で、今回の二作受賞という結果は、期せずして革新と保守のぶつかりあいとなった。これからが楽しみである。

（いつき・ひろゆき　作家）

（『小説現代』一九七〇年十二月号。一九七〇年第十五回「小説現代新人賞」は赤江瀑「ニジンスキーの手」、新宮正春「安南の六連銭」の二作が受賞）

異次元からの使者・赤江瀑

中井英夫

赤江瀑はいまのところ半村良と並んで、いわゆる中間小説の世界ではもっとも期待されている新鋭のひとりらしい。といって半村良のほうは、小松左京と同時に『SFマガジン』のコンテストに入賞したという古い経歴に加えて、このたびは第七十二回直木賞も受けたことだし、月に八百枚から千枚は書くという腕力の持主だから、そこにはおのずからな差があるのかも知れないが、少なくとも私に限っていえばこの二人は、かりにともども名前を並べている雑誌があるとすると、ついつい買わずにはいられぬくらい〝譚〟をもたらしてくれる貴重な作者なのだ。ことほど左様にいま〝譚〟は、——異次元界からの便りを思わせる作風の〝譚〟は地上に乏しい。

ところで赤江瀑の最新作「冬のジャガー」(『小説新潮』〔一九七五年〕二月号)は、突然行方不明になったあげく突然見知らぬ土地の〝黄金の棚〟で死んでいたという、猛々しいジャガーの血を持つ女を描いた八十枚ほどの力作だが、終りのほうは必要もないEなる人物が出てきて話をそらし、終ったのか終らないのか判らない奇妙な作品になっている。尻切れとんぼ。そういえばいかにもそうだが、考えてみると氏の作品は、処女作「ニジンスキーの手」以来、つねにこうした終り方をしていることに気づく。話としては一応終ったことになっているときでも、読者にしてみれば何かふに落ちず納得できず、すっきりとのみこむわけにはゆかぬ筋立てに戸惑い、短い悪夢を見たあとのように胸のつかえを覚えるだろう。

そう、それはおそらく氏も初めのうちは意図しないで書き、そして徐々に徐々に意識的に構成され出された手法ではないだろうか。悪夢といってもナイト・メアの司どる世界ではない。白日の視野いっぱいに鮮血のほとばしる狂気とそこに追いこまれてゆくのっぴきならぬ愛というのが欠かせない設定であり、初めての長編『オイディプスの刃』に、それは否応なしに結晶した。しかしこれが雑誌『野性時代』の昭和四十九年七月号に発表されたとき、偶然私はこの小説のひとつの舞台である南フランスのグラースに滞在してい、三日ほど車を駆って、

グラースの丘の町は、素晴らしい。斜面の畑地は、純白の気の遠くなるようなジャスミンの花の真っ盛りだ。昨日、オーザルプ、バースアルプ、アルプマリチームの山岳部をまわってきた。千メートル近い高地なんだ。なんとその山々が、いちめん紫色なんだよ。……

と記されているその丘陵地帯をめぐり、あるいはモリナールとかフラゴナールといった香水工場を順に回って取材（小説のためではない）を重ねていたので、あいにく読みそこねていたのだが、帰ってからのちにその内容を知り、楽しみながら読み始めたところ、たちまち期待とかその情景描写の当否とかではない別な違和感に襲われて、しばしば中断せざるを得なかった。

それより前に私は角川文庫版『ニジンスキーの手』の解説を書き、中に、

……つけ加えればこの二作で、努と崇夫、風間と弓村の友情が激すれば激するほどイクスクラメーションマーク、すなわち〈！〉が乱発されるのも解せない。

と、いわでものことを書き記したのだが今度のこの作では〈！〉に代って〈っ〉すなわち激情を表わすために登場人物がやたら唾を飛ばすていの喋りくちがあまりに多すぎ、誌面から顔を背けたい気がしたからである。一例をあげれば、単行本の三七ページ、

『おれじゃないっ』と、剛生は叫んでいた。『おれが殺したんじゃないっ……殺しゃしないっ……斬れって……泰邦さんが斬れって言ったんだっ……嘘じゃないっ……死ぬ前にそう言ったんだっ……自分で言ったんだっ……おれが殺

したんじゃないよっ……（後略）

という具合であって数えてもらうと第一章だけでこうした〈っ〉が百十数ヵ所あるらしいのに、さすがに憮然とせざるを得なかった。これが赤江瀑でなく他の作家なら言葉づかいの無神経さを嗤ってそのまま読まなければいいのだが、経歴にあるとおり氏はかつて詩誌『詩世紀』の同人として、たぐい稀れな行届いた言葉を駆使して作品を発表していたからである。

過去になずまないとするらしい氏のために、ここでその詩作品の一部を引用することは差控えよう。しかし二十年前の『詩世紀』を知るひとにとって、その本名と作品の鮮烈なイメージを思い起すことは容易な筈で、それがなぜ小説となると〈!〉や〈っ〉の乱用になるのか、無神経とは到底思えない、むしろ意図的な用い方を押し通そうとするのか、これもまたいわでものことかも知れないが首をかしげざるを得ないのである。

これはおそらく登場人物、それも男同士の不思議な友情の激発がしばしば扱われるせいかも知れないのだが、たとえば三島由紀夫が森田必勝の、土壇場に来ての剣のおくれに「古賀、頼む」と介錯を渡したときの情景を、「古賀っ、頼むっ、斬ってくれっ」と表現するかどうか、出来るかどうかを考えたら容易に理解されるに違いない。次手にいえば氏は処女作以来、「妖美、ホモセクシュアルの世界」といった惹句に飾られてい、その濃度は塚本邦雄の諸作に比肩する。三島の亡き後、絶えて掘り下げられようとしないその問題は、しかしながら『花夜叉殺し』では次のような描写で運ばれてゆく。一花《いつか》が愛する曄江《あきえ》という女を自由にする篠治《しのはる》を羨み、憎み、あげくその男の肉体に女を嗅ぐという設定である。

……一花は再び顔を寄せた。篠治の下腹は熱く、熟れた汗の匂いがした。その匂いをなめていた。曄江が発する汗であった。揺れている一花の鼻先を、大きく波うつ篠治のパジャマのズボン地がくすぐった。（中略）その夜も、一花は唇をむさぼり、長い間、篠治の胸から下腹のあたりに舌をさまよわせていた。

そしてこのあと篠治はいきなり一花の頭をつかみ、自分からブリーフをおしさげてその股倉に近づけるという情景が続く。

これに較べると塚本邦雄の書きおろし長編『十二神将変』では、

「御希望ならどこのホテルへでもお供するぜ、義兄さん。かうして抱合つてるのも乙なもんぢやないか。紅くなるなよ、こつちが照れらあ。一茎一果の白罌粟の秘密を頒《わか》ち合つた党員同士、いつそのことこの世の外の悦楽も教へてやらうか……」

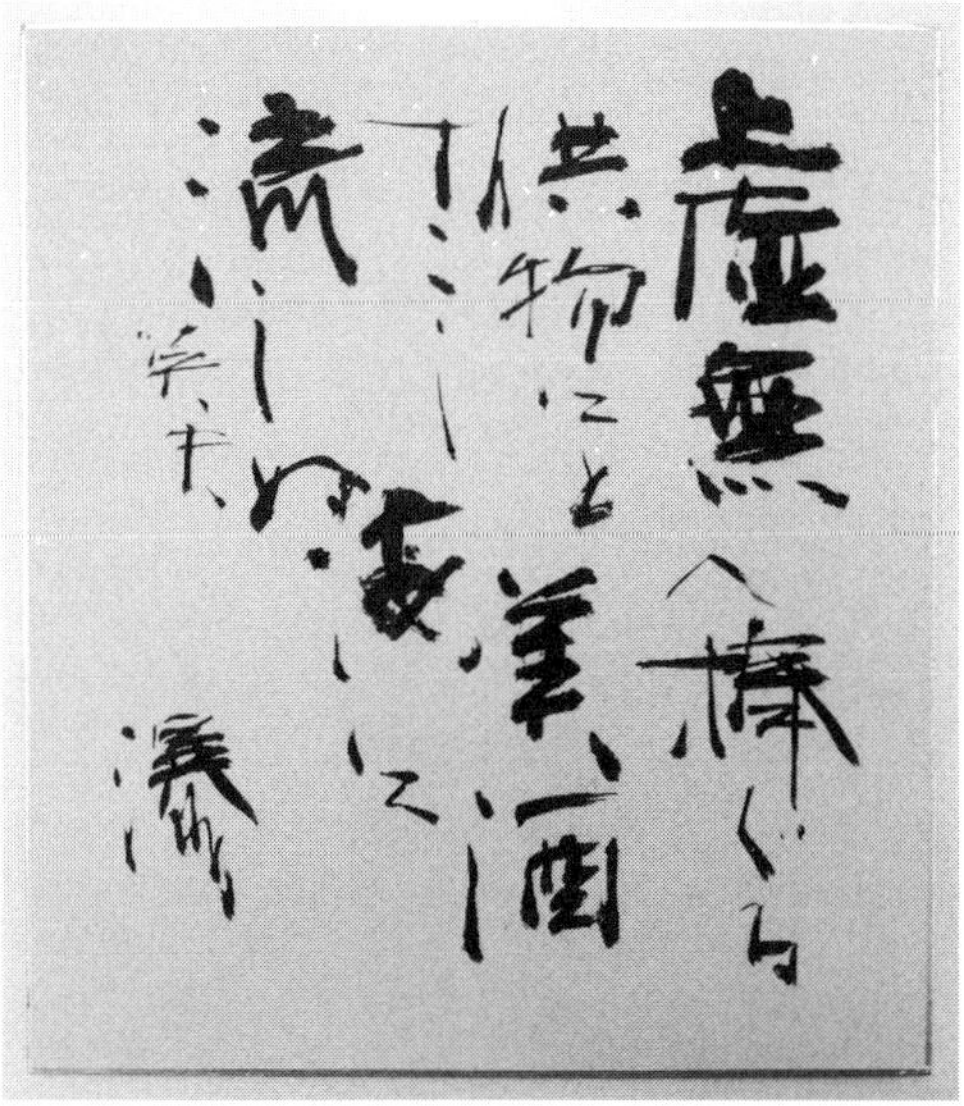
「虚無へ捧ぐる供物にと美酒すこし海に流しぬ　英夫　瀑」
（1995年12月10日、黒島忌、山口市正福寺にて。本多正一提供）

という、あっさりした台詞で躱《かわ》し、さりげなく場面を締めくくっているのは手際ながら、そしてこうまで陳腐な男女の愛欲シーンが氾濫する当節には、この二人の異才の努めて描こうとする官能も悦楽もそれなりの意義はあるにしても、なおそれが一種の風俗なり作者の嗜好なりを離れきれずにいるとき、三島が最後にはその軀《からだ》を以て切り拓き残そうとした問題は、ここからあまりに遠いと嘆息する他はない。

赤江瀑の「罪喰い」はたまたま十二神将の一、伐折羅《ばさら》大将を扱った秀作で、もとよりそれは塚本の凝りに凝った迷宮図譜めく作風と比較は出来ぬながら、ここにはいつもの異様を極めた場面設定にも一種のなだらかさがあり、その終り方も、〝腑に落ちる〟稀れな作品である。むしろこうした静謐さが、あるいは氏を本当の異次元界からの使者に変え、今後もたらされる筈の〝譚〟にもいっそうの神秘を加えてゆくと思われる。それはこのマスコミ界では、たぶん空しい祈りにすぎぬとしても。

（『週刊読書人』一九七五年二月三日号／『ハネギウス一世の生活と意見』幻戯書房、二〇一五年）

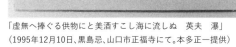

赤江瀑とオイディプスの刃

横尾忠則

二年前［一九七六年］ぼくは、ワルシャワのウイラーノ美術館でワルシャワポスタービエンナーレ金賞受賞者による三人展が開かれることになり、ワルシャワに招待された。

ワルシャワに来る一週間前はインドのカシミールに一カ月ばかり滞在していた。インドから帰国するなり、その足でポーランド、ポーランドに一週間滞在し、次の旅行先はスペイン、そのスペインへ行くために、ワルシャワから、まずロンドンへ。ロンドン空港でスペイン行きの旅行団と合流するためである。グループというのは、各雑誌から派遣された作家、カメラマン、デザイナー（デザイナーといっても、ぼく一人だけであったが）と編集者であった。

ぼくの相棒は『ＰＬＡＹＢＯＹ』誌のカメラマン多田善一氏であった。難民避難所さながらの大混雑のロンドン空港の待合室で、疲れ果てたわがスペイン旅行団とぼくはやっとの思いで遭遇した。そんな中でたった一人ベンチに腰も掛けず、爽やかに煙草を吹かし、白いスーツにサングラスの優男がぼくの目に飛び込んできた。「あの人誰？」と旅行団の一人に聞くと、「アカエなんとかいう小説家らしい」という返事が返ってきた。「赤江瀑じゃないの」と聞くとその人は、「そう、そう」といった。

赤江瀑の名前は雑誌でよく知っていた。雑誌のグラビアで着物姿や、お寺の境内で空手などをしている写真を見ていたが、小説は読んでいなかった。赤江瀑とはスペイン旅行のコースが違うので、その後マドリッドで一度チラッと会った程度で、ぼくとは縁の薄い人だと思った。

ところが、スペイン旅行から帰国するなり角川書店の門田ヒロ嗣氏が、赤江瀑の『オイディプスの刃』が再版されるので、それを機会に装幀を変えたいと、ぼくの仕事場に現れた。縁がないと思っていただけにこの仕事が依頼された途端、赤江瀑ではなく赤江さんと呼べる親しみに変わってしまった。当時、『オイディプスの刃』は角川映画の第一作になる予定で、映画のポスターも引き受けることになっていたが、その後この話は立ち消えになってしまった。

『オイディプスの刃』は非常に興味深く読んだ。この本の装幀はちょっと力み過ぎたが、その後、『上空の城』、『美神たちの黄泉《よみ》』、『金環食の影飾り』と四冊装幀してきたが、『上空の城』のカバーに城の絵を使ったことでイメージが半減してしまった。むしろ本体の表紙の黒ベタの中に白い三日月だけを描いたものをカバーにすればよかった、とちょっぴり後悔している。

『美神たちの黄泉』は歌舞伎の世界がテーマである。これは気にいった装幀である。『金環食の影飾り』は四冊の中で最も気に入った装幀ができたが、校正まで上がっているというのにまだ陽の目を見ない。次の重版(やはり『オイディプスの刃』と同様、再版から表紙デザインが変更された)を待っているというわけだ。

赤江さんは山口県に住んでおられる。昨年下関のデパートで個展をした時、ぼくは赤江さんと再会した。まさか仕事を通じて会えるとは思っていなかっただけに、何か奇遇のように思えてならなかった。下関の夜は赤江さんに歓待され、色々と御馳走になった。赤江さんは終始笑みを絶やさず、優しい感じの人だった。

例によって(?)UFOの話になった。赤江さんはまだUFOを目撃されていないが、UFOに強い関心を持っておられ、もしUFOを観たら、いの一番に電話をしますといわれたまま、まだ電話がないところをみると、UFOはまだ赤江さんをじらしているのかも知れない。

(よこお・ただのり　美術家・グラフィックデザイナー)

(『東京新聞』一九七八年十二月六日付／『昨日のぼく今日のぼく』講談社、一九八〇年)

「死」を演じる

京本政樹

京本政樹です。

赤江瀑先生の特集本を刊行されるとのことで、このような機会をいただきまして大変光栄です。

僕もおかげさまで昨年の二〇一九年に芸能生活四十周年を迎えさせていただいたのですが、思い返せば一九八二年、まだデビュー三年目の駆け出しの僕が初めて映画に出演させていただいたのが『雪華葬刺し《せっかとむらいざし》』でした。

これにはいろいろなご縁がありまして、実はその一年前に、僕は高林陽一監督とお会いしていたのです。

監督の前作品である『蔵の中』の製作時に、僕は作品名を知らされないままマネージャーに連れられ、都内某所の喫茶店で面接オーディションを受けていました。

監督とお話をさせていただく中で非常にご縁を感じまして、面接後にあらためてマネージャーに作品名を教えてもらい、すぐさま本屋へ行ってその原作を購入。そのまま一気に読んで、思い立った僕はなんとその日の夜には新幹線に飛び乗り、マネージャーに住所を聞いた京都の監督のご自宅まで押しかけてしまったのです。

昼間面接した少年が、夜には京都のご自宅に現れたということで監督はたいそう驚いてらっしゃいました（笑）。

そこで「ぜひ監督の作品に出演させてください！」と直談判したところ、監督は「今回の作品がダメでも、君に合う作品がある。必ず声をかけるから」と約束してくださいました。

『雪華葬刺し』製作記者会見にて。右から京本政樹、赤江瀑、高林陽一監督、1人おいて、若山富三郎、宇津宮雅代
（京本政樹提供）

そして監督の次の作品にご指名をいただきまして、出演させていただくことになったのが『雪華葬刺し』だったのです。

初めて触れる赤江先生の耽美な世界観。

監督はもちろん、若山富三郎先生や宇津宮雅代さんをはじめ諸先輩方に導いていただきながら、とにかく体当たりで飛び込みました。

若山先生からは「この役、春経《はるつね》は、生きていたら市川雷蔵がやるべき役。お前は雷蔵のイメージがある」とおっしゃっていただきました。

赤江先生からも本当にピッタリだと太鼓判をいただき大変光栄でした。赤江先生は温厚で、お若くてスタイリッシュな方でした。

宇津宮さんは優しくて、緊張していた僕によく話しかけてくださいました。撮影が終わる頃にはすっかり打ち解けて「京本くん、これから何するの?」と聞かれ、僕は何の根拠もなく「はい！　必殺やりたいです！」と答えていました。当時は全くそんなお話出ていなかったんですが、僕は昔から有言実行タイプでして（笑）。

しかしこの作品を最後に大映映画京都撮影所が閉鎖されて

しまうんです。雷蔵さんや勝新太郎さんが撮影されていた場所で、映画デビューをさせていただいた僕は本当に幸せ者ですよ。

ラストの春経のシーンは、十二月の厳寒の京都で民家の庭先をロケ地にして行われました。本物の雪を降らして、丸一日上半身裸で撮影だったんです（汗）。

いわば若山先生と決闘みたいなシーンですから、現場も非常に張り詰めたすごい撮影でした。

さて、その映画製作記者会見が豪華な和室で行われまして、僕は役柄通りの刺青《いれずみ》姿に着物を羽織って出席させていただいたんです。

その休憩時のこと、監督が「ところで先生、『オイディプスの刃』は映像権は今どちらにあるのですか？」と質問をされたのです。

『オイディプスの刃』は角川小説賞第一回受賞作品でした。

赤江先生は「あの作品は松田優作さんが角川映画第一作にしたいと意気込んで動かれ、フランスのロケハンまでやったようですが、剛生《ごうせい》役がどうしても決まらないという事で白紙になってしまいました」というお話をされていたのです。

結局、映像権は先生のもとへ戻ってきてしまったのだそうです。

先生は「まあ、難しいですね。剛生役がね……」と、ふと僕を見て「彼なんか良いよね。剛生にピッタリだ」とおっしゃられたのです。

その後、僕は角川映画『里見八犬伝』を経て、現代劇と時代劇の複数のテレビドラマを掛け持ちしながらシンガーソングライターとしても精力的に活動を始めました。

まさに多忙を極めることになるのですが、そんな折、たまたま事務所に居合わせていたところに一本の電話が鳴りました。マネージャーが対応しているのを聞いていると、どうも出演交渉の様子。

「今のどんなお話ですか？」と聞いたところ、マネージャー曰く「映画のお話なんですが、フランスにロケに行かなくてはいけないらしくて……」

「それって、もしかして『オイディプスの刃』？」

「どうしてわかったんですか！（驚）」

というのも、先述の記者会見の後、『オイディプスの刃』の原作本をしっかりと読ませていただいていたのです。

「とにかくプロデューサーさんにお会いしたい！」と、マネ

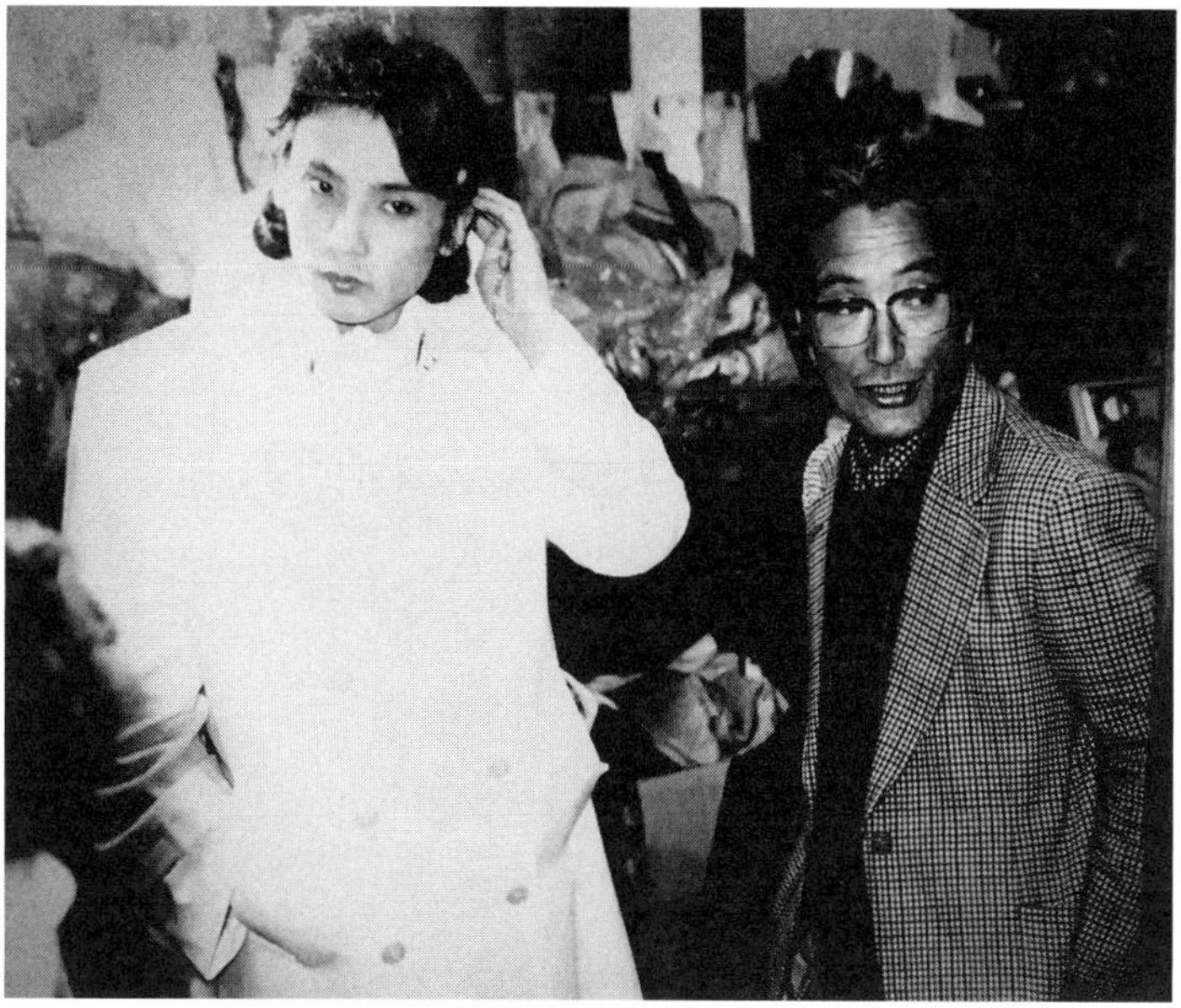

『オイディプスの刃』衣裳合わせの日、京都の撮影所にて成島東一郎監督と。
この白いトレンチコート姿で作品の公式写真が撮影された(京本政樹提供)

ージャーを引っ張って事務所を出たことを今でも覚えています。

「もしかしたら赤江先生からのご指名だったのでは?」と心のどこかでご縁を感じていました。

そしてまたも大抜擢をしていただきまして、またしても厳寒の京都ロケから撮影が始まりました。

古尾谷雅人さんとは実はデビュー前からの知り合いだったんですよ。お互い駆け出しのチョイ役をやっていた時から仲良しで、それが晴れて映画で再会となったんです。嬉しかったですね。

その京都ロケの後、僕は同時進行で出演していた『必殺仕事人』の映画の撮影中に転落事故で骨折してしまい、足に釘を七本も入れたギプス状態でのフランスロケになってしまったんです。

松葉杖姿でフランスのニースに降り立つと、なぜかみなさん僕のことをご存じなんですよ。

なぜかと現地の人に聞いたら、「カンヌ国際映画祭監督週間ということで『雪華葬刺し』がずっと上映されていて、その看板があちこちにずっと貼ってあったから、あなたは有名俳優ですよ」と言われて驚いた記憶があります。

赤江先生には色々とお話を聞かせていただきながら、たくさんのご指導をいただきました。

先生の作品世界の映像化に二作連続で出演させていただいたことは、僕の誇りでもあります。

『雪華葬刺し』でも『オイディプスの刃』でも、「死」というものを演じなければいけなかったのですが、僕なりに赤江先生の耽美の世界観を、文字通り「必死」の体当たりで演じてみたつもりです。

『オイディプスの刃』パンフレット（浅井仁志提供）

赤江先生の作品世界の魅力を語る時、皆さんにぜひご紹介したいエピソードがあります。

当時所属していたビクター主催のとあるパーティー会場で、同じビクター所属だった松田優作さんが僕の元へわざわざ来て下さり、「そうか、必殺の京本くんが剛生か」と、声を掛けてくださいました。

しみじみと僕の顔を見つめられ、「なるほど……頑張れよ」とおっしゃって去って行かれました。

優作さんは『オイディプスの刃』を本当に演じたかったのだなと、僕の中で直感がよぎりました。あの優作さんがそこまで惚れ込むほどの魅力が、赤江先生の作品世界には間違いなくあるのです。

時代は令和となりましたが、先生の作品は永遠に残り続けます。

この本が、より多くの皆さんが赤江先生の作品に触れるきっかけになってくれることを心より願っております。

（きょうもと・まさき　俳優）

逸楽と豪奢と静寂

村上芳正

月の世界に人間が行こうと行くまいと所詮この世は残酷、無慈悲なものである。神の試練というべきか、まったなしの天災で驚愕動転し、なまぐさい人間模様は、ますますねじれにねじれる。これから老いさらばえても長寿国のこととて暇をもてあますこと必定、なればとびっきり妖しい夢のひとつも、極彩色の夢のひとつもみるともなれば、テレビ、映画、ビデオなどが最早《もはや》やたらと仰々しく動きわめきちらす代物となりつつある時、古い王国の末裔さながらの品格と強靭さと、あえかにゆらぐ虞《ぐ》美《び》人草《じんそう》の花のような「優雅」さをあわせもつ唯一の作家「赤江瀑」の「ものがたり」に接する以外はないとおもう。

逸楽と豪奢と静寂。赤江さんの呪術によって「美神たちの黄泉《よみ》」の青春像はミステリアスでまことになやましい。若者たちのむせかえるような汗のにおいがする。甘美な毒はいつものように身体にしみとおってゆく。その毒は僕にとってゴデイバのチョコレート（プリンセスダーク。コンテッス。ナッツビタ——。のたぐい）なぞのようになめらかで豊醇《ほうじゅん》な香りがする。

一九八六年風にいえば、足立健祐はルパート・エヴレット（映画「アナザー・カントリー」主演男優）みたいな美貌と肉体の所有者なのだろうか。官能まっさかりの裸身を晒《さ》らす部屋はどぎつい色彩がない。一年中週二回届けられる白い薔薇の束がどさりと大きなガラスの壺に投げ入れられているかも知れぬ。音楽は、日《ひ》毎《ごと》夜《よ》毎《ごと》、ブライアン・イーノの曲「サーズデイ・アフタヌーン」がひくくながれているのであろうか。

蒼ざめた仁木弾正がぴったりと、くっついてしまった山名渭夫《みつお》。廃屋の奈落の底での「嫉妬」は単なる嫉妬だったのだろうか。同性でもまぶしい存在だった健祐への憧憬がどこかにくすぶり続けていたのではないかとひとりムリにこじつける。舞台の仁木弾正を刺した時の快感と絶望はどうであったろう。渭夫の屈折した年月をおもうにつけ、切ない。

芝居小屋の中を最後のまつりのために精いっぱいの情熱で敏捷にかけめぐったそのひとのコットンパンツにランニングシャツ姿が眼にうかぶ。

「見られる」ことの恍惚と陶酔は、自らの体臭ですら熱愛するようになったのでなかったろうか。己が官能をひとりで貪《むさぼ》りつくして健祐はしたたかに生きたつもりでもその終末は案外近いのではないだろうかと。大輪の白い薔薇は、いたみやすくもろいことを賢明な彼は充分に知っている筈であるから。

『美神たちの黄泉』(角川文庫)

沈みゆく陽が海ぞいの館《やかた》を金色に菫《すみれ》色に染める時、館の主人《あるじ》赤江さんは紫煙くゆらせながら「アナベル・リイ」の詩でもくちずさまれるのであろうか。

否、詩なぞよりも、赤江さんがいちばん好きなものは、血、血のしたたりかもしれない。鮮烈な若い血を求めて、もしかしたら魅惑的なドラキュラ伯爵になり、海を渡られるのかしれない。

と、カバーの絵を描きながら、そんな思いにひたりこんでしまう。


(むらかみ・よしまさ　画家)

(一九八六年『美神たちの黄泉』角川文庫解説。再録にあたり新たにタイトルを付し、明らかな誤植のみ直しました)

「道成寺」と朱夏《しゆか》の会

白坂信行

赤江さんとの出会いのきっかけは、平成四年（一九九二）三月に出演した梅若能楽学院会館創立三十周年記念別会能の「道成寺」でした。シテは梅若六郎先生。この舞台の様子が『別冊太陽』七十九号「能　道成寺」特集に掲載され、観能されていた赤江さんが「あやかしの能の領土」というタイトルでエッセイを寄稿されております。

その中で私の大鼓を「強靭な、激しい、裂帛《れつぱく》の掛け声と鼓の打音は、その精悍な若い顔立ちや凜とした身構えを一層花々しく見せ、私はふしぎな胸の躍るような感じを味わい続けていた。『道成寺』の女主人公が恋した山伏は、あるいはこんな若者だったのではなかろうかと、ふと思ったのだった。するとし、舞台の上で舞い狂う白拍子に、ふしぎな濡れ濡れとした情念が濃艶に立ちこめ始め、あるいはこの能には、こうした若者が大鼓の座にすわったときにだけ、眠りから覚めるあやかしの能の領土が、じつは、人知れぬ仕掛けのように、古くから隠されていたのではあるまいかとさえ、突然思えた」と評してくださいました。

驚きました。私は当時二十七歳。まわりは超一流の先生方。「道成寺」を打たせていただくのも、まだ四回目でした。ただ必死で勤めていただけなのに、こんな過分な言葉をいただいて恐縮いたしました。何故かしら私は若い頃から出演前に鏡の間でお調べをするとき、いつも「この舞台が最後の舞台になるかもしれない」という想いにかられます。赤江さんは私の舞台姿にそういう覚悟のようなものを感じてくださったのかもしれません。

私は平成七年（一九九五）、三十歳のときに「朱夏の会」という自主公演の会を立ち上げました。「人生を四季にたとえると、青春、朱夏、白秋、玄冬というそうです。強い日差し、燃える様な空気……、これからの人生において秋冬を迎えても今のこの想いを忘れないよう、いつまでも持ち続けていられるようにと、会名を朱夏の会といたしました」と、発足の挨拶文にそのときの気持ちを書いております。

もっと研鑽したい、催しを行なうことも学びたい、そして単に豪華な顔ぶれをそろえただけではない、九州でしか観られない（自分が観たいと思う）舞台をお客様に観ていただきたい。その想いで福岡の大濠《おおほり》公園能楽堂で、平成二十二年（二〇一〇）まで計十六回開催することができました。

師匠である柿原崇志先生をはじめ多くの先生方にご出演いただきました。第一回では、「清経《きよつね》」と「松風《まつかぜ》」を梅若六郎先生と大槻文蔵先生が、第二回では器楽曲「田園の驟雨《しゅうう》」を金春惣右衛門先生や藤田大五郎先生が演じてくださり、第十四回では二日間異流による「道成寺」の上演も行ないました。

赤江さんは毎回下関から観にいらしてくださいました。とても長いご縁がありながら、しかし赤江さんが少しご遠慮されたのかいつもご挨拶くらいで、残念ながら直接ゆっくりお話ししたことはありません。

赤江さんは、師走の朱夏の会を観て、その帰りに福岡のホテルオークラのバーで、その年に観た舞台についてお友達とおしゃべりになることが一番の楽しみとおっしゃっておられました。私もそのときご一緒させていただき、いろいろなお話をうかがえなかったことが心残りです。

しかしながら、公演後には、いつも丁寧なお手紙をくださいました。その一部をご紹介いたします。平成十三年（二〇〇一）、第七回をご覧になった後にいただいたお手紙です。


朱夏の会は、僕を非日常の国へ連れこむ、今の所最も蠱惑的な芸能の場の一つと言えます。杉村春子さんが亡くなったり、中村歌右衛門さんが観られなくなったりで、芝居が歓楽の国ではなくなりました。心が躍らないのです。舞台を観に出かけはしますが楽しくないのです。演戯する人間たちはほかにたくさんいるのに、どうしてでしょうかね。わくわくしないのです。劇場の椅子にすわっていても、ただ冷めていて、舞台は段取りに乗って、白々と進行して行くだけなのです。そんな中で、あなたの会で梅若六郎さんとあなたがしっかりと切り結ぶ立ち合い能の舞台は、僕に芸能の楽しみを喚起させてくれます。

「松山天狗」は、まず、あなたの最初の掛け声、この第一声が、なんとも、勝れた内容のある音声《おんじょう》だったと思います。あの声は、単なる掛け声ではなく、「言語」の領域に踏み込んだ、たとえば地謡《じうたい》の詞章《ししょう》とか役者のセリフとかいうものに匹敵する、物を語る「言葉」の能力を持っていました。僕はあなたが、単なる掛け声ではなく、言葉で何かを喋っている。表現していると感じました。（後略）

世阿弥の言葉を観世寿夫《かんぜひさお》先生なりの解釈で著作された『心より心に伝ふる花』というタイトルのように、能とは、お客様が舞台を観てそれぞれに役者の想いを何か感じていただく芸能です。よく分からなくてももう一度観てみたいと思ったり、一般的な見どころとは全く違うところに惹かれたり。おしつけではなくお客様の感性が動いてこそ、舞台の価値があると思います。長年能をご覧になってきた赤江さんもこのようにとても自由に感じておられたことは、本当にうれしいことでした。

もう一通ご紹介いたしましょう。こちらは平成二十二年（二〇一〇）、朱夏の会に一区切りつけた後のもの。私が赤江さんから最後にいただいたお手紙です。

朱夏の会は素晴らしい能会でした。（中略）道成寺のWパンチなど、あなただから出来たことだと思います。あなたの大皮には、いつも言いますように、あなたならではの花が咲きます。咲かせようとしても、なかなか咲いてはくれない種類の花です。花もいろいろありますが、真に蠱惑的なのは、尠《すくな》い。

どうか、あの花が絶えずに、永く朱夏の会の舞台に咲き、舞台を護《まも》る花香となり続けてくれますようにと、祈り念じます。（後略）

赤江さんには「道成寺」から朱夏の会を通してずっと励ましていただき、たくさんのお言葉をいただきました。そのお言葉を胸に、これからもいっそう精進してまいりたいと思います。

（しらさか・のぶゆき　能楽師・高安流大鼓方）

「夜の藤十郎」のこと

中村義裕

歌舞伎以外の古典芸能で、「女形」の存在は稀になってしまった。女形芸で発達を遂げた「新派」で女形芸を守っていた二代目 英《はなぶさ》太郎（一九三五―二〇一六）、幕内での呼び名は「二代目」が、自主公演「英の会」を昭和五十五年（一九八〇）から平成に掛けて行っていた時期がある。

平成七年（一九九五）四月に国立小劇場で行われた第十二回公演で、今回は紙幅の都合で収録が叶わなかった「夜の藤十郎」が上演された。恐らく、再演はされていないはずで、今までで一度きりの上演ということになるだろう。二代目とのお付き合いの中で、三十年近く前から「赤江瀑」という名が出ていたような気がする。私が最初にこの甘やかな毒を秘めた作家に触れたのは、昭和五十六年（一九八一）に文庫化された『花曝《はなさ》れ首《こうべ》』で、その鮮烈な感情は忘れ難い。以来、作品の刊行を待ち兼ねては全作品に惑溺していたので、「熱望」とも言える二代目の想いは良く分かった。その念願が叶い、赤江さんの同名小説を舞台化したのがこの「夜の藤十郎」、二幕七場の芝居だ。

タイトルにある「藤十郎」とは、歌舞伎で男女の情愛を描いた「上方和事《かみがたわごと》」と呼ばれる演目群の創始者の一人として知られる初代坂田藤十郎《さかたとうじゅうろう》（一六四七―一七〇九）を指す。その相手役の霧波千寿《きりなみせんじゅ》（一六七九―？）も実在の女形で、藤十郎の相手を勤めた若女形《わかおやま》として人気があった役者だ。

色事師の演技の艶やかさで京大坂で名を馳せた藤十郎に瓜二つで、夜の世界での華やぎを見せる「藤さま」を求め、江戸で遊女に身をやつして夜の闇に生きる千寿。いわば「闇の世界」に生きる二人を濃密な空気感の中で描いた作品で、英は昭和六十年（一九八五）十二月に安川修一の脚色で、一人芝居「闇の炎」で霧波千寿を演じた。その後、十年の歳月を経て、作者自身の手による劇化の舞台を上演することが叶ったことになる。「夜の藤十郎」では藤十郎には前年「劇団四季」を退団した浜畑賢吉（一九四二―）を迎え、存分に女形ならではの色気を発揮した濃厚な「闇」を舞台の上に現出させたのが印象的だった。二代目が女形だからこそ、歌舞伎の女形の「霧波千寿」が、合わせ鏡のようにも思えたのだ。二代目が、この作品にこだわり続けた理由が分かるような気がした。

「夜の藤十郎」公演チラシ（浅井仁志提供）

俳優個人が自主公演を行うのは、様々な部分で大きな負担がかかる。しかし、自身の芸の向上のために、厳しい条件のもとで、二代目も上演例が少ない泉鏡花の作品や一人芝居、新作などに意欲的に取り組んでいた。

実を言うと、この「夜の藤十郎」の上演の折にはちょっとしたハプニングがあった。二代目は、この時は惚れ込んだ赤江さんの「夜の藤十郎」一本だけで、他に舞踊などは付けずにその成果を世に問う意気込みを見せていた。

台本が出来上がって間もなく、二代目から電話があった。「時間が短い」のだと言う。上演時間が休憩を挟んで約一時間半、これではお客様が納得しないのではないか、との心配だった。早速に台本を読ませてもらったが、一時間半でも充分に濃密な芝居で、時間の長短に関係なく、見事な赤江瀑の「闇の世界に煌めく美」が描かれている。単純に「もう三十分延ばしてください」と言える余地などない作品の仕上がりだった。

すでに、ポスターやチラシなどの印刷物も出来ており、舞踊を追加する余裕もない。思案投げ首の結果、芝居の前に、この作品の演出家で、新派の初代喜多村緑郎の孫に当たる戌《いぬ》井《い》市郎《いちろう》(一九一六—二〇一〇)さん、二代目、私の三人で、「女形芸について」の鼎談を三十分ほど行い、その後休憩、公演全体の時間を約二時間半程度にすることで話がまとまった。

まだ三十代前半の私が、ベテランの大演出家、新派の女形を相手に女形芸を語るなど烏滸《おこ》がましい限りだが、赤江ファンとしての自信過剰で引き受けた。自分では、赤江さんの作品の幕が開く前の「露払い」のつもりでいたが、とんでもない赤っ恥のような鼎談になった記憶がある。

この話は公演をご覧になった方以外には吹聴できるようなものではなく、紙面を借りて赤江さんの作品の前座を私のような者が務めたことを懺悔し、お詫びをしなくてはならない。二日間の公演の最中、鼎談をしている舞台から客席の赤江さんの姿が見えた。その後、いろいろなお話しややり取りがあったが、この時の感想は、怖くて聞けずにしまった。ただ、幕間にロビーで少しお話しした折にはいつもの穏やかな笑顔で接していただいたのが唯一の救いだった。

この際だから、もう一つ恥をお話ししてしまうことにする。ジャンルを問わず、「芝居の評論」で過ごして来た私が、赤江さんの「甘やかな美毒」に惹かれ、真似にもならない短編小説を何本か書いたことがある。

図々しくもそれをお目にかけたところ、長文のお手紙をいただいた。「私の跡を追うのは止めた方がいいですよ。本当に苦しい、苦しい道です。あなたには、あなたの道があるのだから、そちらを邁進してください」との内容だった。愚かな後輩を傷付けない優しさと慈愛に満ちた言葉の陰に赤江さんの苦悩を垣間見て、自分の浅墓さを思い知った。しかし、その後の方が、赤江さんとのお付き合いが少し深まったような気がするのは、単なる自惚れだろうか。

日本語の美しさがどんどん色褪せる現在、若々しい感性との出会いで、赤江作品の絢爛《けんらん》たる言葉をまとった「美毒」の作品が、再び世に出ることが嬉しくてならない。

(なかむら・よしひろ　演劇評論家)

「殺螢火《ころしぼたるか》怨寝刃《えんのねたば》」によせて

新内仲三郎

この度、故・赤江瀑先生を偲んで、「殺螢火怨寝刃」によせて執筆をさせていただきますことと共に、先生への哀悼の意を表します。

このお話をいただく数日前に、お弟子さん方の発表会がございました。その後の打上げで、何年か前に国立劇場で「悪の美学」という興味深い企画がありましたねという話題が上がりました。その中で、私は先生の「殺螢火怨寝刃」を作曲し、演奏させていただいた時のことを思い出しておりました。そのタイミングでお話をいただきましたものですから、とても不思議なご縁を感じております。

本作品の初演は二〇〇一年でございました。三味線音楽には様々な種別や特色、また魅力的な音色や発声、節《ふし》が多様にある中で、新内節を推選して下さり、また私をご用命下さったことは大変嬉しく光栄でございました。

新内は人情の機微に触れながら人生の哀感を歌い上げます。旋律が高くて悲しくて哀れがあり、強弱、硬軟、高低と甲《かん》の声と呂《りょ》の声を極度に交差させて節を作り抉《えぐ》るような独特な発声法を用いるところに特徴があります。

始めに台本を拝読させていただいた時、新内浄瑠璃に既にあるような世界に誘われたような感覚でした。そして、これは演奏に一時間くらいかかる大作になるのではないかという印象で、改めて緊張感と責任を強く感じたのを覚えております。新内節の古典曲の構成は、基本的に旋律形の組み合わせで大体決まっているのですが、この作品の世界観に合う作曲は、古典様式なのか、それとも新しい様式なのか大変迷いました。それから何度も読み返す内に、その情景描写や心理描写の流れに、曲が自然についていくような手付《てつけ》が相応しいと感じました。すると、古典様式と新様式を入り組ませた作風になっていき、いつの間にか楽しさと面白さ、期待感が増していきました。曲がおおよそ出来上がり、手直しの段階では、緊張が解けて、ほっとした記憶があります。

それからは、いざ本番の演奏に向けての試行錯誤でした。登場人物に魂を入れていくように、浄瑠璃に息吹を吹き込み、演奏に演出を加えて、覚えてしまうくらい、身体に沁み込ませるように稽古を積みました。舞台稽古が終わってからも、本番直前まで工夫を重ね、古典のように魂と身体とで表現できる演目として、完成形に近づけるよう一心に邁進しました。

そして本番の舞台、緞帳《どんちょう》前に座った時、作曲していた時の悩みが嘘のように晴れ、幕が上がっていく記憶があるくらい集中していました。当日は会場に詞章《ししょう》の字幕設備があり、活きた演奏の中でも言葉を一字一句間違えられないという意識はありましたが、無心の演奏で一時間弱があっという間に終わっていきました。緞帳が下りた時は、ほっとした安堵感なのか、遣り尽くしたという達成感なのか、先生の世界に浸り尽くしたような、これまでにない感覚だったのをよく覚えています。

先生の作品に携わらせていただき、緊張の中にも生き生きと作曲し、演奏させていただいたことは、とても有り難い経験でした。再演をというお声もありましたが、それ以来演奏されていません。今後機会がありましたら、是非とも演奏させていただきたい作品でございます。

この作品を通して、赤江瀑先生のファンの方は勿論のこと、伝統芸能の愛好者の方達に新内の魅力を知っていただく機会を与えていただきましたことに心より感謝いたします。そして、先生の作品を広く知っていただけるような道標となる一冊の中に参加させていただけましたことに、重ねて感謝申し上げます。

（しんない・なかさぶろう　冨士元派四世宗家、重要無形文化財保持者）

浄土の雪月花
——赤江瀑さんの思い出

葛西聖司

あれから二十回目の、いや二十二回目の春が来た。

いまは駒澤大学の敷地内にある、かつての三越迎賓館が初めての出会いの場だ。テレビの世界で生きてきて良かったことのひとつは衛星放送が始まったこと。それまで十五分、三十分という番組の中ではできなかった、長時間の対談や企画が可能になった。とりわけ赤江さんが好きだった古典芸能は、じっくり向き合える時間を必要とする。地上波とは異なるメディアの特質を求め、衛星波では新たなソフトの開発を進めたころ、わたしにも特集番組のチャンスが巡ってきた。

春夏秋冬、四季の季節感に合わせて、日本の伝統文化についてのインタビューと、歌舞伎の名舞台を台本なしでわたしがひとり語りする特集番組があった。様々にタイトルを変え、五つの季節で二十本も放送できた。赤江さんとは「華の人　華の芸」シリーズの「春の能」という対談で初対面。この年は作家・竹西寛子さん、歌人・水原紫苑さん、免疫学者の多田富雄さん、そして赤江瀑さん。会いたい人、話したいゲストと話せる至福のひと時だった。

小説は乱読。通勤電車での読書で出会った赤江本。当然、この番組にぴったりのゲストなので、会議で提案した覚えがある。歌舞伎、能、レビュー、ミュージカル……わたしが少年時代から夢中になっていたものを匂わせる赤江作品。難しい漢字やフリガナ、魑魅魍魎《ちみもうりょう》の事件性、蠱惑《こわく》的な修辞……「怖そうな人」だけれど会ってみたい作家だった。しかし、柔らかな春の日差しを浴びて語る赤江さんからは、こんなことば。
「作家はね、海を見ちゃいけないっていうんですよ、のどかになるから」「わたしの仕事場は車も入ってこれない、目の前は海という場所」「海を見ながら、のどかに書いているんですよ」と穏やかな笑顔の方で、すっかり安心した。おどろおどろの文から想像する嵐の中や真冬の荒波ではなく、海を語るとき赤江さんに見えているのは、あくまでふるさと下関の「春の海」だった。

語りあった春の能は「隅田川」と「道成寺《どうじようじ》」。迎賓館の庭園と室内。場所を変え、庭では「隅田川」だった。池に浮いたガラス張りの建物を背景に、若緑の広がりの中、撮影した。「隅田川」は梅若という息子を拐《かどわか》された母が都から、隅田川の畔《ほとり》まで、彷徨《さまよ》い来る物語。能舞台には老松《おいまつ》しか描かれていないが、春爛漫の出来事。墨堤《ぼくてい》の桜を見るような赤江さんの眼差しが、色付き眼鏡の奥に揺蕩《たゆた》っていた。

そんな明るい春景色とは対照的に、梅若が、ここで死んでしまったことを母は知る。ちょうど一年前のこと、この日が命日だった。母は子が埋《うず》まっている川辺の塚を掘り起こそうとする。赤江さんは言葉の達人、「悲哀」「悲痛」「悲嘆」と単語を続け「慟哭感」「原初の情念」など母子の物語をひとことで納めず様々な表現を駆使して語った。

と同時に作家らしいと感じたのは、観世元雅が父、世阿弥の「能を演じながら能を作れ」という教えを実践して書き上げた「隅田川」は傑作で、伊勢物語だけでなく、万葉や新古今の和歌などさまざまな先行文学から着想を得た「本歌取《ほんかど》り」の構造だと熱く語った。伝統芸能、伝承文化の「本歌」に通暁した作家だった赤江さんの本質を聞く思いだった。「この曲には古典の景色がみえますね」このことばも心に残る。

室内では「道成寺」について「まっしぐらに女の執念を真ん中に据えた能だ」と語り「隅田川」と同様、「執心《しゆうしん》」「執着」「執念」と言葉を重ねる豊饒な語法を採った。恋しい男が梵鐘《かね》に隠れた。男と鐘への女の恨みが蛇体に変身させ鐘もろとも焼き尽くす情念。能は後日譚で、その怨霊が再び現れ鐘を落下させる物語。シテが落下する鐘に入る前は美しい白拍子だったが鐘を引き上げると鱗模様の蛇体に。顔は般若や真蛇《しんじや》の面《おもて》に変貌している。口が耳まで裂け目を吊り上げ角《つの》を生やしている正視できない恐ろしい能面は女の相貌《かお》だ。赤江さんは「女性は生き物として罪深い存在ですから」「この女は、通常の能のように僧侶の祈り、仏の力にも屈服しない、今でも生きているんですよ」。さらりと語る強烈な発言は誤解を招きかねないが、女性には大地に根差した生命力があり、生への執着がある。角を生やさせるのは男の罪であり、その執着心は仏力にも屈しないという赤江理論だ。

偶然、女性をシテにした二作品。どちらも幽玄を主とした女物の三番目ではなく、四番目物。母性愛と恋の執着という女性の二面性を表象した代表作だった。別の分類で行けば「狂」にあたる。赤江文学のひとつのキーワードが「狂」だ。

そんな赤江さんと最後に会ったのは平成十三年（二〇〇一）秋の国立劇場。「悪」をテーマにした新作の浄瑠璃、落語公演だった。赤江さんは小説だけでなく戯曲や詩に作品を残した。そんなひとつに新内節「殺螢火怨寝刃《ころしぼたるかえんのねたば》」の作詞がある。三味線音楽の中でも男女の情念を強く描く浄瑠璃が新内節。作曲は人間国宝の三味線方、新内仲三郎さん。三味線弾きだが美声でも知られ、この時も弾き語りをした。

仲三郎さんとは、人間国宝の認定を受ける前からの長い付き合い。偶然のふたりの顔合わせも喜ばしかった。

仲三郎さんとのインタビューで忘れられないのは「ラジオ深夜便」を担当しているとき。父は先代の多賀大夫《たがたゆう》、十代で入門したのは叔父の仲造《なかぞう》。なぜ新内をやろうと思ったのですか？という質問に「小学校に入ったばかりの頃ですかね。大きなお屋敷の祝賀会で叔父や父たちが余興で招かれ演奏をしたんです。その三味線の前弾きが始まったとき、広い廊下にいたわたしはね、転げまわってしまったんですよ。のたうちまわるっていうかね、そのときの感覚が一生忘れられません」衝撃的な内容だ。わずか六、七歳の少年の体験。今日の仲三郎さんの芸魂にかかわる話だ。新内は豊後系浄瑠璃といって先輩に常磐津節《ときわづぶし》や清元節《きよもとぶし》という劇場音楽がある。いずれも抒情的な艶っぽさの語り物の系譜をひく。なかでも心中など男女の情感を語る煽情的な場面は幕府から禁令がでるほど、新内はその最たるもので襖の向こうで演奏している間に、こちらの座敷で男女が相対死《あいたいじ》にをしたという話まで伝わっている。人の心を蕩《とろ》かす三味線の二重奏。仲三郎少年の心と身体をも翻弄したのだろう。

赤江作品の登場人物たちも運命に翻弄される人々が多い。そして肉感的であり、読者の心を「ざわざわ」させる力がある。
赤江さんの著作の表紙絵を飾った画家・岡田嘉夫さんとも親しくしている。普段は自分でデザインしたシャツやパンツのカラフルおしゃれで会話はユーモアたっぷりだが、その作品はどれも色彩や画風が心を落ち着かせず「ざわざわ感」いっぱい。

赤江さんは新派の俳優、英太郎《はなぶさたろう》さんにも「夜の藤十郎」という戯曲を書いている。新派の女方として活躍した英さんは三年まえに急逝したが、先代・英太郎のさっぱりした芸風とは違って、ちらりと見せる女の執念、底意地の悪さ、屈託、ねっとりとした風情、そして独特の諧謔と情愛。明治、大正の芸者役に存在感があった。そんな大好きな役者にも赤江作品は好まれたのだ。

赤江瀑という名前に、作品に搦めとられる人々が、不思議にわたしの交友関係の中に存在していることを嬉しく思う。

赤江さんといちばん話し合いたかったのは六代目中村歌右衛門のこと。「隅田川」は歌舞伎で、清元節にうつされ、子供を失う母を歌右衛門が演じ名品となった。「道成寺」も長唄の「京鹿子娘道成寺《きょうがのこむすめどうじょうじ》」となって歌右衛門が繰り返し演じてきた代表作である。

歌舞伎はどちらも春景色だ。華やかな大舞台で悲しみと恨みの大曲が演じられてゆく。赤江さんは大好きだったはずだし、取材の合間、ちらちら歌右衛門に話がうつりそうになったのを、二人で暗黙裡《ひそか》に堪《こら》えていた。赤江さん自身の心をざわつかせた名優ではなかったろうか。

そんな歌右衛門が亡くなって二十年。禍々《まがまが》しいウイルス蔓延の日々、東京は桜が咲く中、牡丹雪が舞い散っている。厄《わざ》禍《わい》を、つかの間、浄《きよ》めてくれるようだが、歌右衛門が亡くなった三月三十一日も桜満開で雪が降り、夜は月光が差し込んだ。

日本の風景を彩る、雪月花。赤江さんの作品にもちりばめられている。

浄土の海を見ながら、極楽の雪月花に包まれ、いまどんな新作を書いているのだろう。

（かさい・せいじ　アナウンサー・古典芸能解説者）

みちおしえむし

岡田嘉夫

「月とスッポン」・「蠱惑と下世話」

それぞれに味が有って私は大好き。

突然に何を云い出すやら……と、云われそうだがこの途方もない隔たりが又イイ。

これらが同じ場に存在すれば絶対そぐわないのが世の常である。けど……なぜか私にはそぐう。

なかでも蠱惑と云う文字は本当に心引かれる。字の中の三匹の虫、これになれなれしく近付こうものなら常にプイと先へ逃げられる。さらに追いかけても手にするのは無理。

この虫は何やらあの黄色の毒汁を分泌してわが身を守る斑《はん》蝥《みょう》を想う。昔、忍びの者がこの虫の毒汁を使ってシゴトをして居たとか。ちなみにこの虫の毒の致死量は大人一人○・○三gくらいでOKだったらしい。モノの本に書いてたのを見ただけ、私がヤッタわけでないから定かでない。

そう、そのコワイ斑蝥、それが三匹皿に乗って惑わし遊びを仕出かすなんて考えるだにソラオッソローシイー……。

昔からの語り継がれた斑蝥ばなし。

馴れぬ山道で惑うと必ずしゃしゃり出て来て、道の前方で案内《あない》良ろしく歌うように舞い飛ぶ……おおかたの旅人はふらふらとその後を追って行った……とやら……。

そちらへ行けば　朽縄《くちなわ》が
あちらに行けば　山蛭《やまびる》が
こちらを行けば　寝屋《ねや》が待つ……

みちおしえむしと、斑蝥を土地の人々は忌み嫌う。なぜって、そちらもこちらも共にアチラへ行く道……。なら寝屋とは当然、棺。

ところが、蠱惑ともならば早々棺なンざには入れないのがきまり。

やがて鬱蒼の木々もとぎれて山の端《はな》。道もろとも切り絶つ岩岩谷川へ――。道惑い人はそれでもさらに斑蝥に案内され堅い岩に手をそえて一つ二つと下り行く。うちにいつしか岩は苔肌に、ズルリ足踏みはずし広げた両手の片方が岩など摑んで命を拾う。

〝おや？〟

さっきまでの苔肌の岩、みょうに生暖かい……。次に手にした岩肌、

〝エッ!!　人肌……〟

……と、魔を持った斑蝥だから蠱惑の中で生き続けているのかもしれない。

〝魔を遊ぶ〟

なンてリッチな事!!

ところが瀑さんからのナマ原稿がバッタリ送られて来なくなってしまって、
心がなンてプアーな事!!

岡田は瀑さんと組んでキタエられた。この世に汚ならしい蠱惑なんざ有り得ないから岡田はさらに美しい蠱惑を絵で描くべく苦闘させられたのである。

そんな仕事を楽しくやってた何十年か前の事、海部《かいふ》首相の頃だった。首相官邸で開かれる園遊会に招かれた事があった。その時、庭園で瀑さんとバッタリ出会ったのである。つい、云ってしまった。

「オヤ、山口からはるばるこんな下世話な場所へ……。赤江さんにそぐわない」

すると、口に手をあて、

「シッ、岡田さんだってそぐわない。これは何かの手違い」

と、腹から笑い合った。

つらつら思うにその時、庭園の花・草・木を愛でながら園遊されているお方なんて誰れ一人居なかった。誰れもが誰れが呼ばれたのかキョトキョト目線の動く方ばかりだったように思う。帰り道、ワイフに云う。

「やはり、イジマシイものだった……。俺は二度とあんな場には出席せん」

「あなた、それは二度目に招待受けてから云う事。一回目だけじゃ痩せ犬の遠吠えよ」

と、返って来た。やはりワイフが正解。二度目はお呼びでなかった。

けどけど、今のサクラを見る会はどーだったンだろう……。

もし、ワイフが元気であったなら、

「あなたってバカは治らないわネ、サクラなンざ東京でなくともこの神戸の老人ホームの庭で咲いてるじゃない。全く何を云い出すやら……」

と来ただろう。

ソウ、そうだ。その何云い出すやら……と云われそうだが、私、アチラへ行ったらすぐに瀑さんに尋ねてみよう！

「ひょっとして、月とスッポン・蟲惑と下世話、共に全部、私と同じ、瀑さんも好きだったンじゃない？」

って……。スッポンの鍋を前にして。その時上に月あらばさらに良し……。

（おかだ・よしお　イラストレーター）

ウルトラマリーン

司修

だいじなものほどよくなくなるといわれますように、赤江瀑さんからいただいたはがきは、だいじにしておこうと思っては、はがきのたばからはずして、小さな本箱の、限定背革装『ポオ全集』（東京創元社）の間にはさんでおいたのですが、何回もの引っ越しのおり、書簡を別にしまいこんで、どこかへ消え、いつの日かひょっこりでてきて、なんと運のいいことよとにんまりして、妻がそばにいれば、「あの関門海峡の夜の赤江さんとの酒宴は幻想的だった」とか、椿の森の、真紅の花絨毯をふんで歩くと、プチプチと種がつぶれ、椿の花から血が流れ出るかのような世界となって多少怯えつつ、「このまま赤江さんの小説だなあ」とつぶやいたことなど思い出すのでした。

一九七七（昭和五十二）年、『正倉院の矢』が刊行されたころ、赤江さんが東京にいる時は、新宿のスナックバー「ナジャ」で遅くまで飲みあかしました。瀧口修造が名づけたといわれる「ナジャ」は赤江さん好みのバーでした。酒瓶がならぶたなの柱に、ブルトンの『ナジャ』に挿入されているコラージュが飾ってありました。俗っぽい広告に描かれたらしい女の顔。その顔の鼻と口を隠すように数字の「13」のついたハート型がぺたりとはりついています。その下に手袋がさがっていました。コラージュは、「一方を動かせば頭のほうの傾斜を変化させることができるもので、全体は女の顔と一つの手とからなる切抜きである」というように、裸の女性が下半身を見せたり隠したりするような仕掛のもので、ブルトンの夢遊病的な生活体験として書かれる女性「ナジャ」がカウンターの中にいたのです。赤江さんはぼくと話しているというより、その場所にいることが面白かったのでしょう。赤江さんからの「雪の夜で、熱い焼酎の味をあなたに教わったこの記憶が蘇って……」というはがきもありました。そのころぼくは、女性雑誌『ジュノン』に、大人の童話を連載していましたが、唯一、赤江さんが読んでいてくれて、「こういう小説を書く人がいなくなった」とほめてくれたのです。

そう、関門海峡の酒宴をお話ししなければなりません。

一九八六年一月十日。赤江さんに招かれて、赤間神宮前のふぐ料理店「お富」へ妻とまいりました。座敷の下は海峡の波がチャプチャプと寄せていて、障子の雪見窓には、海よりも夜空よりも黒いものが右から左へ動いているけはいがあり、じっさい、巨大な貨物船の星粒のような明かりが、耳鳴りを絵にしたように動いているのでした。その闇の中の闇に、壇ノ浦の合戦で沈んだ武者たちの魂《たま》を感じました。

赤江さんは赤い革の背広を着ていました。その赤い革のうしろに巨大な闇が動いていたわけです。ぼくは、赤江さんの装幀取材で見た萩の「笠山椿群生林」の話などをしていたように思います。そこも、死者の魂を感じたものです。

赤間神宮は、壇之浦平家滅亡の祭寺であり、小泉八雲の描いた「耳なし芳一」も祀られている、赤江さんの舞台のような場所でした。

赤江さんのはがきには独特の印が場所を変えて押されています。その時そこに押さなければならなくなって押したのか、最初にそこへ押してあったのかと思う捺印なのです。そうしたはがきのなかでもいちばんだいじなはがきがありません。

二〇一二（平成二十四）年四月、ぼくは、ぷねうま舎刊の、月本昭男訳『ラピス・ラズリ版　ギルガメシュ王の物語』という本に、全ページ青い版画を入れました。赤江さんに贈るとすぐに返礼はがきが届きました。それは、ぼくのこころをぐらぐらと揺さぶりました。

世界最古の王の物語は、旧約聖書以前の物語が書かれています。夢占いによって王とその友エンキドゥが森のバケモノ退治をしたり、冥界を旅して、永遠の生命を得られる薬草を蛇に盗まれてしまう物語です。ギルガメシュ王と野性的なエンキドゥとの友愛の物語でもあります。一〇〇枚をこえる海の底のような青い絵にも、赤江さんは興味を示してくれました。

はがきの中に次のような言葉がありました。

――この青い海の底にいる母に会いに、これから行こうと思います――

二〇一二年六月八日、赤江瀑さんは他界しました。赤江さんの枕元に、『ラピス・ラズリ版　ギルガメシュ王の物語』が一冊置いてあったそうです。それは悲しい海の底の濃いウルトラマリーンとなってぼくに迫りました。しかしもし、一冊の絵本を、冥界の地図として赤江さんが持って逝かれたのであるならよかったなとも思うのです。

（つかさ・おさむ　画家・小説家・装丁家）

妖《あや》かしの海峡

伊藤謙介

小説家、赤江瀑「美の世界」展を鑑賞するため、二〇一三年六月初旬、下関を訪れた。駅から美術館を目指し関門海峡沿いを車で走る。梅雨入りとはいえ、日射しは強く、海峡が流れる街は、静かな佇まいを見せていた。

しかし、壇之浦の水底には、源平の合戦で亡くなった、数多《あまた》の武士《もののふ》の呪いが、時を超え、秘かに浮遊しているように想えてならなかった。

海峡を埋め尽くした源平の船々から、弓を射る音や、振り下ろす刀の風を切る鋭い音が聴こえてきたのは幻聴であったろうか。

赤江瀑は、昨年六月八日、七十九歳で忽然と世を去った。死を看取った人はいない。山口県下関市で生まれ、若い頃は難解な現代詩を発表するとともに、溝口健二に傾倒し、映画監督を志したこともある。

一九七〇年「ニジンスキーの手」で「小説現代新人賞」を受賞、『海峡』『八雲が殺した』で泉鏡花賞を受賞した。数多くの作品を著したが、鏡花の系譜を引く作家として人気があった。

夢幻と官能美、魔性と狂気、幻想と伝奇が、華麗な文体の中に妖しくうごめく、独特の世界は、「赤江美学」としか言いようがなく、私もその魔力に長く魅せられてきた。

ある雪の舞う日のこと、赤江の小説「獣林寺妖変」に誘われるように、京都洛北、船山にある正伝寺《しょうでんじ》を訪ねたことがある。赤江は正伝寺を「獣林寺」として、こう描いた。

「赤江瀑『美の世界』展」チラシ

京都には、幾つかの血天井がある。

重要文化財の指定をうける獣林寺方丈の広縁の天井も、その血天井の内の一つである。

関ヶ原合戦の折、徳川勢の武将鳥居彦右衛門元忠とその配下千数百名の軍兵は、伏見桃山城に籠城し自刃して果てた。城内は酸鼻をきわめ、おびただしい人血と流れ出る臓物の氾濫《はんらん》で、足の踏み場もなかったという。

獣林寺方丈の天井は、その折の城の廊下の床板を寄せ集めて張られている。

こんな語り口から、妖しの物語が華麗に展開される。京都を舞台とした作品は数多い。

赤江の名作に思いを馳せるうち、車は下関市の東、長府にある美術館に到着した。館内は、作家の多くの著書とともに、余技の域を越えた雄渾端麗な墨跡で満ちていた。まさに「赤江美学」の広大な世界であった。

館内をめぐりながら、赤江は使い古した鼈甲櫛やくぐもった手鏡、さらには血をはらんだ名刀等の内奥に潜む、死者たちの世界と向き合い語り合えた、類まれな作家であったと改めて思った。そして今、我々は事物のオブラートのような薄皮しか見ることなく、作家が凝視した、そんな情念の世界からはるか遠くに来てしまったように感じた。

美術館を辞し、生家を訪ねた。路地を何回も折れ廻った先に、主を失った質素な家が、海峡を見下ろすようにぽつねんとあった。

眼下に広がるのは、「妖《あや》かし」の壇之浦海峡だった。

（いとう・けんすけ　京セラ顧問）

（『京都新聞』二〇一三年六月十七日付夕刊）

滝川に小舟を出そう
——赤江瀑助手からの追悼エッセイ

浅井仁志

ファンから届いた牡丹の一輪、床の間。

花びらのひとひら、ひとひらが散るに任せて。

「そのままがまた美しい」と赤江さん。

創作から解放され、いつもの柔和な人に戻っている。


関門海峡の東の出入り口。その水際に面した高台、その一室。

海をうかがう窓。原稿を書くための大机。方形《ほうけい》紫檀《したん》の机。

林浦《りんぽ》放鶴《ほうかく》の書簞笥。額装された挿絵。

五十年の文筆活動、そのうちざっと四十年をこの部屋で、海にむかいながら。以前、編集者のどなたかが、

「赤江さん、海が見える部屋で小説は書けませんよ」

とおっしゃられた。


僕が、赤江さんの家に行くのは、ファックスで用件を頼まれたとき。また脱稿から二、三日の頃合いを見計らってのこと。

仕事を終えた解放感。ダイニングキッチンから海を見ながら。

自らの手料理とビール。晩年はビールも嗜まれた。

凪の、夕暮れ時は赤江さんをやがて饒舌にします。


このとき、書きあがった小説の話はありません。ただただ、景色と、思い出など。

僕は、メモしない、覚えない。忘れる。口外しない。そういったスタンスでいつも接してきた。

したがって、こうして書き始める懐古は、正鵠を失するかもしれません。

作家に謎は付き物、を言い訳にしながら。

作者の手を離れた作品だけが、人口に語られるべきもの、と
これは赤江さんのマインド。
それでも、僕があやふやな記憶を頼りに、赤江さんの日常、
その断片を拾い集めるために小舟を出します。

ときどき僕は記者さんから「赤江さんはどんな小説を書かれているのですか」と質問を受けることがありました。コレ難問です。

妖美、幻想、耽美はちょっとちがう。赤江さんのワンフレーズが欲しい。そんな風に思っています。

赤江さんに、こんな軽薄な質問をしてみました。小説では、なにを書かれているのですか。

答えは「人間を書いている」と。

これだけでは、他の小説とちがいがわかりません。ならば、ふさわしい答えを、と赤江さんのエッセイのなかから探してみました。

「人のうえに花を咲かせる」のひと言にゆきあたりました。

「人間を書いている」に、ちょっと迫れるように思います。

小舟A　本木雅弘をフランス映画で

残念ながら、いま赤江瀑の小説を書店の棚にみつける機会は少ない。単行本は、愛蔵されて古書店にも滅多に出ません。

二〇二〇年の現在、店頭で手にできる本でしたら、河出文庫『オイディプスの刃』になるでしょう。

――『オイディプスの刃』

一九七四年、第一回角川文学賞受賞作品。当時、角川映画の第一作として映画化が進行していました。

大々的なキャンペーンが企画され、製作発表の新聞全十五段広告なども出ました。刀というネーミングでしたか、香水やウイスキーの角川プライベート商品の開発も試みられた、と聞いています。

とにかく、角川映画事業の草創期、華々しい広告戦術が準備されたようです。

その後、事情あって映画製作スタッフが解散。スタッフを新しくして、実際に映画が封切られたのは、一九八六年。角川映画では第三十作目となります。


この小説の映画化について、赤江さんは後年、こんな風に話しています。

「フランス映画で、主演は本木雅弘くんで」

そうなれば「脚本は僕が書く」。

映画化が難しいといわれる赤江小説を、自身がどのように脚本、演出するのか。実現して欲しかった。

本木雅弘の駿介。

それとも、研師の泰邦にキャスティングすれば……

映画の視界がずっと違ってくるだろう。そんな想像も読後の楽しみになさってください。

小舟B　世阿弥と鏡花と、いいセリフ

普段、年賀状を書かない赤江さん。

一九八五年頃でしたでしょうか。珍しく年賀状が僕にも届いた。

「いいセリフを書きたい」と認《したた》められていた。

そのフレーズの意味が、僕にもわかったのは、『星踊る綺羅の鳴く川』（講談社、二〇〇〇年）を読んだときでした。

泉鏡花の『天守物語』のような戯曲を書きたいということだったのでしょう。

そうした思いを一段と押し進めた、そのきっかけは、坂東玉三郎が演じた『天守物語』でした。

それは、刺激的なことだったようです。

『幻想文学』五十七号「伝綺燦爛　赤江瀑の世界」（アトリエOCTA、二〇〇〇年）のなか、東雅夫さんのインタビュー「われは海の子、虚空の子」で、その一端を披露されています。

泉鏡花を超える「魔のセリフ」を書きたい。

泉鏡花文学賞をいただいたから、もう他の文学賞に未練はない、とまで言われた。その先に泉鏡花を超える。そうした想いがこのフレーズに込められていたのだと思います。

本書にはページの都合で収められなかった「戯曲　夜の藤十郎」（単行本未収録）も、こうした思いがこもった作品です。

赤江さんが、亡くなる直前まで、書き改めていた最後の戯曲になります。

小舟C　切れた弦

「書け！の声がしない
書かせてくれない。

動いてくれない。

グズ！」

自らへの悪態をつき、自らに罵声をあびせる赤江さんがいました。最初の一文字を生み出せない、その苦悩から己を奮い立たせるためでしょうか。

僕は「世阿弥」を赤江さんのライフワーク、と思っている。それればかりか、世阿弥は赤江瀑のかつての姿。などと思うことがある。

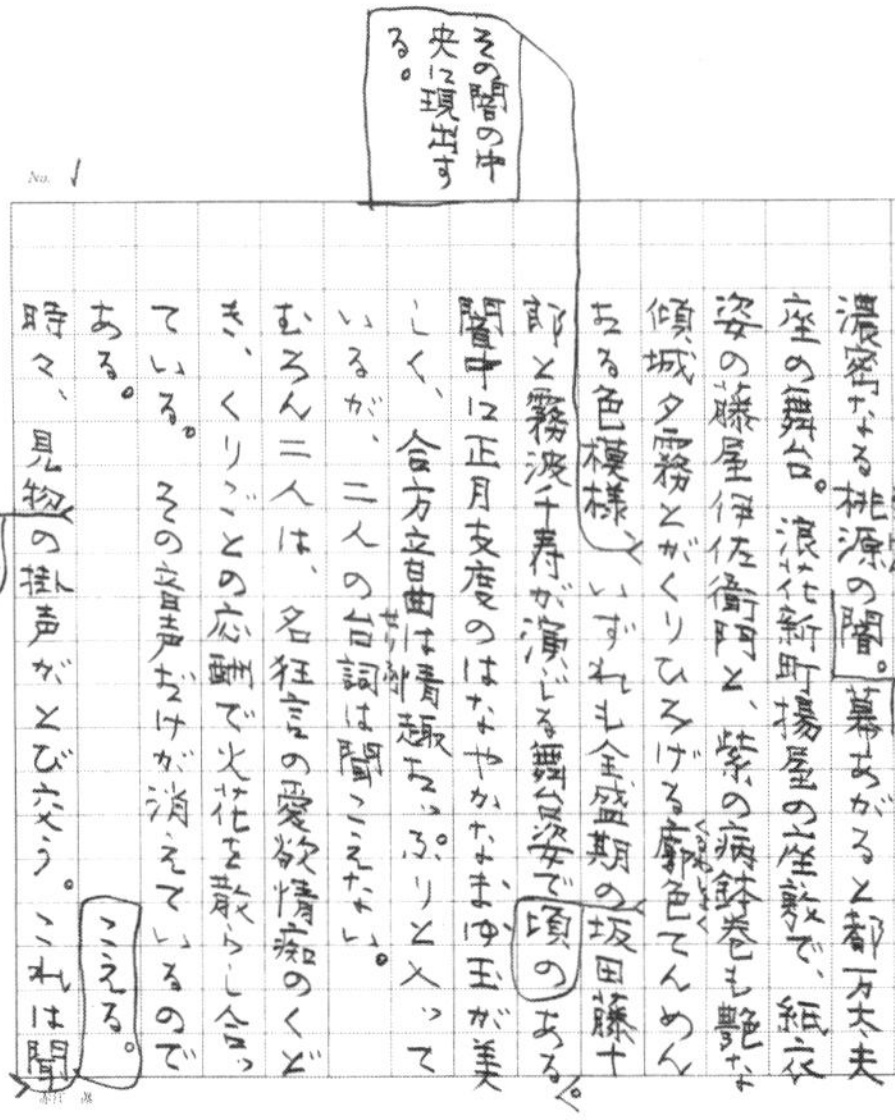
その闇の中央に現出する。
No. 1
時　宝永から正徳にかけての頃。
所　江戸。および、京。
第一場
濃密なる桃源《とうげん》の闇。幕あがると都万太夫
座の舞台。浪花新町揚屋の座敷で、紙衣
姿の藤屋伊左衛門と、紫の病鉢巻も艶な
傾城夕霧とがくりひろげる廓色てんめん
たる色模様。いずれも全盛期の坂田藤十
郎と霧波千寿が演じる舞台姿で頃のある。
闇中には正月支度のはなやかなまゆ玉が美
しく、合方音曲は情趣たっぷりと入って
いるが、二人の台詞は聞こえない。
むろん二人は、名狂言の愛欲情痴のくど
き、くりごとの応酬で火花を散らし合っ
ている。その音声だけが消えているので
ある。
時々、見物の掛声がとび交う。これは聞
こえる。

「夜の藤十郎」最終稿1頁（浅井仁志提供）

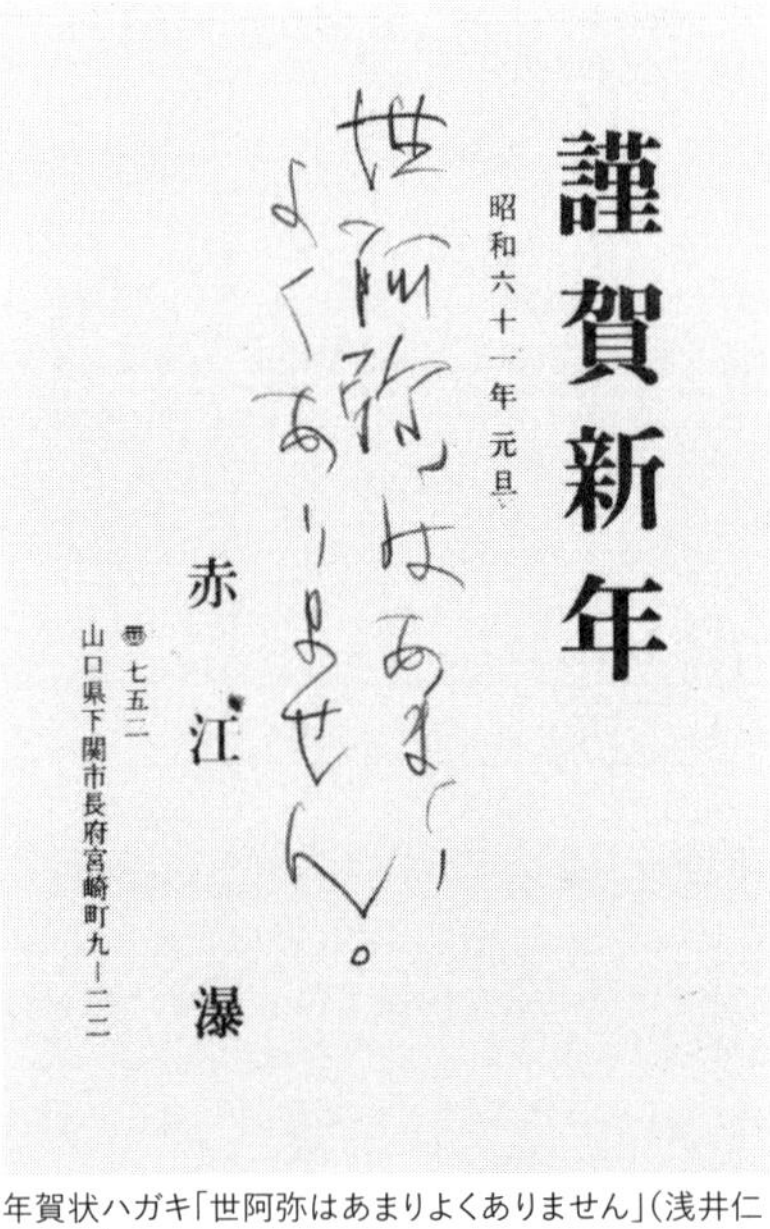
謹賀新年
昭和六十一年元旦
世阿弥はあまりよくありません。
赤江瀑
〒七五二
山口県下関市長府宮崎町九―二三

年賀状ハガキ「世阿弥はあまりよくありません」（浅井仁志提供）

『オール讀物』に「世阿弥」を書く機会をいただいた赤江さん。自分にしか書けない世阿弥を書く、と宣言。

これまで、多くの小説家と解説者たちが、世阿弥の人間像を書き、都から追放されたその理由などを推理。そして書いておられる。しかし、まだ真相は別なところにあるのではないか、と赤江さんは考えていました。

世阿弥が、能役者としての名声を得て、脂の乗り切った充実期。突然の不遇や迫害、そして失意にみまわれた当時の人身劇。

生涯の浮き沈み、不運、逆境と老後。その真相を解明して、赤江にしか書けない世阿弥を書く。

ヒントは佐渡にあるのではないか、と出かけたものの、真相がやはり、わからない。

原稿用紙にむかうものの、書き出せない。

そうしたときの罵声。

「書かせてくれない。動いてくれない」

こうした苦悩の時期が四、五年に及んでいます。この間、ほとんどの原稿依頼に応じていません。

「世阿弥が書かせてくれない」

赤江瀑が放つ世阿弥の矢は飛ぶことがなかった。

世阿弥と赤江瀑のこわい逸話を。エッセイ「世阿弥の屛風」(『国立能楽堂』二十九号［国立劇場、一九八六年］、のち『オルフェの水鏡』［文藝春秋、一九八八年］に収録)から。

赤江さんが正月の酒の酔興で、乞われて主家の屛風に書いた文字は世阿弥の伝書から選んだことば。

後日、子供が座敷を走り回っているとき、はずみでその屛風が破られた。その子供の家の姓が「藤若」。世阿弥が少年時の名前です。

こうした因縁に、世阿弥の怒りの声を聞いたと書いています。


世阿弥に迫る赤江瀑の作品を列挙します。

・「惑星たちの舞曲」:「元清五衰」「日輪の濁り」「踊れわが夜」「しぐれ紅雪」「春睡る城」(『別冊婦人公論』一九八五年から八六年にかけて連載。のちに『遠臣たちの翼』［中央公論社、一九八六年］に収録)
・「世阿弥」(『歴史の群像10・創造』［集英社、一九八四年］収録)

小舟D　京都のひと　赤江瀑

下関に来られた俳優のお一人が、「赤江さんって京都にお住まいでなかったの。京都の人とばかりに思っていました」とおっしゃった。


一九九三年の新春。

京都の花街・祇園甲部組合が発行する季刊誌『ぎをん』からの執筆依頼がはいりました。この季刊誌の発行目的は、「明治から昭和期の歌人・吉井勇が魅力を歌い上げた祇園。多くの文人、画家の方々によりこの町の魅力は描かれています。その思いを語り伝える」とあります。

「京の人たちに、赤江を認めてもらえた」と赤江さん。

泉鏡花文学賞の受賞と同じくらいに嬉しい、と喜びを全身で表現された。

・『ぎをん』一三三号にエッセイ「涼やかな祇園ぶり」掲載(青龍社

編集製作、祇園甲部組合発行、一九九三年）

小舟E　京ことば

千年以上の歴史ある「京ことば」を次世代に残しておきたい、と活動を続けられる会があります。中島さよ子さんが主宰される「京ことばの会」です。

この会が主催する活動のひとつに朗読会があります。雅な京ことばに触れることができる小説を選んで、定期的に公演もなさいます。赤江さんの「隠れ川」（『小説新潮』一九九三年九月号、『霧ホテル』［講談社、一九九七年］収録）も取り上げられました。

赤江さんは京ことばをどんなふうに学ばれたのですか、と聞いたことがあります。

そのとき「京ことば」の女性研究家による著作物を見せていただいたのです。

「この本を参考に書いてきた」と。

A5判ほどで薄い小冊子だった。赤江さんが亡くなって探していたのですが、見つかりません。

「京ことば」は独学だった。

小舟F　創造家への餞《はなむけ》

赤江さんのまわりには、アーティスト、クリエイターがあつまる。創造家を目指す若手も、その入門口で迷っている人も。芸術的な境地を開くために。自分に不足しているモノやコト、あるいは悩みだったり。

その答えを求めている人。次に紹介する手紙は、そうした人からの助言を求める手紙に対する、赤江さんの返信です。ご本人の承諾を得て紹介いたします。

石岡瑛子さんに師事したい、と考えた若いクリエイター。石岡さんの東京事務所を探し当て、出向きます。残念なことに事務所は留守だった。ポストに来訪の旨を投函して下関へ引き返します。

一九七四年、角川書店の雑誌『野性時代』に掲載された『オイディプスの刃』の著者グラビア撮影が京都であった。

アートディレクター・石岡瑛子、フォトグラファー・沢渡朔《さわたりはじめ》、そして角川春樹さんがプロデュース。石岡さんは遠くから大声で「赤江さん、刀をこう振って、振ってぇ」とポーズをきめる。沢渡さんは撮影後、「僕が初めて撮った男性は、赤江さんですよ」と、時代を先駆ける創造家のそろい踏み。

そんな経緯もあり、思いが石岡さんに伝わったら動くつもりだった赤江さん。しかし、彼女が事務所を訪ねた時期は、ちょうど石岡さんが入院していた頃にあたりました。

それから半月もしないで飛び込んだ、石岡瑛子の訃報。

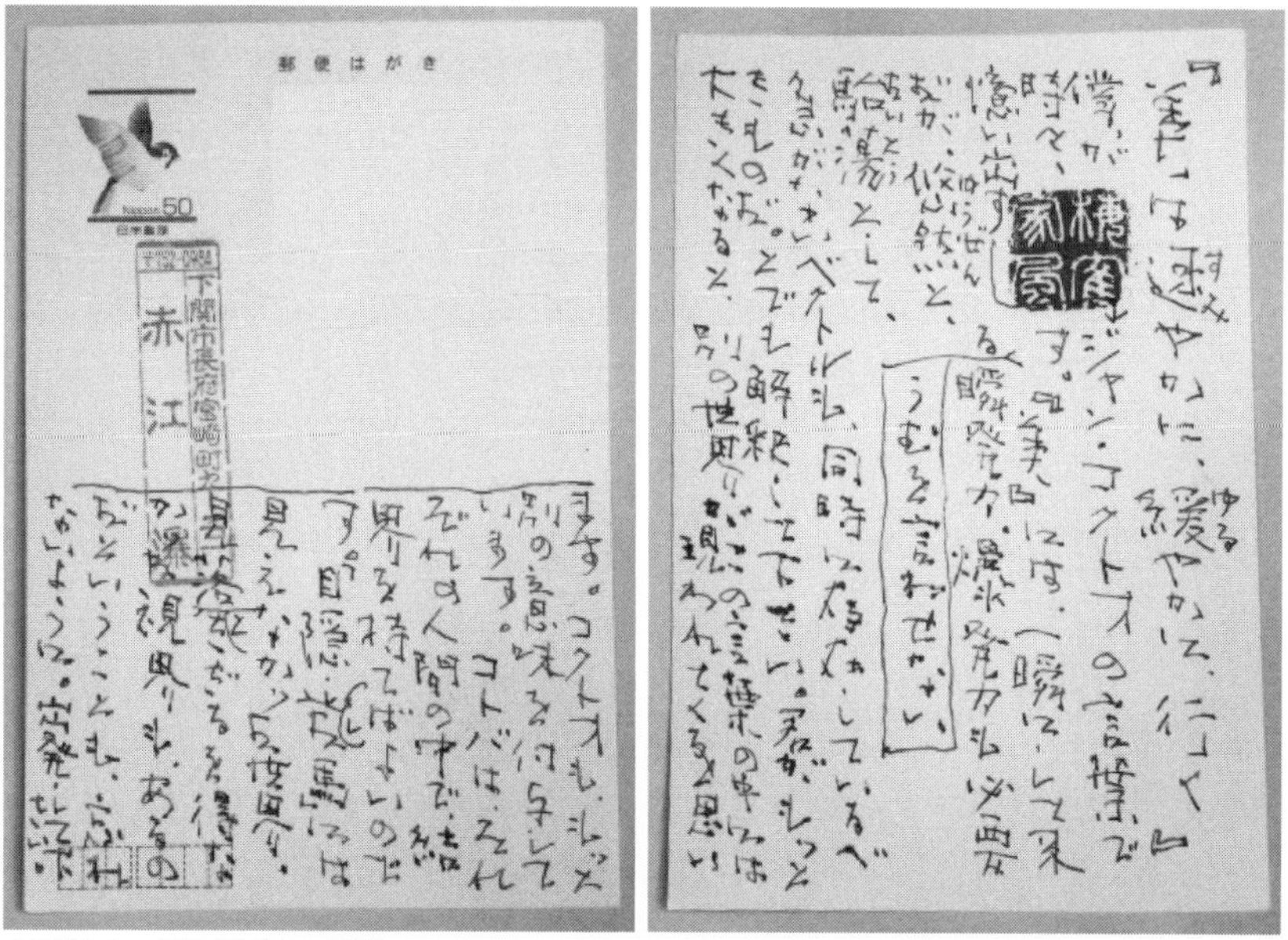

赤江瀑からの返信（浅井仁志提供）

「石岡さん、日本に居たんだ」と赤江さん。

以下、彼女の手紙への返信、本文です。


『美は速《すみ》やかに、緩《ゆる》やかに、行く』

僕が時々、憶い出すジャン・コクトオの言葉です。『美』には、一瞬にして来るうむを言わせない瞬発力、爆発力も必要だが、悠然と、駘蕩として、急がないベクトルも、同時に存在しているべきものだ。とでも解釈して下さい。君がもっと大きくなると、別の世界がこの言葉の中には現われてくると思います。コクトオも、もっと別の意味を付与しています。コトバは、それぞれの人間の中で、結界を持てばよいのです。「目隠しした馬」には見えなかった世界、見落とさざるを得なかった視界も、あるのだということも、忘れないように。

出発して下さい。


そのほか、赤江さんが語ってくれた言葉を拾い集めてみました。ほんの断片です。意味や示唆と解釈は、それぞれ個人の経験などによって違ってくるのでしょうが。

「独擅の境地を持て」

「独創的な才能を備えなさい」

「自分でなくては描けない絵を描きなさい」

「頂上を目指さなければ、実の花は咲かせない」

「最初の三行が勝負。一瞬で人心をつかめ」

小舟G　月夜の晩

「満月よりその前の月が美しい。前後の月が」とおっしゃった。未完、未成の、完全へ至る過程にある、その時が輝いて、いちばん美しい。そこに想いをいたす心を持ちなさい、でしょうか。

あるいは、

「危うげな美が均衡する、その一瞬が美しい」とも。

美を求める、探るエネルギー、その姿勢が美しい、とおっしゃったのでしょうか。解釈のさきは奥深いようです。かように僕には満月が悩ましいものです。

小舟H　茶道と書道　二人の赤江瀑

——花所望《はなしょもう》　茶人・瀑

茶の席で、亭主が客に「どうぞ、お花をおさしください」と。客はその所望を受けて、答える。

茶家の言う「花所望」。

その席の作法のなかに赤江さんは小説の材料としてドラマの場がたくさんあると考えていた。絢爛豪華、複雑な心理の葛藤劇など、人間劇の舞台をいくつも書けると思っていた。

デビュー当初のこと、裏千家の宗家に一年ほど密着するという企画があった。

しかし編集者からきた猛反対に諦めたそうだ。ご本人はほとんど心が動いていたと、聞いた。

——書道家「瀑」

揮毫の多くは、万葉の古歌、コクトオだったり、ブルトンの詩だったり。「書の嗜みはない」と謙遜される。しかし、少年期にして、「敵わない」と教師がこぼしていたらしい。能筆家として知れ渡っていた。

いかにも赤江さんらしいと言われる「魑魅魍魎と戯れる」と揮毫した当時の筆から、絶筆となる「心形穏やか」まで。

墨跡の移り様は、書かれた小説群に相応している。若さの有無を言わせぬ筆致の剛筆から、柔らかに包みこむ繭の筆まで。当時の境地をうかがえる。

若い頃の字は、「嫌いになった。もう見たくない」とよく聞かされた。

小説家にならなかったら書道家になっていた、と言う。

小舟I　ゆるりの瀑

「下関には、おいしいお酒を飲みたくなったとき、それも午後の早い時間に、飲ませてくれる気の利いた場所がない」

雑誌『演劇界』の依頼で、博多座観劇評を書くために寄った博多座近くのホテルオークラ福岡。

その一階にあるバーは、博多へ行った折には必ず寄る場所となりました。赤江さん、カウンターでマッカランを2フィンガーショット。

毎年末、能楽師高安《たかやす》流大鼓方・白坂信行さんが主催される「朱夏《しゆか》の会」で能を楽しんだ後ももちろん。これ、恒例。

花柳三吉師匠、花柳あや舞師匠、母娘の舞踊家とご一緒して能を鑑賞したあとで立ち寄る。ひときわ、穏やかで幸せな舞台が立ち上がっています。

●編集者との長電話
「人との会話は久しぶりだ」

とくに晩年、成田守正さんとの電話は格別にくつろぐときだったようです。

信頼し、尊敬している同士ゆえの長電話。

●画家・堀晃《ほりひかる》さんの冗談話
堀晃さんは、『アルマンの奴隷』（文藝春秋、一九九〇年）の装画を描いています。

下関郊外山陰の漁村にアトリエを構えていて、俳優デブプリオを自称した。よく奥様とご一緒して、赤江さん宅へ獲れたての魚を届けられた。その茶目っ気たっぷりな話ぶりに、赤江さんは微笑していたものです。

堀晃さんも、二〇一九年元日、若くして故人となられました。

●田舎のおばあちゃんのぬか漬け沢庵
何度も聞いた、食べたいもの。これには、伏線がある。スペインで飲んだ地酒シェリー酒、ティオペペの味が似ているらしい。キンキンに冷やしたシェリー酒と古漬け沢庵。

どちらが先にくる味なのか。聞く機会はなかった。

●秋海棠《しゆうかいどう》
夏から秋にかけて、仕事場のちいさな庭の、その床下まで一面が、この淡い薄桃色の花に満ちるとき。

たくさんの庭と花が赤江さんの作品に登場してきたけれど、庭のこの秋海棠が、いちばんお好きだったのです。

みなさん、赤江さんが好きな花は薔薇、と思われている。

●泳ぐ
赤江さんは泳ぎも好きで、得意。仕事場から海岸まで降りて泳ぐ夜がある。

ある夜、赤江さん、仕事机に向かっているとき、「バカヤロー」と夜の海を泳ぐ未知の男の罵声を聞いた、と言われる。

「胸中を知りたい」とおっしゃった。

●双眼鏡で海峡ウォッチ
レジャー船。磯遊びの人たち。ミサゴ。イルカ。たくさんの関心の対象が、赤江さんの海にはある。ことに鮫が泳ぐ海を見たいと。往年の大女優ベティ・デビスの『八月の鯨』は赤江さんが好きな映画のひとつ。

小舟J　閉じられた引き出し

原稿の書きだめをしなかった赤江さんが、小説の構想をあためていたままお蔵入りしたものをご紹介します。

●田中絹代
同郷、下関の大女優。たしか新藤兼人監督の本でしたか、その中にある集合写真に、ちょっと顔をみせている付き人と思われる人がいる。

「僕が田中絹代を書くには、この方に会って話をうかがわないことには書けない」と考えていた。結局、下関の先輩作家、古川薫が、「僕が書いていいか」と問われ、「どうぞ。お書きになってください」と答えている。

●佐々木小次郎
作家デビューのころ、小次郎を書く、と準備していた。しかし、折しも、村上元三がもう一度、佐々木小次郎を書く、と伝わる。赤江さんは、「大先輩がおっしゃるから僕が書いてはいけない」と断念している。

赤江瀑が書けば、きっと美男の佐々木小次郎だったろう。

●アラビアンナイト
岡田嘉夫さんとご一緒に「アラビアンナイト」を。なかでも真っ黒い黒檀の空飛ぶ馬を書くつもりだったようです。

これも赤江さんの頭のなか、引き出しの隅に仕舞われたまま。

●マラソンとアスリート
マラソンや駅伝を見るのもお好きでした。コースの街並みも小説材料の対象だったようです。かつて日本でトップクラスのランナーを輩出していた中国電力の陸上部監督への取材を望まれていましたがかなわず、これもまた引き出しの隅へ。

●フィギュアスケート
かなり以前のことだが、取材のために、雑誌の編集担当と大阪の桜ノ宮にあったクラブへ行っている。そのグラビアページもあった。

アクセル、サルコウ、フリップ、ループなどジャンプの踏み切りを見分けるのも確かでした。伊藤みどりの遠く、高いジャンプをたたえていた。

ジャンプといえばバレエ。

熊川哲也には「ニジンスキーの手」の弓村高《ゆみむらこう》を重ねていたかも知れない。

彼が帰国後の福岡公演はご一緒した。また、吉田都も応援していらっしゃいましたね。

小舟K　春を探す

花の森の匂い、山のぬくみが、動かない。

死ぬなら、春の日なたの陽だまりで、のびのびと横になりたい。

「この世に生きたものの、森羅万象、誰かれとない、仲間たちへの挨拶にはなるだろう」

赤江さんがエッセイで語る理想の死。その「死」のイメージは、春を探す。


そして春の陽だまりで「ありがとう」を伝えたかった人たち。

京都では、個人タクシーのAさん。

もう引退なさってから二十年になるでしょうか。京都駅のお迎えに始まり、京都取材のすべてをご同行くださいました。

赤江さんの京都を知る人がまだある。

常宿・京都国際ホテル、藤田観光株式会社のMさん。ホテルの優れたフロントマンとして小説にも登場されました。

同じように下関では、個人タクシーの古田又夫さん、原稿を宇部空港までお届けなさった。小説取材の道行きも。気分転換のドライブ。季節と花を巡るときいつも。

そして古田さん卒業ののちを、引き継がれた広兼狩忠さん。広兼さんは、現役。もし下関へ行かれることがあれば、赤江さん縁のあちら此方をご案内くださるかも。

中学校の恩師・安成房江先生は、短歌の詠み手でNHK全国短歌大会で何度も入賞。少年時代の赤江さんをよく知る人。広兼さんを経由して小説の読後感想をずっとお届けになった。

地方の不便の多くを、こうしてみなさんが補ってくださいました。


子どもの頃、小児麻痺の危機をマッサージで救ってくれたのはお祖父さん。

原稿を空港まで送ってくれたお父さん。

小説の感想は、いつもお母さんが最初。書棚に並んだ掲載誌の、その背表紙にはお母さんの字で題名が残されていた。

お母さんが亡くなったのは『ガラ』（白水社、一九八九年）の締め切り直前。葬儀に出られなかった。赤江さん、生涯、遺髪を懐に呑む。

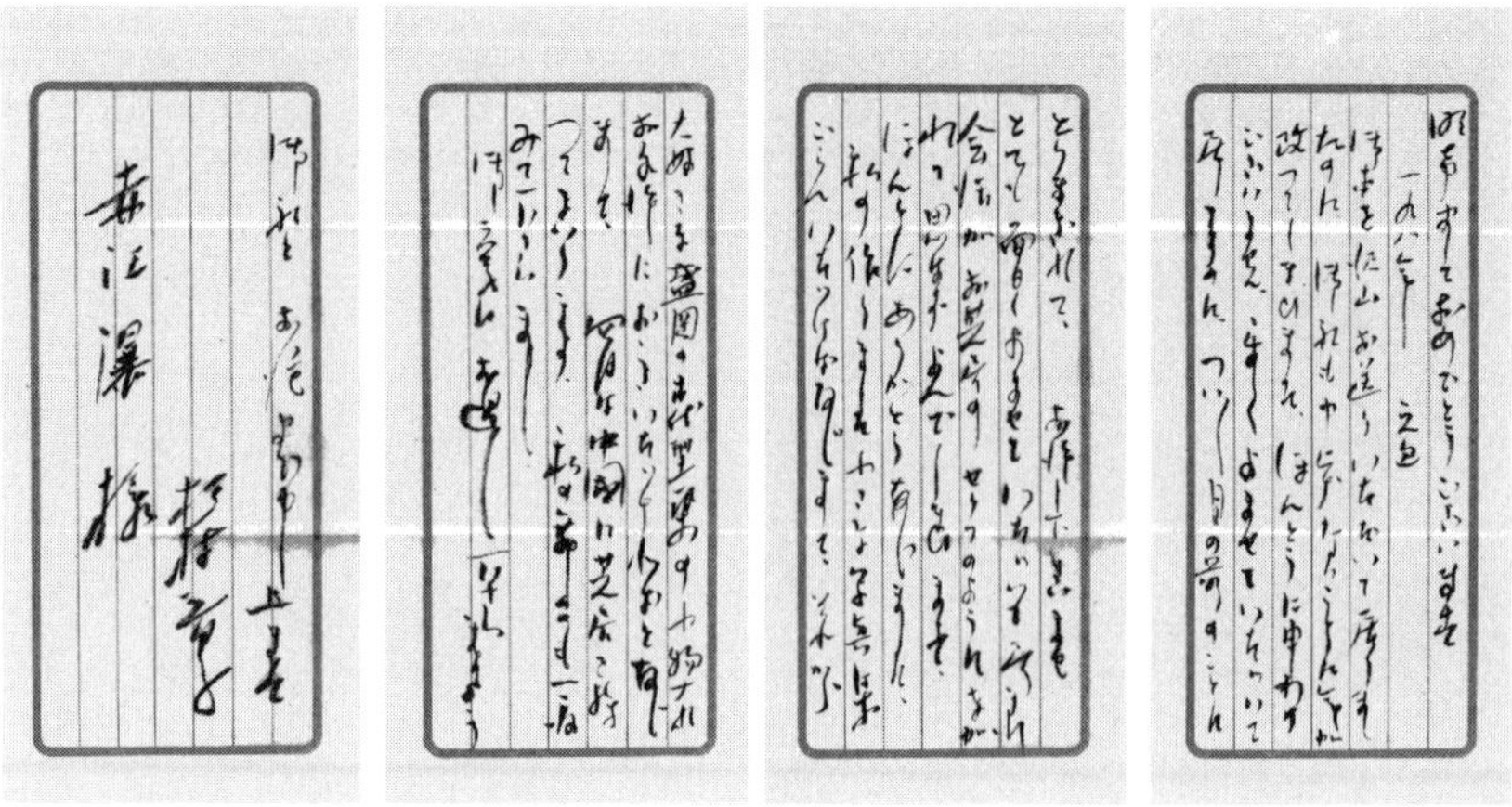

元旦、杉村春子からの手紙（浅井仁志提供）

一九九〇年代の後半から二〇〇〇年代、赤江瀑ファンが立ち上げたホームページが、たくさんありました。書評はもちろん、好きな小説のランキング投票などで賑わっていました。第一世代読者とでも称してよろしいでしょうか。

こうしたWEBコンテンツの全てを出力して、赤江さんに届けてきました。「あっ、言えてる」「そのとおり」など。苦笑いであったり。読者ファンの声は、しっかり届いていました。

私は、赤江さんの原稿や遺品を管理する立場にいます。

その価値や保存する必要性も承知していますが、生原稿や資料など、ご遺志にそって焼却処分したものがたくさんあります。それでも多くの未処分資料が残ります。これらは、とても個人で管理できるものではありません。

没後一年、下関市民有志が主催してくださった、「赤江瀑『美の世界』展」（下関市立美術館）にて展観ののち、生原稿の多くは、下関市立近代先人顕彰館・田中絹代ぶんか館へ委託し管理をお願いしました。

その他の遺品は、東亜大学（下関市一の宮学園町　櫛田宏治学長）のご好意により所蔵、管理していただいています。

それぞれが主催してくださる企画展などで、赤江瀑、滝川の景色に触れる機会があるかとも存じます。チェックしてくださると嬉しく思います。

小舟L　別れ

一九九七年四月四日。

互いが敬愛しあった、女優・杉村春子さんの逝去。

赤江さんは、その悲しみを、文学座の演出家・戌井《いぬい》市郎《いちろう》さん宛の弔電でこんな言葉でお見送りしています。

戌井さん、悲しいです。途方もなく、際限もなく、無尽蔵に、悲しいです。言葉もなく、声もなく、ただただ叫ぶよりほかありません。叫んでも杉村さんには聞こえません。悲しくて、なさけなくて、淋しくて、なすすべを知りません。あてどなく、深い大きなむなしさにおしひしがれています。六日のお式には参ります。お疲れでしょうが、巨大な大女優の最後の花道を荘厳《しょうごん》されるお役目は、巨大な演出家の戌井さんしかありません。よろしくお願い申し上げます。　赤江瀑

杉村春子と赤江瀑が最後に会ったのは、京都での舞台『華々しき一族』の公演でした。

控室でのお二人の会話。杉村さんは「最近あしが悪くなってねえ……」とおっしゃってる。僕は遠慮して、その部屋には入りませんでしたが、あとで赤江さんから、「そういう時は遠慮せずにそばで聞いておきなさい」と諭された。

●杉村春子さん賛歌

・「霧ホテル」(『小説宝石』一九九五年十月号掲載。九七年講談社から刊行)

・「星踊る綺羅の鳴く川」(『小説現代メフィスト』一九九七年九月増刊号掲載。二〇〇〇年講談社から刊行)

小舟M　桜の木の元で

黄昏の海峡。

「移ろう光を追いながら、このまま、酔いにお任せしよう」

ウイスキー派だった赤江さん。亡くなる数年前から、ビールも嗜むようになった。

「僕は桜の下で死にたい、とは思わない」とエッセイ(前掲「春を探す」)に言う。

「桜にとって、人の屍体は良いことだろうか」と僕に問われたことがあります。

それが文学的な答えを求められていたものか。平将門の首塚に想いを巡らせてのことか。桜に及ぼす、植物、生理学的な効果のことでしたでしょうか。

その時の赤江さんの答えは「桜にとって、為にならないだろ

う」だった。

そう言えば、あの人見かけないね。

本も見ないね。

小説、書いているのかしら。

などと、思ってもらえたらいい。僕が死んでも、伏せてほしい。親族以外、誰にも知らせず、葬儀も不要。

穏やかで、美しく死にたい。

「へえ、あの人亡くなったの」

そお。これでいい。

小舟N　孤峰

「僕の手を離れた作品は、読者の掌中にあって、評価くだされば良いのです。僕個人を対象の研究は無用になさってくださって結構です」

仕事への向き合い方について、こうもおっしゃいました。

小さな紙面、どんな依頼であっても、僕が赤江瀑と署名するからには、「決して手をぬかない」。

他人に接し、柔らかく。自らを厳しく律した。それかといって強靭を誇らず。苦悩や慟哭、怒りをみせることなく。

「赤江の美学」と作品を評価してくださる方々にめぐまれ、生涯を美しく生き、孤峰から比良坂を降りる。

此岸彼岸に大好きな人たち。

赤江さんの「ありがとう」は、春の森　南山の麓から。

（あさい・ひとし　助手）

赤江瀑迷宮 III

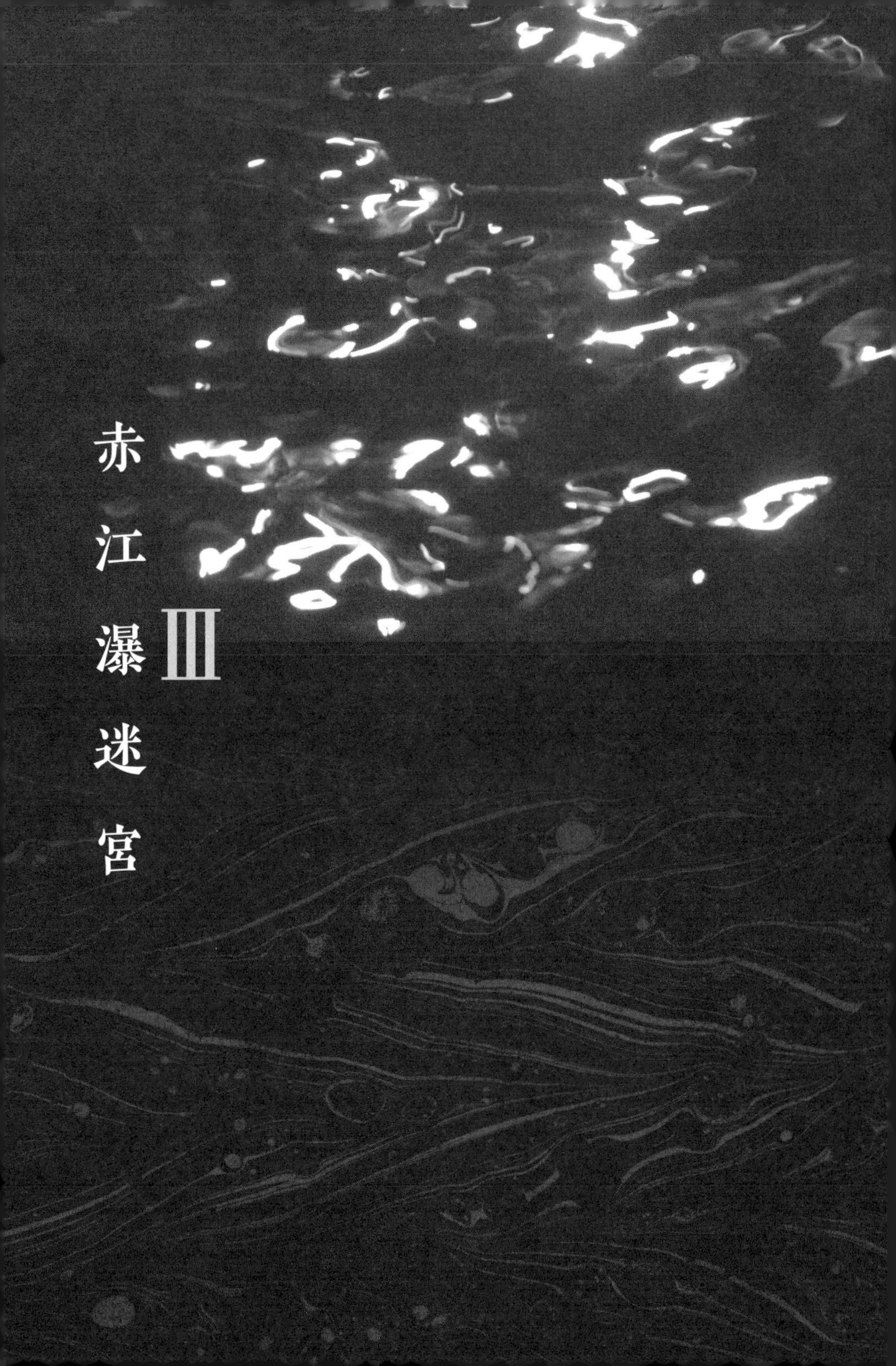

論考

俗世から幻想領へ
——赤江瀑作品の受容史

千街晶之

今では死語と言っていいと思うのだが、かつて「中間小説」という言葉が存在していた。ごく簡単に言えば、純文学と大衆小説の中間の位置にあるような小説ということになるけれども、厳密な定義は難しく、純文学や大衆小説との境界も曖昧であった（純文学出身の作家が中間小説に進出することも多かった）。『小説現代』『問題小説』『小説宝石』等々、一九六〇年代の第二次中間小説ブームの頃に創刊された小説誌は中間小説誌と呼ばれ、中間小説の新たな才能を見出そうとして創設された新人賞の代表格として小説現代新人賞がある。

赤江瀑は、一九七〇年、第十五回小説現代新人賞を「ニジンスキーの手」で受賞して小説家デビューを果たした。その後の作品の発表媒体も、『小説現代』を筆頭に『野性時代』『問題小説』といった当時の中間小説誌が中心である。

「ニジンスキーの手」受賞時の選考委員（五木寛之・野坂昭如・山口瞳・結城昌治・柴田錬三郎）による「選後評」は『小説現代』一九七〇年十二月号に掲載されている。それほど踏み込んだ評言はないが、どの選考委員もこの新人の本質を摑みかねているようなところも感じられる。一方、同号に掲載された「麻薬を喫《の》む」と題された赤江の受賞挨拶エッセイは、次のようなものだ。

ジャン・コクトオが『阿片』の中で云っていた言葉を想出します。

〈一度阿片を喫《の》んだものは、また喫む筈だ。阿片は待つことを知っている〉

私にとって小説は、この阿片によく似たものだと思っています。劇《はげ》しい麻薬です。もう引き返せはしないでしょう。やがて阿片が私の体をボロボロに引裂くまで、私はそれを喫む筈です。それが、私を選び上げて下さった方方へのご好意に応える事だと思っています。

　これを読む限り、赤江は創作姿勢を麻薬に譬《たと》えているのだが、自身の作品世界の麻薬的本質にも自覚的であったように感じる。ただ、当時の中間小説界でそのような路線がメジャーな位置を占めることはなく、後に雑誌『幻想文学』五十七号（特集・伝綺燦爛――赤江瀑の世界）掲載のインタヴュー「われは海の子、虚空《こくう》の子」（東雅夫・編『幻想文学講義　「幻想文学」インタビュー集成』および、後述の学研M文庫『赤江瀑名作選』に再録。引用は学研M文庫版に従った）で、「それなりの反発や、黙殺や、無視の壁は厚くて厚くて。今はもっと楽になっているというか、世界が開けたとか思いますけれどもね。あの時代はまだまだ何か凄い壁がたくさんありましたね」と当時のことを振り返っている。

　一方で、こうした赤江の作風の理解者・支持者も存在していた。例えば瀬戸内晴美（寂聴）は、『罪喰《つみく》い』講談社文庫版の解説で「私はそこに泉鏡花、永井荷風、谷崎潤一郎、岡本かの子、三島由紀夫といった系列の文学の系譜のつづきを見たと思った。中井英夫についで、この系譜に書きこまれるのはまさしく赤江瀑であらねばならぬ」と述べている。また皆川博子は『夜叉の舌』角川ホラー文庫版の解説で、「風俗小説、社会派小説、日常の土に足をすりつけて歩む小説が大半であった当時の小説界に、『ニジンスキーの手』は、そうして、赤江瀑という、蒼穹《そうきゅう》を飛翔する迦陵頻伽《かりようびんが》の出現は、衝撃的であった」と記している。赤江と同じ小説現代新人賞を受賞したものの、当時の中間小説誌に自分の居場所をなかなか見出せず苦悩を続けていた皆川にとって、赤江の存在は輝かしく、またこの上なく頼もしいものと映ったようだ（『幻想文学』五十七号掲載の鼎談「赤江瀑の呪縛　綺羅の文章に魅せられて」に皆川とともに参加している篠田節子・森真沙子の二人も、デビューは皆川より後の時期になるものの、赤江作品から受けた衝撃と影響は同様だったようである）。朝日新聞社のサイト「好書好日」の連載「朝宮運河のホラーワールド渉猟」に掲載されたインタヴュー（二〇一九年六月二十二日更新）で、「赤江さんには影響を受けているそうですね」という質問に対し、皆川は「とても影響を受けています。当時の中間小説誌に載っているミステリって、現実に立脚した男女関係を描いたものがほとんどだったんです。でなければ社会派かトラベルもの。そこに赤江さんが颯爽とデビューされて、日常とかけ離れた世界を、きらきらした言葉で表現してくださった。こういう方がいるならわたしもなんとかやっていけるかもと感じられた、心の支えのような存在でした」「赤江さんと同じようなものは書けませんけど、せめて恥ずかしくないものを書こうという気持ちはずっとありましたね。実際にはなかなか誉めていただけなかったですが、『トマト・ゲーム』に収録した「獣舎のスキャット」と「蜜の犬」はお気に召したみたい。倫理的に問題があるので、最初の文庫版からは省いた二編ですが、これはいいとおっしゃってね」と答えている。

　中間小説誌から登場したことに伴う弊害として、赤江は先述のインタヴュー「われは海の子、虚空の子」でデビュー当時について「ただね、読み物の雑誌で出て、私が一番好きじゃなかったのは、作品のタイトル横につく惹句ね、あれが、『小説現代』では或る時期、書けども書けどもことごとく全部『妖美、ホモセクシュアル』と出るんですよ（笑）。ホモセクシュアルを私が本当に書いていれば、それはちっともかまわないんですけど、そうじゃないものまでね。まだ出はじめの新人ですから、作者のイメージが限定される。妨害される。嫌でしたねえ。なんだか下世話な、世俗などこかを狙ったタイトルだなぁと、絶えず憤慨していました」という不満を述懐している。実際、デビューして間もない頃の赤江作品の初出誌を確認してみると、『小説現代』一九七一年七月号掲載の「殺し蜜狂い蜜」、同誌一九七三年三月号掲載の「罪喰い」、同誌一九七四年一月号の「アポロン達の昼」（単行本収録時に「アポロン達の午餐」と改題）の本文タイトル横の惹句は、まるで判で押したようにどれも「妖美ホモ・セクシュアルの世界」となっている（同誌一九七一年九月号の「赤姫」の場合は「妖艶エロチシズム」である）。これは『小説現代』を含む当時の中間小説誌の傾向として、作品の売りとしてセクシュアルな要素を過剰に前面に出す売り方というのが普通だったからだろう（例えば「アポロン達の昼」と同じ号に載った皆川博子の「漕げよマイケル」の場合、目次の惹句は「高校生ブルーセックス」となっていた。もっとも当時を知る講談社の元編集者によると、赤江の場合、入稿が最終校了日になることが多く、内容がわからなかったので惹句を使い回しせざるを得なかったという事情もあったらしく、そのあたりは著者と編集部のあいだに認識のずれがあったようだ）。独自の世界を拓いた赤江作品にどのような惹句をつけるかは他誌も戸惑っていたらしく、初長篇「オイディプスの刃《やいば》」が一挙掲載された『野性時代』一九七四年七月号の場合、目次の惹句は「刀剣と調香師の世界を描きつつ、現代と魔界とが華麗に反転しあうテレパシィ・サスペンス。ホモセクシュアルの世界を衝いた快心の初長篇！」となっており、「テレパシィ・サスペンス」なる見慣れない表現に編集者の苦心が偲ばれる。

　しかし、本人の思いとは別に、赤江作品を同性愛文学として評価する視座も、早い段階から確立していたのも事実である。ひとつには、赤江作品の初期の理解者たちに、「私もまた昭和四十五年の十月、『小説現代』の広告で『ニジンスキーの手』

という題、赤江瀑という作者名を見ただけで、心はふいにゆらいだ」(『ニジンスキーの手』角川文庫版解説)と記した作家の中井英夫をはじめ、『男色演劇史』の著者で演出家として三島由紀夫作品を手掛けた堂本正樹ら、男性同性愛を耽美的に描いた文学者が多かったことが大きかった筈だ。特に国文学者の松田修は、熱っぽいバロック的な文体が赤江と通じるのみならず、『刺青《しせい》・性・死　逆光の日本美』(一九七二年)で赤江の「雪華《せっか》葬刺《とむらいざ》し」と同じ歌川国芳の浮世絵を取り上げるなど、モチーフの選択や美学において最も赤江に近い存在だった(後述の「『雪華葬刺し』――赤江瀑作品の映像化」が収録された松田の著書『日本刺青論』の工藤強勝《つよかつ》によるカヴァーデザインが、表紙には国芳の『通俗水滸伝豪傑百八人之一個　九紋龍史進』、裏表紙には『通俗水滸伝豪傑百八人之一個　浪子燕青』と、背中側と胸側が逆ではあるが「雪華葬刺し」の春経《はるつね》の刺青と同じものであるのは象徴的だ)。赤江の『ニジンスキーの手』角川文庫版と『獣林寺妖変』講談社文庫版は収録作は同じでタイトルのみ異なる短篇集で、それぞれの解説を中井英夫と松田修が執筆しているのだが、「獣林寺妖変」に登場する歌舞伎役者の設定が「毫《ごう》も作者の創造力によって産み出された部分がない」という中井の指摘に対し、松田が登場人物の命名の由来を探ることでそれに反論しているあたりは、赤江をめぐる両者の鞘当てという感もある。

　ただし、男性同性愛文学としての赤江作品という評価には、別の方向からのアプローチもあった。一九八五年、栗本薫が編者として集英社文庫から刊行した『いま、危険な愛に目覚めて』は、著名作家の隠れた名品を中心にセレクトした耽美小説のアンソロジーだったが、その多くは男性同性愛を扱っており、中に赤江の「獣林寺妖変」が含まれている。

　因みにこのアンソロジーのタイトルは、主に女性を読者対象とする耽美雑誌『ＪＵＮＥ《ジユネ》』(一九七八年創刊)のキャッチコピーに由来している(この雑誌で栗本薫は幾つもの筆名を使い分けるなどして看板作家として活躍し、中島梓名義でエッセイ『美少年学入門』などを連載した)。『ＪＵＮＥ』創刊号の表紙を描いたのは漫画家の竹宮惠子だが、彼女が一九七〇年代、名作『風と木の詩《うた》』で少女漫画の世界に男性同性愛の要素を持ち込むというチャレンジに成功したことは周知の通りである。栗本、竹宮、『ＪＵＮＥ』といった当時の耽美路線は、主な想定読者が女性ということもあって、男性同性愛者向けのゲイ雑誌とは一線を画し、生々しさを排し美学で純化された世界を描くことが多かった。能や歌舞伎やバレエといった芸能の世界を扱うことが多く、きらびやかな修辞で飾られた赤江瀑の作品は、その点で彼女たちの志向と通じる部分が多く、また『ＪＵＮＥ』系の作家に影響を与えることもあった。例えば榊原姿保美《しほみ》(史保美)の伝奇ミステリ『鬼神の血脈』(一九八八年)には、赤江からの強い影響が感じられる。また、同系列の耽美雑誌『ＤＥＥＰ』

（一九九三年から九四年にかけて五号のみ刊行された短命の雑誌ながら、今振り返ると姫野カオルコ・野阿梓《のあずさ》・柾悟郎《まさきごろう》・桐野夏生・坂田靖子・小谷真理ら錚々たる顔ぶれが寄稿している）の四号には、「耽美の極致！　赤江瀑コレクション」として、一九九四年時点での全著作リストが掲載されている。

とはいえ、耽美小説がやおい小説、そしてBL（ボーイズラブ）と呼称が変化するにつれて、その主な流れも変容を遂げた。『JUNE』時代の、社会からの抑圧された関係だからこその切なさやエロスを描く「禁断の愛」というイメージは影を潜め、同性愛があっけらかんと描かれる時代がやってきたのである。また近年は、ポリティカル・コレクトネスの波に乗って、この方面でも同性愛が「禁断」「危険な愛」といった表現で形容されることはなくなった。こうなると、この方面の趨勢と、破滅的な死と性を扱うことが多い赤江瀑は相性が悪い。

一方、それまでは角川文庫を中心に、地方の書店でも簡単に手に入る状態だった赤江作品にとって逆風となったのが、一九八九年に初めて導入された消費税である。これによって、価格表示の印刷し直しのため多くの書籍がカヴァーのデザイン変更を余儀なくされ、その結果、新カヴァーを作っても見合うほどのセールスが期待されないと判断された書籍は品切れ扱いとなった。赤江作品の多くも、この時期に文庫の棚から消えてしまったのである。異端的イメージを持ちつつも大衆性があった赤江作品がこの頃を境に、一部の高踏的なファンだけが追いかける小説と見なされがちになったのは否めない。かくして平成は、赤江作品とその読者にとって不遇の時代となった――赤江自身は二〇一二年に逝去する少し前まで、作品数こそ減ったもののコンスタントに執筆活動を続けており、決して忘れられた作家というわけではなかったにせよ。

いや、単純に平成を赤江不遇の時代と呼ぶのは誤りだろう。近年は赤江評価の傾向にも変化が生じ、「幻想文学としての赤江作品」を再評価しようという動きが中心となったように感じられる（もちろん、山尾悠子による『花曝《はなさ》れ首《こうべ》』講談社文庫版解説などのように、早い時期から幻想作家としての赤江瀑を称揚した文章はあったけれども）。そして、その旗振り役となったのが東雅夫だった。彼が編集長を務めた雑誌『幻想文学』は、一九八四年刊の九号（特集・怪奇幻想ミステリー）のブックガイドで『オイディプスの刃』を紹介し、また赤江瀑に言及した松田修『雪華葬刺し』――赤江瀑作品の映像化」や堂本正樹「緊唇壮漢若者宿之本地――恬と赤江　知るの論」といった原稿を載せていたが、二〇〇〇年刊の『幻想文学』五十七号ではついに本格的な赤江瀑特集を組み（九号で赤江に関する文章を寄稿したのが松田修や堂本正樹といった男性ばかりだったのに対し、五七号では先述の鼎談に参加した皆川博子・篠田節子・森真沙子をはじめ、山尾悠子・篠田真由美・岩井志麻子ら女性執筆陣が多いのも評価の変遷を象徴しているようだ）、その後も学研M文庫の『赤江瀑名作選』（二〇〇六年）といった傑作選を出したり、講談社ノベルスの『虚空のランチ』（二〇〇一年）や小学館P＋D　BOOKSの『罪喰い』（二〇一六年）といった赤江作品の傑作選の解説を執筆したりしている。東が関わらなかった企画でも、二〇〇七年に光文社文庫から三巻で出た「赤江瀑短編傑作選」はそれぞれ「幻想編」「情念編」「恐怖編」と題されており、幻想小説としての要素が重視されている。また、『活字倶楽部』一九九八年冬号で赤江作品の全作品が紹介されるなど、散発的ながら再注目を促すような雑誌特集も組まれている。

　中間小説の異端児、耽美小説の鬼才、幻想小説の大家――このような評価の変化に、赤江本人はどのような思いを抱いていたのだろうか。先ほどから何度も引用しているインタヴュー「われは海の子、虚空の子」では、耽美小説の大御所扱いされることに対し、「それほど耽美の作家ではないと思っています。半分はしようがないかと思いますが、半分は、耽美という言葉には満足ではありませんね。というか不服ですね」と答えつつ、「要するに、私が手放した作品、世の中に出した作品というのは、私を離れて存在するものだから、その作品だけが何かを言ってくれたり、或いは言ってくれなかったりする、それでいいんだと、そういうふうに――綺麗事じゃなくて、私はそういうふうに思う体質の人間なんですよ」と恬淡と述べている。世評など関係なく、自分の書きたい世界をマイペースで追い求める、そんな作家像が浮かんでくる。

　二〇一九年に『オイディプスの刃』が久しぶりに河出文庫から復刊された際は、カヴァーに「幻影妖美の傑作刀剣ミステリ」という惹句がプリントされていた。言うまでもなく、近年の未曾有の刀剣ブームにあやかったのだろう。「私が手放した作品、世の中に出した作品というのは、私を離れて存在するもの」と述べた赤江がいま健在だったなら、このような事態に苦笑しつつも受け入れていたように思える。時代が移り変わるにつれ、過去の評価とはまた異なる視座からの評価が可能になる――赤江瀑の小説には、そんな強靭さがあるのではないだろうか。

（せんがい・あきゆき　ミステリ評論家）

論考

妖美の一季節
——赤江瀑と中井英夫

東雅夫

赤江作品との出逢いは、一九七四年の晩春——書店の新刊コーナーで、たまさか手に取った『ニジンスキーの手』（角川文庫）であった。

文庫にしては光沢のある本文用紙に刷られていたことを、よく憶えている。これは前年の冬に起きたオイル・ショックの煽りで、ノーマルな書籍用紙が不足したためだったのではないか。同じ頃に出ていた雑誌『幻想と怪奇』も、途中で一時期、よく似た紙質に代わって違和感を覚えた記憶がある（その『幻想と怪奇』が思いがけず復活した今年、時を同じくして新型ウイルス禍に起因する紙不足騒動が再来したのは、なんとも奇妙で皮肉な巡り合わせというほかない）。ただ『ニジンスキーの手』に関しては、ページを繰るのももどかしく、夢中で読み進めるにつれて、そのテラテラつるんとした質感が、赤江作品の強烈で独特な世界に、妙にふさわしいような気がしてきたものだ。

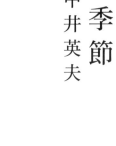

エンターテインメント系小説（当時は〈中間小説〉と呼ばれていた）の典型的な登龍門である小説現代新人賞（第十五回／講談社）を受賞したデビュー作「ニジンスキーの手」のほか「獣林寺妖変」「禽獣《きんじゅう》の門」「殺し蜜狂い蜜」という、いずれ劣らぬ初期傑作四篇を収めた同書は、当時十六歳で、泉鏡花から三島由紀夫を経て澁澤龍彦や中井英夫へ連なる文学的系譜に、わけも分からぬままに惹きつけられ魅了され、一心にのめりこもうとしていた初心な高校生には……そう、まさしく劇薬に等しかった。

そもそも、まったく未知の名前である新人作家の文庫本を躊躇なく購入したのも、解説者として中井英夫の名が掲げられていたからだった。

当時、代表作『虚無への供物《くもつ》』は最初の一巻本『中井英夫作品集』（一九六九）で復活を遂げていたものの、中学生の小遣いでは手が出せず、最初に手にした中井本は、平凡社から出たばかりの『幻想博物館』（一九七二）だった。戦前の江戸川乱歩や夢野久作に通ずる幻妖怪奇の世界を、流麗な文体で追求する作家がリアルタイムで、昭和の現代にもいたのだという発見の愕《おどろ》きと歓びは、幻想文学というジャンルがともかくも確立され定着した現在の読者には、ちょっと想像がつきにくいかも知れない。

それこそ原始時代に絶滅した恐龍の生き残りが発見された愕きと歓びとでも云おうか。

ちなみに中井さんは恐龍がお好きで（『虚無への供物』にも『ゴジラ』ばかりか先行する米国映画『原子怪獣現わる』への言及がありますな）、『幻想文学』第八号の〈ロストワールド文学館〉を羽根木《はねぎ》のお宅に持参したとき、映画『キング・コング』（初作）に登場するティラノサウルスが、極端に短い前肢で首をコリコリと掻く仕種を、さも愉快そうに絶讃しておられたことを懐かしく想い出す。

あの中井英夫が解説を引き受けた新人なのか……と興味を惹かれて開いた解説ページの冒頭近く、燦然と目に飛びこんできたのが、次の有名な一文である。

> 昭和四十五年の十月、「小説現代」の広告で『ニジンスキーの手』という題、赤江瀑という作者名を見ただけで、心はふいにゆらいだ。それは、これまでにない何かの登場を、ある確固とした妖かしの世界を伝えてい、私はその後も赤江瀑の名があるたび雑誌を買い求め、そのたびに充たされた期待と失望を交々《こもごも》に味わった。奇妙なことにこの作家には、あらかじめの失望が予感される場合があって、〝充たされた失望〟も決して不快ではないという新しい魅力を持っているのである。

〈心はふいにゆらいだ〉〈これまでにない何かの登場〉〈確固とした妖かしの世界を伝えてい〉（この〈い〉止めには、ほとほと痺れたものだ。未熟な作家がうっかり真似をすると目も当てられないが）――自分自身が文庫解説なども手がけるようになった今、あらためて実感するのだけれど、読者の心をむんずと摑んで放さない、文庫解説のお手本のごとき、心憎いばかりの名調子ではないか。

もっとも、引用部分の後半には、お手本どころか早くも不穏な気配が兆《きざ》す。〈期待と失望を交々に〉とは、新人作家の初文庫の解説としては、かなり踏みこんだ辛辣な評言である。果たせるかな中井は、これに続くくだりで、「ニジンスキーの手」を高く評価しつつも、結末を〈安逸にすぎる〉、さらには「獣林寺妖変」のキャラクターを〈現存する歌舞伎俳優そのままであり、毫も作者の創造力によって産み出された部分がない〉と、手厳しく指弾するのだ。

　後者の批判に関しては、後に国文学の異才・松田修が、講談社文庫版『獣林寺妖変』（一九八二）の解説で、次のようにエキスパートの凄味をにじませる反駁を加えていることを付言しておこう。

　私もまた乙丸屋の造型において、基調的イメージが成駒屋《なりこまや》六世中村歌右衛門に見定められていることは認めざるをえない。しかし、赤江氏は、ストレートに成駒屋をコピーすることを避けた。中井氏によって「奇妙」と評された乙丸屋という屋号も、乙＝音、丸＝輪＝羽と分析すれば音羽屋のもじりであること、これは少し芝居をみた者にとって瞭然たることであろう。つまり氏は、成駒屋に対蹠的な、今一つの女形の典型である音羽屋七世尾上梅幸をことさら持ち込んで、モデル小説、モデルのキャラクターによっかかった小説から、一歩出ようとしたのではないか。
　崇夫がそらんじた切られお富のせりふも、成駒屋のレパートリーではない。それは紀伊国屋や播磨屋、さては音羽屋系のレパートリーである。
　乙丸屋が、新作物のからみで努《つとむ》を起用し、起用することによって警告するくだりなどそれなりにすばらしく、「創作された部分の片鱗」もないとか、「毫も作者の創造力によって産み出された部分がない」とは苛酷に過ぎた「解説」ではないだろうか。

　ずっと後年、中井邸での酔余にまぎれて、おそるおそる、このときの経緯を話題にのぼせたことがあるのだが、中井さんはひと言、「彼（赤江）は（解説に）不満だったと思いますよ」とだけ仰有《おつしや》った。
　一方の赤江氏は、『幻想文学』第五十七号のインタビュー（学研M文庫版『赤江瀑名作選』／国書刊行会版『幻想文学講義』に再録）で、次のように語っている。

「獣林寺妖変」というと、あの歌舞伎役者のモデルは誰某だろうと、なにかとせんさくされる。だから現役の役者さんの絵姿の前で写真を撮ったりするのは、不謹慎だと思ったんです。実際、モデルなんかない。あれは絵空事ですからね。しかし、そうは思わない人もいるんだということがわかって、反省したりもしたんです。

いやはや、松田といい中井といい、さらには赤江といい……三大怪獣地球最大の決戦めいた、静かに火花の散る（時空を隔てた）応酬である。

さるにても中井英夫は、何故これほどまで赤江作品に、とりわけ「獣林寺妖変」に、過剰とも思える拒否反応を示したのか。すぐにも思い当たるのは、中井自身が中村歌右衛門の大ファンで、自邸の応接間にも歌右衛門からの書状が額装され掲げられていたことだ。

みずからの眷恋の対象を、目の前で作品化されたという思い。

（齋藤和欣撮影）

しかもその内容がミステリー仕立てのうえ、〈妖美、ホモセクシュアル〉（雑誌掲載時、決まり文句のように初期の赤江作品に付された惹句。赤江自身は当時からこれに不満だったらしい）という中井の作風とも相通ずるテーマを扱っていたこと……約《つづ》めて申せば、近親憎悪というべき複雑な葛藤が胸中に渦巻いていたのではないかと察せられるのである。

もうひとつ注目すべきは、赤江が一九七〇年十二月に受賞デビューを飾り、新作を『小説現代』に発表しはじめる時期が、中井が雑誌『太陽』に、後に短篇作品の代表作となる『幻想博物館』連作を発表していた時期と重なる点だ。

「ニジンスキーの手」が『小説現代』に掲載された七〇年十二月には、『幻想博物館』の中でも屈指の傑作として名高い「地下街」が『太陽』十二月号に掲げられる。

「獣林寺妖変」掲載の七一年二月には、書簡体小説の逸品「蘇るオルフェウス」が来る。

「禽獣の門」掲載の同年五月には、中井世界を象徴するようなタイトルを冠した「薔薇の夜を旅するとき」だ。

ことほどさように、『ニジンスキーの手』と『幻想博物館』という戦後幻想文学の本格的な幕開けを告げた両短篇集が、偶然にも時を同じくして書き継がれていたとは……なにやら眩暈めく感慨をもよおすのは、私ばかりではあるまい。

この稀にみる〈妖美の一季節〉到来の直前にあたる七〇年十一月には、両者の文学遍歴において抜きがたい先行者である三島由紀夫の自決事件が起きており、世情騒然たるまさにその渦中の出来事であった。

伝説の天才舞踏家の再来、老いらくの奇術師による降霊術、歌舞伎の魔に魅せられ破滅する青年、絶世の美貌を誇る三兄妹、新妻の眼前で能楽師を凌辱した漁師と恐龍《ラプター》めく化けもの鶴との奇縁（私はこの作品を読んで一生、赤江瀑についていこうと決めた）、屠られた薔薇たちの復讐を図る男女――あざといばかり巧緻な技巧、耽美絢爛たるペダントリー、毒をひそめた物語の陥穽……いま試みに、右に掲げた六つの作品を虚心に読み較べてみるだけでも、その作家的スタイルに多くの共通点が認められることには、あらためて愕きを禁じえない（……などとうっかりしたことを書くと、一緒にするでない無礼者めが！　という叱咤の声が「花曝《はなさ》れ首《こうべ》」の秋童《しゅうどう》・春之助よろしく、背後の右と左から浴びせられること必定だが。もとより、それぞれの作家的特質が異なることを前提に、当時の文芸シーンの傾向を鳥瞰したうえでの大局的な比較の話である）。

新人である赤江の側には（先述のインタビュー中でも語られているが）相次ぐ新作執筆に必死で、周囲を意識する余裕などなかったろうが、一方の中井としては、事もあろうに〈妖美、ホモセクシュアル〉の金看板を背負った新進作家の彗星のごときデビューは、予期せぬ好敵手の出現と映じたとしても、なんら不思議ではあるまい。赤江の新人らしからぬ手練れぶりを見れば、なおのこと。また、それゆえにこそ、新作が雑誌に出るたび購読するほど注目し、文庫解説を引き受けもしたのだろう。

そうした愛憎なかばする思いが、激励であり叱咤でもある〈苛酷に過ぎた〉評言として図らずもあふれだしたのではないのか。

あげくの果て、〈！〉記号の乱発にまで苦言を呈するかと思うと、一転して次のごとき真に愕くべき結びのくだりが待ち受けることになる。それに対する赤江氏の述懐（先述の赤江瀑インタビューより）と並べてご覧いただきたい。

そこでもあえて本名が記されていないのを興深く思い、経歴のうち早稲田系の詩誌「詩世紀」の同人であったという一行からその関係者に訊いてみると、果して二十年ほど前の雑誌でいつも感服していた二人のうちの一人の名が返ってきた。かつて私が氷沼紅司《ひぬまこうじ》という作中人物を「詩世紀」の同人に擬したのは、実はこの名に魅かれてのことだった。その若く優れた詩人が、いま小説の世界に新しい境地を開こうとするとき、毒はいわば作品より早く作家に充ちたのであろうか。

嘘だと思います（笑）。中井さんが「詩世紀」を知っていらしたのは本当らしくて、私の作品について問い合わせたというのも事実らしいんですけど、『虚無への供物』のイメージ・モデルの端っこにあれがあったというのは、いくら時代とか現実を先取りなさっていたという中井さんでも、ちょっと行き過ぎじゃないかな、と思います。

もとより今となっては、真相は藪の中ではあるのだが、ひとつだけ示唆を与えているように思われるのが、中井によるやや唐突な結びの部分に〈この一冊はいわば全ページが〝殺し蜜狂い蜜〟であり、そのとき読者はまた独者であり毒者にほかならない〉という謎のような言葉が記されている点である。

まさしく一冊の現代詩集と〈分身《ダブル》〉のごとき一対の壮漢たちをめぐる奇妙な愛憎の物語である「殺し蜜狂い蜜」に、中井は自身と赤江の姿をありありと重ね視ていたのではないのか。そして解説に擬して、虚実錯綜する〈返歌〉を赤江に贈ったのでは……そんなあられもない妄想に駆られてやまない私である。妄言暴言多謝。

（ひがし・まさお　アンソロジスト・文芸評論家）

作品ガイド

赤江瀑への十五の扉

東雅夫／千街晶之／門賀美央子／朝宮運河

＊収録作には「作品リスト」の番号を付した。

春

赤江瀑の文学、その精華を一語で表わすとすれば、それは〈春〉だと私は思う。

満開の桜に象徴される日本の春――花木が芽吹き、やがて咲きほこる、華やかで浮きたつような季節は、絢爛たる詞章《ししょう》に彩られた赤江作品に、最も相応しい季節ではないか。

その一方で、春は〈木《こ》の芽《め》時《どき》〉という異称が暗示するように、精神の安定を掻き乱す時季でもあり、往々にして〈春情〉や〈春色〉の領域へと妖しくも直結する。

そんな春の妖しさと危うさそのものを描きだした趣の小傑作が「春の寵児」［28・43・50］である。

作者にとって終《つい》の住処《すみか》となった下関の城下町・長府《ちょうふ》の迷路めく路地を舞台にした（実地踏査により断言。ほとほと道に迷ったが全裸の男女とは遭遇せず）同篇は、人生の春というべき思春期《アドレッセンス》の惑わしを、瑞々しい語りかけ文体で綴って、ことのほか異彩を放つ。

「春の寵児」に彌漫《びまん》する、いわく云いがたい幸福感と昂揚感は、平家の落武者が隠れ棲んだ山奥の谷が非在の桜に覆われる幻視を描いて鮮烈な「平家の桜」［28・42・50］にも揺曳している。同篇の由来を明かした随筆「春を探す」（『オルフェの水鏡』［34］所収）から引こう。〈春は、ひとけない奥山の、たとえば廃村の跡、そこかしこに二つ三つ廃屋なども残されていて、ひっそりと陽炎《かげろう》などももえている、真昼間の日なたがいい。（略）そ

んな日なたの陽だまりに寝て、僕は、死にたいと、いつも思う。〉

「春眠」〔28〕しかり「春泥歌」〔28〕しかり〈春〉を冠した佳品は多いが、やはり極めつきは「春喪祭《しゅんそうさい》」〔14・40・50〕だろう。夜の長谷寺を埋め尽くす満開の牡丹と、肉欲の妄執が凝《こご》った美僧の、おぞましくも艶冶な取り合わせの妙、その忌まわしさ、夢幻能さながらな古典美は比類がない。

赤江の春物語を読むと頻りに想起されるのが、泉鏡花の「春《しゅん》昼《ちゅう》」や「絵本の春」だ。〈芝居を書くならば、まず『天守物語』を超えるものを書きたい〉と語った赤江にとって、鏡花は春の文学の先達でもあったろうか。

（東雅夫）

海／水

下関に生まれ、下関で歿した赤江瀑。彼にとって、海は絶えず創作の原風景であり続けた。海の泡から美神アフロディテが誕生したように、彼は海峡に妖しい幻を思い浮かべ、それを書き留めていった。

「カツオノエボシ獄」〔4〕「草薙剣《くさなぎのつるぎ》は沈んだ」〔4・42・43〕「幻鯨」〔20〕「ポセイドン変幻」〔5〕「百幻船」〔14・42〕「七夜《ななよ》の火」〔14・42・53〕等々、彼の作品に出てくる海は美しいが、その底には必ず闇と死が潜む。海辺に繰り出しては放埒《ほうらつ》な日々を送る三人の若者を描いた「荊冠《けいかん》の耀《かがや》き」〔33〕にしても、青春の驕《おご》りを体現したかに見える彼らの背後には、中世ヨーロッパにおける〈死の舞踏〉の絵さながらに死神がひっそりと寄り添い、冥府へ連れて行く機会を窺っている。

海をモチーフにした著者の短篇の中でも出色なのは「海贄《うみにえ》考《こう》」〔20・48・53〕である。『幻想文学』五十七号の皆川博子・森真沙子との鼎談で篠田節子が「これほど男女の関係をきっちり描いてある作品はない」と絶賛したこの物語は、長年連れ添ったある夫婦が心中を決行するに至る不思議な心理を説得力豊かに描きつつ、生き残った夫のその後にまつわる出来事の不審さを指摘する書き手の視点にいきなり引き戻される幕切れからは、海にまつわるフォークロアの底知れぬ恐ろしさが滲み出る。

そして、忘れてはならない一冊が『海峡――この水の無明の真秀《まほ》ろば』〔27・50〕。小説とも詩ともエッセイともつかぬスタイルで、小野小町伝説・腐爛魚の夢・漁師と溺死人・血天井・歌舞伎などのイメージを万華鏡のように散乱させながら、現実の海峡に異界感が溢れる空想を妖しく二重写しにした究極の幻視の書であり、赤江瀑ほどの作家にして生涯一度だけ到達し得た融通無碍《ゆうずうむげ》の境地に他ならない。「刀花の鏡」〔21・39・51〕や「燿《かがよ》い川《がわ》」〔23〕などに見られる、女体や男体のエロティシズムに波や川といった水のうねりのイメージを重ねる手法の原点は、『海峡』でも描かれた海との官能的な交感の幻想なのだろう。

（千街晶之）

京都

郷里下関と並んで、京都は赤江作品に欠くことのできない重要な舞台である。最初期の傑作「獣林寺妖変」〔1・40・51〕から、後期の「日ぐらし御霊門《ごりようもん》」〔49〕にいたるまで、作者はこの古都にまつわる数奇なロマンを飽くことなく描き続けた。

平安以来千余年にわたって都が置かれ、名所史跡が居並ぶ観光地として人気を集める京都だが、赤江ワールドにおいては伝統芸能・工芸の世界に生きる者たちが暮らす美の街、という側面が強いようだ。たとえば「禽獣《きんじゅう》の門」〔1・39・52〕「阿修羅花伝」〔7・40・48・50〕における能楽、「花夜叉殺し」〔2・39・48・51〕の造園、「京の毒・陶の変」〔9〕の陶芸。伝統的な美意識を受け継ぎつつ、そこに新たな輝きを加えようとする若き求道者の姿を、作者は好んで描き出す。芸と生活が融和し、〈古さと新しさが、美の世界で、お互いにはたらきあって均衡を保つ〉（「京の毒・陶の変」）京都の風景は、自らも美の探究者であった作者にとって、おそらく興趣の尽きない舞台だったのだろう。

しかし、たおやかな京ことばと花々に彩られた千年の都は、人知を超えたものが潜み棲む魔都でもある。それを端的に示すのが、花盛りの京都を舞台にした「柩《ひつぎ》の都」〔23・40〕。旅の途中で忽然と姿を消した元教え子の滋子《しげこ》を探して、高校教師の津市《ついち》大介は四通の絵ハガキを手がかりに、観光客でごった返す春の京都を歩きまわる。花の迷宮をさまようかのごとき旅の終わり、大介はこう述懐する。〈都は、今年も騒然と花めいて、人を呼び、人を呑む。奥山深い森のなかにさまよい入った女の子が、かりにそのままもう二度と山をおりることのできない身になったとしたところで、探し出すあてもない。古い都に、古い骸の眠り場所は、数限りなくあるのだから〉――。

土中に白骨死体が横たわっていた「花夜叉殺し」の美しい庭園のように、濃密な死の気配を宿しているからこそ、赤江瀑の京都はあでやかに輝く。なお作者の京都ものの大半は二巻本のアンソロジー『風幻　京都小説集　其の壱』〔39〕『夢跡　京都小説集　其の弐』〔40〕で読むことができる。

（朝宮運河）

寺

赤江作品における「寺」とは仏教の殿堂ではない。俗世と交わらない時間や論理がまかり通る幽世として機能する。

そのもっとも端的な例が「青帝の鉾《ほこ》」［11・39］だろう。洛南にある小さな寺の離れに逼塞《ひっそく》する欧子《おうこ》を主人公に、書の道に生きる人々のエゴイズムとストイシズムが招く悲劇を描く本作では、欧子に巣食う恋の狂気が寺の静寂によって窯変《ようへん》する。ラストシーンにのぞく僅かな光は〈赤江の寺〉だから希望と感じられるのであって、一般的には決してハッピーエンドとは言えない。とはいえ、珍しく心に暖気が残る作品なのでまず紹介しておきたい。

ただし、基本〈赤江の寺〉が醸成するのは破局をもたらす狂気だ。

代表作のひとつである「獣林寺妖変」［1・40・51］では、血天井で有名な洛北の禅寺・獣林寺で奇怪な事件が起こる。関ヶ原合戦で戦場となった伏見桃山城の床板を寄せ集めて作られたとされる獣林寺の血天井を、とある法医学の博士が研究のため調査したところ、一部の斑痕が過去一ヶ月以内についたものと判定されたのだ。数百年前の合戦の痕跡が現代の事件現場に早変わりする設定は赤江ならではのケレン味だが、その背景には華やかな歌舞伎の世界に蠢《うごめ》く欲望と悪意と邪恋がある。芸道に生きる人間の狂気を〈寺〉が増幅する。

同様に、「恋牛賦《れんぎゅうふ》」［5・40・51］では種を超えた禁断の愛、「象の夜」［29・48・52］では子を欲する女の熱望が描かれるが、美しく昇華されがちな心情も〈赤江の寺〉ではどす黒い執着の花に育ってしまう。「恋牛賦」に登場する才能ある画家は、なぜ寺の杉戸に鬼気迫る牛の絵を遺して自害したのか。「象の夜」で孤独をかこつ人妻は、なぜ夢に怯えるのか。「千夜《せんや》恋草《こいくさ》」［18・39・51］に登場する男は、高校の修学旅行中に訪れた寺で経験した異常な出来事が忘れられず、何年経っても執拗に真相を暴こうとする。なぜか。

それは、彼らが〈赤江の寺〉に取り込まれたから。

本来、悟りの場であるべき寺を狂気の錬成場に反転させたニヒリズム。これもまた赤江文学の真骨頂といえるだろう。

（門賀美央子）

芸能／芸術

赤江作品における芸能というと、どうしても歌舞伎や能といった〈和〉の世界がまず思い浮かぶけれども、デビュー作「ニジンスキーの手」〔1・39〕や「ライオンの中庭」〔2・48・52〕のバレエ、「サーカス花鎮《はなしずめ》」〔2・42〕のサーカス、「光堂《ひかりどう》」〔38〕の映画などのような例もある。「ニジンスキーの手」の弓村高《ゆみむらこう》の狂気、「サーカス花鎮」のサーカス一座の人々が秘めた邪念など、華やかなステージの裏では、男女の情念、進むべき道を同じくする者同士のライヴァル意識、そして至高の芸域に辿りつこうとする人々の狂熱が渦巻いて地獄絵を織り成す。

また赤江作品では、芸術・工芸も重要な役枠を果たす。『オイディプスの刃』〔3〕の刀剣、「鬼恋童《おにれんどう》」〔7・42〕の萩焼、「寝室のアダム」〔7・40〕のロバート・アダムの寝椅子、「獣心譜」〔21〕の月岡芳年の無残絵、「灯籠爛死行《とうろうらんしこう》」〔5・48・53〕の灯籠、「十二宮の夜」〔30・40〕のガラス屏風等々、挙げてゆくときりがないが、それらは大抵、登場人物たちの逢魔の媒体となり、彼らの人生を呪縛し、殺意や狂気を引き出さずにはおかない。『罪喰《つみく》い』〔2〕講談社文庫版の解説で瀬戸内晴美は「芸術と名のつくものは、すべて美神と悪魔の参加がなければ成就するものではない」「もしかしたら美神《ミューズ》という神は、すでに美と同時にいくばくかの悪魔性を有している神かもしれない」と記しているが、赤江作品における芸術は、明らかに神ではなく魔が統べる領域の産物である。例えば『オイディプスの刃』の備中青《びっちゅうあお》江次吉《えつぐよし》は、研いでしまえば魔の本性を現す妖刀だ。曇らせたままにしておけば良かったものを、研いでしまったせいで結局は主要登場人物の殆《ほとん》どが命を落とす。そして、血を吸った刀が人間たちの修羅の狂態など知らぬげに、雪のふる天を映しているところでこの物語は終わる。幻の茶碗〈白虎〉をめぐる陶工たちの物語「鬼恋童」の凄惨な結末もそれに酷似している。ひとは滅び、その死屍累々の上に芸術作品はいよいよ冷たく輝く。それが赤江作品の非情な掟である。

（千街晶之）

歌舞伎

『赤江瀑の「平成」歌舞伎入門』〔55〕という新書を出すほどの見巧者であり通でもあった赤江の〈歌舞伎力〉がもっとも顕著に現れているのは長篇作品の「金環食の影飾り」〔6〕だろう。物語の中心に据えられるのは『大内御所花闇菱《おおうちごしょはなのやみびし》』なる架空の芝居だ。一九六八年に開催された「明治百年記念懸賞演劇脚本募集」に赤江が応募し、最終選考に残った「大内殿闇路《おおうちでんやみじ》」がその原形とみられる。

本作は、作中作の作者とされる女性の晩年と作品成立の秘密を、女性の妹が追うミステリー仕立てになっているが、注目すべきは度々挿入される『大内御所花闇菱』の台本だ。室町時代に権勢を振るった大内氏の滅亡を、女たちの怨念に絡め、歌舞伎らしい奇想天外と因果応報を盛り込みながら、最後には近代歌舞伎ならではの醒めた台詞を登場人物に語らせている。

　同じ歌舞伎ものでも、「夜の藤十郎」〔14・40〕「春猿」〔5〕「美神たちの黄泉《よみ》」〔4・42〕では、小説のテーマとしては珍しくない〈役者の執念〉を題材にする。ただし、設定は一捻り、いや二捻りはした快作揃いだ。

　江戸時代の名女形・坂田藤十郎に長年仕えたとある役者の艶なひとり語りで進む「夜の藤十郎」は役者の〈名こそ惜しけれ〉を浮き上がらせつつ、藤十郎に骨の髄まで魅せられた衆道の業も描く二重構造になっている。

「春猿」「美神たちの黄泉」は現代もので、片や大衆演劇、片や地芝居の役者が狂言回しとして登場するが、双方とも芸に生きる修羅の嫉妬心や羨望を中心に据えている。しかし、奥底にあるのは芸へのひたむきな探究心だ。

「春猿」では歌舞伎界の御曹司とドサ回り役者を対照させながら、役者の〈華〉の本質に迫る。ラストを皮肉と取るか、純粋美への賛美と読むか。

「美神たちの黄泉」は一瞬の所作の華を命とする歌舞伎だからこそ成り立つ、赤江イズムに満ちた物語だ。

「赤姫」〔2〕は女形に魅せられた映画人が過剰な執着の末に身を滅ぼすという赤江らしいストーリーだが、フェティシズムの対象物が歌舞伎衣裳であるがゆえに極彩色のエロスが醸し出されている。

（門賀美央子）

能

赤江作品では能楽が小道具としてよく登場する。能のドラマツルギーや精神性を反映することも多い。

だが、「禽獣《きんじゅう》の門」〔1・39・52〕と、その実質的な続篇「阿修羅花伝」〔7・40・48・50〕は、能楽の世界そのものを中心に置いている点でちょっと珍しい。

二作に共通して登場するのは能楽師でS流家元の次男・立花春睦《はるむつ》と、彼の後見《こうけん》である雪政。

「禽獣の門」では青春時代の春睦が、妻を迎え、S流とは無縁の人生を歩もうとしていた矢先、新婚旅行がてら出かけた山口県北長門のB浦で奇禍に遭う。それからというもの、春睦は実在すら不確かな化け物鶴に心を乗っ取られ、憑かれたように全国をかけずりまわることになるのだが……。

　これだけでは、能楽師が出てくるだけの伝奇小説のように感じられるだろう。しかし、本作は赤江の筆法で書いた切能《きりのう》と考えられるのだ。

五番目物とも呼ばれる切能には、妖怪や鬼など、人ならぬ強力な存在が多く登場するが、それらは時として人と切り結び、超自然の力で圧倒しようとする。

神話の英雄たちに受難が欠かせないように、春睦は超越した能楽師になるための試練を受ける。鶴はその象徴だ。クライマックスは怪獣映画めいた趣もあるが、切能物の動的な美を意識したのは間違いあるまい。

一方、「阿修羅花伝」は春睦が〈王〉になった後の物語だ。ストーリーテラーは雪政に移り、若き能面師の面打ちへの執念が招く悲劇が語られるのだが、悲劇の起点には「禽獣の門」で春睦が即位の儀式のように舞った新作能「鶴」が据えられている。英雄の陰には、犠牲になる無力な民が必ずいる。能面師が生贄《いけにえ》になることで、春睦の英雄譚は完成する。化け物を描く切能は、同時に退治する英雄たちの能でもあるのだ。

『遠臣たちの翼』［31］は世阿弥の『風姿花伝』にある言葉を赤江ワールドに種として播いたら、どんな物語が芽吹くのか実験したような連作短篇集だ。就中《なかんずく》、世阿弥と同じ名を持つ俳優・元清《もときよ》を描く二つの短篇からは赤江の芸能観が窺えるので、赤江ワールドにより浸りたい向きは必読だろう。

（門賀美央子）

技芸

伝統芸能や芸術だけでなく、職人的な技芸の世界も赤江作品には欠かせない。

「花夜叉殺し」［2・39・48・51］は、男女の愛憎を書きながらも、主人公は〈庭園〉そのものという赤江らしい企みに満ちた作品だ。

京都は南禅寺近くにある豪邸の庭。三百坪もある敷地はかつて築山庭園として整えられていたが、今は百花草木が咲き乱れる無秩序な〈花屋敷〉と化していた。庭の女主人は手入れを頑なに拒み、庭もまた女主人の心に呼応して庭師を排除する気を発している。庭を設計した庭師が隠していた作庭の意図を見抜いた老庭師は、秘密に触れた罰を受けたかのように木から落下して死亡。後を引き継いだ若き庭師たちが謎に挑んでいくのだが、当然そこは赤江作品。単なる謎解きではなく、恋の妄念と職人の執念が生んだ〈花の鬼〉を凄婉に描く。

「雪華葬刺し《せっかとむらいざし》」［11・40・52］は、伝統技でありながら決して表通りには出られない刺青《いれずみ》の世界の物語だ。

洛中の路地の奥にひっそりと立つ小家屋で催された、稀代の名人彫師を偲ぶ追悼会。集まったのは彫師畢生《ひっせい》の仕事を背に入れた人々だった。参加者の一人である茜の回想によって語られる記憶は、マゾヒスティックな昏《くら》い悦楽に満ちつつも、鋭く光を放つ針の切っ先のような緊張感に満ちている。隠花の芸術ならではの精神性を凝縮した作品といえるだろう。

「京の毒・陶の変」[9]は才能がありながらも道を見失った若き陶芸家が、楽焼の美を追い求めた末、狂気に絡め取られていく姿を描く。彼を追い詰めるのは、作陶の成形過程にのみ情熱を燃やす青年だが、その青年もまた〈京の街〉に囚われ精神を病んでいくのだ。美への執念、男たちのホモセクシャルな愛憎、魔界としての京が三重に織りなすこの短篇は、さほど目立たないながらも赤江ワールドの精髄が凝縮された一篇として特筆しておきたい。

美を得るためには、無垢ではいられない。究極の美とは不垢《ふく》不浄《ふじょう》である。赤江が描く技芸の世界は、美に殉じた者たちの墓銘碑なのだ。

（門賀美央子）

刀剣

赤江作品において、刀剣はエロスと滅びを意味する。

それが際立つのが『オイディプスの刃』[3]だ。裕福で幸せな一家を破壊する惨劇の凶器となった名刀・備中青江次吉《びっちゅうあおえつぐよし》は、血を求めるかのごとく三人の命を次々と断っていく。その陰には清冽なエロス漂うプラトニックな悲恋があったのだが、人間の思惑など嘲笑うかのように次吉は新たな厄災を招いていく。

タイトルのオイディプスとは、エディプス・コンプレックスで有名なギリシャ悲劇の主人公の名であり、それを用いる以上、母子相姦が視野にあったのは間違いない。

しかし、本作のメインテーマは主人公とその兄弟の相克であり、父母はオリジナルの神話とは違って最初に妖刀で死ぬことにより、聖なる存在に昇華される。次吉は、争いを招く妖刀でありながら、罪を浄化する聖具でもあるのだ。刀が持つシンボリズムの多義性を最大限に利用した作品といえる。

日本でマジック・アイテムとしての刀剣の筆頭といえばなんと言っても天叢雲剣《あまのむらくものつるぎ》だが、その別名を冠した作品が「草薙剣《くさなぎのつるぎ》は沈んだ」[4・42・43]である。

源平合戦の最後、古代の神剣とともに平家一門を飲み込んだ壇ノ浦の海は、数々の怪談を生んだ。もっとも有名なのは「耳なし芳一」だが、他にも平家蟹などの妖怪伝承が残っている。それらをモチーフに現代の怪奇譚を書いた本作では、神剣は怨念を鎮めるどころか、依代になる。しかし、荒ぶる神の力を宿す剣は、怪談を神話の高みにまで引き上げもしているのだ。

「艶刀忌」［29］に登場する家伝の刀・越前守助広《えちぜんのかみすけひろ》もまた荒魂《あらみたま》と和魂《にぎみたま》を宿す。この宝刀が抜かれるのは、当主が嫁を迎えた初夜の床のみ。タナトスの象徴の前で結ばれた男女は刀の霊力で祝福されたはずだったのに、戦争が二人を引き裂き、妻は一人生き残る。さらに刀は失われ、妻は世捨て人のように生きるが、数十年の時を経て再び刀と邂逅する。その時、妻の心には忘れたはずの妖しい炎が蘇る。ラストに漂う強烈なエロスは、タナトスの反転としての死のエロスであり、それこそが〈赤江のエロス〉といえるのだろう。

（門賀美央子）

同性愛／若者

　意外かも知れないが、赤江瀑の小説で直接的な性行為が描かれるシーンは、同性間よりは異性間の場合が多い。とはいえ、作者の視点は大抵、若く強壮な男性の肉体に向かって注がれている。

「禽獣の門」［1・39・52］の春睦《はるむつ》・緋《あかね》夫婦はある島で二人とも漁師の若者に凌辱されてしまうが、その際、若者の背中の傷を知ったことで春睦は相手の秘密を追うことになる。緋は視点人物でありながら、春睦と若者の濃密な関係から疎外されたままである。「花夜叉殺し」［2・39・48・51］の一花《いっか》が異母兄・篠治《しのはる》の肉体を貪るのは、篠治と屋敷の女主人・曄江《あきえ》の情交の痕跡を求めてであり、あくまで執着の対象は曄江であって篠治ではないと説明されるものの、むせ返るような篠治の肉体の描写はその説明を裏切るだろう。「雪華葬刺し《せっかとむらいざし》」［11・40・52］の彫経《ほりきょう》は、性感の高まりによって燃えた肌こそ刺青《いれずみ》を彫るのに最も適しているという考えから、女には男を、男には女をあてがって墨を入れる異端の彫師という設定だが（ヒロインである茜は、彫経の若い弟子・春経《はるつね》に抱かれながら刺青を施される）、彫経の死後に集まった男女合わせて五人の客たちの態度からは、女だけでなく男にも美しい肌の春経と交わらせながら墨を入れたことが想像される。女性の存在は、著者の作品では同性間のエロスを描くためのアリバイであるかのようだ。

　一方で、もっと若い十代の少年たちが登場する場合は、「アポロン達の午餐《ごさん》」［15］「午睡の庭」［33］「五月の鎧」［21］のように、異性の存在を意識しない、無邪気な戯れとしての性的接触が描かれる。ただし、彼らの性は死と隣り合わせであり、行く手には必ず滅びの運命が待っている。「春の寵児」［28・43・50］や「春の鬣《たてがみ》」［30］で描かれた少年の性に対する瑞々しい好奇心は、「花帰りマックラ村」［17・42・53］の眉田《まゆた》英睦《ひでむつ》や「四月に眠れ」［33・42］の山崎勲といった若者たちのどうしようもなく死に魅せられた生き方と、恐らくそう遠い距離にはない筈だ。

（千街晶之）

血

色彩豊かな赤江ワールドにあってひときわ強い印象をもたらすのは、多くの作品で明滅している血の赤だろう。『オイディプスの刃』〔3〕において刀研師の腹部から滴《したた》る血。古刹の天井を妖しく彩る「獣林寺妖変」〔1・40・51〕の血。鑿《のみ》で突かれた目からあふれ出す「阿修羅花伝」〔7・40・48・50〕の血。ここぞという一場面において噴出する血は、作品世界の妖美さをより際立たせる。

〈血を流した人体は、いまはもう無に帰してこの世に跡形もないが、流れた血が残す人体の痕跡は、消滅しない。それも、消え去るものはすべて消し尽くし、もう消えないものだけがあとに残って描き出す痕跡である〉。これは「獣林寺妖変」のメインモチーフとなった京都の血天井について作者自身が述べた文章だが〈『海峡』〔27・50〕〉、血は苛烈な生の描き出す痕跡である、という考えはこれに限らず一貫しているようだ。

たとえば歌舞伎の世界を扱った「美神《びしん》たちの黄泉《よみ》」〔4・42〕では、『伽羅先代萩《めいぼくせんだいはぎ》』の仁木弾正《にっきだんじょう》を演じている役者が脇腹に匕《あい》首《くち》を刺しこまれ、瀕死の重傷を負いながらも見事に役を演じきる。そしてこの血にまみれた男の姿は、同じく役者となった孫の人生を破滅に導いてゆくのだ。スッポンと呼ばれる芝居小屋のセリ台（妖怪変化の通り道だという）にこびりついた血は、芸に殉じた名もなき役者の一生の痕跡であろう。

あるいは「ポセイドン変幻」〔5〕の漁師は、家族の仇であるシュモクザメをおびき寄せるため、自らの血をバケツに溜めて、海にまき散らす。それどころか腕や足までも、サメの囮にしてしまうのだ。日に日に体の一部を欠いていく漁師は、「美神たちの黄泉」の役者と同様、この世ならぬ存在に取り憑かれている者だ。そしてその数奇な人生を、血の赤が彩る。

流血シーンを好んで描いているようにも見える赤江瀑だが、実は作中で無駄な血は一滴も流されていない。ぎりぎりまで引き絞られた物語が臨界点を迎えるとき、ついにあふれ出す深紅の色。そこには背徳的な美しさと、言いようのない崇高さが漂う。

（朝宮運河）

記憶

幼い頃に垣間見た鮮烈な風景。それが深層心理の底から湧きあがり、主人公の人生を呪縛してゆく。赤江瀑には、こうした記憶の作用を扱った一群の作品がある。その代表的なものが、〈妖気漂う、オカルト・ロマン〉（角川文庫版のカバー）と銘打たれた長篇『上空の城』［13・50］である。ヒロイン世古《せこ》螢子《けいこ》の胸にいつの頃からか刻まれていた、まっ黒い天守閣の姿。いかなる歴史資料にも掲載されていないその城を求めて、螢子は各地の古城を訪ね歩く。

失われた記憶をめぐるミステリとしても味わえる同作だが、螢子の黒い天守閣の正体が明かされるクライマックス以上に、螢子の寄《よ》る辺《べ》ない彷徨を描いた前半部分が印象的だ。虚脱したように虚空の城を見上げる螢子。その姿からは、いったい自分は何者なのか、という切実な問いかけが滲む。〈わたしが、わたしの知らないわたしを、知ろうとしてるの。知らなきゃならないと、思ってるの。それは、まちがったことじゃない、と言って。おねがい。助けて。わたしを、助けて〉。この胸を衝《つ》く台詞は、記憶を扱った赤江作品の多くの主人公に共通した思いでもあろう。

ここで留意したいのは、物語の主人公を呪縛する記憶が、必ずしも事実に基づいてはいないということだ。「殺し蜜狂い蜜」［1・39］には殺人現場に居合わせたと主張する青年が登場するが、その記憶は本当に彼のものか。あるいは「刺青《いれずみ》の海で夏」［18］の若き日の俳優を魅了した筋肉質の伯楽は、「耳飾る風」［28・48］の手記に記されている首つり自殺した少女は、実在したのだろうか。どうも違うようだ。それはあくまで〈僕だけの幻覚であり、妄想であり、まちがった記憶〉（「刺青の海で夏」）なのである。だからこそかれらの孤独は一層深くなり、失われた風景への憧憬は強くなってゆく。

赤江作品における遠い記憶は、彼方からの呼び声だ。『上空の城』をはじめとする一連の作品には、その呼び声に耳を傾け、向こう側を覗いてしまった者たちの苦悩と陶酔が、あますところなく描かれている。

（朝宮運河）

フォークロア

芸能・芸術に材を採った華やかな作品を作者の表の顔とするなら、土俗的な風習・伝承を扱ったほの暗い作品は作者の裏の顔だろうか。とはいえこちらにも高い知名度を誇る「海贄考《うみにえこう》」［20・48・53］をはじめとして、傑作・名作は目白押しである。

「七夜《ななよ》の火」［14・42・53］の主人公は、大学の研究チームに同行し、西日本一帯の漁村を旅することになった男女四人の高校生。瀬戸内海に浮かぶ小島で、村の古老から人形を用いた呪詛〈祈り殺し〉について聞かされたかれらは、面白半分に呪いの実験をし、取り返しのつかない事態に見舞われる。都会では失われた土俗的世界観が、〈人間の地核、人間社会の地底、そこにひそんで、マグマのようにゆっくりと動いているもの〉を白日に晒《さら》してゆく。

「女形《おんながた》の橋」［23］で扱われているのは、〈地獄の鶴は　紅《べに》さアて〉という不気味な文句から始まる童歌である。歌の伝わる山村で生まれ育った歌舞伎役者は、映画撮影のために訪れた郷里で、甘美な地獄風景を目撃する。自らの短篇「罪喰《つみく》い」［2・40・48・51］にも言及しながら共同体の罪、悪事を食べることを運命づけられた〈悪食《あくだ》べ〉の悲劇を描いた野心作である。その他、〈崖っ子〉と呼ばれる妖精めいた存在を扱った「舞え舞え断崖」［23・39］、船の守り神である〈船玉《ふなだま》さん〉を取りあげ「海贄考」と一対をなす「百幻船」［14・42］なども見逃せない。民俗学方面に関心のある読者にとっても、赤江ワールドは尽きることなき一大鉱脈なのだ。

　なお、大の赤江ファンである作家・森真沙子が、〈赤江さんほどフォークロアや地方のことをお書きになる方もいないと思うんだけれども、いかにも土俗的な感じというふうにはならないで、いつでも都会の装いがあるんですね。絶対にどろどろとしたあたりへはいかない〉（『幻想文学』五十七号における皆川博子・篠田節子との鼎談）と指摘しているように、丹念な取材をもとに執筆された一連のフォークロア小説は、甘美な恐ろしさを湛える一方で、どこかすっきりした様式性を感じさせる。どれほど陰惨な題材を扱っても、作者の美意識やスタイルが揺らぐことはなかった。


（朝宮運河）

黄泉

極めてリアルな舞台設定からスタートしたはずの物語が、いつの間にか異様な世界へと足を踏み入れている、というのが赤江瀑の得意とする物語作法。そしてその行きつく先が、黄泉〈死の国〉であることも少なくない。名品「花曝《はなさ》れ首《こうべ》」［8・39・50］が夢幻能の構成を借りつつ、安らがぬ死者たちを描いていることからも分かるとおり、作者の世界において死者と生者の距離は、それほど隔たっているものではないのだ。

黄泉の国をはっきりと描いたものとしては、「夜《よ》な夜《よ》なの川」〔33・43〕が挙げられる。地方都市で小さな飲み屋を営んでいた艶子は、病死した愛人の後を追うように、店の中で自殺を遂げる。店を受け継いだ市子は、ほどなく川を流れてゆく艶子の姿を、日常のふとした瞬間に幻視するようになる。〈頭とか、手とか、足とか、髪の毛とか、体の部分がばらばらでやってくるの。その部分が、一つだけで、やってくることもあるわ〉。自ら命を絶った女性が、頭や手だけになって漂いながら、なおも愛しい相手を探し続ける、というなんとも凄絶にして哀切な怪異譚である。

このように流れる水のイメージと死の国は、作者の中で分かちがたく結びついていたらしい。公害問題を扱った異色の怪奇ロマン「冬のジャガー」〔12〕では、平家の亡霊などが現れると地元住民に恐れられている瀬戸内海の岩場〈黄泉《よみ》の棚〉で、一人の女性が突然命を絶つし、優れた怪談である「奏でる艀《はしけ》」〔30・50〕では、亡き母親と何度となく利用した〈水上の墓参路〉を通って、語り手が愛しい家族の眠る墓所へと向かう。水音の轟《とどろ》くこれら一群の作品は、四方を海に囲まれた日本特有のゴースト・ストーリーとしても評価に値するだろう。

〈人も、世も、時代も流して、なおここに流れることを熄《や》めない水が流れている。その水にわけもなく手で触れてみることのできる不可思議さが、とつぜんに思われる。奇妙にわたしはそんなとき、恐ろしいものに触れている気がするのである〉(『海峡』〔27・50〕)。流れる水の向こうに、死者たちの暮らす国はある。

(朝宮運河)

魔

たとえば「悪魔好き」〔12・50〕――かつて泉鏡花が唱えた〈おばけずき〉の向こうを張るかのようなタイトルを冠された同篇は、一人称でも三人称でもない〈魔人称〉ともいうべき視点から、卑近な日常に〈魔がさす〉ことで惹き起こされる奇々怪々な悲喜劇を、この上なくスタイリッシュに描いた逸品であった。

同篇が巻頭に収められた短篇集『野ざらし百鬼行』〔12〕は、赤江作品の中で最もオカルト色の濃厚な一冊であり、他にも強壮な青年が全裸で手淫するさまを少年が覗き見するという趣向の淫靡な幽霊譚「悪魔恋《こい》祓《はら》い」〔12・43〕などが収録されている。それを敢えて、〈悪霊〉ではなく〈悪魔〉と呼んでいるところに、作者の超自然的存在に対するスタンスが垣間見えるように思う。

そもそも赤江作品における〈魔〉という言葉の偏愛ぶりは、〈春〉と双璧を成すといっても過言ではあるまい。

デビュー作「ニジンスキーの手」〔1・39〕にも増して、多くの心ある読者に赤江瀑の名を印象づけた「獣林寺妖変」〔1・40・51〕の名高き冒頭近くの一節――〈血天井の奥深くにひそみ棲む獰猛な何かの魔が、不意にいま目の前に甦り、両眼をみひらいて、その姿を現わしたのだと〉このかた、ここぞという作中の要所に、赤江の魔は燦爛と出没し、作中人物たちを獰猛なる狂気や錯乱へと誘ってやまない。

その一頂点を極めたと目されるのが、横尾忠則による出色の装幀造本でも知られる長篇オカルト・ラブ・ロマンス『上空の城』〔13・50〕だ。

作者が偏愛する鏡花の傑作戯曲「天守物語」へのオマージュを想わせる、幻影の城をめぐる探求《クエスト》の物語である同篇の大団円で、〈天空をとび、天空を渡る魔性のものたちを封じこめた〉〈影の城〉に向かって、主人公の眉彦は叫ぶ。〈その封印を切れ。魔性のものよ。切って、とびかかってこい〉

これこそは、〈魔〉に焦がれてやまない作者自身が放った渾身の叫びではなかろうか。

（東雅夫）

（ひがし・まさお　アンソロジスト・文芸評論家）
（せんがい・あきゆき　ミステリ評論家）
（もんが・みおこ　文筆家・書評家）
（あさみや・うんが　ライター・書評家）

赤江瀑作品リスト

佐々木恵子 解説　沢田安史 作成

本リストは、佐々木恵子構成・文による「特集　妖しの世界　赤江瀑を読破する」の作品解説（『活字倶楽部』［雑草社］１９９８年冬号掲載）に、１９９９年以降刊行の書籍も含めた、沢田安史による書誌事項を加え構成するものである。書誌事項については、赤江瀑公式サイト「虚空の扉」、小林孝夫制作「赤江瀑全著書目録」（『幻想文学』第57号「伝綺燦爛　赤江瀑の世界」２０００年２月）を参考とした。なお、長谷川敬名義の作品については除外した。

［凡例］

＊記載事項は左の通りである。
タイトル／発行年月／出版社／シリーズ／解説者／装画家／装幀家／作品解説

＊タイトルの改題されたものは→で記載した。

＊暦年は左のように記載した。
１９００年代　下２桁を71から99で表記
２０００年代　下２桁を00から20で表記

＊電子書籍のあるものは、末尾に☆を付した。

1　獣林寺妖変
→ニジンスキーの手

71年8月　講談社（獣林寺妖変）　装幀＝桑田雅一　※著者紹介と著者写真（副島泰撮影）付

74年5月　角川文庫（ニジンスキーの手）　解説＝中井英夫　カバー＝滝野晴夫／横尾忠則／村上昂（芳正）☆

82年6月　講談社文庫（獣林寺妖変）　解説＝松田修　ファンレター＝辻村弘子　カバーデザイン・人形製作＝辻村ジュサブロー　☆

01年1月　ハルキ文庫（ニジンスキーの手）　解説＝葛西聖司　装画＝西山礼男　装幀＝芦澤泰偉　※「恋怨《れんおん》に候《そうろう》て」を追加収録

●

ロシア人の老舞踊家に拾われた戦災孤児の弓《ゆみ》村高《むらこう》は、そのしなやかな肢体に舞踊の技術を叩き込まれ、いつしかバレエ界でのし上がっていく。一頭の獣のごとく飛翔する天才舞踊家の運命を、狂気に陥ったロシアの舞踊家ニジンスキーに重ねて描く「ニジンスキーの手」の他、歌舞伎の「獣林寺妖変」、能の「禽獣《きんじゅう》の門」、現代詩の「殺し蜜狂い蜜」と、男たちがとり憑かれた芸術の〈魔〉に迫る、ホモセクシュアルの色合いの強い伝奇ロマン集。なお、「ニジンスキーの手」は一九七〇年に第十五回小説現代新人賞を受賞した、作者の処女作である。講談社から刊行後、角川文庫収録に際し『ニジンスキーの手』と改題。その後、再び『獣林寺妖変』として講談社文庫に収められた。

2 罪喰《つみく》い

74年3月　講談社　装幀＝藤本蒼　※「作者のことば」付
77年6月　講談社文庫　解説＝瀬戸内晴美　カバー装画＝大島哲以／辻村ジュサブロー　※年譜付
16年8月　小学館P＋D BOOKS　解説＝東雅夫　装幀＝おおうちおさむ　※「獣林寺妖変」を追加収録　☆

●葬儀の際、それを生業《なりわい》とする者が、金銭を得る代わりに死者の生前の罪をすべて引き受けるという西洋の古い死者儀礼〈罪喰い〉。そして対馬で見つかった無銘の木像にしるされた文字〈都《つ》美《み》波《は》美黒人《みのくろひと》〉。日本にもこの種の因習が存在した？〈罪喰い〉に囚われた新進建築家と、彼に才能を見出された若者との数奇な因縁が狂気の末路を暗示する表題作。一年中花香の絶えない〈花屋敷〉の庭に憑かれた男女の妄執を描く「花夜叉殺し」。他、「ライオンの中庭」「赤姫」「サーカス花鎮《はなしずめ》」を収録。

3 オイディプスの刃《やいば》

74年10月　角川書店　装幀＝山下秀男（異装本あり）※著者写真付
79年5月　角川文庫　解説＝磯田光一　カバー＝横尾忠則／映画カット　☆
00年6月　ハルキ文庫　解説＝塚本青史　装画＝西山礼男　装幀＝芦澤泰偉
19年9月　河出文庫　解説＝千街晶之　装画＝佳嶋　装幀＝柳川貴代

●夏の昼下がり、惨劇は大迫《おおさこ》家を襲った。庭の木立に吊るされたハンモックで寝ていた若き刀研師の肉体に、名刀〈次吉《つぐよし》〉の白刃が振り下ろされた。その白刃で胸を突いて後を追った母。事件の真相をすべて覆い隠すために割腹して果てた父。一振りの刀によって一家は崩壊した。別々の道を歩み始める残された三人の異母兄弟の、妖刀とラベンダーの香りに狂わされた皮肉な運命を描いた、官能とロマンあふれる長編。家を守ろうとした父親の覚悟が、のちに物悲しく感じられる。

4 美神《びしん》たちの黄泉《よみ》

75年1月　角川書店　装幀＝山下秀男／横尾忠則（再版）
86年2月　角川文庫　解説・カバー＝村上昂（芳正）☆

●美神を求めて肉体の妖しい罠に落ちた二人の男を描く表題作の他、「万葉の甕《かめ》」「黒潮の魔軍」「草薙剣《くさなぎのつるぎ》は沈んだ」「カツオノエボシ獄」の四篇を収録。関門海峡の底に沈む一本の剣をめぐる「草薙剣は沈んだ」が特に印象深い。

5 ポセイドン変幻

75年6月　新潮社　装画＝城景都
94年10月　集英社文庫　解説＝司修　カバー＝堀晃　AD＝ZOO

● 山陰の海に潜む一匹の巨大な海魔に憑かれた男女の地獄を描いた表題作の他、「恋牛賦《れんぎゅうふ》」「春猿」「ホタル闇歌」（「殺し蛍火怨の闇」改題）「灯籠爛死《とうろうらんし》行《こう》」「八月は魑魅《ちみ》と戯れ」を収めた、夢幻とエロスに彩られた作品集。

6 金環食の影飾り

75年8月　角川書店　装幀＝林恭三
86年4月　角川文庫　解説＝武蔵野次郎　カバー＝村上昂（芳正）
18年12月　小学館P＋D BOOKS　装幀＝おおうちおさむ　☆

● 新劇女優であり脚本家でもある綾野曙子《あきこ》が、亡き姉・姚子《ようこ》の遺品の中に見つけた新作歌舞伎の戯曲「大内御所花闇菱《おおうちごしょはなのやみびし》」を名優・芳沢蘭右衛門に送ったところ、一本立興行でK劇場に掛かるという僥倖を得た。その劇場内で、曙子が姉と見間違えた女性が見知らぬ男に刺された。「死んだんじゃなかったのか」という男のつぶやきを聞いた曙子は、その事件が姉と無関係のものとは思えず、姉が京都へ移ってからの五年間どんな暮らしをしていたのか、なぜ死んだのかを知るために京都を訪れる。物語と戯曲を織りまぜた凝った構成で展開される、男と女の哀しく妖しい顛末。

7 鬼恋童《おにれんどう》

76年2月　講談社　装幀＝建石修志／山下秀男（新装版）
85年9月　講談社文庫　解説＝上村一夫　カバーデザイン・人形製作＝辻村ジュサブロー
☆

● 駆け出しの焼物師・一将《かずまさ》が師事した萩焼の窯元、十二代当主・古和郷睡《こわごうすい》の家には、二代目・睡童の作による門外不出の名器〈白虎〉がある。その、他人の目に触れさせてはいけない〈白虎〉に、実は対になるもう一つの〈白虎〉が存在したのだ。幻の名器が白日の下に晒されたとき、伝説の謎が暴かれる。表題作「鬼恋童」の他、「阿修羅花伝」「闇絵黒髪」「炎帝よ叫べ」「寝室のアダム」の全五篇を収録。ちなみに、能面をモチーフにした「阿修羅花伝」には、「禽獣《きんじゅう》の門」の主人公・春睦《はるむつ》が再び登場している。

8 熱帯雨林の客→花曝《はなさ》れ首《こうべ》

76年8月　講談社　装画＝此木三男　装幀＝井上正篤
81年8月　講談社文庫　解説＝山尾悠子　カバーデザイン・人形製作＝辻村ジュサブロー
※文庫化に際し改題　☆

● 挙式を目前に控えながら、恋人の不実を知った篠子は、夏の嵯峨野を訪れた。心の痛みを忘れようと化野に通う篠子の側に、妖かしの影がふたつ。秋童《しゅうどう》と春之助——野郎歌舞伎界で容色を売っていた二人の色子が、霊となり化野に住みつくようになるまでの、官能と狂気の地獄絵図。好きな男となら地獄にも堕ちてみろという秋童の声が、妖しく耳の中で谺する。文庫化に際し表題作となった「花曝れ首」の他、「東海道四谷怪談」で有名な狂言作者・鶴屋南北を扱った「恋怨《れんおん》に候《そうろう》て」、山陰沿岸の美しい崖をモチーフにした「ホルンフェルスの断崖」、ジャワの影絵人形が不気味な「影の風神」、優美な熱帯魚の世界を背景に、左ききの天才的な笛吹きの執念を描いた「熱帯雨林の客」を収めている。

9 正倉院の矢

76年9月　文藝春秋　装幀＝司修
86年6月　文春文庫　解説・カバー＝司修
☆

●姉を乗せた小舟が、湖の底に消えた。湖面には一本の矢羽が……。「正倉院の矢」の他、「シーボルトの洋燈」「蜥蜴殺しのヴィナス」「京の毒・陶の変」「堕天使の羽の戦《そよ》ぎ」の全五篇を収録。

10 蝶の骨

77年2月　徳間書店　装幀・扉絵＝中原脩
81年6月　徳間文庫　解説＝皆川博子　カバーデザイン＝山岸義明

●十五年の歳月が、流子を美しい女性に変身させた。その蠱惑的な美貌で、女の爪に飾りの彫画をしている高村涼介を虜にする流子。これはすべて悪意を持って計画された、彼女の罠だった。蝶となって男の果肉の中を舞い、官能の蜜に酔い痴れる女の復讐劇。

11 青帝《せいてい》の鉾《ほこ》

77年5月　文藝春秋　装画＝今村幸生　AD＝坂田正則
82年4月　文春文庫　解説＝松永伍一　装画＝今村幸生　題字＝赤江瀑

●ただ一点、闇黒のしみのみが描かれた奇怪な掛軸に魅入られて破滅する青年書家の愛と狂気を描いた表題作の他、「夜よ禁《と》めなき旗なき」「虹色の翅《はね》の闇」「アヘンの馬」、そして映画化された「雪華葬刺《せっかとむらいざ》し」を収録。

12 野ざらし百鬼行

77年7月　文藝春秋　装画＝坂東壮一　AD＝坂田正則
88年1月　文春文庫　解説＝和気元　装画＝坂東壮一　AD＝上野和子

●幽霊、悪魔、占卜、超能力、巫呪、妖術など、妖しくも不思議な世界へ読者を誘う、オカルト的な作品集。「悪魔好き」「劇画を描く少年考」「永仁五年三月の刀」「冬のジャガー」「月曜日の朝やってくる」「悪魔恋祓《こいはら》い」「光悦殺し」「野ざらし百鬼行」を収録。

13 上空の城

77年7月　角川書店　装幀＝横尾忠則
86年7月　角川文庫　解説＝武蔵野次郎　装画＝村上昂（芳正）

● 夏の信州。眉彦は松本城で大天守をひとり放心したように眺める世古螢子《せこけいこ》と出会う。窓も何もない真っ黒な城――彼女の記憶の中にそびえ立つ城は、本当に実在するのか？　日本の古城にまつわる、サスペンスタッチの伝奇ロマン。

14 春喪祭《しゅんそうさい》

78年3月　徳間書店　人形製作＝清由理亜・我妻将吉　人形撮影＝吉池一輝　装幀＝井上正篤
85年2月　徳間文庫　解説＝武部忠夫　カバー＝山岸義明　☆
17年2月　P+D BOOKS　装幀＝おおうちおさむ　☆

● 恋人の涼太郎と初めて結ばれた翌日、深美は姿を消した。そして一年後、牡丹の咲く長谷寺の門前町・初瀬で死体となって発見された。琵琶の撥《ばち》で手首を切ったのだ。彼女が遺した万葉集の恋歌に心が騒ぎ、彼女の死因を求めて初瀬に赴いた涼太郎が見たものは……。表題作の他、「夜の藤十郎」「宦官《かんがん》の首飾り」「七夜《ななよ》の火」「文久三年五月の手紙」「百幻船」を収録。中でも、夜鷹に身を落とした歌舞伎の女形の情念を描いた「夜の藤十郎」、ひとりの宦官に魅入られた少年期の残像を追う男たちを描いた「宦官の首飾り」は、耽美小説が好きな方におすすめの、妖しく官能的な作品である。

15 アポロン達の午餐《ごさん》

78年3月　文藝春秋　装幀＝建石修志

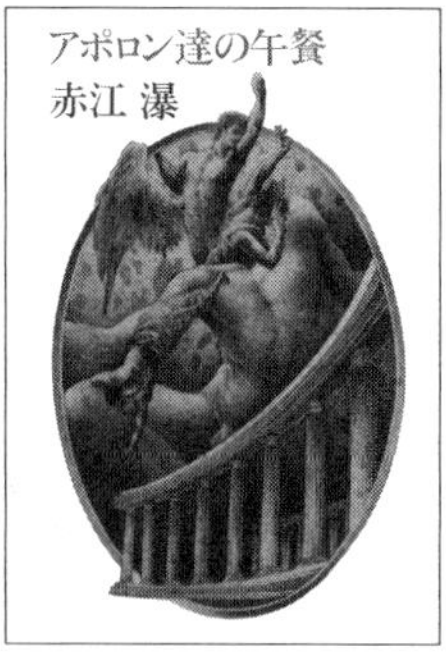

● 〈アポロン〉なる秘密クラブに所属する高校生が、炎天下の路上で死体となった。表題作「アポロン達の午餐」（「アポロンたちの昼」改題）の他、「シヴァの暴風」「双頭の動物の門」「彷徨《さまよ》える魔王」の全四篇を収録。

16 アニマルの謝肉祭

78年8月　主婦と生活社　装画・題字＝此木三男　装幀＝安彦勝博
85年11月　文春文庫　カバー＝殿敷侃　☆

● 二十七歳の若さで業界のトップクラスの実力を持つヘア・デザイナー楯林驍《たてばやしぎょう》のライバルが、美容室の開店前日に不審火で焼死した。彼自身も京都で何者かに命を狙われ、やがて博多、パリで殺人事件が起こる。マザー・グースの七曜歌に乗せておくる長編ミステリー。

17 絃歌《げんか》恐《おそ》れ野《の》

79年1月　文藝春秋　装幀＝司修

● ギタリストの母と息子の十七年にわたる怨念と葛藤を描く表題作の他、「アリアドネの糸」「江戸の鷗」「ケモノ猫」「卯月恋殺し」「ジブラルタルの短剣」「花帰《はながえ》りマックラ村」「馥《こうば》しい骨」の全八篇を収録。

18 マルゴォの杯《さかずき》

79年4月　角川文庫　解説＝岡田嘉夫　カバー＝横尾忠則／村上昂（芳正）☆

● 渓谷の奥深くにある山荘を舞台に、マルゴォ酒に酔う姉妹の愛憎を描く「マルゴォの杯」の他、少年狩りの「千夜恋草《せんやこいくさ》」、「緋《あけ》の蘰《かずら》を額《ぬか》につけ」「刺青《いれずみ》の海で夏」「春恨紀」の全五篇を収録。

19 原生花《げんせいか》の森の司《つかさ》

80年6月　文藝春秋　装幀＝司修

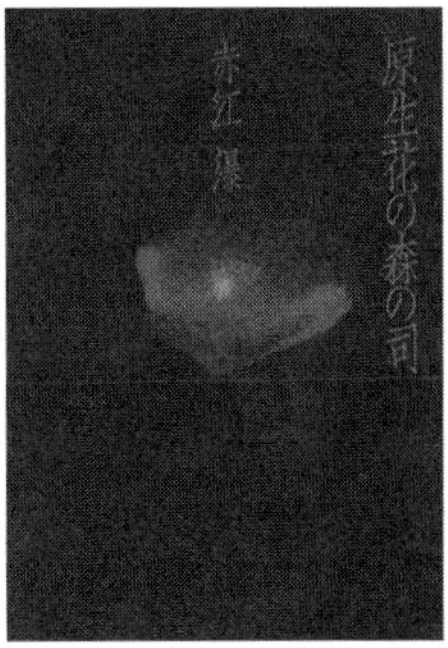

● 昔話の伝承者である老女の自殺に秘められた謎を描く表題作（「原生花の森の唇」改題）の他、「ハエン縣《けん》の灰」「黒堂《くろどう》」「睡《ねむ》り木語り」「八月の蟹」「地《じ》下上申《げじょうしん》の森」「バンガローは霙《みぞれ》」を収録。闇に妖しく咲いた椿が美しい、函入り上製本。

20 海贄考《うみにえこう》

80年7月　徳間書店　装幀＝井上正篤
86年5月　徳間文庫　解説＝清永唯夫　カバーデザイン＝山岸義明

● 十三年間の結婚生活の末、愛を亡くし、人生の終わりを自覚した夫婦は、死出の旅に出た。途中、行きずりに立ち寄った土地・鐘ケ関で、二人は海に身を投じたが、夫だけが漁船に拾われて一命を取り留めた。ここには溺死者を豊漁をもたらす守り神・エビス様として崇める信仰があり、そのためエビス様となった妻と共に夫は鐘ヶ関に住みつくが……。愛が風化した夫婦の物語「海贄考」（「海の牲」改題）の他、「悪い鏡」「浮寝《うきね》の骨」「硝子のライオン」「幻鯨《げんげい》」「月下殺生《げつかせつしよう》」「外道狩り」「火《ひ》藪記《やぶき》」の全八篇を収録。

21 アンダルシア幻花祭

80年11月　講談社　装幀＝伊達正則
87年1月　講談社文庫　解説＝小林孝夫　カバー＝大島哲以　☆

● スペイン南部アンダルシアに魅せられ、舞踊家をめざす日本人青年は、恋人を捨ててマドリッドへ旅立った。表題作の他、「刀花の鏡」「五月の鎧」「音楽室の岬」「獣心譜」の全五篇を収録。

22 妖精たちの回廊

81年1月　中央公論社　装幀＝司修　※あとがき付

84年1月　中公文庫　カバー＝加納和則　※あとがき付　☆
01年10月　Chuko on demand books

● 一尾の清艶な〈近代昭和〉が消えた——。発育盛りにのびのびと大きく育てるため、一時業者の野池に預けられた鯉が、池から姿を消したのである。鯉の持ち主の息子・辰之は、親しい業者の二代目・三千和《みちかず》がその鯉を密かに追跡していることを知るが、謎を残したまま三千和は行方不明。そして、競売場の池底に沈む青白い手首、鯉に関わった男たちの不可解な死……。蠱惑的な一尾の鯉に耽溺する男たちの運命を描いた、妖美な世界の異色推理小説。まるでその〈近代昭和〉が、男たちを誘惑する魔性の女のようにも思われる。

23　舞え舞え断崖

81年7月　講談社　装幀＝磯野宏夫
89年1月　講談社文庫　解説＝小林孝夫　カバーデザイン・人形製作＝辻村ジュサブロー
☆

● 昔、金精神《こんせいじん》の祠があったという断崖の上下に住む、妖精をモチーフにしている詩人と画家の姉妹の人生を描く表題作の他、「女形の橋」「水鏡の宮」「燿《かがよ》い川《がわ》」「悪戯《いたずら》みち」「柩《ひつぎ》の都」「黒馬の翼に乗りて」の全七篇を収録。

24　巨門星　天の部
→巨門星―小説菅原道真青春譜

81年12月　文藝春秋　装幀＝司修　※あとがき付
90年6月　文春文庫　カバー＝司修　※あとがき、文庫版のためのあとがき付

● 平安王朝前期、最高官僚の位に上りつめ、波乱の末に生涯の幕を閉じ、はては怨みの悪霊神と化した菅原道真。彼が官人として宮廷に入るまでを描いた異色の時代小説。本作は新聞に一年にわたって連載された、作者初の新聞連載小説。

25　鬼会《おにえ》

82年5月　講談社　装幀＝三尾公三
89年12月　講談社文庫　解説＝武部忠夫　カバーデザイン・人形製作＝辻村ジュサブロー
☆

● 高校のクラスメイトだった女流作曲家の奇妙な死を知ったとき、男は仲間たちと鬼会の儀式に耽った夜を思い出す。表題作の他、「嬥歌《かがい》の羽」「アマゾンの春の魚」「裸の森番」「汐の雄身《ゆうしん》」（「汐の雄蘂」改題）「朝妻詣《あさづまもう》で」「夜叉の舌」を収録。

26　風葬歌の調べ

82年9月　実業之日本社　装画＝此木三男　装幀＝サン・プランニング
86年9月　角川文庫　解説＝小林慎也　カバー＝村上昂（芳正）

● 京都・仁和寺の裏山の小道で死体となって発見された若い画家の胸から、翡翠色をした〈四足獣形の魔除け〉のペンダントが消えて

いた……。小さな石の魔除けの妖気が死を招く古都ミステリー。

27 海峡―この水の無明《むみょう》の真秀《まほ》ろば

83年8月　白水社（日本風景論シリーズ）　装幀＝吉岡実
86年10月　角川文庫　解説＝尾崎秀樹　カバー＝村上昂（芳正）

●

風貌と体躯に恵まれた友人Aは、順調に俳優生活を送っていたが、突然帰郷し、山奥の病院に入ってしまった。Aと海峡にまつわる八つの記憶の破片を集めて、本作のモチーフである海峡を語る幻視行。『八雲が殺した』と共に、一九八四年に第十二回泉鏡花文学賞を受賞。

28 春泥歌

83年12月　講談社　装幀＝磯野宏夫　題字＝赤江瀑
90年6月　講談社文庫　解説＝関口苑生　カバーデザイン・人形製作＝辻村ジュサブロー　撮影＝海老澤一郎　※著作リスト付　☆

●

椿の花の咲き乱れる断崖の藪に立っていた幼い男の子。連れ立っていた盲目の母親の姿はなく、その子の手の先では金剛鈴《こんごうれい》が鳴っている――四国八十八箇所の寺々を巡っていた祖母から聞いた話が忘れられず、約十五年もの間、夢の中で幻の少年を育んできた彼女の夢の終わりを描く「春泥歌」。他、「砂の眠り」「春眠」「オオマツヨイクサよ」「春の寵児」「朝の廊下」（「酔蝶々」改題）「平家の桜」「耳飾る風」「虚空の馬」「金襴抄《きんらんしょう》」の全十篇を収録。テーマなども読みやすく、粒のそろった短編集なので、ビギナーにおすすめの一冊である。

29 八雲が殺した

84年6月　文藝春秋　装画＝高松潤一郎　AD＝花村広
87年5月　文春文庫　解説＝武部忠夫　カバー＝司修　☆

●

夫を亡くし、息子も独立して所帯を持った今、乙子の楽しみといえば、夜ごと夢の中に現れる夫と過ごすひとときだけ。しかし、ある晩から夫が夢に現れなくなった。そう、息子と出掛けたレストランでワインを……ワイングラスの赤い液体に映った白い人の姿を飲み干した、あの日の夜から――。小泉八雲の「茶わんのなか」を題材にした官能的な表題作の他、「葡萄果の藍暴《あら》き昼」「象の夜」「破魔弓と黒帝」「ジュラ紀の波」「艶刀忌」「春撃ちて」「フロリダの鰭《ひれ》」を収録。『海峡』と共に一九八四年に第十二回泉鏡花文学賞を受賞。

30 十二宮の夜

84年12月　講談社　装幀＝藤本蒼猪

●

射手座の男から逃れられない蠍座の女。十二宮の星座が彫刻されたガラス屏風が彩る妖かしの世界。「十二宮の夜」の他、「春の鬣《たてがみ》」（「闘春歌」改題）「奏でる艀《はしけ》」「驕児」「火器なれば」「夜光杯の雫」「白骨の夏」「桃源」「闘牛場は影」を収録。

31 遠臣たちの翼

86年10月　中央公論社　装画・装幀＝岡田嘉夫
89年11月　中公文庫　解説＝増田正造　カバー＝岡田嘉夫

● 世阿弥に因《ちな》んで付けられた名前・元清《もときよ》。彼は妻を残し、ひとり役者をめざして上京した。しかし、所属する大劇団の花形俳優への道が開けた矢先、彼はすべてを捨てて、一人芝居の道を選ぶ。最初に演じた演目は、世阿弥の名曲〈砧《きぬた》〉から構想をとって自分で台本を書いた〈打てや打てこの砧〉。世阿弥に魂を奪われ、自ら砧のごとく打たれて破滅へ向かっていく男の道を描いた「元清五衰《ごすい》」の他、「躍れわが夜」「春睡《ねむ》る城」「しぐれ紅雪」「日輪の濁り」の全五篇からなる連作小説。

32 花酔い

86年12月　角川文庫　解説＝尾崎秀樹　カバー＝村上昂（芳正）☆

● 驍彦《たけひこ》、靖二郎《やすじろう》、醍子《ていこ》、東子《とうこ》の四人は、ことあるごとに行動を共にしている仲間であり、異母兄弟でもある。ある日、醍子が悪相の印鑑を日本印章大社へお祓いに行くのに連れ立った帰り道に死体を発見して以来、四人の生活に不可解な出来事が起こり始める。京都ものを得意とする作者の新境地。

33 荊冠《けいかん》の耀《かがや》き

87年2月　徳間書店　装幀＝熊谷博人
91年2月　徳間文庫　解説＝千栄子ムルハーン　カバーイラスト＝仲村計　デザイン＝秋山法子　☆

● 夏の姫ケ崎、浜辺にやってくる三人の若者の、好奇心と官能に満ちた日々を描く表題作（「荊飾りの冠と海」改題）の他、「午睡の庭」「水恋鳥よ」「夜《よ》な夜《よ》なの川」「鏡の中空《なかぞら》」「二枚目の首」「黒衣《こくい》の渚」「空華《くうげ》の森」「四月に眠れ」を収録。

34 オルフェの水鏡—赤江瀑エッセイ鈔

88年1月　文藝春秋　装幀＝司修

● 著作の数々を見渡せばわかるように、作者の生み出す世界は、歌舞伎や能、演劇、寺、土地、伝承などをモチーフに、人間の心の深淵を描いたものがほとんどである。そうした芸術・芸能に造詣の深い作者が独特な文体で築き上げた、赤江美学の本質に迫る初のエッセイ集。これを読めば、ますます赤江作品の深みにはまること請け合い。

35 ガラ

89年11月　白水社（物語の王国シリーズ）
装幀＝司修

●南太平洋に浮かぶイースター島に伝わる、人の心を思いのままに司る眼に見えない妖精〈アク・アク〉。その決して滅びることのない魂魄の化身に操られる二組の男女――威邦と恭子、盛光と藤子、そして恭子に寄り添うようにして存在するガラの姿を描き出した幻想的な物語。

36 アルマンの奴隷

90年1月　文藝春秋　装幀＝堀晃

●〈アルマン〉に魅入られた男と〈アルマン〉の奇妙な関係を、詩に乗せて描く表題作の他、「卒塔婆源君《そとばげんくん》」「破浪神《フィギュアヘッド》の夢」「脂粉の御子《みこ》の頸《くび》」「百魔」「影の訪れ」「除夜の孔雀」「禁花」「遊べ兜や剣の光」「忍夜恋曲者《しのびよるこいはくせもの》」の全十篇を収録。

37 香草《こうそう》の船

90年3月　中央公論社　装幀＝岡田嘉夫

●竹馬の友である明雄が、自宅の離れにあるマホガニーのカウンターの上で死んでいた。彼の不可解な死の謎を解く鍵は、古代信仰の原始的な姿を今に伝える、本州西端の小さな島・后島《きさきじま》にあるはず……。秘儀の島に魅せられた若者の抗い難い運命を描く。

38 光堂《ひかりどう》

91年6月　徳間書店　装幀＝熊谷博人
96年10月　徳間文庫　解説＝ムルハーン千栄子　カバー人形製作＝辻村ジュサブロー　カバーデザイン＝秋山法子　☆

●二十数年ぶりに訪れた東京・新宿で、ふらりと立ち寄った小さな映画館。涼介はそこで、三千社文彦《みちやしろふみひこ》監督の「火雨《ひさめ》」と再会した。涼介が最初に三千社と出会ったのは、彼が大学二年生の頃、新宿駅前の交差点でだった。彼の目の前を、白い紙片が風に吹かれて流れていく。それが、二年後に三千社の独立第一回作品として世に出ることになる「火雨」のシナリオだった。涼介の記憶は一気に二十余年を遡る――。映画の中に棲む妖怪に憑かれた男を描く表題作の他、「美酒の満月」「逢魔が時の犀」「煒煒庭《ようようてい》の幻術」「青毛」「雛の夜《よ》あらし」「夜市」「艶《なまめ》かしい坂」「青き鬼恋うる山」の全九篇を収録。

39 風幻《ふうげん》　京都小説集　其の壱

92年11月　立風書房　解説＝武部忠夫　装画＝若生秀二　装幀＝菊地信義

●その名のとおり、京都を舞台にした作品を集

めた作品集。「ニジンスキーの手」「禽獣《きんじゅう》の門」「花夜叉殺し」「虹色の翅《はね》の闇」「千夜恋《せんやこい》草《くさ》」「ジブラルタルの短剣」「卯月恋殺し」「花曝《はなさ》れ首《こうべ》」「猫」(「ケモノ猫」改題)「黒堂」「忍夜恋曲者《しのびよるこいはくせもの》」「水鏡の宮」「舞え舞え断崖」「刀花の鏡」「青帝《せいてい》の鉾《ほこ》」「殺し蜜狂い蜜」を収録。

40　夢跡《むせき》　京都小説集　其の弐

92年11月　立風書房　解説＝武部忠夫　装画＝若生秀二　装幀＝菊地信義

◉『風幻』に続く《京都もの》を集めた第二集。「獣林寺妖変」「恋牛賦《れんぎゅうふ》」「春喪祭《しゅんそうさい》」「馥《こうば》しい骨」「八月の蟹」「硝子のライオン」「雪華《せっか》葬刺《とむらいざ》し」「夜の藤十郎」「百魔」「葡萄果の藍暴《あら》き昼」「柩《ひつぎ》の都」「寝室のアダム」「十二宮の夜」「隠れ川」「罪喰《つみく》い」「阿修羅花伝」を収録。

41　月迷宮

93年8月　徳間書店　装画＝岡田嘉夫　装幀＝秋山法子　☆

◉親子のうえに訪れた悲劇を、仲秋の名月が照らし出す。表題作の他、「瑠璃抄」「伽羅《きやら》の燻《くゆ》り」「階段の下の暗がり」「緑陰の恐れ」「鸚鵡の年」「アネモネの国」「華燭の舟」「華《け》厳《ごん》」「櫻のあとさき」「海婆《うみんば》たち」の全十一篇を収録。

42　飛花《ひか》　山陰山陽小説集

95年7月　立風書房　解説＝武部忠夫　装画＝若生秀二　装幀＝菊地信義

◉作者の作品には、京都に並んで、山陰山陽を舞台にしたものが多い。「鬼恋童《おにれんどう》」「闇絵黒髪」「百幻船」「ホルンフェルスの断崖」「原《げん》生花《せいか》の森の司《つかさ》」「平家の桜」「四月に眠れ」「美神《びしん》たちの黄泉《よみ》」「ハエン縣《けん》の灰」「野ざらし百鬼行」「七夜《ななよ》の火」「花帰りマックラ村」「金襴抄《きんらんしょう》」「月曜日の朝やってくる」「草薙剣《くさなぎのつるぎ》は沈んだ」「サーカス花鎮《はなしずめ》」を収録。

43　夜叉の舌　自選恐怖小説集

96年4月　角川ホラー文庫　解説＝皆川博子　カバー＝田島照久　口絵＝智内兄助

◉見習いの鞘師《さやし》と一匹の赤い蜘蛛の、妖しい交わりを描く表題作の他、「草薙剣《くさなぎのつるぎ》は沈んだ」「月曜日の朝やってくる」「悪魔恋祓《こいはら》い」「春の寵児」「鳥を見た人」「夜《よ》な夜《よ》なの川」「影の訪れ」「池」「迦陵頻伽《かりょうびんが》よ」を収めた自選恐怖小説集。

44　戯場国《ぎじょうこく》の森の眺め

96年7月　文藝春秋　装画＝上野憲男　装幀＝上野和子

◉戯場国とは、芝居の舞台のこと。そこは芸能、あるいは人間の聖域であり、ひとつの国だという作者が、歌舞伎や能など古典芸能について語る、二冊目のエッセイ集。新聞や専門誌などに掲載されたものも収録されているので、チェックできなかった人には嬉しい。

45 霧ホテル

97年8月　講談社　装幀＝菊地信義

●幻霧から現れた遊女が、江戸へ連れて帰ってくれ、と口説く表題作の他、「隠れ川」「眠る劇場」「宵宮《よみや》の変」「夢違《ゆめたが》え詣《もう》で」「恭恭《うやうや》しき春」「桔梗色の火のけむり」「闇の渡り」「辛紅の眠り」「愛しき影よ」「星月夜の首」「龍の訪れ」を収録。

46 弄月記《ろうげつき》

97年9月　徳間書店　装画＝仁科恵実　装幀＝菊池千賀子　☆

●月夜の晩、舞台を去った役者たちが、山の老木の下に集う表題作の他、「恋川恋草恋衣《こいかわこいぐさこいごろも》」「秘夜長夜」「狐の鼓」「しびれ姫」「徒《あだ》しが原」「魔」「シロップの池の魚」「坂」「帰舟戯《きしゅうぎ》夜《や》」「寵童」「蘭灯の招き」の全十二篇を収録。

47 星踊る綺羅の鳴く川

00年2月　講談社　装幀＝横尾忠則

●濃密な暗闇に聞こえてくる涼やかな音色。朱色の縄で縛られ、天蓋に吊るされた白木の棺桶。それを守る艶麗な三人の女形の精霊たち。彼らが棲まう櫓の上空を、大鯉幟《のぼ》りが泳ぎはためく——。鶴屋南北の芝居に囚われ、もがき苦しみ、自ら命を絶った劇作家が残した紙片をしるべに、因縁の女優たちが辿り着いたのは、女人無用の暗黒魔界だった。外連味のある舞台装置に歌舞伎特有の粋な台詞まわし。まるで芝居を観ているかのように、役者の業と作家の地獄が渦巻く絢爛豪華な幽幻世界へと引き込まれていく。

48 虚空のランチ
幻想ミステリー傑作選

01年5月　講談社ノベルス　解説＝東雅夫　カバーデザイン＝横尾忠則

●「花夜叉殺し」「ライオンの中庭」「海贄考《うみにえこう》」「絃歌《げんか》恐《おそ》れ野《の》」「ホタル闇歌」「罪喰《つみく》い」「象の夜」「耳飾る風」「正倉院の矢」「アリアドネの糸」「炎帝よ叫べ」「八雲が殺した」「灯籠《とうろう》爛死行《らんしこう》」「虚空の馬」「阿修羅花伝」「破浪神《フイギユア・ヘツド》の夢」を収録したベスト集。

49 日ぐらし御霊門《ごりょうもん》

03年4月　徳間書店　装幀＝井上正篤

●先斗町《ぽんとちょう》の小路から一軒のバーの灯りが消えた。魔が潜む京の暗がりを酔い歩く主人公が、かつて花街で名を鳴らした芸妓上がりの老い枯れたママと、彼女と一緒に姿を消した孫ほど歳の離れた男の、日暮門への謎めいた執心を追懐する表題作の他、「巨象の如く」「捨小《すてお》舟《ぶね》」「刃艶《はづや》」「射干玉《ぬばたま》の」「白帝《はくてい》の奥庭」「雀色どきの蛇《じゃ》」「櫻瀧《さくらだき》」「儚儚《ぼうぼう》セレナーデ」「飛鳴《ひめい》」、そして旧作「瑠璃抄」に加筆、改作された「奏でる瑠璃」を収録した作品集。舞踊、体操、薬師如来像、桜、毒草、日本刀——魅入られ、囚われ、彷徨い歩く、そこは魔境か桃源郷か。

50 赤江瀑名作選 幻妖の匣

06年12月 学研M文庫 編・解説＝東雅夫 装画＝山本梅逸 ブックデザイン＝柳川貴代

●「上空の城」「花曝《はなさ》れ首《こうべ》」「阿修羅花伝」「春喪《しゅんそう》祭《さい》」「春の寵児」「平家の桜」「月曜日の朝やってくる」「悪魔好き」「八雲が殺した」「奏でる艀《はしけ》」「隠れ川」「伽羅《きゃら》の燻《くゆ》り」「海峡―この水の無明の真秀《まほ》ろば」に加え、赤江瀑インタビューを収録したアンソロジー。

51 花夜叉殺し 赤江瀑短編傑作選 幻想編

07年1月 光文社文庫 解説＝篠田節子 解題＝成田守正 カバーイラスト＝寺門孝之 カバーデザイン＝泉沢光雄 ☆

●代表作の中から、特に幻想性の強い短編を精選した作品集。「花夜叉殺し」「獣林寺妖変」「罪喰《つみく》い」「千夜恋草」「刀花の鏡」「恋牛賦《れんぎゅうふ》」「光悦殺し」「八月の蟹」「万葉の甕《かめ》」「正倉院の矢」と、京都と奈良の寺社を舞台にした作品を中心に構成されている。

52 禽獣《きんじゅう》の門 赤江瀑短編傑作選 情念編

07年2月 光文社文庫 解説＝森真沙子 解題＝成田守正 カバーイラスト＝寺門孝之 カバーデザイン＝泉沢光雄 ☆

●情念の吐出に強いインパクトのある作品——「禽獣の門」「雪華葬刺《せっかとむらいざ》し」「シーボルトの洋燈」「熱帯雨林の客」「ライオンの中庭」「ジュラ紀の波」「蜥蜴殺しのヴィナス」「象の夜」「卯月恋殺し」「空華《くうげ》の森」を収録。

53 灯籠爛死《とうろうらんし》行《こう》 赤江瀑短編傑作選 恐怖編

07年3月 光文社文庫 解説＝皆川博子 解題＝成田守正 カバーイラスト＝寺門孝之 カバーデザイン＝泉沢光雄 ☆

●恐怖の魅力が占める割合が大きい十三篇「花帰りマックラ村」「雛の夜《よ》あらし」「影の風神」「七夜《ななよ》の火」「海贄考《うみにえこう》」「忍夜恋曲者《しのびよるこいはくせもの》」「原《げん》生花《せいか》の森の司《つかさ》」「宵宮《よみや》の変」「鬼会《おにえ》」「砂の眠り」「艶《なまめ》かしい坂」「海婆《うみんば》たち」「灯籠爛死《とうろうらんし》行《こう》」を収録。

54 狐の剃刀《かみそり》

07年4月 徳間書店 装幀＝松昭教 ☆

●国宝の閨秀画家がしるした筆文字の真意に迫るとき、七つの花を咲かせる艶やかな屏風に込められた女の愛執が浮き彫りになる表題作、少年とも青年とも言われる興福寺の阿修羅に魅入られた男が行き着いた恋の真実を描く「阿修羅の香り」、緑青が美しい銅の水鉢に旧華族の姉妹を狂わせた牡牛が宿る「緑青忌《ろくしょうき》」、創作舞踊の完成に賭けたダンサーの残心を追

う「ダンサーの骨」、他「静狂記」「牙《げ》の扇」「玉の緒よ」「夜《よ》を籠《こ》めて」を収録。夢と現の狭間を揺蕩う男の因果を、女の妄執を、嫋《たお》やかな京ことばが濃艶に紡ぐ短編集。

55 赤江瀑の「平成」歌舞伎入門

07年7月 学研新書 装幀＝齋藤視倭子 ☆

● 中村勘三郎、市川海老蔵、坂東三津五郎といったビッグネームの襲名に加え、約二百三十年間途絶えていた上方和事《かみがたわごと》の大名跡《みょうせき》・坂田藤十郎の復活、さらに歌舞伎界の外側でも華々しく活躍する若手たち――まさに群雄割拠の平成歌舞伎の魅力と、そこに潜む懸念を、深い造詣と独自の審美眼を持つ筆者が、愛情をもって歌舞伎の成り立ちから説いていく。伝統芸能に敷居の高さを感じている人に、歌舞伎を楽しむための手掛かりを与えてくれる案内書。

■特装本

マルゴォの杯《さかずき》
77年12月 湯川書房 限定百五十部（異装本あり）

殺し蜜狂い蜜
78年4月 未来工房 編集＝エディシオン極 装丁＝建石修志 二種〈A版〉限定八十部 銅版画＝建石修志〈B版〉限定百二十部 共に「殺し蜜狂い蜜」「春恨紀」あとがきを収録

禽獣《きんじゅう》の門
79年8月 未来工房 限定百五十部 装画＝宮田雅之 「禽獣の門」「阿修羅花伝」を収録

芙蓉の睡り
79年8月 湯川書房 二種各百五十部 ※本作は改稿の上、『ガラ』に収録された

■豆本

禽獣の門
79年9月 未来工房 限定二百部 装画＝宮田雅之

花曝《はなさ》れ首《こうべ》
04年1月 未来工房 豆本 限定二百部 四種あり 装丁の革の色・扉の肉筆文字：緑色・青帝、茶色・黒帝、赤色・炎帝、肌色・白帝 「花曝れ首」「卯月恋殺し」を収録

薔薇の白毫《びゃくごう》
04年3月 未来工房 肉筆豆本 限定二十部

五月の鎧
04年12月 未来工房 限定百八十部

野ざらし百鬼行
05年3月 未来工房 限定百八十部 『五月の鎧』とセット用のガラスケースあり

中村義裕蔵、栗原弘撮影

四月幻穹《げんきゅう》 06年3月 未来工房 肉筆豆本 限定二十部

幻啼記《げんていき》 10年7月 未来工房 肉筆豆本 限定二十部 肉筆鉛筆画＝建石修志

■単著への未収録作品

帰りなん いざ 『週刊小説』76年3月12日号

海猫の消えた島 『小説宝石』76年4月号

蘭の船 『野性時代』76年11月号

エチオピアの光輝 『流行通信』76年11月号

海の唇 『青い鳥』77年3月号

白夜怨夜 『小説新潮』78年7月号

陽炎の家 『野性時代』78年11月号

バナナ繚乱 『週刊小説』80年6月13日号

返書 福田隆義画『絵の贈り物―画家から作家へ』81年9月 PHP研究所、83年12月 角川文庫／瀬名秀明編『贈る物語Wonder―すこしふしぎの驚きをあなたに』02年11月光文社、06年11月 光文社文庫

風の艶声 『小説NON』87年9月号

戯曲 夜の藤十郎 二幕 英の会 95年4月

黛《すみ》と紅《べに》 『小説宝石』98年4月号

恋物語―火／空／風 『恋物語』98年12月 朝日新聞社

新内 殺螢火怨寝刃《ころしぼたるかえんのねたば》 国立劇場「新しい伝統芸能 悪の美学」01年10月

歌のわかれ 本多正一監修『凶鳥《まがとり》の黒影《かげ》―中井英夫へ捧げるオマージュ』04年9月 河出書房新社

空夜 『問題小説』07年6月号

忍ぶれど 『問題小説』07年11月号

恋緘《こいのふうじめ》 『問題小説』08年5月号

水翁よ 井上雅彦監修『京都宵』（異形コレクション）08年9月 光文社文庫

天《あま》つ闇姫 『問題小説』08年11月号

絶えて桜の 『問題小説』09年5月号

昏睡魚 『問題小説』09年10月号

夏の臀 『問題小説』10年5月号

天泣《てんきゅう》 『問題小説』10年10月号

■映画化作品

白い肌の狩人 蝶の骨
78年9月公開 にっかつ 監督＝西村昭五郎 出演＝野平ユキ ※『蝶の骨』を映画化

雪華葬刺し
82年11月公開 大映京都撮影所 監督＝高林陽一 出演＝宇津宮雅代、京本政樹、若山富三郎

オイディプスの刃
86年9月公開 角川春樹事務所 監督＝成島東一郎 出演＝古尾谷雅人、京本政樹、渡辺裕之、清水健太郎、五月みどり、田村高廣

くれないものがたり
92年6月公開 パイオニアLDC 監督＝池田敏春 出演＝佐野史郎、竹井みどり、三上祐一、寺田農 ※「千夜恋草」を映画化

（ささき・けいこ ライター）

（さわだ・やすし）

案内

赤江瀑と郷里下関
――下関市立近代先人顕彰館から

吉田房世

日本の伝統美や土俗的視野を取り入れ、独特の文学世界を構築した赤江瀑。彼の郷里であるここ下関では、近代先人顕彰館（愛称：田中絹代ぶんか館）内のふるさと文学館において、古川薫、船戸与一、田中慎弥ほか、下関出身の作家を紹介しております。赤江瀑も、一年ないし二年に一度、お預かりしている遺品五一二件一万一七九六点の中から一部ずつを、三カ月間展示公開しています。ちょうどこの二〇二〇年も五月二十六日から七月五日まで、赤江氏の山口県内を舞台にした作品の直筆原稿を中心に、遺品を展示しております。

寄託されている資料の大部分を占めるのは、やはり原稿。赤江瀑は生涯手書きを貫いた作家であり、最晩年の作品もすべて肉筆で仕上げられています。能書家としても知られた彼の原稿は、ひと枡ひと枡にしたためられた文字が書の世界の面持《おもも》ちを伝える、その一枚だけで、ひとつの作品のようでもあります。残念なことに小説として発表されたすべての原稿が遺っているわけではありません。しかし、放送作家として活躍していた頃のものから、推敲を重ね、四十枚を何度も書き直した奮闘ぶりを窺えるデビュー作「ニジンスキーの手」の原稿、様々な作品の種と思われる断片的な紙片も、遺品として見ることができます。

また、前記のように能書家としても名を馳せた赤江氏ですが、書の作品としては大書が多く、狭小な弊館では収蔵も展示も叶いません。それでも色紙や紙片に墨書された作品を入れていただいており、独特の世界観を湛《たた》えた手蹟をご覧いただくことが可能です。

そして、数々の手紙。遺品の中には多くの手紙があり、出版

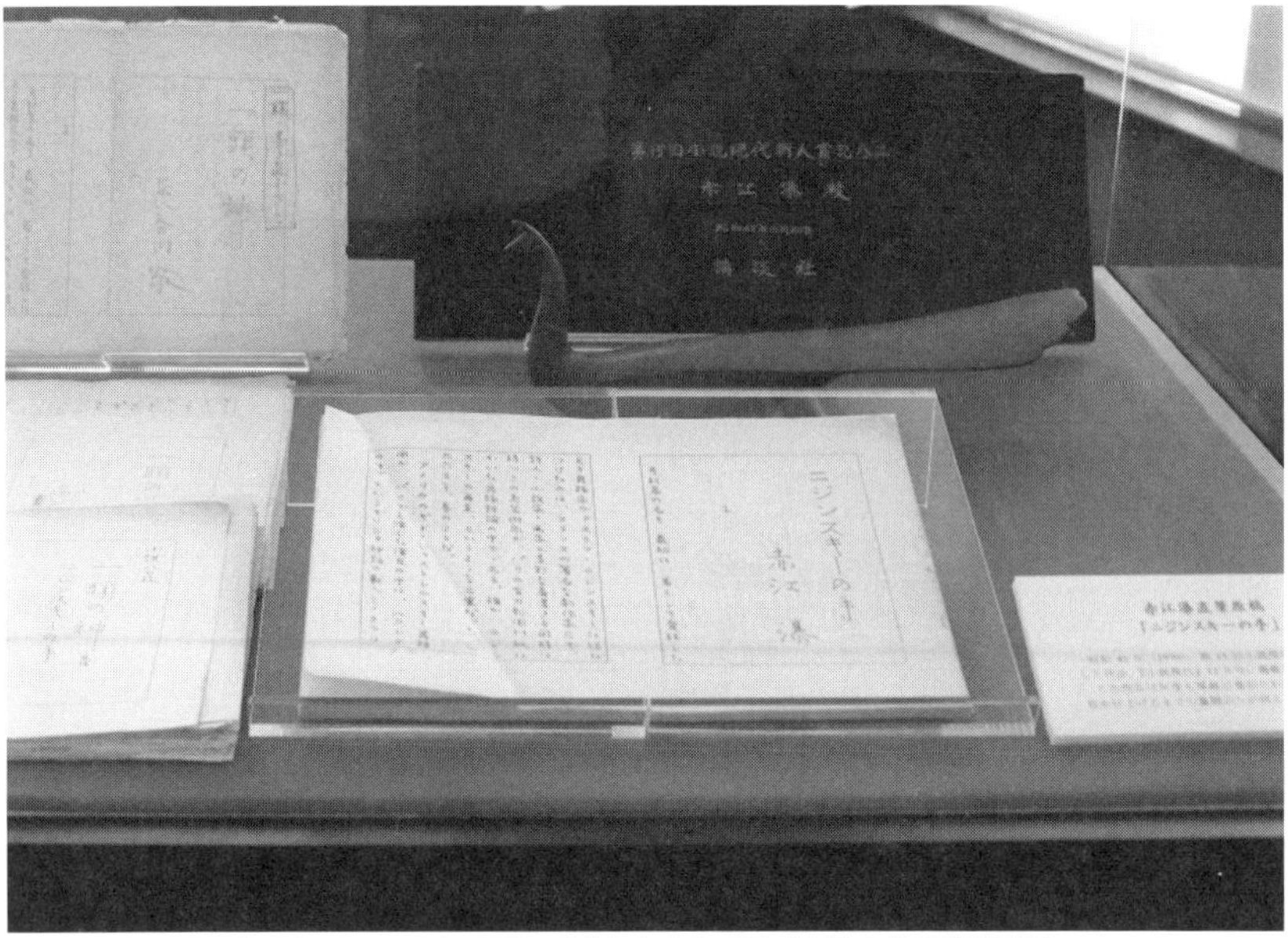

「ニジンスキーの手」原稿と受賞記念品（下関市立近代先人顕彰館提供）

社に寄せられたファンレターも含まれています。出版関係はもちろん、芸能関係者から映像化、舞台化の許しを求める手紙、作品に対する評論なども遺っており、赤江作品がどれほど深く愛されていたかを知るひとつのバロメーターでもあります。また、内容をひとつひとつ見ていくと、赤江氏に宛てた礼状が多いことにも驚きました。先方に祝い事があればバラの花やワインを贈ったり、個展や舞台があれば実際に赴いたりと、紳士的かつ律儀な姿が見て取れるのです。

他には「赤江瀑」として文壇に登場する以前、本名で放送作家として活躍していた頃の脚本群。それらの中には、後に「マルゴォの杯」や「月曜日の朝やってくる」の土台になったとみられるものもあります。そして筆跡や原稿用紙の種類や状態から見て、晩年に書かれたであろう世阿弥に関する考察や草案。世阿弥に関してはよほど苦心なさっていたのか、他の原稿では見られないほどの筆跡の乱れがあり、枡目を無視し、縦横無尽に書き付けられた朱書きは、何かの叫びのようにも感じました。

私はこれらの遺品を保存管理しつつ、展示を通して作品を紹介する仕事をしております。初めて館に寄託していただいたとき、まずもってその量に驚きました。そして整理していくうちに、表に出すべく整えられたものと、そうではないものに明らかな差があることがわかってきました。

作品ごとに担当編集者に宛てた手紙の内容から、ご本人が感

海岸から観る赤江邸（栗原弘撮影）

じていたであろう手応えや、苦悩する姿が見えて参ります。ひょっとすると、完全に仕上がった原稿以外、ご本人は処分するつもりでおられたのではないだろうか――それを展示に使用しても良いものか？という葛藤が私の内に常にあります。しかし一読者の立場として考えた場合、作品の生まれ出た背景が、何らかの感動につながることもあるし、作家を目指す方にとってはその姿こそが糧になるのではないか、との思いから、展示紹介する時には、多少の後ろめたさも感じつつ、赤江氏が吐露した苦しい心情の読み取れるものも公開しています。

さて、赤江瀑の作品には、土地土地に息づく伝統や、伝承にまつわるものが多くあります。身近な物事を題材に、優艶な文体で異境へと導いていくその作風は、いつしか「赤江美学」と称されるようになりました。

赤江瀑の作品の題材は幅広いのですが、いくつかの傾向を見ることが出来ます。ひとつは、水の世界を意識した筆名のとおり、川や海を舞台とした作品。エッセイでも度々、長府宮崎町《ちょうふ》にあった自分の住まいから見える、関門海峡の眺めについて言及しています。

赤江氏の本名は「長谷川敬《たかし》」。本名と同姓同名の作家がすでにいたこともあり、筆名を「赤江瀑」と自ら命名しました。この名前について、その由来を次のように語っています。

由来というほどの大袈裟ないわれもない。

強いていえば、姓は曙色の海、名は瀑布の滝。どちらも、水の容相を世界にとりあげてみただけのことである。

海の町で生まれた人間だから、海はある意味で僕の原生界。陽が沈む落日の海よりは、昇る朝日のほうが、まあ活性はあるだろう。赤は陽性の色でもある。かくして、ごく単純に「赤江」の文字が定まった。しかし定めてみると、字面《じづら》の感じは曙の海にはほど遠い。

「瀑」は前記した如《ごと》く、水しぶきをあげて立つ滝である。字義に「水のわき出るかたち」、「あらし」という意味も持っている。嵐という世界が、僕の人格の中では割に手薄である。その補強の役にも立てたいと思ったのである。

（「水の世界」［『オルフェの水鏡』文藝春秋社刊 所収］より抜粋）


赤江瀑は大学時代に東京に住んでいたほかは、生涯のほとんどを郷里である下関で過ごしました。下関は、『平家物語』で知られるように平家終焉の地であり、海峡は一つの時代を飲み込んだ場所でもあります。戦国期には毛利氏の地盤であり、幕末には時代を動かした人物を多く輩出した土地でもありました。こうした背景もあってか、山口県内を舞台にした作品も多く、随筆でも古里に対する思いを数多く綴っています。特に随筆では、愛する菓子から食事処、酒、魚、祭り、町の景観に至るまで、その筆は細微に渡り己が立つ土地の姿を捉えて描き出しました。

赤江瀑が集めた貝（栗原弘撮影）

彼が愛していたのは、決して歴史の表舞台に現れるような華やかな側面ばかりではありません。好んでいたのは幕末から続く老舗〈松琴堂《しょうきんどう》〉の、静けさをたたえた素朴な和菓子〈阿《あ》わ雪《ゆき》〉でしたし、再開発が望まれた菊川においては、中途半端に開発するよりも〈堂々たる自然〉にこそ価値があると説いています。人気作家となってからも上京することなく、歴史と波の音に包まれた町で執筆活動を続けた赤江瀑は、悠久の時に育てられ、残ってきたものを慈しむ人であったようです。

　赤江氏の世界においては舞台がいずれであろうと、人の中に、世界に潜む〈魔〉が揺蕩《たゆた》っています。赤江氏が居住していたのは古い町で、少し歩けば目の前に海が広がり、神功皇后伝説に由来する島〈満珠《まんじゅ》・干珠《かんじゅ》〉を視界に捉えられる場所です。赤江作品では「獣心譜」において、物語の展開を告げる重要な場所として描かれました。そして歴史ある県立豊浦高校からの活発な声を横に、通りを渡って歩いて行けば、閑静な住宅街の中に、武家屋敷の名残を愉しむことが出来る〈長府〉の街が広がります。

　作品の中には、明確に地名がなくとも、あのあたりの景色のことだろうかと、心当たりのある描写に行き当たることがあります。例えば「春の寵児」の冒頭に出てくる〈古い城下町〉の描写は、まさにこの城下町長府の壇具《だんぐ》川から古江《ふるえ》小路《しょうじ》を抜け、覚苑《かくおん》寺への道筋に見られる光景です。私が勤務する田中絹代ぶんか館の周辺にも赤江ワールドの入り口があります。「劇画を描く少年考」の中で議題となる〈稲荷町の廓〉は、現在の東京第一ホテル下関があるあたりで、かの坂本龍馬もここで遊んでいたことを俚謡《りよう》に残していることから、歴史好きには知られている場所です。ホテルの裏手には今も、芸者たちの信仰を集めた〈末廣稲荷神社〉があります。この界隈は、「霧ホテル」でも幻界の舞台となりました。

　そして海峡。泉鏡花文学賞を受賞した『海峡』はもちろん、「サーカス花鎮《はなしずめ》」「龍の訪れ」他、数々の作品に登場する〈海峡〉は皆、この関門海峡を指しています。「サーカス花鎮」の中で、主人公が兄の失踪の鍵を握る女性と会う関門連絡船は、今も二〜三十分置きに対岸の門司港と下関とを往復しています。正午に下関側から出発する便がありますので、作品と同じようにこの時間に乗船してみるのも、時間ごとに姿を変える海峡の一面を愉しめることと思います。そして「龍の訪れ」にある〈引接《いんじょう》寺〉は実在する寺で、作品の中にあるごとき龍を戴く山門を、今も見ることができます。

　日本のどこにでもある風景かもしれません。作者がこの土地に根ざして著している以上、きっとそうなのだろうという思い込みも半分はあります。ですが私にはただ歩き過ぎてゆくだけの景色も、恐らく散策をしたであろう赤江氏の目には、これほどにも豊かに世界を膨らませ、別世界に落とし込む舞台装置になるのかという感慨があります。日本のあちこちを舞台に作品を描かれているので、その場所が既知ならば、読者の多くの方

赤江邸から海を望む（栗原弘撮影）

がこの感覚に行き会ったことがあるのではないでしょうか。

多くの土地を舞台に作品を描き、それぞれの特色や魅力を捉えて発信した赤江瀑。しかし彼が終生腰を落ち着けたのは、生まれ故郷であるこの下関でした。時代とともに、この街並みも少しずつ変容していますが、赤江氏が目にし、描いた風景の断片を、今ならまだ目にすることができ、当時と同じ空気を肌で感じることができます。間違いなくここは、赤江文学にとっては幻界の里と言えるでしょう。

赤江作品を愛する多くの方にとって、作品を片手に蠱惑《こわく》の舞台となったこの土地を訪ね歩くことが、至福の時間となることを願ってやみません。

（よしだ・ふさよ　下関市立近代先人顕彰館学芸員）

赤江瀑略年譜

浅井仁志 編

一九三三年（昭和八）
四月二一日、父・長谷川初五郎、母・芳子の次男として下関市宮田町に生まれる。本名・長谷川敬（たかし）。母のいとこに作家の長谷川修がいる。

一九四〇年（昭和一五）　七歳
四月、下関市立名池小学校に入学。

一九四四年（昭和一九）　一一歳
戦時、下関市の第二回強制疎開により豊浦郡豊東村（現・下関市菊川町）に疎開する。豊東国民学校に転校。

一九四六年（昭和二一）　一三歳
四月、山口県立豊浦中学校に入学（一九四八年、同校は学制改革により山口県立豊浦高等学校となる）。

一九四九年（昭和二四）　一六歳
学区制の改革により、山口県立豊浦東高等学校（現・山口県立田部高等学校）に転校。高校時代は生徒会長も務める一方で、演劇部や文芸部に所属し、演出や詩作に熱中。教師からも一目置かれる存在だった。また、長谷川修との文通、ミステリ小説の愛読など、のちの小説家としての萌芽期になる。

一九五二年（昭和二七）　一九歳
三月、山口県立豊浦東高等学校を卒業。卒業する年に、映画監督・溝口健二にあこがれ上京、本人に師事を願うが「大学を出てからいらっしゃい」と諭され、演劇を勉強しておこうと、四月、日本大学芸術学部演劇学科に入学。同期生に小林清志（声優）、ケーシー高峰（タレント）、宍戸錠（俳優）、砂塚秀夫（俳優）、七代目嵐徳三郎（歌舞伎俳優）がいた。演劇演出のかたわら早稲田系の「詩世紀」に所属し、詩を創作。大学三年の頃には映画製作から個人による創造制作に関心が移る。

一九五五年（昭和三〇）　二二歳
大学を中退、その後、山口県菊川町へ帰る。

一九五八年（昭和三三）　二五歳
NHKのラジオドラマ脚本募集に「雨の女」が入賞。これをきっかけに放送作家の道へ進む。NHKや民放局でラジオ・テレビドラマ、録音構成、ドキュメンタリー番組などを手がける。小説を書く決心をさせたのは、一九六八年「明治百年記念懸賞演劇脚本」に応募した歌舞伎台本「大内殿闇路」が力量評価されたことによる。

一九七〇年（昭和四五）　三七歳

1976年、スペイン、ライザ・ミネリのビルボード前にて（斉藤亢撮影）

一二月、「ニジンスキーの手」を『小説現代』に発表。同作品にて第一五回小説現代新人賞を受賞（選考委員は柴田錬三郎、山口瞳、結城昌治、野坂昭如、五木寛之）。

一九七一年（昭和四六）　三八歳

八月、単行本『獣林寺妖変』（講談社）刊行。

一九七二年（昭和四七）　三九歳

一一月、昭和四七年度山口県芸術文化振興奨励賞を受賞。

一九七三年（昭和四八）　四〇歳

六月、「罪喰い」にて第六九回直木賞候補。一一月、脚本を手がけたラジオドラマ「白虎闇変化」（後、「鬼恋童」と改題）がＮＨＫ広島制作「文芸劇場」で放送。

一九七四年（昭和四九）　四一歳

三月、『罪喰い』（講談社）刊行。五月、『ニジンスキーの手』（角川文庫）刊行。一〇月、『オイディプスの刃』（角川書店）刊行。一二月、『オイディプスの刃』で第一回角川小説賞を受賞。

一九七五年（昭和五〇）　四二歳

一月、『美神たちの黄泉』（角川書店）刊行。六月、『ポセイドン変幻』（新潮社）刊行。七月、「金環食の影飾り」にて第七三回直木賞候補となる。八月、『金環食の影飾り』（角川書店）刊行。

一九七六年（昭和五一）　四三歳

二月、『鬼恋童』（講談社）刊行。八月、『熱帯雨林の客』（講談社）刊行。九月、『正倉院の矢』（文藝春秋）刊行。この年、『ジュノン』編集部と、スペイン政府からの招待旅行に出かける。

一九七七年（昭和五二）　四四歳

二月、『蝶の骨』（徳間書店）刊行。五月、『青帝の鉾』（文藝春秋）刊行。七月、『野ざらし百鬼行』（文藝春秋）、『上空の城』（角川書店）刊行。

一九七八年（昭和五三）　四五歳

三月、『春喪祭』（徳間書店）、『アポロン達の午餐』（文藝春秋）刊行。八月、『アニマルの謝肉祭』（主婦と生活社）刊行。九月、『蝶の骨』を映画化した『白い肌の狩人　蝶の骨』（にっかつ製作、西村昭五郎監督、野平ゆき出演）公開。

一九七九年（昭和五四）　四六歳

一月、『絃歌恐れ野』（文藝春秋）刊行。四月、

1970年代後期頃か、舞台『花曝れ首』挨拶にて。宍戸錠（中央）、赤江瀑（右）（浅井仁志提供）

『マルゴォの杯』（角川文庫）刊行。

一九八〇年（昭和五五）　四七歳

六月、『原生花の森の司』（文藝春秋）刊行。七月、『海贄考』（徳間書店）刊行。一一月、『アンダルシア幻花祭』（講談社）刊行。

一九八一年（昭和五六）　四八歳

一月、『妖精たちの回廊』（中央公論社）刊行。七月、『舞え舞え断崖』（講談社）刊行。一一月、夢野久作原作「あやかしの鼓」の舞台化にあたり脚本を担当（於西武劇場、石澤秀二演出、ピーター主演）。一二月、『巨門星』（文藝春秋）刊行。

1984年、テレビ「すばらしき仲間」（東海テレビ制作）にて、河原崎國太郎、辻村ジュサブローと（浅井仁志提供）

一九八二年（昭和五七）　四九歳

五月、『鬼会』（講談社）刊行。九月、『風葬歌の調べ』（実業之日本社）刊行。一一月、映画『雪華葬刺し』（大映京都製作、高林陽一監督、京本政樹・宇津宮雅代・若山富三郎出演）公開。

一九八三年（昭和五八）　五〇歳

八月、『海峡』（白水社）刊行。一二月、『春泥歌』（講談社）刊行。

一九八四年（昭和五九）　五一歳

六月、『八雲が殺した』（文藝春秋）刊行。一〇月、『海峡』『八雲が殺した』にて第一二回泉鏡花文学賞を受賞（選考委員は井上靖、奥野健男、尾崎秀樹、瀬戸内晴美、三浦哲郎、森山啓、吉行淳之介、五木寛之）。一二月、『十二宮の夜』（講談社）刊行。

1985年頃（浅井仁志提供）

一九八五年（昭和六〇）　五二歳

八月、テレビドラマ「砂の眠り」（ＴＢＳ系列、井上芳夫監督、国広富之出演）放送。一二月、「夜の藤十郎」を舞台化した、英太郎ひとり芝居「闇の炎」（於俳優座劇場、安川修一脚色・演出）上演。この年、第一回下関市芸術文化振興奨励特別賞を受賞。

一九八六年（昭和六一）　五三歳

九月、映画『オイディプスの刃』（角川春樹事務所製作、成島東一郎監督、古尾谷雅人主演）公開。一〇月、『遠臣たちの翼』（中央公論社）刊行。一二月、『花酔い』（角川文庫）刊行。

一九八七年（昭和六二）　五四歳

二月、『荊冠の耀き』（徳間書店）刊行。

一九八八年（昭和六三）　五五歳

一月、初のエッセイ集『オルフェの水鏡』（文藝春秋）刊行。一二月、テレビドラマ「マルゴォの杯」（フジテレビ系列、山下耕作監督、岩下志麻・奈良岡朋子出演）放送。

一九八九年（昭和六四／平成元）　五六歳

一一月、『ガラ』（白水社）刊行。

一九九〇年（平成二）　五七歳

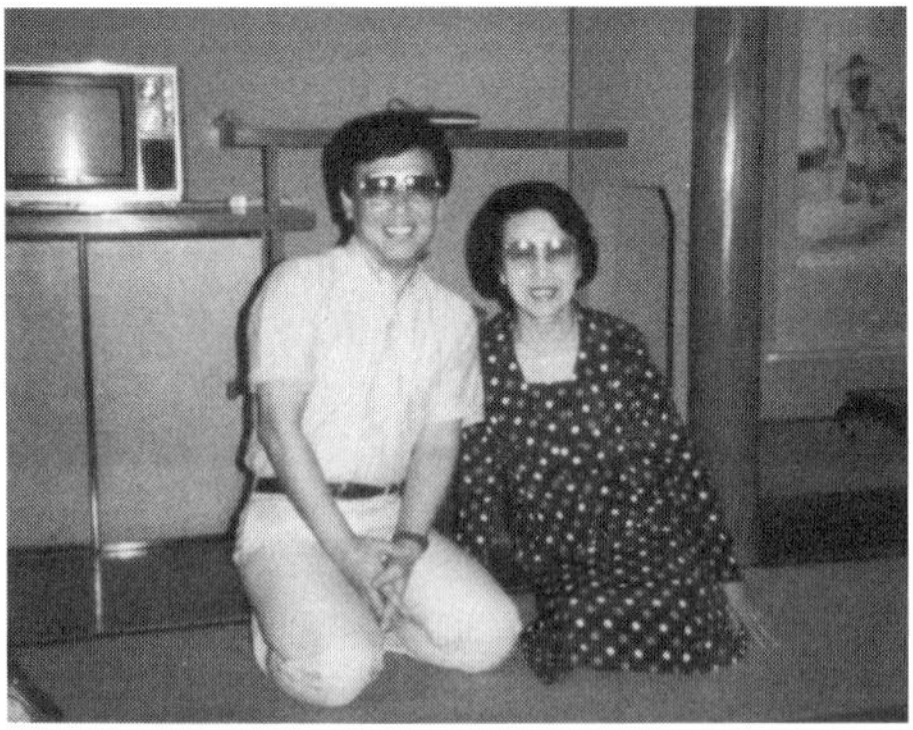

杉村春子と（浅井仁志提供）

一月、『アルマンの奴隷』（文藝春秋）刊行。
三月、『香草の船』（中央公論社）刊行。

一九九一年（平成三）　五八歳

六月、『光堂』（徳間書店）刊行。

一九九二年（平成四）　五九歳

六月、「千夜恋草」が映画化、『くれないものがたり』（パイオニアLDC製作、池田敏春監督、佐野史郎主演）公開。一一月、京都小説集『風幻』『夢跡』（立風書房）刊行。

一九九三年（平成五）　六〇歳

八月、『月迷宮』（徳間書店）刊行。

一九九五年（平成七）　六二歳

四月、「夜の藤十郎」が英の会により舞台化（於国立劇場小劇場、杉昌郎演出・振付、英太郎主演）、脚本も手がける。七月、山陰山陽小説集『飛花』（立風書房）刊行。

一九九六年（平成八）　六三歳

四月、自選恐怖小説集『夜叉の舌』（角川ホラー文庫）刊行。七月、エッセイ集『戯場国の森の眺め』（文藝春秋）刊行。

一九九七年（平成九）　六四歳

八月、『霧ホテル』（講談社）刊行。九月、『弄月記』（徳間書店）刊行。

一九九九年（平成一一）　六六歳

六月、ラジオドラマ「伽羅の燻り」がNHK「ラジオ文芸館」で放送。

二〇〇〇年（平成一二）　六七歳

二月、『星踊る綺羅の鳴く川』（講談社）刊行。

二〇〇一年（平成一三）　六八歳

五月、『虚空のランチ』（講談社ノベルス）刊行。一〇月、国立劇場開場三五周年記念企画「新しい伝統芸能 悪の美学」のために書き下ろした新内「殺螢火怨寝刃」上演（於国立劇場小劇場）。

二〇〇三年（平成一五）　七〇歳

四月、『日ぐらし御霊門』（徳間書店）刊行。

二〇〇五年（平成一七）　七二歳

第五回ムー伝奇ノベル大賞選考委員を務める。

二〇〇六年（平成一八）　七三歳

一二月、『赤江瀑名作選』（学研M文庫）刊行。

二〇〇七年（平成一九）　七四歳

一月、赤江瀑短編傑作選『幻想編　花夜叉殺し』、二月、同『情念編　禽獣の門』、三月、同『恐怖編　灯籠爛死行』（光文社文庫）刊行。四月、『狐の剃刀』（徳間書店）刊行。七月、『赤江瀑の「平成」歌舞伎入門』（学研新書）刊行。

二〇一二年（平成二四）

六月八日、心不全のため逝去。享年七九。

二〇一三年（平成二五）

六月、「赤江瀑『美の世界』展」が下関市立美術館で開催。遺墨三〇点、原稿、全著作、肉筆豆本など約二五〇点の遺品が展示された。

二〇一八年（平成三〇）

六月、七回忌法要が下関の極楽寺で営まれる。

＊著作については、単行本の文庫化は除外した。
＊参考文献　公式サイト「虚空の扉」、『罪喰い』（講談社文庫、一九七七年）収録の「年譜」。

赤江瀑（あかえ・ばく）
1933年、山口県下関市生まれ。日本大学芸術学部中退。70年「ニジンスキーの手」で小説現代新人賞を受賞しデビュー。74年『オイディプスの刃』で角川小説賞、84年『海峡』『八雲が殺した』で泉鏡花文学賞を受賞。著書に『獣林寺妖変』『罪喰い』『金環食の影飾り』『花曝れ首』『野ざらし百鬼行』『春喪祭』『星踊る綺羅の鳴く川』など多数。2012年没。

赤《あか》江《え》瀑《ばく》の世《せ》界《かい》

花《はな》の呪《じゅ》縛《ばく》を修《しゅ》羅《ら》と舞《ま》い

2020年6月20日 初版印刷
2020年6月30日 初版発行

発行者　小野寺優
発行所　株式会社河出書房新社
〒151-0051
東京都渋谷区千駄ヶ谷2-32-2
電話 03-3404-1201（営業）
03-3404-8611（編集）
http://www.kawade.co.jp/

編集協力　浅井仁志、成田守正、本多正一
装丁・本文設計　白座 (Fragment)

本文組版　株式会社キャップス
印刷・製本　三松堂株式会社

Printed in Japan
ISBN 978-4-309-02895-8